木部　誠二著

評伝　添川廉齋

治乱を燭《てら》し昏暗《コンアン》を救ふ国の蠟燭たらん

添川廉齋遺徳顕彰会

添川廉斎肖像画

東京入谷　正覚寺
廉斎墓
明治九年七月二十三日
添川鉉之助建立

喜多方市　安勝寺
廉斎墓

喜多方市　諏訪
添川完夫人クニ子家
廉斎位碑

昭和十年十二月　添川廉斎顕彰碑除幕式

喜多方市諏訪　愛宕神社
廉斎添川先生碑銘

⑳トメ（中野家手伝）
⑲真壁弥平（造り酒屋）
⑱佐藤新九郎（喜多方熱塩間道路建設）
⑰室井恒次（喜多方第一小学校長）
⑯原平蔵（喜多方町会議員）
⑮田中盛雄（喜多方町長）
⑭大森宮司（諏訪神社）
⑬大森宮司（諏訪神社）
⑫佐藤弥右衛門（大和川造り酒屋）
⑪松崎政五郎（歯科医）
⑩藤田清（添川廉斎遺稿編集校字）
⑨新井円次（添川完平先生略伝著者）
⑧添川清美（本家農業）
⑦添川清（光一尊父）
⑥添川誠喜（六代目）
⑤添川清市（五代目）
④中野同子養女・鈴江
③添川晋女・政代
②添川鉉之助女・同子
①添川卯三郎夫人・ヒロ

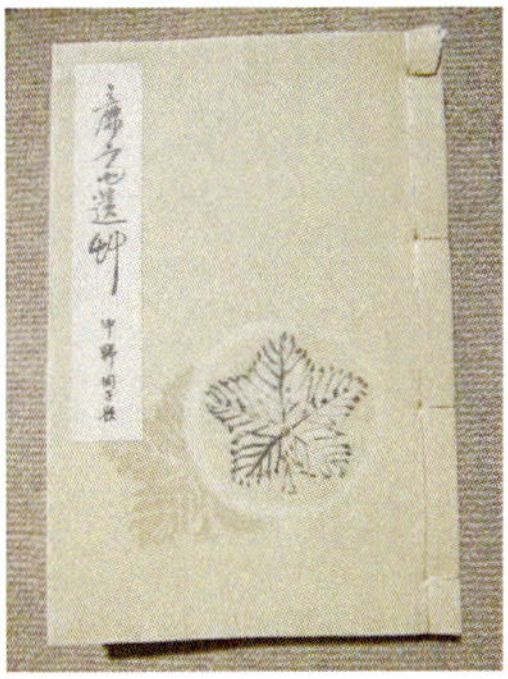

廉斎遺草
昭和十一年六月刊
藤田清　編集

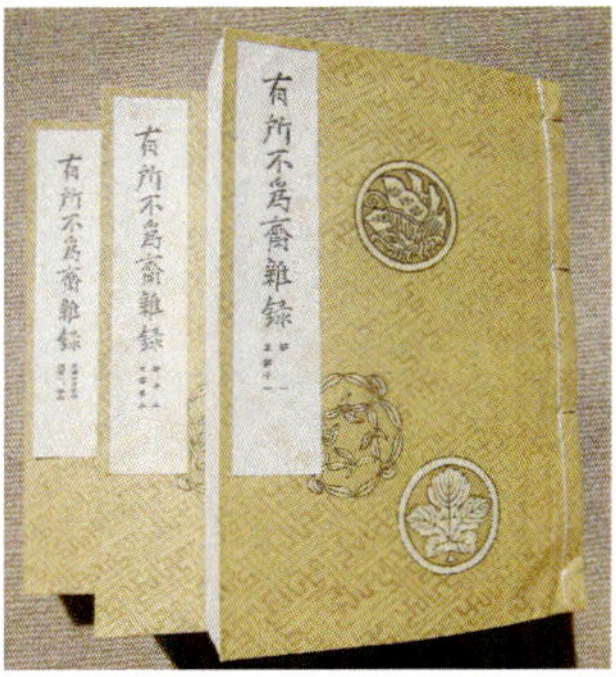

有所不為斎雑録
昭和十七年三月刊
藤田清　校字

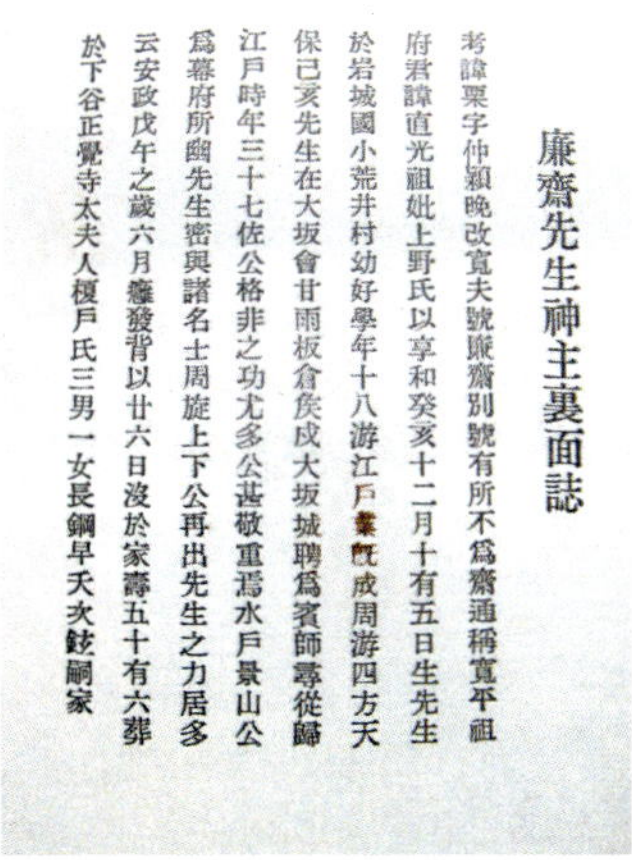

廉齋先生神主裏面誌

考諱栗字仲穎晩改寛夫號廉齋別號有所不爲齋通稱寛平祖
府君諱直光祖妣上野氏以享和癸亥十二月十有五日生先生
於岩城國小荒井村幼好學年十八游江戸業既成周游四方天
保己亥先生在大坂會甘雨板倉侯戍大坂城聘爲賓師尋從歸
江戸時年三十七佐公格非之功尤多公甚敬重焉水戸景山公
爲幕府所幽先生密與諸名士周旋上下公再出先生之力居多
云安政戊午之歳六月癰發背以廿六日沒於家壽五十有六葬
於下谷正覺寺太夫人榎戸氏三男一女長鋼早夭次鉉嗣家

廉斎先生神主裏面誌
昭和十七年三月
藤田　清

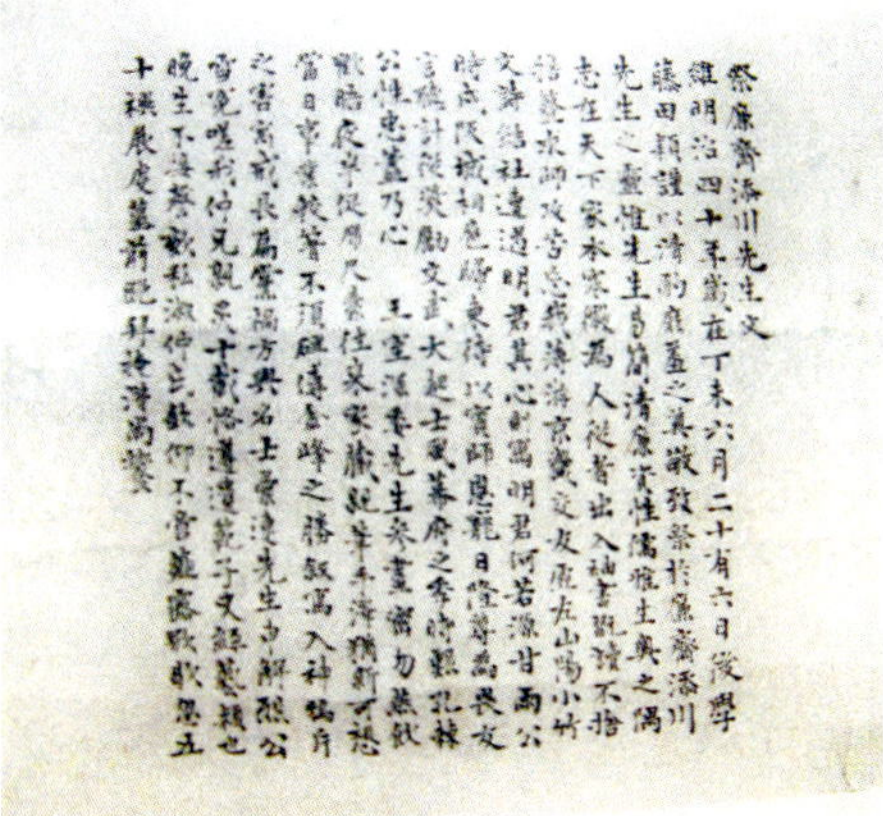

祭廉斎添川先生文
明治四十年六月二十六日
藤田穎五十回忌祭文

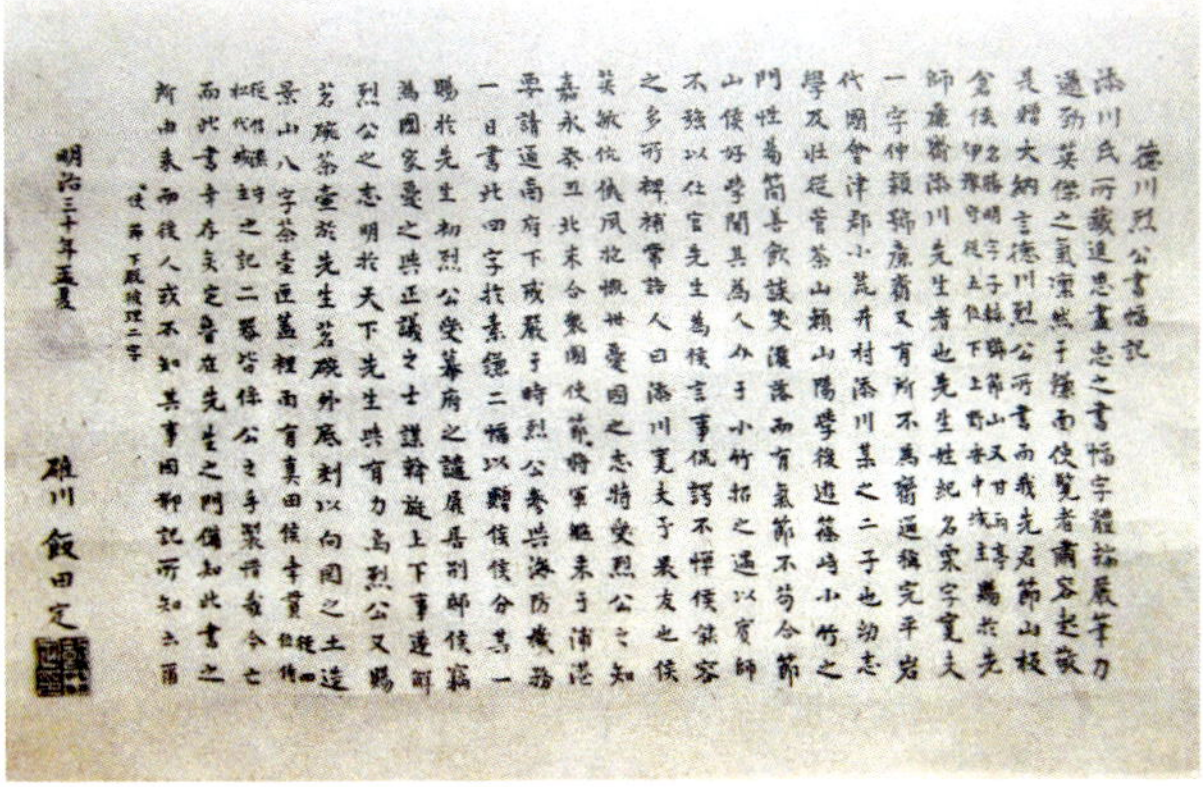

徳川烈公書幅記
明治三十年孟夏
碓川　飯田定

東京渋谷　吸江寺
瑞雲院春堂枯木居士
藤田穎（小林勇五郎）

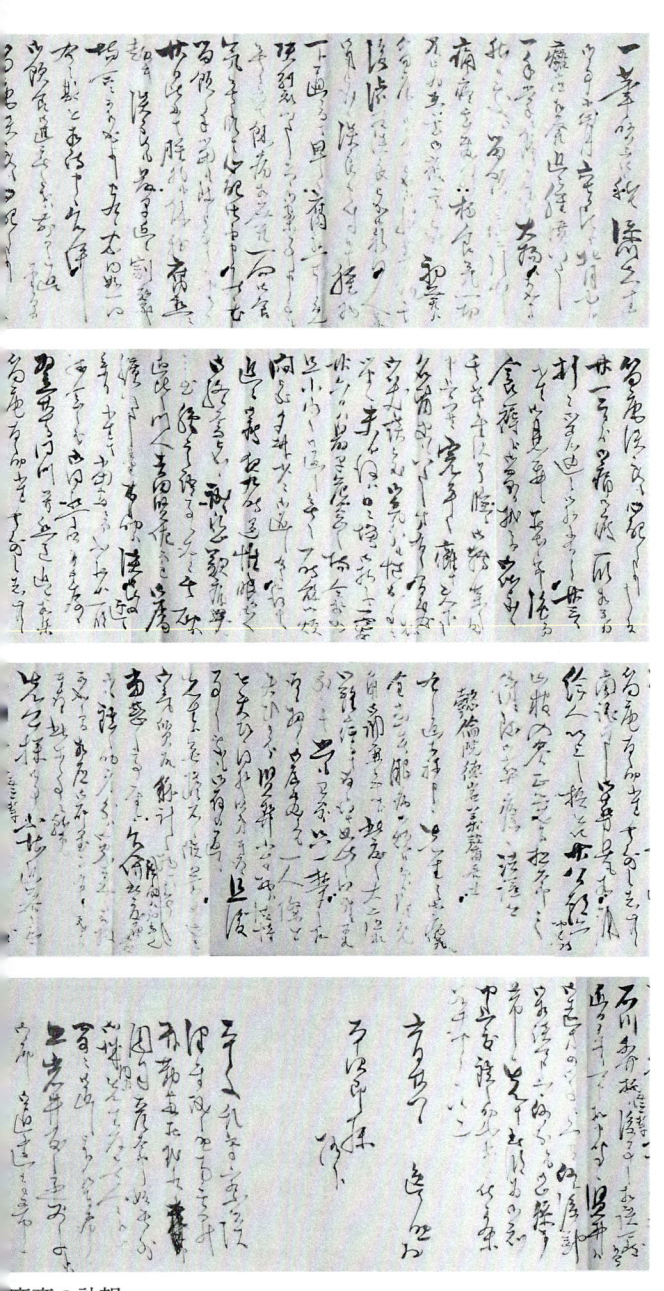

兼斎の訃報
安政五年六月二十八日付小林本次郎宛　飯田逸之助手簡

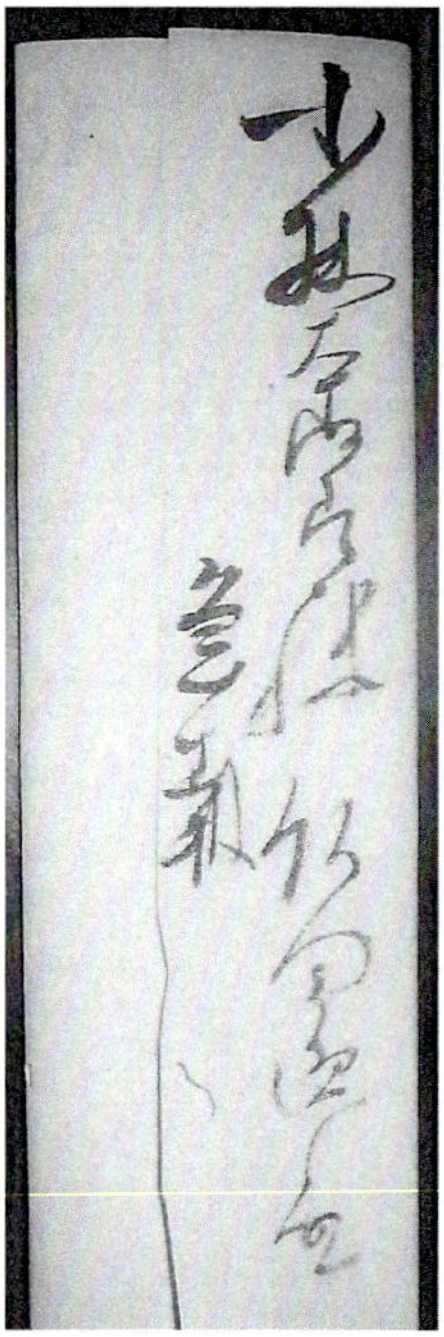

安中龍昌寺
直至院観道東山居士
小林本次郎正愨

評伝　添川廉齋　治乱を燭《てら》し昏暗《コンアン》を救ふ国の蠟燭たらん　目次

廉斎の人格形成

諸友との交流

評伝　添川廉齋　治乱を燭《てら》し昏暗《コンアン》を救ふ国の蠟燭たらん

はじめに

添川廉齋は農兼染業の出自ながら漢学を志し、昌平校で学問を修めるも帰郷せず十八年間西遊をつづけ望郷の念に度々苛まれた。しかし節を守りつづけることが出来たのは頼山陽の「国の蠟燭となれ」と国を照らす燈火となる教えを遵守しつづけたことによる。心から弱者を愛し、生まれてきたことに感謝し、目先に拘らず三年五年の計画を立て十八年間継続して努めた。結果金銭や権力に媚びる市道を罵り尽くす同臭が集うた。この間教えを乞うた山陽・菅茶山・頼杏坪・広瀬淡窓皆然りであった。盟友広瀬旭窓・福山藩儒石川和介・門田朴齋も同様である。江戸寓居十七年間に安積艮齋・尾藤水竹・牧野黙庵・江木鰐水・中西拙脩・藤田東湖とも交友している。廉齋は儒者である反面慷慨の詩人であり、オランダ国王開国勧告に伴いアヘン戦争による清国情報に接し日本の将来を憂えた。水戸国事には徳川斉昭雪冤に立ち向かった。この時期安中藩主板倉勝明は廉齋を漢学賓師に招聘し一番の理解者であった。廉齋は時勢に対し尊王攘夷の思想を持つが、長崎行により蘭学に開眼した。イギリスの植民地政策には敵愾心を持ち、オランダの開国勧告の日本に対する危機感には理解を示したとみる。度重なる饑饉や地震海嘯に無策な幕政に、またペリー来航予告情報に、儒者として無力さを痛感した。これを機縁に対外危機・国内変革をテーマに史料収集し、日本の在るべき姿を求め維新世界を目指し「国の蠟燭」たらんとしたのである。廉齋終焉の様子を記した安政五年六月二十八日付小林東山宛飯田逸之助書簡に「法諡を懿倫院徳岩義馨居士　先生は擔石の儲無く且《まさ》に一日を如《ゆ》かんとするなりの御気質故、余計の物は之れ無し」と僅かな貯えもない言行一致の稀有な士であった。勝明は病中筆録で廉齋に凍石印章を与え、印文「清廉伝家」が紛れもなくその人格を表す。廉齋の志を継いだのは、安中で藩儒小林東山・新島襄、会津若松で第二次遣欧使節団に参加した佐原盛純がいる。廉齋には開明思想を持っていた証左である。

私が廉齋を知る契機は平成二年八月安中で甘雨亭叢書の板木950枚・同蔵版書の板木213枚、計1163枚の調査を許可され、地元の故吉田洋氏・故小林壮吉氏の協力で板木目録「旧安中藩の版木調査と甘雨亭叢書蔵版書の基礎的研究」・叢書出版に携わった藩儒小林東山「小林本次郎正愨校訂恥齋漫録巻之四とその研究」・東山の師廉齋「添川廉齋」にまとめ職場の研究紀要に発表しテーマを拡大してきた。東山の弟勇五郎の嗣子藤田清が廉齋の二遺稿の一つ漢詩文を「廉齋遺艸」一冊として編輯し、幕末史料集三十二冊を校字し三冊本「有所不為齋雑録」として中野同子の名前で出版した。幕末安中藩には藩儒の大山融齋・山田三川がいるが、いずれも招聘した儒者である。東山のみ廉齋に六ヶ年師事修業し、帰藩し藩儒となった生粋の安中藩士である。この小林家の功績は廃藩後に甘雨亭関係の板木全てを保管し、安中市に一括して返還したことである。また東山の弟勇五郎は廉齋に師事したくも死去により叶わず、それでも明治四十年命日に藤田穎として五十回忌祭文「祭廉齋添川先生文」を残し、藤田清は昭和十七年三月有所不為齋雑録刊行で廉齋遺影画を掲げ「廉齋先生神主裏面誌」を八十五回忌に残した。甘雨亭叢書には勝明自ら各著者の伝を作り論賛を附しているが、廉齋の校閲を経ているという。関係する甘雨亭叢書と同蔵版書は附録「添川廉齋年譜」に掲げた。ここに「評伝　添川廉齋」を書くにあたり安中市の故小林壮吉氏と嗣子光《みつる》氏に感謝し、小林家の遺徳をも顕彰するものである。

添川廉齋、幕末の儒者で現在の福島県喜多方市に生まれ、今では忘れ去られた人となった。廉齋の詩文は昭和十一年発行「廉齋遺艸」が唯一の遺稿集である。発行者は中野同子《あつこ》、廉齋嗣子鉉之助の女で孫にあたる。目次に

弔楠公文并序　文政九丙戌（二十四歳）　西遊稿抄　文稿　文政十丁亥（二十五歳）　大峯記　天保七丙辰（三十四歳）　詩雑体（読史雑詠　百死余生稿　与謝吟稿）　辛丑以来拙詩稿　天保十二辛丑（三十九歳）

甘雨公行状略　安政四丁巳（五十五歳）　附録添川鉉遺稿

とあり凡そ年代順に並んでいるが、細部には前後異同がある。それは斧正を乞うた詩文稿をその年代順に配列しているからである。各詩文稿中は概ね年月日順なるも前後の出入りあり、重複記載あり、前作の改稿ありで多く未定稿を含む。しかし斎藤拙堂・篠崎小竹・後藤松陰らの批正を受け入れ改稿している所もあり、廉齋の息づかいが伝わる。従って年月日順に直すにあたり、廉齋の足跡を尋ねて旅程順に配列し直し、月日明記のないものは詩文中の語句から判断し、さらに不明なものは前後の配列に従い、遺艸1より187の番号を振った。廉齋の詩文をみると多岐にわたり、漢詩では絶句より律詩を、五言よりは七言を得意とした。文稿類では大峯記・先君甘雨公行状が圧巻で、長句に読英夷犯清国事状数種作長句以記之がある。百死余生稿の穀価や与謝吟稿の大亀谷・礦婦怨、またそれを改稿した辛丑以来拙詩稿の銀礦夫婦詩・右礦夫に廉齋の面目が躍如としている。遺艸冒頭は弔楠公文で廉齋の南朝尊王思想をあらわすが、西遊行の首途は文政九年暮春に始まり作詩の初めは西遊稿抄の遺艸1「発甲州」である。遺艸9「弔楠公文」を含む詩稿末尾には、朱で広瀬簡《淡窓》敬閲、赤で頼惟柔《杏坪》漫評と加筆し、朱筆は文政九年夏に日田の咸宜園に滞留した折、西遊往路をまとめて痛斧を乞い、赤筆は同夏その復路安芸広島で杏坪先生に陪従した折に批正を受けたもの。この西遊行の往復路をまとめたものが西遊稿抄である。中には文政九年作の外翌十年作まで入る。遺艸107「訪高田理卿席上賦贈」の作が野稲香から七月作と考えられ、遺艸108「山向亭集同諸君賦得龍字」はそれから程遠からぬ作とみる。このように西遊稿抄は文政九・十年作を纏めたもので墨と朱で批正が入り、菅茶山・篠崎小竹また後藤松陰のものと考える。煩雑ではあるが遺艸の各稿本題とそれに収録される各詩文題を掲げ、併せて各題目に配列番号遺艸1「発甲州」

より遺艸187「先君甘雨公行状」まで推定した作詩順番とし行論の便宜とした。

添川廉齋の終焉　擔石の儲無く且《まさ》に一日を如《ゆ》かんとするなり

安政五年は廉齋にとり最期の時を迎える年である。三月十日小林本次郎宛添川完平手簡（小林光氏所蔵）に「小生早春ヨリ眼病ニて未臥罷在、已ニ一眼は潰し候歟と心配仕候処、唯今ニては追々全快仕、書見はとても来月ニ相成不申ニ而ハ出来申間敷候へども、先は全快之姿ニ有之候処故、執筆も不自由ニ而御座候。」とあり一月から眼病を患った。この一件は本次郎の尚志齊日暦同月十三日条に「一添川氏ゟ書状并鱈到来、先生初春来眼気之由ニ付、見舞として金弐朱自然薯、津金元保え相頼贈之。」とあり江戸から三日の行程の安中での廉齋情報である。福山藩士江木鰐水日記同年二月十三日条に田端の探梅を述べる中に「尭翁《門田樸齋》西帰し廉齋眼病にて来たらず、愴然と感を為す。」と事実を語る。廉齋病歿の原因は背中に起こった悪性の腫瘍による。江木鰐水日記の同年六月二十五日条に「添川寛平の病を和泉橋板倉公中邸に訪ぬ。寛平癰を背に発し患ふ。」とあり、翌日条には「果して死ぬ。憐むべし。同社又た一名家を喪ふ。…遺孤十歳余り、三女子有り。」と神田佐久間町の安中藩中屋敷で逝去した。前年十月五日付小林達三郎《本次郎の父》・潤四郎《同叔父》宛廉齋書簡に「佐久間町御物見の門に移り候ふ」所である。その最期の様子は直後の六月二十八日付本次郎宛飯田逸之助《廉齋塾の兄弟子》書簡（小林光所蔵）にみえる。長いが全文を掲げる。包紙表書き「小林本次郎様　飯田逸之助　急報」に

　一筆啓上仕候。然者添川先生御事、当月六七日比ゟ背中え癰疽《ヨウソ》相発、近々腫憤いたし一手掌ニ余リ候程の大物ニ相成申候。然候処ゟ留飲之症を引出し痛疼甚敷折柄、食気一切不被為在ハ甚御疲労被成候。初発ゟ筍庵ニ御見せ被成御服薬被成、其後渋谷淡良被成御頼、同人薬御用被成候。淡良申聞候は、腫物一ト通にては早く腐熟せしめ

決裂いたし候ハヽ御案事申事も無之候得は、余病相発一向御食気無之段は心配仕候由申居候。尤留飲ノ手当も致候事ニ御座候。廿日比には腫物も余程腐熟ニ趣キ淡良も最早近々割裂ノ場合ニ可相成よし申居候。家内婦一同右之期を相待申候。乍併御飲食御進無之義ハ前日之通ニ御座候間、筍庵淡良も心配之よし申候間、廿一二日ゟ御痛御疲一段相募折々御差込之御様子有之。廿三日小生御見舞ニ罷出候節、強て衾褥ゟ御寄リ掛ニて御咄被成候。其節了嘡へ御転薬し致ヲ申上候へ共、完平之癰は天下之名医迚もいたし方有之間敷抔御笑談被成、御気分も慥《たしか》成事ニ御座候。夫ゟ得ハ日ニ増御様子悪敷、廿六日ハ最早危急之場合ニ相成、且小水之御通じ無之、一時余御煩悶被成夕刻少々御通じ有之候得は追々御疲、夜九時過惟眠か如く御終焉被成候。誠ニ悲嘆痛哭之至、絶言語候事ニ御座候。其砌ゟ近比之門人吉田賢佐而已御属纊《ソククワウ》いたし呉由候。友之助《田辺》ハ淡良の迎ニ参リ、小生は当番ニて不罷出、一段残念之至御同然之次第奉存候。翌廿七日同門并然過近々相集、筍庵友之助小生其外之者共商議いたし御葬具も相調、給人以上之格出仕、廿八日朝六半時出棺、入谷正覚寺松太郎之傍ニ致御葬瘞《サウエイ》候。法諡を懿倫院徳岩義馨居士、右之通相称申候。先生之御病気も全当春眼病御煩候てゟ内も兎角御調兼候処え、此度之大疽故御難症とは存候得共、如此之次第ニ可相成とは思も不寄只一夢之様存候。扨も御屋敷ニても一人傑を失ひ、多分賢契《ケンケイ》小生抔ハ怙恃《コジ》を失ひ候同様之次第奉存候。且後事之処も御存入通リ先生ハ、無擔石之儲且一日如也之御気質故、余計之物は無此、鉉之助ハ幼年也、当惑候事ニ御座候。乍併此度届常にも鉉之助身分ハ御家来之取扱相成候間、相応御知置可有之義と奉存候。此等之事ニ就ても　先公様御事不堪迎慕之到。石川和介様両三輩も後事之相談可致候間、近日参リ可申抔申聞候。賢契ハ御遠方の御事ニ候へ共、何レ後刻御相談可申上候。何分ニも御心添奉希候。先は此段為御知申上度、鉉之助代筆仕候条若此御座候。以上。

六月廿八日　　逸之助拝

本次郎様梧下

本文乱筆察読。津金誠之助南玄昇并勤番罷越候周司《内納》彦太《芳賀》郎始其外御城内の先生存居人々えは爰ニ御返し被下様奉希候。且岩井殿之子へ別にも御届御通達奉希候。

「廿六日…夜九時過ぎ惟だ眠るが如く御終焉成られ候ふ。…其の砌より近ごろの門人吉田賢佐のみ御属纊《臨終に臨む》いたし呉れ由に候ふ…廿八日朝六半時出棺、入谷正覚寺松太郎の傍に御葬瘞《埋葬》致し候ふ。法諡を懿倫院徳岩義馨居士、右の通り相称へ申し候。…先生は擔石の儲無く且《まさ》に一日を如《ゆ》かんとするなりの御気質故、余計の物は此れ無し。鉉之《廉齋嗣子》助は幼年なり。当惑候ふ事に御座候ふ。」とあり僅かな貯えもない、言行一致の稀有な清廉の士であった。竹内箭庵は嘉永六年四月御医師召出され当丑二十四歳であった。田辺友之助は蚪蔵養子で徒士格に召出され安政三年学問修行の命を受けた塾生で二十三歳。津金・南は廉齋塾の関係者（嘉永五甲子年詩会始買物覚帳）、内納周司は安政四年五月近習頭見習格、芳賀彦太郎は同年二月御小納戸見習（安中藩江戸御在所諸士明細帳）であった。八月晦日付本次郎宛逸之助書簡に「一、添川鉉之助義三枚三人扶持の御宛行ニ相成、無異《違》背次第未亡人も従候ハヽ以得は生計必六ケ敷可有之、惛然《路頭に迷う》之次第ニに御座候。一、廉齋先生石碑之卒面《正面カ》え墓誌之字を彫り三面え銘文を刻し候方如何の者ニや。石和《石川和介》と申す君抔ゟ申談候処、夫レハ右ニて可然候。乍併建牌之事ハ暫く見合置可申候。水府様ニても有志之者有之候得ば…此企は急速之事にハ参り兼申候間、夫迄墓表木牌一枚建置可然。」と直後の建碑は延期された。鉉之助は寛平悴として安政五年八月廿一日に亡父跡式として頃立候迄銀三枚弐人扶持を受け家来扱いとなった（安中藩江戸御在所諸士明細帳）。十八年後明治九年七月三日嗣子添川鉉により木牌の墓表は石墓に再建された。鉉は弘化四年生まれと推定、この年三十歳であった。鉉之助の苦難に阻喪する様は、廉齋遺艸附録添川鉉遺稿「蝸牛精舎記」に

顧予天受甚嗇、八歳哭兄十歳喪父十五歳慈母又被乖、煢然《憂える》孤立形影相弔《独り身の頼りなさ》、哀哉不幸之人無父何怙無母何恃、予有

何所得罪於天、独至此極一念至此、草木為患五内《心の内》欲裂、然而世劫未消、三十而妻死涙痕未乾幼児又亡、嗚呼予夙遭凶閔《父母の喪》連哭妻児、一身漂泊百事沮喪《気落ちする》、寄身於異郷託命於悲風、凡為予輩者豈可為情邪、譬之蝸牛予角既折矣、予身既縮矣、予将入殻中不能復出乎、抑聞天将啓是人必先苦其心志、空乏《貧窮》其身行払乱《背き乱れる》其所為、欲以動心忍性《忍耐の心》曽益其所不能、然則澍雨《雨が降る》一過天其将俟予嶄然《際立つ様》出角掉頭《否定の様》而有所行乎、是未可知也

予の天受を顧みれば甚だ嗇《いや》し。八歳に兄を哭《なげ》き十歳に父を喪《うしな》ひ、十五歳に慈母又乖《はな》れられ、煢然《ケイゼン》孤立し形影相弔《とむら》ふ。哀しいかな不幸の人、父に何ぞ怙《たの》む無く母に何ぞ恃《たの》む無し。予何《いづ》くんぞ罪を天に得る所有らん。独り此の極に至り一念此に至る。草木患《うれ》ひと為り五内裂けんと欲す。然して世の劫《おびやか》し未だ消えず。三十にして妻死に、涙痕未だ乾かず幼児又亡《し》ぬ。嗚呼《ああ》予夙《つと》に凶閔《キョウビン》に遭《あ》ひ、連《つら》ねて妻児を哭《なげ》く。一身漂泊し、百事沮喪《ソサウ》す。身を異郷に寄せ、命を悲風に託す。凡《およ》そ予輩の為には、豈《あ》に情を為すべけんや。之を蝸牛に譬へば、予の角《つの》既に折れたり。予の身既に縮みたり。予将に殻中に入りて、復出づる能《あた》はざらんとするや。抑《そもそ》も天将に是の人を啓《ひら》かんと聞き必ず先《まづ》其の心志を苦しめ、其の身を空乏《クウバフ》にし行きて其の為す所を払乱《フツラン》し、以て心を動かさんと欲し忍性《ニンセイ》曽《かつ》て其の所を益《ま》す能はず。然れば則ち澍《ジュウ》雨一過し天其れ将に予の嶄然《ザンゼン》と角を出さんとするを俟《ま》ち、揚々と掉頭《テウトウ》して行く所有りや。是未だ知るべからざるなり。

鉉之助が苦しんだのは金銭的窮乏は勿論だが、むしろ親族が尽く先立ち恃む人のいない悲運の苛烈にあった。やがて人の心志を苦しめるのは、真に生きるため天の試練と悟る。ここに廉齋からの天賦を享けている。

廉齋添川先生碑銘とその略伝

廉齋唯一の建碑・喜多方市諏訪の愛宕神社

廉齋の故郷福島県喜多方市字諏訪の愛宕神社に昭和六年三月荘田三平撰文、同十年建立の顕彰碑「廉齋添川先生碑銘」がある。碑銘の紹介の前に昭和十一年六月二十日郷土史家新井円次による「添川完平先生略伝」が添川廉齋先生建碑事務所から発行された。平易な文なので長いが先に掲げる。

添川完平諱《いみな》は栗、字《あざな》は仲穎、晩年に寛夫と改む。廉齋と号し別号を有所不為齋といふ。又耶麻山人・盧洲とも号しき。通称は幼児亀次郎といひ、後完平といふ。父諱は直光、通称は清右衛門、母は富、上野氏、享和三癸亥年十二月十五日を以て会津耶麻郡小荒井村（今喜多方町之内）に生る。

幼にして穎悟《エイゴ》、学を好み、同村修験小洗寺に学ぶ。其家農業に兼ね染業を営む。故に同業者上三宮村の蓮沼某宅に徒弟として遣はさる。然るに完平読書を好み、業務に努めず、為に僅か一年余にして還さる。完平反って大いに喜び閑を偸みて学問に耽る。父之を見て遂に其望みに任せ、且つ励して曰く「宜しく儒を以て家を興すべし。父母の名を辱むること勿れ」と。完平年十四にして若松の世臣黒河内重太夫の僕となる。後同藩軍事奉行広川庄助の従僕となる。昼間は主家の業務に服し、夜に到れば専心読書に耽り、睡眠を催ふせば其侭《まま》机によりて眠り、覚《さ》むれば又読書す。為に頭髪大半焼け、衣服皆灯油に染む。而して又主人の外出する毎に、輙ち書を挟んで之に従ひ、一家を過れば則ち書を開きて之を読み、主人辞し去れば則ち書を収め行き、一家を過ぐれば亦此の如し。曽て節日登城の際、群僕隊を作り笑語喧《かまびす》し、独り完平のみ書を開きて読む。之を嘲弄する者ありと雖も、恬《テン》として聞かざるものの如し。庄助之を見て奇とし、他日必らず成すあるを知る。幾許《いくばく》もなくして庄助主命により江戸常詰となるに及び、完平を伴ひ行き、聖堂の師範依田源太に托さる。時に年十八。後古賀穀堂の門に入らしむ。茲に苦学すること三年余にして業成るや、四方に周游す。先づ京都に到り頼山陽に従ふ。山陽其の詩文を見て才あるを称せり。山陽の日本外史を撰するや、完平亦与《あづか》って力ありと。又備後に赴き、菅茶山の塾に遊ぶ。茶山其の学識あるを愛し、常に己に代り左氏伝等の書を講説せしむ。塾生皆之を敬聴す。尋《つい》で九州に遊び、広瀬淡窓を訪ひ、滞留累日、淡窓大いに歓び、詩を賦して贈らる。既にして学業大いに進み、天保十年大阪に至る。完平性温雅にして卓犖《タクラク》敢為の気象あり、最も詩文に長じ、山陽の薫陶を受け、窃に国家を以て己が任となし、大いに為す所あらんとす。完平の大阪に至るや、文詩を篠崎小竹に問ふ。業益々進む。

会々《たまたま》上州安中藩主板倉勝明大阪城を戍《まも》る。侯夙《つと》に学を好み詩文を善くす。篠崎小竹聘《ヘイ》せられて儒職たり。是に於て小竹完平を薦む。侯一見旧の如し。延て賓師と為し、常に左右に延て藩政を諮議し、敢《あへ》て仕官を強ひず。尋《つぎ》て完平を携へて安中に帰る。完平時に年三十七、大いに知遇に感激し、知って言はざるなく、言って容《い》れられざるなく、風俗を矯正し、文武を奨励し、士気を振作し、庶政大いに挙り、藩風一変す。安中は一小藩と雖も治声四方に聞え、完平の佐公格非の功最も多きに居る。侯甚だ敬重し、常に人に語って曰く「添川寛夫は予が畏友也」と。治績より考察するに元より天稟の才能による所ならむも、又深く山陽に傾斜して其の熱烈なる薫陶感化を享《う》けたるものと思はる。其の別号の有所不為齋の如きも、山陽の書して与へられたるものにして、其の江戸の神田に居住しある際は、常に之を楣間《ビカン》に掲げて自ら箴《いまし》むと。

侯居常憂国の志を抱き、徳川烈公の知る所となる。完平も亦侯に従って、時に烈公に謁し、諮問に答ふる所あり、烈公の幕府の為に幽屏せらるるや、侯奔走救解す。完平も之を憂ひ、密に諸名士を訪ひ、上下に周旋する所あり、其の恩赦再出せらるるに至るは、完平の力与って大なりといふ。烈公曽て自作の茗碗、及び茶台の二器を賜ふ。

完平人と為り簡傲磊落《カンガウライラク》、直論讜議《タウギ》、回避する所なし。又酒を使ひ坐を罵る。人或は誹議するも顧みざるなり。経史に精通し、且つ蘭学をも修め、世界の大勢に通ぜる経世家たり。尤も詩文に長ず。晩年草する所の游記詠史諸篇の如き、斎藤拙堂・後藤松陰等称揚備《つぶ》さに至る。中に就き南朝を詠ずる諸作は、忠憤激烈、感慨悲涼、真に出色の大文字なり。完平余技撃剣に妙なり。壮時四方に周游し、毎《つね》に剣客を訪ひ、技を角するに幾《ほと》んど、其の右に出づる者なしといふ。而して其の書亦筆勢雄健なり。

安政五年、先生江戸に在るや、偶々《たまたま》背に疽を発し、医療效なく、遂に其の年の六月廿六日を以て藩邸に歿す。享年五十六。下谷正覚寺の塋域《エイイキ》に葬る。著はす所の甘雨行状略・大峰紀游、其余詩文の稿家に蔵す。夫人榎戸氏、三男一女を生む、長を松太郎といふ、夭せり。次を鉉之助といふ。家を嗣ぐ。曽《かつ》て福島県師範学校の教官たりき。次を卯三郎といふ。鉉之助の歿後家を嗣ぐ。長女みね、浅野家の家扶中野静衛に嫁す。皆既に亡す。其の子孫今は東京に住す。

右には小荒井村修験小洗寺で句読を学び、上三宮村の蓮沼宅に農兼染業の徒弟となり、年十八で昌平校の依田匠里に託され次いで古賀穀堂に師事した。三年後頼山陽に従学し、国家を以て自らの任務としたのは、山陽の薫陶を受けたことによるとある。山陽から与えられた廉齋の別号有所不為齋にはその気概が表現される。右文の後に家系略が付いている。廉齋の兄の家系は完氏夫人のクニ子様に伺い補充した。同子はアツコ、清市はセイイチ、誠喜はセイキ、完はモトシと訓む。

添川清右衛門直光（舞台田村猪衛門次男　弘化元年十月歿）
- 清右衛門直基（明治六年十月歿）― 倉之助直房 ― 文造直弘（昭和四年十月歿）― 清市（昭和二十三年九月歿）― 誠喜（昭和五十八年十月歿）― 完（平成十九年一月歿）
- 亀次郎完平（安政五年六月歿）
  - 松太郎鋼（夭折）
  - 鉉之助（明治廿五年四月歿）― 同子（中野家ノ養女トナル）
  - ミネ（中野静衛ニ嫁ス　大正八年一月歿）　同子（昭和廿年八月歿　鈴江ヲ養女トス）
  - 卯三郎（家ヲ継グ　大正六年正月歿）― 晋（昭和七年七月歿）― 政代（蜂谷家ニ嫁ス　平成二十六年三月歿）

それでは昭和六年三月荘田三平撰文、同十年建立「廉齋添川先生碑銘」の原文と書下し文を掲げる。

徳川幕府中世以来会津藩以文教有名于天下、鴻儒碩学彬彬輩出、前則有安部井帽山牧原半陶高津淄川松本寒緑諸先生、後則有小笠原午橋南摩羽峰秋月韋軒諸先生、

徳川幕府中世以来、会津藩文教を以て天下に名有り。鴻儒碩学彬彬《ヒンピン》と輩出す。前には則ち安部井帽山・牧原半陶・高津淄川・松本寒緑諸先生有り。後には則ち小笠原午橋・南摩羽峰・秋月韋軒諸先生有り。

保科正之は寛永廿年信濃高遠より陸奥国会津廿三万石に転封し、寛文四年城下松山桂林寺に稽古堂という学問所を建てたのが、日新館の始まりである。寛文年間には玉山講義附録・二程治教録・伊洛三子伝心録の三部書を朱子学中心とする藩教学の書として精神が藩校で敬承された。天明より卅余年間徂徠派古学が興隆したが、文化七年学風変更し安部井・高津は改めて昌平校に学び林述齋・古賀精里に師事し、学制改革し朱子学に復帰し、小笠原・南摩・秋月を輩出した。

而在其中間以経術文章著者是為廉齋添川先生矣、雖然先生家系不列士籍也、実市井一染工而已、以故不能入藩黌《校》受業、又不得以才学優秀之故与登都游学之命、於是或独学自修或負笈《文箱》求師、

而して其の中間に在りて経術・文章を以て著《あらは》る者是れを廉齋添川先生と為す。然りと雖も先生の家系士籍に列せざるなり。実に市井の一染工のみ。故を以て藩黌《コウ》に入り業を受くる能はず。又才学優秀の故を以て登都游学の命に与《あづ》かるを得ず。是に於て或いは独学自修、或いは笈《キフ》を負ひ師を求む。

文質共に備わった大学者の中に孔孟の道を究め、芸・詩文・歴史を以て名をなしたのは添川廉齋先生である。

刻苦淬礪《学問を磨く》業成後為有為侯伯所識、挙于其賓師有功於一藩政教、豈可不謂俊邁剛毅之通儒《博学者》哉、先生名栗字仲穎一字寛夫号廉齋又有所不為齋通称完平、父曰清右衛門、家世住会津耶麻郡小荒井邑、業農兼染工、先生其第二子也、

以享和三年十二月十五日生、自幼従父君習染業、

刻苦淬礪《サイレイ》業成る後、有為侯伯識る所と為り、其の賓師に挙げられ功一藩の政教に有り。豈に俊邁剛毅の通儒と謂はざるべけんや。先生名は栗、字は仲穎、一字を寛夫、号は廉齋又有所不為齋、通称は完平なり。父を清右衛門と曰ふ。家は会津耶麻郡小荒井邑に世《よよ》住み、農を業とし染工を兼ぬ。先生其の第二子なり。享和三年十二月十五日を以て生る。幼より父君に従ひ染業を習ふ。

大坂の篠崎小竹に認められ、大坂副城代に加番した安中七代藩主板倉勝明に推挙され、漢学賓師に挙げられ、藩の出版甘雨亭叢書蔵版書に係わった。先生の諱は栗、字は仲穎・寛夫、号は廉齋・有所不為齋、通称は完平である。父は直光、清右衛門。母は上野富。代々小荒井村に農業染工を兼ね、享和三年十二月十五日次男として生れた。

天性聡慧酷嗜読書、受句読於邑修験者某多廃業務、父君見其志不可奪不敢強之、乃使先生赴若松仕軍事奉行広川庄助、先生大悦昼則服家務夜則専心研学至深更催眠憑几仮寐而已、毎主人外出挟書従行、有寸暇則披読《本を読む》、庄助奇之、其祇役《勤番》江戸也携先生往令入古賀穀堂門、時甫十八、苦学三年業大進、

天性聡慧酷《はなは》だ読書を嗜《たしな》む。句読を邑《むら》の修験者某に受け多く業務を廃す。父君其の志奪ふべからざるを見て敢へて之を強ひず。乃ち先生をして若松に赴き、軍事奉行広川庄助に仕へしむ。先生大いに悦び昼は則ち家務に服し、夜は則ち専心研学し、深更に至り眠りを催せば几に憑り仮寐するのみ。主人外出する毎《ごと》に書を挟み従ひ行き、寸暇有れば則ち披読す。庄助之を奇とす。其の江戸に祇役《シエキ》するや先生を携へ往き、古賀穀堂の門に入らしむ。時に甫《とし》十八、苦学三年業大いに進む。

会津若松の重臣黒河内重太夫・広川庄助の従僕となり、江戸へ出て昌平校の依田匠里・古賀穀堂に入門し三

年間修業した。

抵京師《京都》従学頼山陽、山陽見其詩文称揚之、既而訪菅茶山於備後留足廉塾、時代茶山講経書門弟敬聴、尋游九州訪広瀬淡窓、滞留累日淡窓大歓賦詩贈先生、帰路至大阪問文詩于篠崎小竹業益進、時上州安中侯板倉勝明戍大阪城、侯夙好学善詩文、聘小竹受教、小竹薦先生、侯一見如旧、延為賓師諮《相》議《談》藩政、尋携先生帰安中、

京師に抵《いた》り頼山陽に従学す。山陽其の詩文を見て之を称揚す。既にして菅茶山を備後に訪ね足を廉塾に留む。時に茶山に代り、経書を講じ門弟敬聴す。尋《つ》いで九州に游び広瀬淡窓を訪ぬ。滞留累日、淡窓大いに歓び詩を賦し先生に贈る。帰路大阪に至り、文詩を篠崎小竹に問ひ、業益《ますます》進む。時に上州安中侯板倉勝明大阪城を戍《まも》る。侯夙《つと》に好学詩文を善くし、小竹を聘《め》し教へを受く。小竹は先生を薦め、侯一見し旧のごとく、延《ひ》きて賓師と為し藩政を諮議《シギ》す。尋《つ》いで先生を携へ安中に帰る。

昌平校修学後、頼山陽に師事し、国の燈火《ともしび》となる識見を受けた。菅茶山には重用され、茶山歿後の廉塾では塾頭として懇ろに弔った。広瀬淡窓を咸宜園に訪ね弟旭荘とも交誼を結んだ。長崎に至り西遊の帰路、天保十年三十七歳、大坂の篠崎小竹に寓居し、「大峰記」が千古の秘を掘り抜く力量を認められた。翌十一年安中侯二度目の大坂加番で推薦され、賓師に迎えられ西遊十八年間の放浪に終止符を打った。

先生時年三十七、大感激知遇、而無不言言而無不容、矯正風俗振作士気庶政大挙、安中雖一小藩治声四聞、先生之功居多矣、侯敬重不措、常語人曰、添川寛夫予畏友也、侯居常抱憂国之志、為徳川烈公《斉昭》所知、先生亦従侯時謁烈公、有所答諮問、烈公之受譴於幕府也、侯奔走救解、先生与有力焉、烈公賜所自作茶器于先生、

先生時に年三十七、大いに知遇に感激して、言はざる無く、言ひて容れざる無し。風俗を矯正し士気を振作し、庶政大いに挙る。安中は一小藩と雖も治声四もに聞え、先生の功多きに居る。侯敬重して措《お》かず、常に人に語

りて曰く、添川寛夫は予が畏友なりと。侯居常憂国の志を抱き、徳川烈公の知る所と為る。先生も亦侯に従ひ時に烈公に謁し、諮問に答ふる所有り。烈公の譴を幕府に受くるや、侯奔走救解す。先生与《あづか》りて力有り、烈公自作する所の茶器を先生に賜ふ。

議論に筋を通し回避する所のない現実直視の廉齋の人柄に、頼山陽は有所不為齋の号を贈り、安中侯は尊ぶべき友と称し賓師として歓待した。嘉永元年九月廉齋を訪ねた石川和介は斉昭雪冤で一致を見、同月十八日に和介は藩主で老中の阿部正弘に、廉齋は正弘と縁戚の安中侯に入説した。斉昭の藩政参与が許されたのは、安中侯をして閣老福山侯に語らしめた功大である。廉齋は嘉永四年春頃、老公手製の楽焼き茶碗・御茶壺、その後大日本史一部・御書も下賜され雪冤の功労が認められた。

先生為人簡傲磊落直論讜議無所回避、又使酒罵坐、人或誹議不顧也、精通経史尤長詩文、如晩所草游記詠史諸篇、斎藤拙堂後藤松陰等称揚備至、就中詠南朝諸作忠憤激烈感慨悲涼、真出色大文字矣、先生余技妙撃剣、壮時周游四方、毎訪剣客角技幾無出其右者云、

先生人と為り簡傲磊落《カンガウライラク》、直論讜議《タウギ》回避する所無し。又酒をして坐を罵《ののし》らしめ、人或いは誹議《ヒギ》するも顧みざるなり。経史に精通し尤も詩文に長ず。晩《おそ》きに草する所の游記・詠史諸篇のごとき、斎藤拙堂・後藤松陰等称揚備《つぶ》さに至る。中に就き南朝を詠む諸作は、忠憤激烈・感慨悲涼、真に出色の大文字なり。先生余技撃剣に妙なり。壮時四方に周游し、毎《つね》に剣客を訪ね技を角《きそ》ふに幾《ほと》んど其の右に出づる者無しと云ふ。

天保飢饉の惨状を直視し、生野銀山の死活に礦婦を借り世間を罵倒し尽くす。栄達を望まず、市道を嫌う姿勢が一貫する。酒宴酣《たけなは》に安中侯の言経済に及び、廉齋「僅々の小侯伯、奚《いづ》くんぞ国事を論ずるに足らんや」と罵り、侯「寛平は賓友なり、奚くんぞ酔言を苛責せんや」と述べ、気に掛けて心配りしなかった。学術で

は四書五経や歴史に詳しく、何よりも漢詩文に優れた。西遊稿抄・大峯記・読史雑詠など拙堂・松陰・小竹が褒め称えた。とりわけ南朝を詠んだ延元陵咏古二十韻・弔楠公文并序は、忠節を尽くそうと憤り激しく、悲しみ寂しく身に染みて、際だった大文章である。

安政五年先生在江戸偶疽発背、以六月廿六日歿於藩邸、享年五十六、葬下谷正覚寺塋域、所著甘雨公行状略大峯紀游其余詩文稿蔵於家、夫人榎戸氏生三男一女、長曰松太郎夭、次曰鉉之助嗣家、次曰卯三郎鉉之助歿後嗣家、女嫁中野氏、皆既亡、其子孫今住東京頃者郷人胥謀欲為先生建石記学行、使余撰碑銘、余不敢辞、按其行実読其遺稿而概記且繋以銘

志存修学　不在農圃　一朝辞家　書剣馳駆　蛍雪業成　自開仕路　明良際会　千載一遇　名雖賓朋
実為師傅　儒而参政　国治民裕

安政五年先生江戸に在り、偶疽《ソ》背に発し六月廿六日を以て藩邸に歿す。享年五十六、下谷正覚寺の塋域《エイイキ》に葬《ほうむ》る。著す所甘雨公行状略・大峰紀游・其余詩文稿家に蔵す。夫人榎戸氏三男一女を生む。長を松太郎と曰ひ夭す。次を鉉之助と曰ひ家を嗣ぐ。次を卯三郎と曰ひ鉉之助歿後に家を嗣ぐ。女は中野氏に嫁ぐ。皆既に亡《な》し。其の子孫今東京に住む。頃者《このごろ》郷人胥《とも》に謀り、先生の為に石を建て学行を記《しる》さんと欲し、余をして碑銘を撰ばしむ。余敢へて辞せず。其の行実を按じ其の遺稿を読みて概記し、且つ繋ぐに銘を以てす。

志は修学に存り　農圃に在らず　一朝家を辞し　書剣馳駆す　蛍雪業成り　自ら仕路を開く　明良に際会し　千載に一遇す　名は賓朋と雖も　実は師傅と為り　儒にして参政　国治まり民裕《ゆた》かなり

安政五年六月廿六日神田佐久間町安中藩中屋敷で逝去、享年五十六歳、台東区下谷正覚寺に埋葬した。法諡を懿倫院徳岩義馨居士という。先君甘雨公行状など漢詩文の遺稿は昭和十一年六月に「廉齋遺艸」と名付け

添川鉉遺稿を附録にして、また廉齋が編輯した幕末史料集三十二冊（一冊を欠く）は昭和十七年三月に藤田清校字・鉉之助の女中野同子《あつこ》により三冊本「有所不為齋雑録」として刊行された。夫人榎戸順は金川県青梅宿出身、長女ミネは中野氏に嫁し同子を養女にし大正八年一月死去。同子は鈴江を養女にし昭和廿年八月死去。晋の女政代は蜂谷家に嫁し平成二十六年三月死去、廉齋の家系は絶えた。

この中野同子の尽力と郷土喜多方人士の協力により、添川廉齋唯一の石碑「廉齋添川先生碑銘」は昭和三年に荘田三平撰文・西忠義書で生まれ、昭和十年建立に至った。

廉齋人物像の伝承

関係者による廉齋の人となりを評論した文章を時代を遡り見る。

イ　「廉齋先生神主裏面誌」藤田清　八十年間の敬慕

昭和十七年三月藤田清「廉齋先生神主裏面誌」は、三冊本有所不為齋雑録に肖像画が掲げられその裏にある。遺稿二種「廉齋遺艸」「有所不為齋雑録」の発行人は嗣子鉉之助の女同子《あつこ》であるが、編輯校字したのは廉齋の弟子小林本次郎の弟勇五郎が藤田家を嗣ぎ藤田穎と名乗りその嗣子清による。

考諱栗字仲穎晩改寛夫号廉齋別号有所不為齋通称寛平、祖府君諱直光祖妣上野氏、以享和癸亥（三年）十二月十有五日生先生於岩城国小荒井村、幼好学年十八游江戸、業既成周游四方、天保己亥（十年）先生在大坂会甘雨板倉侯成大坂城、聘為賓師尋従帰江戸、時年三十七、佐公格非之功尤多、公甚敬重焉、水戸景山公為幕府所幽、先生密与諸名士周旋上下、公再出先生之力居多云、安政戊午《五年》之歳六月癰発背以廿六日没於家、寿五十有六、葬於下谷正覚寺、太夫人榎戸氏三男一女長鋼早夭次鉉嗣家

考諱は栗、字は仲穎、晩《のち》に寛夫と改め、廉齋と号し、別に有所不為齋と号し、通称は寛平なり。祖府君諱は直光、祖妣は上野氏なり。享和癸亥十二月十有五日を以て、先生岩城国小荒井村に生まる。幼くして学を好み、年十八江戸に游ぶ。業既に成り四方に周游す。天保己亥先生大坂に在り、甘雨板倉侯大坂城を成《まも》るに会ふ。聘《め》されて賓師と為り、尋《つ》いで従ひ江戸に帰る。時に年三十七なり。公を佐《たす》け非を格《ただ》すの功尤も多く、公甚だ敬重す。水戸景山公幕府に幽《とら》へらるる所と為る。先生密かに諸名士と上下に周旋す。公再び出づるは先生の力多きに居《を》ると云ふ。安政戊午の歳六月癰《ヨウ》を背に発し、廿六日を以て家に没す。寿《とし》五十有六なり。下谷正覚寺に葬る。太夫人榎戸氏、三男一女、長鋼早夭し次鉉家を嗣ぐ。

小林勇五郎（藤田穎）は三代達三郎の六男、諱正穎《まさひで》、通称勇五郎、号春堂、生地安中、明治四十三年九月歿、享年六十六、法謚瑞雲院春堂枯木居士、昌平校入学するも学制改革のため閉校、師川田甕江。明治五年文学助教に任じられ、翌年安中小学校開業で教員となる。藤田専造の養子となり藤田穎と称した。兄本次郎廉齋塾六年の修業により入塾を希望するが先生逝去により果たせず、その希求する思いが嗣子清に継承し、遺稿の整理校字出版とこの裏面誌に結実している。安中侯賓師と斉昭雪冤とを語る。台東区入谷曹洞宗正覚寺には、明治九年七月廿三日添川鉉建立の墓石表に「考　添川府君　妣　榎戸孺人墓」とあり右脇に「先考諱栗若松県小荒井駅王父其公之子　先妣諱順金川県青梅宿外王父其公之女」とある。小荒井駅は陸奥国耶麻郡小荒井村、現福島県喜多方市、青梅宿は明治五年神奈川県に属し、同十一年から西多摩郡に、現東京都青梅市である。

ロ　「祭廉齋添川先生文」藤田穎　無念の五十回忌祭文

明治四十年六月二十有六日の藤田穎五十回忌祭文は、昭和十一年六月発行「廉齋遺艸」に八十回忌を期して掲げる。

維明治四十年歳在丁未六月二十有六日、後学藤田穎謹以清酌《御神酒》庶羞《御馳走》之奠《供え物》、敬致祭於廉齋添川先生之霊、惟先生易簡《手軽簡単》清廉資性儒雅、生奥之隅志在天下、家本寒微為人従者出入袖書翫読、不捨擔簦求師攻苦、忘我薄游《質素な旅》京畿、交友虚《賢を》左《礼遇》山陽小竹文詩結社、遭遇明君其心則写明君何若、源甘雨公時成阪城相扈帰東、待以賓師恩寵日隆、尊為畏友言聴計従、奨励文武大起士風、幕府之季時艱孔棘、公性忠藎《忠を尽す》乃心　王室深委先生参画、密勿燕飲《酒盛り》歓晤《会う》夜半促席、尺素往来家蔵親筆手沢、猶新可想当日事業較著不須碑伝、金峰之勝叙写入神、鴉片之害寓戒長篇、党禍方興名士彙《集め》連、先生申解《申し開く》烈公雪冤嗟、我仲兄《本次郎》親炙十載、恪遵《慎み従う》遺範子史経芸、穎也晩生不接謦咳、私淑仲氏欽仰不啻、薤露歌歇忽五十禩《祭祀》、展虔墓前跪拝掩涕尚饗

維《これ》明治四十年歳《ほし》は丁未に在る六月二十有六日、後学藤田穎謹みて清酌庶羞の奠《テン》を以て、敬ひて祭りを廉齋添川先生の霊に致す。惟《おもんみ》るに先生易簡清廉・資性儒雅、奥の隅に生まれ志は天下に在り。家本《もと》寒微、人と為り従者として出づれば、袖に書を入れ翫読す。簦《かさ》を擔《にな》ひ捨てず、師を求め攻苦し、我を忘れ京畿に薄游す。交友虚左し、山陽小竹と文詩結社す。明君に遭遇し、其の心則ち明君を写すこと何若《いかん》。源甘雨公時に阪城に成り、相扈《コ》して東に帰る。待《もてな》すに賓師を以てし、恩寵日に隆《あつ》し。尊びて畏友と為し、言を聴《ゆる》し計に従ふ。文武を奨励し大いに士風起こる。幕府の季《すゑ》、時に孔棘《コウキョク》に艱《くる》しむ。公の性忠藎なり。乃《すなは》ち心は王室に深く委《ゆだ》ね、先生参画す。密《ひそ》かに燕飲歓晤し夜半席を促《うなが》す勿《な》し。尺素往来し、親筆手沢を家蔵す。猶《な》ほ新たに想ふべきは、当《まさ》に日《ひび》事業を較《くら》

べ著すべきがごとく、須《すべか》らく碑伝ふべからず。金峰の勝、入神を叙写す。鴉片の害戒めを長篇に寓《よ》す。党禍方《まさ》に興り、名士彙連す。先生烈公冤嗟を雪《すす》ぐに申解す。我が仲兄親炙十載なり。遺範の子史経芸に恪遵す。穎也《こ》れ晩生し謦咳に接せず。仲氏に私淑し欽仰啻《ただ》ならず。薤露歌歇《むな》し、忽ち五十禩《シ》なり。虔《つつし》みて墓前を展《まつ》り跪拝す。

涕を掩《おほ》ひ尚《こひねがは》くは饗《う》けよ。

ここに藤田穎《さとし》は廉齋の謦咳に接すること叶わず、無念の思いが小林家に伝わり遺稿出版の力となったのである。廉齋の親しみやすい心の清らかさ、筋を通す国の燈火となる志に尊敬の念を没後八十年間抱きつづけたのである。言葉にならぬ廉齋の人格がここにある。

ハ　「廉齋先生追悼詩六首」小林東山　先生我を棄つ

安政五年六月廿六日歿した廉齋先生を追悼した弟子小林東山の詩六首が「仲兄東山先生遺稿」（群馬県立文書館所蔵）に収録される。小林は三代達三郎二男、諱正愨《まさなほ》、通称本次郎、号東山、生地安中、文久三年四月歿、享年三十一、師添川廉齋、安中藩儒、法諡直至院観道東山居士という。

余蔵南湖処士水墨一軸、軸係於廉齋添川先生之賜距今五年矣、先生而厭世慨然賦以紀事

余南湖処士の水墨一軸を蔵す。軸廉齋添川先生の賜ふに係り、今を距《へだ》つ五年なり。先生而《すなは》ち世を厭《いと》ひ慨然《ガイゼン》たり。賦し以て事を紀《しる》す。

廉齋先生廉且直　夙将風雅老道徳《老子の説いた道と徳》　我嘗東行遊其門　高誼《御厚情》豈徒辱卵翼《撫育する》　七絶入声十三職韻

廉齋先生　廉《きよ》く且《か》つ直《なほ》し　夙《つと》に風雅を将《もつ》て　老道徳　我嘗て東行し　其の門に遊び　高誼豈《あ》に徒《いたづら》に　卵翼を

辱《はづかし》めんや

当時割愛水墨図　製之者誰曰南湖　旁署山亭待雅友　此道由来属誰徒　七絶上平七虞韻

当時割愛す　水墨図　之を製《つく》るは誰ぞ　曰く南湖と　旁《かたは》らに山亭と署《しる》し　雅友を待ち　此の由来を道《い》ひ　誰か
徒《ともがら》に属《つらな》る

君不見　雲烟茫々生絶谷　中有百丈飛来瀑　卉木《草木》欣々《いきいき》度春風　雨余万壑《多くの谷》清可掬　七絶入声一屋韻

君見ずや　雲烟茫々と　絶谷に生まる　中に有り百丈　飛来の瀑　卉木《キボク》欣々と　春風度《わた》り　雨余の万壑《バンガク》　清き
を掬《すく》ふべし

仙鶴《鶴》一去向何処　空余小亭倚山腹　人間炎熱不到処　恍然対此張我目　七古

仙鶴《センカク》一たび去り　何処《いづこ》に向かふ　空余の小亭　山腹に倚《よ》る　人間の炎熱　到らざる処　恍然と此に対《むか》ひ　我が
目を張《みは》る

目力《視力》窮来恨不窮　先生棄我何匆々《慌しい様》　遺愛僅存手沢在　毎使頑夫仰高風　七絶上平一東韻

目力窮《きは》め来たり　恨み窮まらず　先生我を棄つ　何ぞ匆々《ソウソウ》たり　遺愛僅かに存し　手沢在り　毎《つね》に頑夫をして
高風を仰がしむ

回首天地多名勝　玩物表志古所称　今予奉持席上珍　汝非不美々人贈　七絶去声二十五径韻

首《かうべ》を天地に回《めぐ》らせば　名勝多し　玩物志を表す　古《いにしへ》称する所なり　今予奉持す　席上の珍　汝美ならずに非ず
美は人の贈《おくりもの》なり

東山は嘉永三年十一月四日廉齋塾入門、安政三年六月二日学問修業満期帰国した。五年前の厭世慨然とはペリー再航の結果、神奈川条約批准が開国圧力に屈したとする慷慨を意味し、廉齋は志を奮い起こしたのである。東山宛飯田逸之助書簡（安中小林壮吉旧蔵・現嗣子光氏所蔵）により廉齋歿の急報が歿後二日安中に入った。全文の詳細は「添川廉齋の終焉」に譲るが、その中に次の文章がある。

此度之大疽故御難症とは存候得共、如此之次第ニ可相成とは思も不寄只一梦之様存候。扨も御屋敷ニても一人傑を失ひ、多分賢契《ケンケイ》小生抔ハ怙恃《コジ》を失ひ候同様之次第奉存候。

青天霹靂の急報に「怙恃を失ひ候」と頼みにする先生を失った悲しみが、東山第五首「先生我を棄つ」と慟哭の表現になった。

二　「送添川仲穎序」宮原節庵　読書旅愁に事物の本質を捉ふる識見

明治卅四年刊、宮原節庵「葥莽遺稿巻之一」に収録する。宮原節庵、名龍、通称謙蔵、字士淵、号節庵、生地備後尾道、明治十八年歿、師頼山陽、京都の儒者である。

会津人添川仲穎喜游、嘗西游長崎帰路《文政九年六月下旬》過吾郷尾路、余因始見焉、明年《文政十年》又見于神辺菅氏、又明年《文政十一年》見于此也、余疑我輩不易処而学、尚且多因事費日者、奔走四方決不成事矣、而仲穎学問詩文毎見進歩、未始如吾所云何哉、昔人有言、非読万巻書行千里路、事不可成也、然則読書与行路皆成業之資、並行不相悖者也、仲穎生東陲窮西陲、其間性情所切劘《学徳を修める》、耳目所聞見、足以長其才識、以為応事之本、乃至名山大河浩波《おおなみ》長瀾之蕩潏《湧きでる》、黿鼉《青海亀鰐》蛟龍之出没、巌石之奇嶮、樹木之暢茂、風雨雲煙之開合起滅、一取之所目、而発之以為文詞、足可以使人鼓動《奮い動く》、豈我輩守故常《習慣》、少聞見者比也哉、余観仲穎喜歴史、善論今古得失成敗、今《文政十二年正月》滞京師往来我頼翁門、数聞其議論、又受其所著史書、用心観覧未嘗釈手、是其意以今世所聞見為未足、更求之於往古成敗得失之迹也、乃信仲穎之游非徒為景光所役者矣、吾知其目与足之未可休也、不識別後更読何書游何方、余亦将擔簦四方、不守此而終則又相見亦未知其於何処也、而仲穎更広余以所未聞見、鼓余以其更進之文詞、是余所望於仲穎也、姑書贈之

会津人添川仲穎游を喜ぶ。嘗て長崎に西游し、帰路吾が郷尾路を過《よぎ》り、余因りて始めて見《まみ》ゆ。明年《文政十年》又神辺《かんなべ》菅氏に見え、又明年《文政十一年》此に見ゆるなり。余我が輩《ともがら》の処を易へずして学ぶを疑ふ。尚ほ且つ事に因り日を費す者多く、四方に奔走し決して事成らざるなり。而《しか》るに仲穎学問詩文、見る毎《ごと》に進歩し、未だ始めより吾が云ふ所に如《し》からざるは何ぞや。昔人言有り、万巻の書を読み、千里の路を行くに非ずんば、事成るべからざるなりと。然らば則ち読書と行路と皆成業の資《もと》なり、並行し相悖《もと》らざる者なり。仲穎東陲に生まれ西陲を窮《きは》む。其間性情を切劘《セツビ》する所、耳目に聞見する所、以て其の才識を長じ、以て事の本に応《こた》ふと為すに足る。乃《すなは》ち名山大河に至り、浩《カウ》波長瀾《ラン》の蕩潏《タウケツ》、黿鼉《ゲンダ》蛟龍の出没、巌石の奇嶮、樹木の暢茂、風雨雲煙の開合起滅、一に之れ目する所を取りて、之を発《あらは》し以て文詞と為さば、以て人をして鼓動せしむべきに足る。豈《あ》に我が輩故常《コジヤウ》を守り、聞見少なき者に比せんや。余仲穎を観るに歴史を喜び、善く今古得失成敗を論ず。今京師に滞《とど》まり我が頼翁門に往来し、数《しばしば》其の議論を聞き、又其の著す所の史書を受く。心を観覧に用ゐ、未だ嘗て手を釈《お》かず。是其の意は今世聞見する所を以て未だ足らずと為し、更に之を往古成敗得失の迹《あと》に求むるなり。乃ち仲穎の游に信《した》しむは、徒らに景光の役する所と為る者に非ず。吾其の目と足との未だ休むべからざるを知るなり。別後更に何れの書を読み何方《いづ》に游ぶか識らず。余も亦将《まさ》に簦を四方に擔はんとす。此を守らずして終らば、則ち又相見《まみ》ゆるも亦未だ其の何処なるを知らざるなり。而して仲穎更に余の未だ聞見せざる所を以て広む。余を鼓すに其れ更に之れ文詞を進むるを以てす。是れ余が仲穎に望む所なり。姑《しばら》く書き之を贈る。

節庵からみた廉齋は、読書と旅愁に識見を深め、事物の本質に迫る姿を捉えている。今に見聞する所に満足せず、古

の足跡を尋ね、歴史を論じ休むことなく万象の観覧に心を用いた。この送序は文政十二年正月十五日廉齋東帰の京都三本木水西荘で廉齋二十七歳送別に節庵二十四歳が贈った文章である。この時の山陽の蠟燭説は別に述べる。

ホ　「徳川烈公書幅記」　碓川飯田定　節山板倉侯・添川寛夫予の畏友なり

廉齋遺艸の初めに掲げる写真版烈公「進思尽忠」の書幅に対して、明治三十年孟夏碓川飯田定「徳川烈公書幅記」が収録される。

添川氏所蔵進思尽忠之書幅、字体端厳筆力遒勁《強いこと》英傑之気凜然《威厳を備える》于縑《絹》面、使覧者粛容《慎む姿》起敬、是贈大納言徳川烈公所書、而我先君節山板倉侯（名勝明字子赫号節山又甘雨亭伊予守従五位下上野安中城主）、賜於先師廉齋添川先生者也、先生姓紀名栗字寛夫一字仲穎号廉齋又有所不為齋通称完平、岩代国会津郡小荒井村添川某之二子也、幼志学及壮従菅茶山頼山陽、学後遊篠崎小竹之門、性易簡善飲談笑灑落《俗気がない》而有気節《気骨》、不苟合節山侯好学聞其為人介于小竹招之遇以賓師、不強以仕官、先生為侯言事侃諤《遠慮せず議論する》不憚、侯能容之多所裨補《助け補う》、常語人曰添川寛夫予畏友《尊ぶべき友》也、侯英敏亢爽《高くさわやか》、夙抱慨世憂国之志、特受烈公之知、嘉永癸丑《六年》北米合衆国使節、将軍艦来于浦《浦賀》港要請通商、府下戒厳、于時烈公参与海防機務一日、書此四字於素縑《かとり絹》二幅以贈侯、侯分其一賜於先生、初烈公受幕府之讒屛居《引き籠る》別邸、侯窃為国家憂之与正議《正しい言論》之士謀斡旋上下事遂解、烈公之志明於天下、先生与有力焉、烈公又賜茗碗茶壺於先生、茗碗外底刻以向岡之土造景山八字、茶壺匣蓋裡面有真田侯幸貫（従四位侍従信濃守松代城主）之記、二器皆係公之手製、惜哉今亡而此書幸存矣、定昔在先生之門、備知此書之所由来、而後人或不知其事因、即記所知云爾

添川氏所蔵「進思尽忠」の書幅、字体端厳・筆力遒勁《シウケイ》にして英傑の気縑《ケン》面に凜然《リンゼン》たり。覧《み》る者をして粛容敬ひ

を起さしむ。是れ大納言徳川烈公書く所にして、我が先君節山板倉侯（名勝明、字子赫、号節山又甘雨亭、伊予守従五位下、上野安中城主なり）に贈り、先師廉齋添川先生に賜ふ者なり。先生姓紀、名栗、字寛夫、一字仲穎、号廉齋又有所不為齋、通称完平なり。岩代国会津郡小荒井村添川某の二子なり。幼《をさな》くして学を志し壮に及び菅茶山・頼山陽に従ひ、学後篠崎小竹の門に遊ぶ。性易簡、善飲談笑、灑落《サイラク》にして気節有り。苟《いやし》くも節山侯学を好むに合ひ、其の人と為りを聞き、小竹を介し之を招き、賓師を以て遇せずんば、強ひて以て仕官せず。先生侯の為《ため》言事に侃諤《カンガク》を憚からず、侯能く之れを容れ多く裨補《ヒホ》する所なり。常に人に語りて曰く、添川寛夫予の畏友《キイウ》なりと。侯英敏亢爽《カウサウ》にして、夙に慨世憂国の志を抱き、特に烈公の知を受く。嘉永癸丑北米合衆国使節、将《まさ》に軍艦浦港に来たり通商を要請せんとし、府下戒厳たり。時に烈公海防に参与し機務の一日、此の四字を素縑《ソケン》に書き、二幅を以て侯に贈る。侯其の一を分ち先生に賜ふ。初め烈公幕府の譴《せ》めを受け別邸に屏居《ヘイキョ》す。侯窃《ひそ》かに国家の為に之を憂ひ、正議の士と謀《はか》り上下を斡旋し事遂ひに解《と》く。烈公の志天下に明らかなり。先生与《あづか》りて力有り。烈公も又茗碗茶壺を先生に賜ふ。茗碗外底に向岡《むかうがをか》の土を以て景山造るの八字を刻す。茶壺匣蓋裡面に真田侯幸貫（従四位侍従信濃守松代城主）の記有り。二器皆公の手製に係り、惜しいかな今亡して此の書幸いに存す。定《飯田》昔先生の門に在り。備《つぶさ》に此の書の由来する所を知りて、後人或いは其の事の因《ゆかり》を知らず。即ち知る所を記し云ふのみ。

飯田定・碓川と号するは、安中藩大御目付宛飯田逸之助嘉永六年八月八日御届（安中小林壮吉旧蔵・現嗣子光氏所蔵）

嘉永六丑年旧例

私儀三戌八月ゟ三ケ年之間、添川完平方え入塾学問修業被仰付、御暇年下置難有仕合奉存候。然候処当世八月迄二而三ケ年相成候之間此段御届申上候。以上。

八月八日　　　飯田逸之助

大御目付中

廉齋塾で学んだ小林本次郎の兄弟子飯田逸之助である。嘉永三年正月十一日亡父跡式中小姓被召出、同六年八月十五日大小姓格御次詰、安政四年閏五月十五日大目付助素読所掛り是迄之通り、慶応二年十二月廿日若殿様御附、若殿様御近習向支配、同四年三月十三日安中引越、明治二年正月七日格式御物頭、東京公儀人。甘雨公は儒官にしたかったが監察となり明治四年権大参事となり旧安中藩の改革に尽力した（添川鉉「送飯田権大参事序」）。逸之助は明治になり定と改名し碓川と号したことがわかる。茗碗茶壺は「廉齋添川先生碑銘」に茶器の由縁を語る。廉齋所蔵烈公筆「進思尽忠」白かとり絹書幅は、ペリー来航時に二幅贈られた安中侯が譲渡した一幅と判明する。廉齋の人となりを「易簡善飲談笑灑落而有気節」とさっぱりして拘らない性格を活写している。

へ　「廉齋添川寛」小野湖山　舜の二臣夔《キ》・龍に自居す

小野湖山「廉齋添川寛」は明治十九年刊「湖山楼詩屏風」第三集に収録され、「偶作」と二行割註の紹介文からなる。まず紹介文から見る。

寛字仲穎号廉齋称寛平会津人、○廉齋西遊受業於茶山山陽二先生、東帰後遊事于安中侯住于江戸与余寓居相距咫尺、朝夕来往交情甚昵、廉齋題藩主甘雨亭一聯云、衣冠巣許《堯の高士》唯君在、丘壑《隠者住居》夔龍《舜の二臣》今是誰、隠然以夔龍自居、人皆笑其狂廉齋傲然《奢り見下げる》不省、又一奇士、藩侯曽病中書訓戒語賜侍臣、次及廉齋忽大書一行字云、添川寛平余益友也、侯之所以待廉齋者可以見矣、嗟夫侯亦快人哉、廉齋可謂知所依矣、世之遊菅頼二家間者多夸称頼翁、而廉齋独心服菅翁、其作字亦似菅翁、嘗語余曰世之称菅翁者目以詩人非也、翁家法厳粛学殖淵深、其接頼翁儼然父執《父の友人》自居、頼翁事之亦甚恭謹儼如師弟、頼翁之恭謹可学、菅翁之荘重不可及也、是事世知之者希故附記焉

偶作

紛紛《みだれる》議論似雲嵐　防海誰能到底諳　至竟《つまり》廟堂無遠識　徒使蓬筆《己の住居》縦游談
壮心猶存将投筆　白髪其如漸上簪　酔撃唾壺歌伏櫪《人が雌伏する》　満胸磊磈《高大な様》自難堪

七律下平十三覃韻

寛、字仲潁、号廉齋、寛平と称し会津人なり。○廉齋西遊し業を茶山・山陽二先生に受く。東帰後安中侯に遊事し、江戸に住み余の寓居と相距《へだ》つこと咫尺なり。朝夕来往し交情甚《はなは》だ昵《した》しむ。廉齋「藩主甘雨亭」と題する一聯に云ふ、「衣冠の巣・許　唯《た》だ君在るのみ　丘壑《キウガク》の夔《キ》・龍　今是れ誰そ」と。隠然と夔龍を以て自居し、人皆其の狂を笑ふも廉齋傲然《ガウゼン》と省《かへり》みず、又一奇士なり。藩侯曽《かつ》て病中に訓戒語を書き侍臣に賜ふ。次いで廉齋に及び一行の字を忽《たちま》ち大書して云ふ、「添川寛平余が益友なり」と。侯の廉齋を待《ま》つ所以は以て見るべし。嗟《ああ》夫れ侯も亦快人かな。廉齋依る所を知ると謂ふべし。世の菅頼二家の間に遊ぶ者多く頼翁を誇称す。而して廉齋独り菅翁に心服し、其の字を作《つか》ふも亦菅翁に似る。嘗て余に語り曰く、世の菅翁と称するは目して詩人を以てするに非ざるなり。翁の家法厳粛に学殖淵深たり。其の頼翁に接するは儼然と父執に自居す。頼翁之に事《つか》ふるも亦甚だ恭《うやうや》しく謹儼師弟のごとし。頼翁の恭謹学ぶべし。菅翁の荘重及ぶべからざるなり。是の事世に之を知る者希《まれ》なる故附記す。

偶作

紛紛《フンプン》たる議論　雲嵐に似たり　防海誰か能く　底《なん》ぞ諳《さと》るに到らん　至竟《シキヤウ》廟堂　遠識無く　徒《いたづ》らに蓬筆《ホウヒツ》をして
游談を縦《ほしいまま》にせしむ　壮心猶ほ存るがごとく　将に筆を投げんとし　白髪其れ漸《やうや》く　簪《かんざし》を上《のせ》るごとし　酔ひて唾

　壷を撃ち　伏櫪《フクレキ》を歌ひ　満胸の磊磈《ライクワイ》自ら堪へ難し

藩主甘雨亭を堯の時の高士に譬え、他方舜の二臣に自らその位置に居るを、人は廉齋の狂気を嗤うが気に掛けなかった。廉齋の寓居は天保十二年東行し翌十三年に明神下湯島御台町に居て、翌十四年七月に飯田街今川小路の東條鉄二郎方に借地し、安政四年十月五日に神田佐久間町藩中屋敷へ移るまで十四年間飯田街に居た。この偶作は天保十五年作「読英夷犯清国事状数種作長句以記之」中の句「誰有一人敵王愾而雪国辱」など右結句七字と通じる。オランダ国王開国勧告以降、嘉永六年ペリー・プチャーチン来航時の作とみる。

　ト　「大塔宮断甲記・斎藤実盛断甲記」斎藤拙堂　温藉和順・志の存する所、人の歓心を得たり

大塔宮とは護良親王の称号で、村上義輝に賜う断甲の臂手である。斎藤拙堂「大塔宮断甲記・斎藤実盛断甲記」は、天保七年六月以降江戸にて作られ、明治十四年刊中内惇編「拙堂文集」巻之一に収録する。斎藤拙堂、諱正謙、字有終、通称徳蔵、号鉄研道人・拙堂、生地江戸、慶応元年歿、享年六十九、師古賀精里、津藩儒である。まず大塔宮断甲記の抄録からみる。

　会津添川仲穎游芳野還過余家盛談勝概《よい景色》、使人勃勃《わき起る》動旧游之念、既而探懐出示一断甲、剝蝕《はげ落る》鏽渋《さび動く》之余古色隠然可掬《すくう》、曰此大塔王所賜村上彦四郎者、蔵在竹林院、往往為人断取去、廑余雙臂罩《肘覆い》、某寓院数旬、与主僧椿山親善、因懇請得其一隻也、願子有記、因割其一片与余蔵弆《所蔵する》、余遽斂容《謹む》拝受…此信可謂希世之宝矣、而落於我仲穎之手、遂又及余、噫亦奇矣、余安得黙黙乎、乃書其由以付之、仲穎為人温藉和順、周游海内、毎得人之歓心、然観其好尚而知其志所存

会津添川仲穎芳野に游び、還《かへ》りに余が家を過《よぎ》り、盛んに勝概を談ず。人をして勃勃《ボツボツ》と旧游の念を動かしむ。既にして懐《おも》ひを探り、出すに一断甲を示す。剝蝕鏽渋《ハクショクシウシフ》の余り古色隠然と掬《キク》すべし。曰く、此れ大塔王村上彦四郎に賜ふ所の者、蔵《をさ》めて竹林院に在り。往往人の為に断《た》ち取り去る。廑《わづ》かに雙《ふた》つの臂罩《ヒタウ》を余すのみ。某《それが》し院に寓《やど》る数旬、主《あるじ》の僧椿山と親善たり。因りて懇請し其の一隻を得るなりと。願はくは子記すこと有らん。因りて其の一片を割き余に与へ蔵弆《ザウキヨ》す。余遽《にはか》に斂容《レンヨウ》拝受す。…此れ信《まこと》に希世の宝と謂ふべし。而して我が仲穎の手に落ち、遂に又余に及ぶ。噫《ああ》亦奇なり。余安《いづ》くんぞ黙黙たるを得んや。乃《すなは》ち其の由を書き以て之に付す。仲穎人と為り温藉《ウンシヤ》和順、海内を周游し、毎《つね》に人の歓心を得たり。然して其の好尚を観て、而して其の志の存する所を知るなり。

廉齋の性格を「温藉和順」心広く穏やかで和らぎ従う徳があると称揚する。その志が人に喜んで嬉しいと思う心を生み、人に気に入られようと努める性質とは違ったのである。つぎは斎藤実盛断甲記を抄録する。斎藤実盛とは平維盛に従い源義仲を討つ時、錦の直垂を着て白の鬢髪を黒く染め奮戦し、手塚光盛に討たれたという。

会津添川仲穎有好古之癖、従桑名森子文乞獲其断来示余、余熟視之曰此吾家旧物、何不分一半。仲穎慨然許之、於是余獲其両札、蔵之篋衍《竹製の箱》并書其由以附之

会津添川仲穎好古の癖有り。桑名森子文より其の断を乞ひ獲て来たり余に示す。余之を熟視し曰く、此れ吾が家の旧物なり、何ぞ一半を分たざらんと。仲穎慨然と之を許す。是に於いて余其の両札を獲て、之を篋衍《ケフエン》に蔵し、并せて其の由を書き以て之を附す。

廉齋に好古の癖があり、拙堂の我が家の物であるからとの牽強付会に、気力を沸き立たせて許諾した。ここでも志の存するところ拙堂の歓びを得たのである。

チ　「大峯記」の評語　斎藤拙堂・篠崎小竹　千古の秘を剔抉し遺す無し

右の断甲記二篇に関係した天保七年春、廉齋は大和国吉野に遊びまた金峰山に登り、代表作の一つ「大峯記」を同年五月吉野竹林院にて執筆した。本文は拙著「添川廉齋」に譲り、拙堂天保十年評語「己亥季夏念一斎藤謙妄批」に

金峰之勝蓋甲天下、惜性兄者唯香究々《止まない》候、多閭里《むらざと》細民、目無一丁《文字を知らぬ》者、是以其奇偉幽麗之状世無得知焉、今仲穎挟彫龍《文書を飾る》之才、窮幽捜奇、千古之秘《後世まで残る秘事》剔抉《問い出す》無遺、使文墨之士刮目祝焉、蓋有所遇而発不唯仲穎之幸、抑亦山之幸也已

金峰の勝、蓋《けだ》し天下に甲《まさ》るなり。性兄《いは》んや惜《を》しむ者は、唯《た》だ香究々と候《うかが》ふのみ。閭里《リヨリ》に細民多く、目に一丁無き者は、是を以て其の奇偉幽麗の状を世に知り得ること無し。今仲穎彫龍の才を挟《も》ち、幽を窮《きは》め奇を捜す。千古の秘、剔抉《テキケツ》し遺《のこ》す無し。文墨の士をして刮目し祝《ねが》はしむ。蓋《けだ》し遇《あ》ふ所有りて発《あらは》すは、唯だ仲穎の幸ひのみにあらず、抑《そもそ》も亦山の幸ひのみ。

廉齋の文才により永遠の神秘をほじり出すのは廉齋一人の幸運でなく、金峰山自身の幸福であるとその学才を拙堂は称える。次の篠崎小竹は諱弼、字承弼、通称長左衛門、号小竹、生地豊後、嘉永四年歿、享年七十一、師篠崎三島・古賀精里、三島養子、大坂の儒者である。小竹天保十年評語「己亥重陽日浪華小竹散人弼」に

予幼時聞金峰之奇、謂地不甚遠当及少壮一遊焉、以乏勝具《達者な足》怯其嶮不能果而今老矣、毎見香侶《仏縁の朋》自峰還者問其勝、輙曰導師禁言山中事、言則天狗罰之、故平日徒耳、大小鐘懸東西覰崖、胎穿蟻度及菊不動諸洞、名而不知其為何景状、今観此游記諸勝之嶮与奇、一々如画展開之間、使人有羽化翺翔《仙人となり高く飛ぶ》之想、乃足以償数十年有志、而不果之恨也、噫寛平奥人、而少壮能探勝数千里外発諸文辞、予在近地乃荏苒《歳月の長引く》終生、予之可愧不独金峰之游也、寛平之於学後来

宜亦如此、游記為跋数語所以勧寛平也

予幼時に金峰の奇を聞き、地甚だ遠からず当に少壮一遊に及ぶべしと謂ふ。勝具に乏しきを以て其の嶮を怯《おそ》れ、果す能《あた》はずして今に老いたり。香侶峰より還る者を見る毎《ごと》に其の勝を問ふ。輒《すなは》ち曰く、導師山中の事を言ふを禁ず、言へば則ち天狗之を罰すと。故に平日徒《むな》しきのみ。大小鐘懸《かねがけ》、東西に崖を覰《うかが》ひ、胎を穿《うが》ち蟻度し菊不動諸洞に及ぶ。名《なづ》けて其れ何れの景状を為すか知らず。今此の游記を観るに、諸勝の嶮と奇と、一々画のごとく展開の間に、人をして羽化翺翔《ウクワカウシヤウ》の想ひ有らしむ。乃ち以て数十年志有りて、果さざるの恨みを償《つぐな》ふに足るなり。噫《ああ》寛平奥人にして、少壮能く数千里外を探勝し諸文辞を発《おこ》す。予近地に在り、乃ち荏苒《ジンゼン》と生を終ふ。予の愧《は》づべきは独り金峰の游にあらざるなり。寛平の学に於いて後来宜しく亦此のごとくなるべし。游記に跋数語を為し、寛平を勧むる所以なり。

金峰山中の事を禁言された風潮の中で、廉齋の「大峯記」により小竹を初め後続の人々に臥遊の楽しみを齎した。この廉齋への評価が安中侯へ推薦する契機となった。

リ　「游豆紀勝」安積艮齋　権力に屈せぬ易簀《エキサク》の人

安積艮齋「游豆紀勝」天保五年九月八日より十日条に廉齋との交流が語られる。安積艮齋は諱重信・信、字思順・子明、通称祐助、号艮齋・見山楼、生地岩代郡山、万延元年歿、享年七十六、師佐藤一齋・林述齋、江戸の儒者・二本松藩儒・昌平校教授である。初め明遠館叢書本（国会図書館所蔵）でみたが、ここでは耕雲齋蔵版本による。

四《山田三川》有挾予訪添川廉齋、廉齋会津人、受業於頼山陽、性澹宕《静かで広い》、長於文辞、至則不在家、因過太平寺、住持壷龍和尚、倜儻《独立の貌》不羈《非凡の才》、容姿魁岸《勝れ逞しい》、工韻語、急命酒相款、廉齋適至、相共叙旧談往、夜半至其宅宿、剪燭連榻、談笑移刻而寝

四有予を挨《たす》け添川廉齋を訪ぬ。廉齋会津人なり。業を頼山陽に受く。性澹宕《タンタウ》、文辞に長ず。至れば則ち家に在らず。因りて太平寺に過《よぎ》る。住持壷龍和尚、倜儻不羈《テキトウフキ》、容姿魁岸《クワイガン》にして、韻語に工《たく》みなり。急ぎ酒を命じ相款《まじ》はる。廉齋適《たまたま》至る。相共に旧を叙し往を談ず。夜半其の宅《いへ》に至り宿る。燭を剪《き》り榻《しとね》を連《つら》ね、談笑刻《とき》を移して寝《ね》たり。

九日、日高而起、将辞去、廉齋固留、復解装而話、学子《弟子》携酒来賀、始知為重陽也、因議登高之遊《菊酒を飲み災厄を祓う》、以雨至不果、午下微霽、登石山、山在下田北。雖不甚高、而一片盤石所結、土人伐之以礱、斧鑿之痕、悉成坎穴、其中方正如槨、大可容数十人、積潦《大水》渟瀦、色作青靛《藍》、若一失脚即長夜《墓穴》矣、自山脊而下、有窟尤怪偉、広数十丈、石髄垂乳、陰気浙浙《次第に》襲人、亦斲《削りきる》伐処、他州洞穴、皆造物者所為、而是窟独出於人工。鑱《穿ち刻む》劃之妙、与神鬼争、亦一奇也、噫利之所在、尽数百人之力、雖石山亦七竅《顔の七穴》皆穿、況人主朘民、窮其力不已、如之何其不窮也、廉齋曰、本州多佳石、非他州所及、独怪昔源二位挙義兵、群雄響応、若北条仁田土肥、皆出于本州、北条氏之興、麾下《はたもと》驍将《強き大将》、若清水松下、猶不乏人、今則索然《空虚なさま》矣。豈雖有人而無所售其技歟、抑柳州《柳宗元》所謂其気霊不為偉人而為是物歟、二人相視大笑、既返、就大平寺飲、遂宿、燈下賦詩似廉齋

疎雨澹雲《うすぐも》秋寂寞　黄花映酒好顔色　休言客裡遇重陽　縦在江都猶是客　七言古詩

九日、日高くして起く。将《まさ》に辞去せんとし、廉齋固く留《とど》む。復装を解きて話す。学子酒を携へ来賀す。始めて重陽たるを知るなり。因りて登高の遊を議《はか》る。雨至るを以て果さず。午下微《かす》かに霽《は》る。石山に登る。山は下田北に在り。甚だ高からずと雖も、一片盤石の結ぶ所なり。土人之《これ》を伐り以て礱《ひさ》ぐ。斧鑿《フサク》の痕、悉く坎穴《カンケツ》と成る。其の中方正にして槨《ひつぎ》のごとく、大きさ数十人を容るべし。積潦瀦《ためいけ》に渟《たた》へ、色青靛《テン》を作《な》す。若《も》し一たび脚を失は

ば即ち長夜たり。山脊よりして下《くだ》る。窟《いはや》有り尤も怪偉なり。広さ数十丈、石髄乳と垂る。陰気淅淅と人を襲ふ。亦斲伐《タクバツ》の処なり。他州の洞穴、皆造物者の為す所にして、是の窟独り人工に出づ。鑱劃《サンクワク》の妙、神鬼と争ふも亦一奇なり。噫《ああ》利の在る所、数百人の力を尽し、石山と雖も亦七竅《シチケウ》皆穿《うが》つ。況《いは》んや人主民を朘《へら》し、其の力を窮《きは》め已《や》まず。之を如何《いかん》其れ窮まらざるなり。廉齋曰く、本州佳石多く、他州及ぶ所に非ず。独り怪しむ、昔源二位義兵を挙げ、群雄響応す。北条仁田土肥のごとき、皆本州に出づ。北条氏の興《おこ》り、麾下《キカ》の驍将《ゲウシャウ》なり。清水松下のごとき、猶《な》ほ人に乏しからず。今則ち索然《サクゼン》たりと。豈《あ》に人有りと雖も其の技を售《う》る所無からんや。抑《そもそも》柳州謂はゆる其の気霊偉人と為らずして是れ物と為るか。二人相視《み》て大笑す。既に返り、大平寺に就き飲む。遂ひに宿り、燈下に詩を賦し廉齋に似《たてまつ》る。

　疎雨澹雲　秋寂寞たり　黄花酒に映《は》え　好顔色　言ふを休《や》めよ客裡　重陽に遇《あ》ひ　縦《たと》ひ江都に在るとも
　猶《な》ほ是れ客のごとし

十日、晴、四有将浴加茂温泉予亦赴石廊山、相倶発下田、壺龍師来別、以詩見餞、予即和答

　海雨瀟瀟《風雨烈し》雁打更《夜廻り》　仏燈明滅夢頻驚　道人聊試廻天力《時勢を一変する力》　鉄鉢収龍放暁晴　七絶下平八庚韻

廉齋送至村口、離思黯然《別離を傷む様》、行一里、又与四有別、意殊悽惘《悲しみ傷む》

十日、晴れ。四有将に加茂温泉に浴せんとし、予も亦石廊山に赴く。相倶《とも》に下田を発《た》つ。壺龍師来別す。詩を以て餞《おく》らる。予即ち和して答《こた》ふ。

　海雨瀟瀟《セウセウ》　雁打更す　仏燈明滅し　夢頻《しき》りに驚く　道人聊《いささ》か試む　廻天の力　鉄鉢龍を収め　暁晴に放つ

廉齋送り村口に至り、離思黯然《アンゼン》たり。一里行き、又四有と別《わか》る。意殊《こと》に悽惘《セイバウ》たり。

文中の「相共叙旧談往」とあるが、版本にはないが明遠館叢書本に「予嘗識之海鷗社」とあり、二人は江戸の各藩儒

の文会で相識となり、古き交誼を述べたと思われる。嘗てとは文政十二年二月東帰以後、江戸にて増島蘭園・松本寒緑・尾藤水竹と会っているから、この頃海鷗社に出入りしたと思われる。下田で儒学を教授していた廉齋を訪ねるにあたり山田三川が同道していたことが判明する。二人は別れ難いほど意気投合した。艮齋が贈った別れの詩が廉齋遺艸写真版に載る。

　白波青嶂《青いみね》寄吟身　萍寓《漂泊の宿》三朝奥至真　銜環《恩に報る》報往他年事　情意和君有簀人　七絶上平十一真韻

　遊下田港過廉齋先生逕宿《訪れ宿る》三日臨発□致心謝　信拝受

白波青嶂《セイシヤウ》　吟身に寄す　萍寓《ヘイグウ》三朝　奥《ひそ》かに真に至る　銜環《ガンクワン》往に報ゆ　他年の事　情意君に和す　有簀《イウサク》の人

　下田港に遊び廉齋先生に過り逕宿《ケイシユク》すること三日、発□に臨み心謝を致す。信拝受す。

廉齋を簀人と言い、易簀で曽参が臨終の時、大夫から賜った竹席《たかむしろ》を撤し、他の竹席と取り替えて歿した故事を指す。権力に屈しない姿勢を表す。游豆紀勝の天保五年九月十日条、下田より手石にて午飯をはさんで弥陀窟の海岸で遊んだ時の作と判明する。

ヌ　「海鷗社友と蓮池の清遊」安積艮齋　浄香満ち清く寐《い》ねず

艮齋と廉齋二人相識の一因は、艮齋が陸奥郡山出身で廉齋が陸奥会津であったことによろう。嘉永二年刊の「摂東七家詩抄」巻二「艮齋詩稿」に艮齋が廉齋と係わった詩が残る。

　七月十七日、与海鷗社友集于蓮池仙子楼、帰途添川某延予暨山縣西脇二友、抵天妃宮寓軒、月色晴朗、涼風如洗、景況《ようす》絶佳、明日賦此鳴謝《礼をいう》

文筵始散下高楼　涼笠《ひがさ》無影夕陽収　満巷暑氛《夏の暑さ》猶薫赫《勢い盛ん》　蕉葛《芭蕉布》漓漓《したたる》汗如油　吟侶相引入勝地　酔余散策林塘《林中の池》幽
荷花数里敷雲錦　清波如鑑湛不流　中有琳宮《道観》在幽嶼　蓬莱《蓬莱殿を支える大スッポン》突起金鰲頭　石梁《石橋》穹隆《折れ曲る》臥玉虹　杖屨《つえくつ》彭鏗《鼓鐘の声》叩琳璆《玉》
酒扉茶棚人寂寂　画廊丹閣風颼颼《風の音》　疎鐘忽動烟中寺　東山吐月玉輪浮　驚鳥数声遶枝起　波光瀲灔《燦めく様》走金虬《みづち》
涼気溢堂酔魂爽　今夜衣袖始知秋　小爐煮茶松濤《松風の音》沸　靄靄《雲の懸る》晴雲浮碧甌《青の瓮》　芳鮮《新鮮な肉》不啻消酒渇　欣快宛如脱幽囚
此興偶然尤可喜　期約或易成阻脩《隔て遠い》　天上陰晴雲妬月　人間俗累《世の繁雑》魚銜鉤　延賞《明の侯懋功》不忍便辞去　石欄橋畔且淹留
同人贈我玉芙蓉　携帰燈火弄芳柔　浄香満枕清不寐　猶疑身在琳宮游

七排下平十一尤韻

七月十七日、海鷗社友と蓮池仙子楼に集《つど》ふ。帰途添川某、予曁《とも》に山縣西脇二友を延《ひ》き、天妃宮寓軒に抵《いた》る。月色晴朗、涼風洗ふごとし。景況絶佳、明日此を賦し鳴謝す。

文筵始め散り　高楼を下《くだ》る　涼笠影無く　夕陽収《をさ》む　満巷《マンカウ》の暑氛《フン》　猶ほ薫赫《クンカク》のごとく　蕉葛漓漓《リリ》と　汗油のごとし　吟侶相引き　勝地に入り　酔余の散策　林塘《リンタウ》幽《ふか》し　荷花数里　雲錦を敷き　清波鑑《かがみ》のごとく　湛《たた》へて流れず　中に琳宮《リンキユウ》有り　幽嶼に在り　蓬莱に突起す　金鰲《キンガウ》の頭《をさ》　石梁穹隆《キユウリユウ》し　玉虹臥《ふ》し　杖屨《チヤウク》彭鏗《ホウカウ》　琳璆《リンキウ》を叩《たた》く
酒扉茶棚　人寂寂《セキセキ》と　画廊丹閣　風颼颼《シウシウ》たり　疎鐘忽《たちま》ち動《おこ》る　烟中の寺　東山月を吐き　玉輪浮かぶ　驚鳥数声　枝を遶《めぐ》り起き　波光瀲灔《レンエン》と　金虬《キウ》走る　涼気堂に溢《あ》ふれ　酔魂爽やかに　今夜衣袖　始めて秋を知る　小爐茶を煮《に》　松濤沸《わ》き　靄靄《アイアイ》たる晴雲　碧甌《ヘキオウ》浮かぶ　芳鮮啻《ただ》に酒渇消えず　欣快宛《あたか》も幽囚を脱《のが》るるごとし　此の興偶然に　尤も喜ぶべく　期を約し或いは易《やす》し　阻脩《ソシウ》と成る　天上陰晴　雲月を妬み　人間俗累　魚鉤《はり》を銜《ふく》む
延賞《エンシヤウ》便《すなは》ち辞去するに忍びず　石欄橋畔　且《しばら》く淹留す　同人我に贈る　玉芙蓉　携へ帰る燈火　芳柔《かをりやはら》ぐを弄す
浄香枕に満ち　清く寐《い》ねず　猶ほ疑ふ身は琳宮の游に在るがごとし

或る年の七月十七日に海鷗社文会が不忍池仙子楼で催され、廉齋が帰途艮齋と山縣西脇三人を近くの寓居でもてなし清興であった。恐らく廉斎が同志に贈った玉芙蓉の清香に、艮斎は眠れぬほど感激している。廉斎の居所は湯島御台所町（「江戸現在広益諸家人名録」二編・天保十三年金花堂蔵版）と神田小川丁（「安巳新撰文苑人名録」安政四年版）にあった。詩題の天妃宮寓軒とは、弁財天の御堂で蓮池のある上野不忍池であろう（増上寺蓮池の可能性もある。拙稿「菅茶山三回忌と忍池宝珠院─増上寺蓮池と裏鬼門思想発生の端緒─」東洋文化復刊第百三号）。

ル　「送添川生序」増島蘭園　粛然《シュクゼン》として恭・窈然《エウゼン》として静たり

増島蘭園「送添川生序」は「旦采藁」（国会図書館鴨軒文庫所蔵）に収められる。増島は諱固、字孟鞏、通称金之丞、号蘭園、生地江戸、天保十年歿、享年七十一、師古賀精里、灃水男で幕府儒臣である。旦采藁の成立は序文に庚寅星夕後三日とあり、天保元年七月十日である。この送序は秋九月に帰家し高津淄川を訪ねた文政十二年の作である。同十二年十二月上旬には江戸に戻った廉斎が、秋冬の帰郷を期して三月頃蘭園を訪ね請言し、会津で淄川と会ったのも蘭園の紹介であろう。

会津藩之士来游于茲土者余識六人、牧生兄弟学昌平黌舎有年、山生辺生関生嘗在余家塾、故挙悉其為人至其学問之所詣、好尚之所寓雖有不仝焉、率温順直易《率直穏健》恭而謙濬而静、絶無軽浮《軽はずみ》之態拗戻《ねじける》之気、及見添川生其進退容止《ふるまい》之間粛然《静かな様》而恭窈然《深遠な様》而静、亦如五人者則雖未浹其言論探其神蘊《おくそこ》其為人可概見《大体が解る》矣、蓋其風気所囿天質之自然者而非仮裁於人力也、夫質譬猶田也、学猶殖也、学之得其法嘉種也、嘉種易殖、然非良田不能、良田可以得殖、然非嘉種不得、美質可以就学、而要在学之得其法矣、是故眩異端邪説躡岐徯《分かれ道》入曲逕《曲り路》者且舎旃、精究義理者専心于自得之境厭卑而趨高、牽制訓義章句者、取弁于言辞之間遺本而逐末、愈勤而愈得竟不能得其要、雖有美質何能有就也、学之韜晦《隠れ衰る》

日久、出於此者入於彼、出於彼者入於此、能得其要者幾希矣、五人者夫為皆得其要、而能免二者之弊、則已有之聞生砥礪《励み研く》切磋之勤、過絶《まさる》於人不知其所従事果何如也、頼有質之美有力之彊、而其所従不誤乎、則其就也可立而待矣、伝云学殖也、不学将落、豈但不学之落而已哉、学之不得其法、余亦恐将有落、今茲冬孟、生将帰侍其父母於郷、請言於余、書此以与

会津藩の士、茲《こ》の土に来游する者を余六人識《し》る。牧生兄弟、昌平黌舎に学び年有り。山生・辺生・関生嘗《かつ》て余の家塾に在り。故に悉《ことごと》く其の人と為りを挙《あ》げ、其の学問の詣《ゆ》く所、好尚の寓《やど》る所に至《およ》ぶ。不同有りと雖も、率《おほ》むね温順直易なり。恭にして謙、澹《やすらか》にして静たり。絶へて軽浮の態《わざ》・拗戻《エウレイ》の気無し。添川生を見るに及び、其の進退容止の間、粛然《シュクゼン》として恭、窈然《エウゼン》として静たり。亦五人のごとき者は、則ち未だ其の言論浹《あまね》からずと雖も、其の神蘊《シンウン》を探《さぐ》り、其の人と為りを概見《ガイケン》すべし。蓋《けだ》し其の風気の囿《かかは》る所、天質の自然なる者にして、仮にも人力に裁《つく》るに非ざるなり。夫の質譬へば猶《な》ほ田のごときなり。学猶ほ殖《う》うるごときなり。学の其の法を得れば嘉種なり、嘉種殖《そだ》て易《やす》し。然らば良田に非ずんば能《あた》はず。良田を以て殖《そだ》つを得《う》べし。然らば嘉種を得ずんば非ず。美質以て学に就くべし。而《しか》も要は学の其の法を得るに在り。是の故に異端邪説に眩《くら》み、岐徯《キケイ》を躡《ふ》み曲逕《キョクケイ》に入る者、且《まさ》に旃《これ》を舎《す》てんとす。義理を精究する者は、心を自得の境に専《もっぱ》らにし、卑《ひく》きを厭《いと》ひて高きに趨《おもむ》く。訓義章句を牽制する者は、弁を言辞の間に取り、本《もと》を遺《わす》れて末を逐《お》ひ、愈《いよいよ》勤めて愈得、竟《つひ》に其の要を得る能はず。美質有りと雖も何ぞ能く就くこと有らんや。学の韞晦《ウンクワイ》日に久し。此に出づれば彼《かしこ》に入り、彼に出づれば此に入る。能く其の要を得るは幾《ほとん》ど希《まれ》なり。五人は夫れ皆其の要を得ると為し、能く二者の弊を免《まぬか》る。則ち已《すで》に之れ有れば、砥礪切磋《シレイセッサ》の勤めを生むと聞く。人に過絶《クワゼツ》し其の従事する所を知らず、果して何如《いかん》ぞや。質の美きもの有り、力の彊《つよ》きもの有るを頼みて、其の従ふ所を誤らざるか。則ち其の就くや立ちて待つべし。伝に云ふ、学は殖《う》う

るなり。学ばざれば将《まさ》に落ちんとすと。豈《あ》に但《た》だ之を学ばずんば落つるのみならんや。之を学び其の法を得ずんば、余も亦恐らく将に落つること有らんとす。今茲《こ》れ冬の孟《はじめ》に、生将に帰り其の父母に郷《くに》に侍せんとし、言を余に請ふ。此を書き以て与ふ。

蘭園は廉齋が静かで礼儀正しく、奥深さを天性持っているとみる。その良い性格は、学問により目的を達しようとする手立てに生まれると、廉齋二十七歳の帰省を励ました。高津淄川《シセン》、諱泰・光泰、字平甫、通称平蔵、号淄川、生地会津、慶応元年歿、享年八十六、師古賀精里、会津藩儒。「冬夜添川生至賦贈」（新井円次「略伝」収録）冬夜添川生至り賦して贈るに

山陰《やまの北》客至読書堂　榾柮《木切れ端》爐頭夜正長　名士由来起農畝《農業》　英材未見出膏中《恵みの中》
十年遊学貂裘《貴人の服》破　一日《ある日》還家陸橘香　呉下阿蒙応刮目　新詩似我斐然章《学問成就の様》　七古
生遊学于東都数年今秋如帰　淄川

山陰に客至る　読書堂　榾柮《コツトツ》の爐頭　夜正《まさ》に長し　名士の由来　農畝《ノウホ》に起《おこ》り　英材未だ見ず　膏中に出づるを
十年の遊学　貂裘《テウキウ》破れ　一日の還家　橘香陸《と》ぶ　呉下の阿蒙　応《まさ》に刮目《クワツモク》すべく　新詩我に似たり　斐然《ヒゼン》の章
生東都に遊学すること数年、今秋帰るごとし。　淄川

英材は恵まれた環境から生まれずと、農染兼業出身の廉齋を称え、長期の遊学に貴人の服も破れたと廉齋への敬意を示し、斐然成章と論語公冶長から学問修養が成就して立派だと祝った。一方淄川は呉下阿蒙と三国呉の呂蒙の故事を引き、相変わらず元通りの無学者と謙遜した。時に廉齋二十七歳、淄川五十歳であった。淄川は文化五年会津藩蝦夷地出陣に従軍カラフトに赴き「終北録」（安政丁巳《四年》新刊会津高橋氏友于亭蔵）を著した。廉齋は安政四年以前のこの時、稿本を一見した可能性がある。後に述べるが廉齋は「有所不為齋雑録」を編輯し、ロシヤと蝦夷地の保全開拓を

テーマに膨大な北方関係史料を収集している。

廉齋の人格形成

イ　頼山陽「蠟燭説」治乱を燭《てら》し昏暗《コンアン》を救ふ国の蠟燭たれ

廉齋西遊は昌平校の学恩に依るところ大きいが、頼山陽の存在が多大である。頼山陽、諱襄、字子成、通称久太郎・徳太郎、号山陽外史・三十六峯外史、生地大坂、天保三年歿、享年五十三、師尾藤二洲・柴野栗山、春水長男、京都の儒者。日本外史刊行以前に廉齋は与って力があったと言われる。廉齋遺艸9「楠公を弔ふ文序を并《あは》す」に山陽が日本外史巻之五新田氏前記楠氏で南朝の衰頽を「南風不競」と表現した語句を引用、同63「楠公正成に擬《なぞら》へ後醍醐帝に書並びに序を上《たてまつ》る」に武士の平和な生活に慣れ仕来りに従う様を同前記で「所謂武士者、狃其豢養」を引用し、単語では「万乗之尊」「窮海」「累世」「蟻附」が顕著である。廉齋が日本外史の語句を記憶していた以上に、廉齋の語彙である可能性もあり撰に力あった所以である。廉齋と山陽との決定的な関係を示すのは、文政十二年正月廉齋東帰の際、山陽が「蠟燭説」（天保辛丑新鐫五玉堂蔵版「山陽遺稿」巻之十雑著収録）で廉齋が華蠟燭を山陽に贈り、会津の著名な蠟燭を廉齋に譬えた文がある。

会津産蠟燭最著、有華蠟燭者、絵其膚華紋繡錯《文采》燦可眩目、余数得於其人試焼之非加明也、則置之筐以供翫《慰める》玩、而用以焼乃無華者夫蠟燭何用哉、玩之邪抑照物也、苟照物而明矣、雖無可観可玩而名為燭不愧矣、名為燭而其実無益於明、安在其為蠟燭乎、且求物之可観玩者何必用蠟燭、今儒士亦国之蠟燭也、為物雖微無此莫以燭治乱而救昏《おろか》暗、凝其膏潤《良い潤い》含其光明、舎之可蔵以待挙用唯不挙也、挙則可以弁群物照四疆《四方の境》、類如椽之燭者、則古之賢才豪傑也、次之而下随質之小大、皆可用燭物、是之謂儒已、而今或以為席上之珍、以玩物視之、而儒亦以玩物自視、其名曰儒、儒邪俳優邪徒藻絵《彩色》其外、而験其中之通且明、不如悃愊《まごころ》之俗士、是華蝋燭耳、然彼燭也特曰其華之無益於明云爾、非不可燭也、則是不足以比焉邪、添川仲穎会津産也、質厚好学善文、而不衒於人、吾知其為燭不為華蝋燭也、於其帰言此以勉之

会津蠟を産し、蠟燭《ラフソク》最も著《あらは》る。華《はな》蠟燭なる者有り。其の膚《はだ》に絵《ゑが》き華紋繡錯《シウサク》たり、燦《サン》として目を眩《くら》ますべし。余数《しばしば》其れ人に得て、試みに之を焼《とも》すも明《あか》りを加ふるに非ざるなり。則ち之を筺《かご》に置き、以て観玩に供《そな》ふ。而して以て焼《た》くに用ゐ、乃《すなは》ち華無からば夫れ蠟燭何ぞ用ゐんや。之を玩《もてあそ》ぶや抑《そもそ》も物を照すなり。苟《いやし》くも物を照して明《あらは》さん。観るべく玩ぶべき無しと雖《いへど》も、名づけて燭《ともしび》と為し愧《は》ぢず。名づけて燭と為して、其の実明《ジツあか》りに益無くんば、安《いづ》くんぞ其れ蠟燭と為すに在らんや。且《まさ》に物之を観玩すべき者を求むるに何ぞ必ず蠟燭を用ゐん。今儒士も亦国の蠟燭なり。物と為り微《いや》しと雖も、此れ無くんば以て治乱を燭《てら》して、昏暗《コンアン》を救ふ莫し。其れ膏潤凝り、其れ光明を含む。之を舎《お》き蔵《をさ》むべく、以て挙用を待ち、唯だ挙げざるのみなり。挙ぐれば則ち以て群物を弁じ四疆《シキヤウ》を照らすべし。椽《たるき》のごとき燭に類する者は、則ち古《いにしへ》の賢才豪傑なり。之に次ぎて下《さが》れば質の小大に随《つ》く。皆用ゐるに物を燭《てら》すべし。是れ之を儒と謂ふのみ。而《しか》るに今或いは以て席上の珍と為り、玩物を以て之を視る。而るに儒も亦玩物を以て自ら視る。其の名を儒と曰ふ。儒や俳優や徒《いたづら》に其の外を藻絵《サウクワイ》して、其の中の通《はた》き且つ明《あか》りを験《ため》す。悃愊《コンヒョク》の俗士にしかず。是れ華蝋燭のみ。然るに彼の燭や特《た》だ曰く、其の華の明りに益無しと云ふのみ。燭とすべからざるに非ざるなり。則ち是れ以て比《くら》ぶに足らざらんや。添川仲穎会津の産《うまれ》なり。質厚く学を好み文を善くす。而して人に衒《てら》はず。吾其の燭と為り華蝋燭と為らざるを知るなり。其の帰るに於いて此を言

ひ以て之を勉《はげま》す。

廉齋の首途を励まして、儒者は治乱を照らし愚かな世を救う蠟燭であり、知識才能を誇らず華蠟燭とならず、真の国の蠟燭となれと贐を贈った。この時山陽「上元送添川仲穎東帰」（同遺稿巻之四所収）上元《正月十五日》に添川仲穎東帰を送るに

客程《旅の日程》新暦《新歳》日　文会旧窓櫳《格子まど》　寒在梅華碧　宵深蠟燭紅　離觴《別離の杯》上元酒　帰轎《駕籠》半春風　還遇昌平友　能談及此翁

客程　新暦日　文会す　旧窓櫳《キウサウロウ》　寒在り　梅華碧《あを》く　宵《よひ》深く　蠟燭紅《あか》し　離觴《リシヤウ》　上元の酒　帰轎《キケウ》　半ば春風たらん　還《かへ》りて遇《あ》ふ　昌平の友　能談　此の翁《おきな》に及ばん

五律上平一東韻

文会の行われた旧窓櫳とは、京都三本木の水西荘であろう。江戸に帰り、廉齋と十八より二十歳まで学んだ昌平校同窓との山陽翁談話が語られようと。つづいて山陽「再与仲穎話別」（同遺稿巻之四所収）再び仲穎と話別すに

青燈緑酒自情親　明日行装《旅支度》趁路塵　游暦当追少年日　文章方遇太平春
意中《心のうち》桑梓《故郷の義》程猶遠　望裏《心に望む》芙蓉雪正新　老病尋常重離別　未道天涯如比鄰

七律上平十一真韻

青燈緑酒　自《おのづか》ら情親しむ　明日行装　路塵を趁《ふ》む　游暦当《まさ》に追ふべし　少年の日を　文章方《まさ》に遇《あ》ふべし　太平の春に　意中の桑梓《サウシ》　程《みち》猶《な》ほ遠く　望裏の芙蓉　雪正《まさ》に新らし　老病尋常　離別を重ね　未だ天涯を道《い》はず　比鄰《ヒリン》のごとしと

文政十二年秋廉齋帰省を知っていた山陽は、意中遠路の故郷を詠み、心より望んだ磐梯山を芙蓉と表現した。天涯如比鄰とは、王勃「杜少府之任蜀州詩」に遠隔の地も考えようにより隣家のように近く思われることによる。この別宴には宮原節庵が居たことは既に述べた。また梁川星巌も同席しており廉齋遺艸写真版に掲載されるが、星巌丙集巻二の収録による。「上元夜子成三樹水荘送添川仲穎遊江戸」上元の夜、子成三樹の水荘に添川仲穎江戸に遊ぶを送るに

浮萍《うき草》断梗《定まらぬ》旧因縁　邂逅無端《図らずも》又別筵　共酌一盃元夕《上元の夜》酒　孤征千里早鴬天

不知太乙《北辰の天帝》青黎杖《あかざの杖》　孰与梅児《梅の実》紫玉鈿《たま簪》　行到江門《江戸》可無夢　楼花橋月《楼橋からみる花月》満川煙　七律下平一先韻

浮萍断梗《フヒヤウダンカウ》　旧因縁　邂逅端《はし》無し　又別筵　共に酌《く》む一盃　元夕の酒　孤《ひと》り征《ゆ》く千里　早鶯《サウアウ》の天　知らず太乙

青黎杖《セイレイヂヤウ》　孰《いづ》与れぞ梅児か　紫玉鈿《シギョクデン》　行き江門に到り　夢無かるべけんや　楼花橋月　満川の煙

梁川星巌、諱卯・孟緯・長澄、字伯免・公図・無象、通称善之丞・新十郎、号星巌、生地美濃、安政五年歿、享年七十、師古賀精里・山本北山、江戸玉池吟社の詩人。水西荘上元の別宴後、廉齋は帰府し文政九年三月暮れに甲州を発った西遊は一度終わった。

ロ　楠木正成と尊王思想　誠忠大節に鄙《ヒ》誠を鑑《かんが》みよ

廉齋の南朝を詠ずる諸作をみると、頼山陽により醸成された尊王思想が遺憾なく表現される。廉齋遺艸の冒頭に掲げられる「弔楠公文并序」（旅程配列順で遺艸9）楠公を弔《とむら》ふ文、序を并《あは》すに

丙戌《文政九年》之夏余西征、路歴湊川謁楠公墓、想像公誠忠《忠義》大節《国家の大事変》、巍然《広大な様》与山河並存昞如日星、可謂前無古人後無来者矣、低《さま》回《よう》久之不覚感涕横流也《感じ泣く縦に流れる》、乃作文以弔之聊陳鄙誠《質朴な心》云、其辞曰

嗚呼忠烈遭逢乱離《禍乱の憂》、孤身《単身》徇国《殉国》視死如帰、浩気所激義尽仁至、巍然山斗《仰望の喩》綱天維地、西狩《天子が西方に移る》之駕微公不回、蹀血《戦場流血を渉る》之変微公不支、南風不競魑魅《すだま》猖狂《猛り狂う》、維公為心日月同光、慷慨従容節重命軽、千歳之下英風愈揚、懦夫《臆病者》有立兇姦《わるもの》恐惶《恐れ謹む》、嗚呼偉哉維公之貞、高山仰止景行《慕い仰ぐ》々止、流涕陳辞仰視彼蒼《そら》、精霊英爽《気高い》冀鑑鄙誠

丙戌の夏、余西征す。路に湊川を歴《へ》て楠公墓に謁《まみ》ゆ。公の誠忠大節《セイチユウタイセツ》を想像す。巍然《ギゼン》と山河と並存し、昞《あき》らかなること日星のごとし。前《さき》に古人無く後《あと》に来る者無しと謂ふべし。低回之れ久しく、覚えず感涕横流《カンテイワウリウ》するなり。

乃《すなは》ち文を作り以て之を弔《とむら》ひ、聊《いささ》か鄙《ヒ》誠を陳べて云ふ。其の辞に曰く

嗚呼《ああ》忠烈、乱離《ランリ》に遭逢す。孤身徇国《ジュンコク》、死を視《さ》し帰るがごとし。浩気激する所、義尽くし仁に至る。巍然たる山斗、天を綱《す》べ地を維《つな》ぐ。西狩《セイシュ》の駕に公け微《おほやな》かりせば回《めぐ》らず、蹀血《テフケツ》の変に公け微かりせば支《ささ》へず。南風競《きそ》はず、魑魅《チミ》猖狂《シヤウキヤウ》す。公けに維《つな》ぐを心と為し、日月同じく光《かがや》く。慷慨し従容として、節《みさを》重く命《いのち》軽し。千歳の下《もと》、英風愈《いよい》よ揚《あ》ぐ。懦夫《ダフ》立つこと有りて、兇姦《キヨウカン》恐惶《キヨウクワウ》す。嗚呼《ああ》偉きかな、維《こ》れ公の貞《まこと》なり。高山仰ぎて止《とど》まり、景行《ケイカウ》し行きて止まる。流涕し辞《ことば》を陳《の》べ、仰ぎて彼蒼《ヒサウ》を視る。精霊英爽《エイサウ》、冀《こひねが》はくは鄙誠を鑑《かんが》みよと。

彼蒼とは仰いで天に訴え問う時に用い、詩経秦風の黄鳥による。楠公とは楠木正成、南北朝の武将、河内の土豪、幼名多聞丸、元弘元年後醍醐天皇に応じて挙兵、千早城にこもり幕府の大軍を破り、建武政権下で河内守と守護を兼ね和泉の守護ともなったが、のち足利尊氏の入京を防いで湊川に戦死した。文中の「南風不競」は、頼山陽「日本外史」巻之五新田氏前記楠氏で、南朝の衰頽を表現した語句である。文政十年の自序がある日本外史の表記を文政九年夏に廉齋が引用しているのは、外史の撰に与って力ありとする所以である。遺艸63「擬楠公正成上後醍醐帝書竝序」楠公正成に擬《なぞら》へ後醍醐帝に書竝びに序を上《たてまつ》るに、

延元元年五月賊尊氏自九州率兵入寇、先是源義貞在播磨退屯兵庫拒之、帝遣公《楠公》救援、公献策陳利害之所在、藤原清忠沮之不聴、知時事不可為、決死上道臨発上此疏《上奏文》

延元元年五月、賊尊氏九州より兵を率ゐ入寇す。是に先《さきだ》ち源義貞播磨に在り、退《しりぞ》き兵庫に屯《たむろ》し之を拒《ふせ》ぐ。帝公をして救援せしむ。公献策し利害の所在を陳《の》ぶ。藤原清忠之を沮《はば》み聴《ゆる》さず。時事の為すべからざるを知る。死を決し道《てだて》を上《たてまつ》り、発《さ》るに臨み此の疏《ショ》を上る。

臣某昧死《死を犯す》上書皇帝陛下、弁別忠佞《正邪》奨励讜議《正論》人君之度也、見危致命《必死の覚悟》決死靡弐《比類ない》臣子之節也、謹按逆賊高氏以斗筲《取るに足りぬ》之才

虺蜮《小人姦人》之性、濫膺非望《分不相応の望み》之寄、攀援後宮而蠱惑《惑わす》聖聴、掩人之功而文己之非、変詐《背き偽る》百出包蔵禍心、非一朝一夕也、其弟直義実弑大塔親王匿不奏聞、以親王之忠孝勲業戕於非人之手、傷天下忠臣義士之心未有甚於此者也、陛下縦不察其姦《不正》、豈忍使聖明之君蒙不徳之名哉、罪悪貫盈《満ち亙る》人神所共憤、其及罪定悪得敢抗君父而不顧、竹下之役王師蹉跌《つまずく》封《残》家長蛇《忍貪欲な人》荐食《併呑する》上国、陛下移蹕於山門当此時也、賊気満志侈《志おごる》目中既無天下以為事可立而済《終わる》矣、已而二三臣僚合志戮力《力を合す》固破之京都、破之園城寺破之豊島河原、連戦克捷《勝ち戦》幾《ほとんど》乎就討滅、而将帥之臣不力惜乎失機会也、若聞方今賊勢再熾、八十万衆海陸並進此実危急存亡之秋也、以臣愚計之陛下宜再移蹕於山門、縦賊入京都詔源親房父子及結城宗広経略関以東、召還義貞赴北国招募義勇張之声勢、使菊池武俊帥西海之兵踵賊後長利高徳等警衛行在《仮御所》、臣亦還河内設奇兵断賊餉道《糧食の道》応変随機掎角《敵に当ること》之、使賊不遑寝処俟其糧乏気倦而後移檄四方、一時進勦《進み滅す》中外《朝廷内外》合勢則一挙殲之策之上也、然議者或謂一歳中再棄京都大損国体、賊雖衆烏合之兵何能為、不如要之半途撃其不備也、臣竊以為過矣、夫賊懸軍《敵地を侵す軍兵》深入利在速戦、且野合《野戦》之戦在兵衆寡、彼与我判然不相敵不竢智者而知也、兵法曰制勝在尚奇策、何謂之奇策、捕風繫影《あてにならぬこと》変化百出使敵不測我之所為、前日之大捷《大勝》非以之耶、且夫所謂損国体者非謂是之謂也、綱紀《法と細則》不振名分《守る本分》不正賞罰不明戎狄猾夏《中国》、其損国体孰甚焉、今醜虜陸梁《乱れ走る》旦夕入寇、此何等時也、而拘区々《つまらぬ》之小故《小さな事》欲安坐廟堂之上以制必勝、臣愚所大惑、是已伏惟陛下聖神威武実所謂天授非人力者也、然亦備嘗艱苦臣愚所面視略陳其一二、陛下即位之初深悪東藩之跋扈《上を犯す》悲王室之衰替《衰え廃る》、欲一降雷霆《雷鳴》之威《威光》以慰列聖在天之霊、労心焦思《気をもむ》不暇食与寝十有余年矣、間《行き》関《なやむ》乎険路播遷《遠くに流浪す》乎窮海《海の果て》、蓋有危於累卵《危険な事》矣、顚而復起燼而復燃、百折不挫以陛下之神武加滔天之大逆《大罪悪》、宜如拉朽《物事の容易なこと》発腐、然而若斯其難其故何也、彼藉《借》其累世之資《先祖代々の賜物》兵馬之権《軍事に関する権力》在己、所謂武士者狃其豢養《やしなう》因襲之久積威《大威厳》之所移若君臣然、且天下懲於承久無有敢敵王之愾、致命《命を差し出す》而当大難之衝者臣本在草莽《民間在野》、毎一念及之未嘗不疾首《心配する》痛心、切歯扼腕《甚だしく憤るさま》嘆天下之無人也、陛下不以臣卑鄙猥屈万乗之尊《天子の位》、躬《みずから》親諮臣以画策《謀を立る》臣受命驚惶《驚き恐る》、魂爽《精神》飛越《飛揚する》不知所対、感忿激厲《憤り励ます》誓将攘除姦兇《わるもの》、以安宸衷《帝の御心》天地神明実臨之不敢自惜矣、是以賊之耳目毎在臣身、聚百万精鋭於孤城下蟻附《集まり群がる》蝟合一滲不漏、糧矢竭竭死在旦夕、已而賊徒内訌《内に乱れ》解囲奔潰《崩れ走る》、乃知頼陛下之威武宗廟之霊殲百年不援之凶虜、己覆巣穴以雪三聖《禹周公孔子》播遷之羞恥、解生民《人民》於倒懸《くるしみ》盛徳大業可謂至矣、此豈独忠臣義士之效死《死を致す》不顧、抑陛下焦心苦思勤労之所致非邪、詩《詩経大雅》云靡不有初鮮克有終、語曰行百里者半於九十末路之難自古而然、豈不儆懼《戒め恐る》哉、嗚呼乱臣賊子何世無之、未嘗有如近日猖獗《猛り狂う》者也、観諸高時如彼観諸高氏亦如此、豈夫徳之衰也歟、雖然陛下不自怠明忠佞《真心邪心》之分、容讜直《正直》之言莫忘間関播遷、雨沐風《外に在り労苦》梳《する》之日内之宰臣無執己之意見以沮衆謀、外之将士致命《命を捨る》靡弐於討滅乎何有、臣沐聖恩山高海深《節操の高潔なこと》義不与逆賊倶生見危授命臣之能事畢《為すべき事を尽す》矣、今当辞闕庭《御所》臨紙涕泣不知所言、無任激切《役立たず恐縮至極の意》屏営之至

臣某《それがし》味死《マイシ》し書を皇帝陛下に上る。忠佞《チユウネイ》を弁別し讜議《タウギ》を奨励するは、人君の度《さだめ》なり。危《あやふ》かれば致命決死し弐《に》靡《な》きは臣子の節なり。謹《つつし》みて按ずるに、逆賊高氏《たかうぢ》斗筲《トセウ》の才虺蜮《キヨク》の性を以て、濫《みだ》りに非望の寄《たの》みを膺《いだ》き、後宮を攀《ハン》援《エン》し聖聴を蠱惑《コワク》し、人の功を掩《おほ》ひ己《おのれ》の非《ヒ》を文《かざ》り、変詐《ヘンサ》百出し禍心を包蔵するは、一朝一夕に非《あら》ざるなり。其の弟直義実に大塔親王を弑《しい》し、匿して奏聞せず。親王の忠孝勲業を以て非人の手に戕《ころ》され、天下忠臣義士の心を傷《いた》め、未だ此に甚《はなはだ》しき者有らざるなり。陛下縦《たと》ひ其の姦《カン》を察《し》らずとも、豈に聖明の君をして不徳の名を蒙らしむるに忍《しの》ばんや。罪悪貫盈《クワンエイ》し人神共に憤《いきどほ》る所、其れ罪定《さだま》り悪《わざは》ひを得るに及び、敢《あへ》て君父に抗《あた》りて顧《かへり》みず。竹下の役王師蹉跌《サテツ》し封豕長蛇《ホウシチヤウダ》上国を荐食《センシヨク》し、陛下移り山門に蹕《よ》るは此時に当るなり。賊気志侈《シシ》満ち目中既に天下無く以て事を為すに立ちて済《す》むべし。已《すで》にして二三の臣僚と合志戮力《リクリヨク》し固《もつぱ》ら之を京都に破り、之を園城寺に破り之を豊島河原に破り、連戦克捷《コクセフ》し幾乎《キコ》討滅に就《つ》く。而して将帥の臣力《つと》めず、惜きかな機会を失ふなり。若《も》し方今賊勢再び熾《おこ》ると聞かば、八十万の衆海陸並進せん、此れ実に危急存亡の秋なり。臣愚計を以て之《ゆ》き陛下宜《よろ》しく再び移り山門に蹕《よ》るべし。縦《たと》ひ賊京都に入るも源親房父子及び結城宗広に詔《みことの》りし関以東を経略し、義貞を召還

し北国に赴かせ義勇を招募し之れ声勢を張る。菊池武俊をして西海の兵を帥《ひき》ゐ、賊の後を踵《お》ひ長く高徳等を利し行在《アンザイ》を警衛せしむ。臣も亦河内に還り奇兵を設け、賊の餉道《シヤウダウ》を断ち変に応じ機に随ひ之を掎《あしと》り之を角《つのと》る。賊をして寝処に遑《いとま》あらざらしめ、其の糧《かて》乏気に倦《う》むを俟《ま》ちて後、檄を四方に移す。一時に進勦《シンサウ》し中外勢《いきほひ》を合《あは》せば則ち一擧に之を殲《ほろぼ》すは策の上なり。然るに議《はか》る者或いは謂ふ、一歳中再び京都を棄つるは大いに国体を損《そこな》ふ。賊衆《おほ》しと雖も烏合の兵何ぞ為す能《あた》はん。之を半途に要《もと》め其の不備を撃つに如《し》かざるなりと。臣竊《ひそか》に以為《おも》へらく過《あやま》ちなりと。夫れ賊の懸軍《ケングン》深く入り利は速戦に在り。且《か》つ野合の戦は兵の衆寡に在り。彼と我と判然と相敵せず、智者を竢《ま》たずして知るなり。兵法に曰く、勝ちを制するは奇策を尚《とうと》ぶに在りと。何を之れ奇策と謂ふ。捕風繋影、変化百出、敵をして我の為す所を測らざらしむ。前日の大捷之を以て非ならんや。且つ夫れ謂はゆる国体を損《そこ》なふは、是の謂ひを謂ふに非ざるなり。綱紀振はず名分正しからず、賞罰明らかならず戎狄夏を猾《みだ》す。其れ国体を損ふと孰《いづ》れか甚しき。今醜虜陸梁《リクリヤウ》し旦夕《タンセキ》入寇す。此れ何等の時なり。而して区々の小故に拘《とら》はれ廟堂の上に安坐せんと欲し以て必勝を制《をさ》む。臣愚大惑する所なり。是れ已《すで》に伏して惟《おも》ふに陛下の聖神威武、実に謂はゆる天授にして人力に非ざる者なり。然るに亦備《つぶさ》に艱苦を嘗《な》むる、臣愚面《まのあた》りに視る所其の一二を略陳す。陛下即位の初め深く東藩の跋扈《バツコ》を悪《にく》み王室の衰替《スイタイ》を悲しむ。一《イツ》に雷霆《ライテイ》の威を降《くだ》し以て列聖天に在《いま》すの霊を慰めんと欲し、労心焦思し食と寝とに暇《いとま》あらずは十有余年なり。険路に間関乎《カンクワンコ》と窮海に播遷乎《ハセンコ》たり。蓋《けだ》し危《あやふ》きこと累卵《ルキラン》に有り。顚《たふ》れて復《また》起き燼《もえのこ》りて復燃ゆ。百折して挫《くじ》けず、陛下の神武を以て滔天《タウテン》の大逆《タイギヤク》に加ふ。宜しく朽《く》つるを拉《くだ》き腐《くさ》るを発《おこ》すごとくなるべし。然して其の難を斯《さ》くがごとき其の故《ゆゑ》何ぞや。彼其の累世《ルキセイ》の資《もと》を藉《か》り兵馬の権は己《おのれ》に在り。謂はゆる武士は其の豢養《クワンヤウ》に狃《な》れ因襲の久しく、積威《セキヰ》の移る所君臣然《ゼン》たるがごとし。且《か》つ天下承久に懲《こ》り敢《あ》へて敵有るも王《さか》んに之を愾《いか》る無し。致命《チメイ》して大難の衝《シヨウ》に当る者、臣本《もと》草莽《サウマウ》に在り。一念之に及ぶ毎《ごと》に未だ嘗て疾首痛心《シッシュツウシン》せざるなし。切歯扼腕《セッシヤクワン》し天下に之れ人無きを嘆くなり。陛下臣卑鄙《ヒヒ》を以て猥《みだ》りに万乗《バンジョウ》の尊に屈せず。躬親臣《キュウシン》に諮《はか》るに画策《クワクサク》を以てし臣命を受け驚惶《キャウクワウ》す。魂爽飛越《コンサウヒエツ》し対《こた》ふる所を知らず。感忿激厲《カンプンゲキレイ》し誓ふに将《まさ》に姦兇を攘除《ジヤウジョ》せんとし、以て宸衷《シンチユウ》を安んじ天地神明実に之に臨み、敢《あ》へて自ら惜《をし》まざるなり。是を以て賊の耳目毎《つね》に臣の身に在り。百万の精鋭を孤城の下《もと》に聚《あつ》め、蟻附《ギフ》蝟合《キガウ》し一に滲《し》みて漏れず、糧竭《かてつ》き矢竭き死は旦夕に在り。已にして賊徒内訌《ナイコウ》し囲《かこひと》を解きて奔潰《ホンクワイ》す。乃《すなは》ち陛下の威武に頼むを知り、宗廟の霊百年不援の凶虜を殲《ほろぼ》す。己巣穴を覆《おほ》ひ以て三聖播遷の羞恥を雪《すす》ぐ。生民に倒懸《タウケン》を解き盛徳の大業至ると謂ふべし。此れ豈に独り忠臣義士の效死《カウシ》を顧みず、抑《そもそ》も陛下の焦心苦思勤労の致す所邪《いつは》りに非《あら》ず。詩に云ふ初め有らざる靡《な》ければ、克《よ》く終り有ること鮮《すくな》しと。語に曰く百里を行くは九十を半《なかば》し、末路の難古より然りと。豈に儆懼《ケイク》せざらんや。嗚呼《ああ》乱臣賊子何《いつ》れの世か之れ無からん。未だ嘗て近日猖獗《シヤウケツ》のごとき者有らざるなり。諸《もろもろ》を観るに高時彼のごとく、諸を観るに高氏も亦此《かく》のごとし。豈《あ》に夫《そ》れ徳の衰《おとろ》へなるか。然りと雖《いへど》も陛下自ら怠らず忠佞《チユウネイ》の分を明らかにし、讜直《タウチヨク》の言を容《い》れ間関播遷するを忘るる莫《な》し。雨沐風梳《ウモクフウショ》の日、内の宰臣己の意見を執《と》ること無く以て衆謀を沮《はば》む。之れ将士を外《うと》んじ致命《チメイ》弐《ニ》靡《な》く討滅に於てや何か有らん。臣聖恩に沐《モク》し山高く海深く義は逆賊と倶《とも》に生きず、危きを見て命《メイ》を授《さづ》かり臣の能事《ノウジ》畢《をは》れり。今当《まさ》に闕庭《ケツテイ》を辞すべく紙に臨みて涕泣し言ふ所を知らず。無任激切屏営《ムニンゲキセツヘイエイ》の至なり。

「所謂武士者狃其豢養」「万乗之尊」「窮海」「累世」「蟻附」の語句など日本外史の語句と共通するをみると、外史編纂に参画した廉齋自身の語句である可能性もある。「敵王之愾」「切歯扼腕」の語句は、弘化元年八月作「読英夷犯清国事状数種作長句以記之」や安政四年六月作「先君甘雨公行状」にも使われた。「尊氏」足利尊氏、初名高氏、建武新政第一の功臣で後醍醐天皇の名の一字を賜り尊氏と改名、建武二年建武政権に背き九州に落ちたが再挙し湊川に楠木正成らを破り入京し光明天皇を擁立、延元三年京都に室町幕府を開設、南北朝の乱となる。「弟直義」足利直義。「大塔親王」後醍醐天皇の皇子、護良親王。「源親房父子」北畠親房・顕家・顕信・顕能、幕府滅亡後、後村上天皇を助け南朝の支柱となった。「結城宗広」新田義貞に応じて鎌倉を陥れ、建武の中興後、足利尊氏の軍を京都に破った。「菊池武俊」武敏、延元元年足利尊氏と戦って敗れる。「承久」承久三年後鳥羽上皇が執権北条義時追討の院宣を下された時、泰時が勢多・宇治川に戦って官軍を破った事変。「高時」北条高時、鎌倉幕府十四代執権、元弘の乱に後醍醐天皇を廃して隠岐に流し光厳天皇を擁立したが、元弘三年五月に新田義貞に鎌倉を攻め落とされ、一族とともに東勝寺で自刃した。廉斎の思想を遺艸の文稿・読史雑詠にみるに70「吉備公論」で吉備真備を評し「袖手旁観」何事もせず見物し、「依阿取容」媚びへつらい人の気に入るようにし、「郷愿」人の心に媚びるものといった視点で捉えている。71「大江広元論」で幕府体制確立に参画し承久の乱を起こした大江を、王政不振に至った罪は許されないと勤皇の論旨を語る。廉斎の尽きぬ思いは後醍醐天皇の御陵を詠った遺艸122「延元陵咏古二十韻」に

万岳松楸《墓地》合、廃陵《廃れた陵》熊羆蹲、蒙塵《隠岐配流》懐古迹、防虎失前門《災禍頻りに至る喩》、辛苦恢先業《先代の業》、人安忘讜言《正しい言葉》、経綸《統治する》徒密勿《務め励む》、獄訟《訴訟事件》更紛縕《盛なさま》、阿犖《おもねる》方邀寵《取り入る》、申生《晋の太子》叵白冤《無罪》、旋首天馬《優れた馬》蹶、転使羽書《徴兵の檄》繁、纔振中興旅、俄馳南狩《南巡》轅《ながえ》、黄沙《沙漠の地》瘁元老《国家の功臣》、碧血《精誠致す》泣忠魂《忠義な心》、凶夢《不吉な夢》虵蟠地、劫盟《脅し誓わせる》抵触藩《進退窮まる喩》、攀龍《貴人に従う》痛何切、按剣《抜刀せん》恨長存、神器《三種宝物》伝三世、蒼生《人民》戴二尊《岐美二神》、宗支《一族》縦異流、正閏《正統閏統》本同源、舜暦永終命《寿命》、堯蓂《暦を作る》新紀元《建国の初年》、皇儲《皇嗣》雖負約、太上《天子》儻償怨《怨を償う》、亦朽姦雄《悪知恵》骨、応慚国士恩、千秋《ながねん》臬無息、万口罵殊喧、寂莫花辺寺、凄涼《物寂しい》雨外村、風雲猶護隧、猿鳥不窺垣、俯仰《見まわす》心如噎、歔欷《咽び泣く》涙欲呑、天威咫尺近《天子の威光極めて近い》、稽顙《額ずく》破苔痕

万岳《バンガク》 松楸《ショウシウ》に合《あ》ひ 廃陵 熊羆《ユウヒ》蹲《うづくま》る 蒙塵《モウヂン》 懐古の迹《あと》 防虎 前門に失ふ 辛苦 先業を恢《ひろ》め 人安《いづ》くんぞ讜言《タウゲン》を忘れんや 経綸《ケイリン》 徒《ただ》に密勿《ミツブツ》し 獄訟《ゴクショウ》 更《さら》に紛縕《フンウン》す 阿犖《アラク》 方《まさ》に邀寵《エウチョウ》し 申生《シンセイ》 冤《エン》を白《あきらか》にし叵《がた》し 首《かうべ》を旋《めぐ》らせば 天馬蹶《たふ》れ 転《うた》た羽書《ウショ》をして繁《しげ》からしむ 纔《わづか》に振ふ 中興の旅 俄《にはか》に馳《は》す 南狩《ナンシュ》の轅《エン》 黄沙に 元老瘁《や》

み　碧血《ヘキケツ》に　忠魂泣く　凶夢《キョウム》に　虵地《へび》に蟠《わだかま》り　劫盟《ケフメイ》羝藩《をひつじまがき》に触《ふ》る　攀龍《ハンリョウ》　痛み何《なん》ぞ切《せま》り　按剣《アンケン》　恨み長く存す

神器《ジンギ》　三世に伝はり　蒼生《サウセイ》　二尊を戴《いただ》く　宗支《ソウシ》　縦《ほしいまま》に異流《イリウ》し　正閏《セイジュン》　本《もと》同源なり　舜暦　終命永《なが》く　尭蓂《ゲウメイ》　紀

元新《あらた》にす　皇儲《クワウチョ》　約を負ふと雖も　太上《タイジャウ》　償怨《シャウエン》を償《ほしいまま》にす　亦朽《こてぬ》る　姦雄《カンユウ》の骨　応《まさ》に慚《は》づべし　国士の恩　千秋

息《いこ》ひ無きを臭《くさ》り　万口　罵《ののし》り殊《こと》に喧《かまびす》し　寂莫《セキバク》たり　花辺の寺、凄涼《セイリャウ》たり　雨外の村　風雲　猶《な》ほ隧《みち》を護り　猿

鳥　垣を窺《うかが》はず　俯仰《フギャウ》し　心噎《うれ》ふるごとく　歔欷《キョキ》し　涙呑《の》まんと欲す　天威《テンヰ》　咫尺に近く　稽顙《ケイサウ》　苔痕《タイコン》を破《やぶ》る

尋ねる者もいない苔生した延元陵に対する凄涼な思いが伝わる五排上平十三元韻である。ここに廉斎の真骨頂をみる。荘田三平撰文「廉斎添川先生碑銘」には「詠史諸篇…中に就き南朝を詠む諸作は忠憤激烈・感慨悲涼、真に出色の大文字なり」とある。

ハ　菅茶山と廉塾での交遊　儒雅の謦咳《ケイガイ》に接する喜びと勉励の誓ひ

文政三年十八歳昌平校に入り、修学後同六年頼山陽に従学、東帰後同九年再び西遊し四月十六日より廿日まで備後神辺の菅茶山を訪ね留まった（茶山日記）。廉斎遺艸12「謁茶山先生」茶山先生に謁《まみ》ゆに

老成《老練巧妙》今幾在　人仰鄭公郷　徳望千鈞重　文章一代昌　春風扇和気　秋月有輝光　自幸塵埃客　親承咳唾芳

老成　今幾《いくばく》か在り　人は仰《あふ》ぐ　鄭公の郷《さと》　徳望　千鈞《センキン》に重く　文章　一代に昌《さか》んなり　春風　和気を扇ぎ
秋月　輝光有り　自《みづか》ら幸ひす　塵埃の客　親しく承《う》く　咳唾《ガイダ》の芳《かんば》しきを　五律下平七陽韻

土埃に塗れた世俗の自分が、親しく謦咳に触れた喜びを語る。神辺の廉塾を鄭公郷とし、後漢の孔融が鄭玄のために特に建てた里に擬える。咳唾芳とは詩文の才豊かな譬え。遺艸13「黄葉村舎初夏即事《その場の景色》」黄葉村舎初夏の即事に

郢北郢南雨一犂　舎前舎後夕陽低　鴬児不知青春去　独在緑陰深処啼　七絶上平八斉韻

北に郢《ゆ》き南に郢く　雨一犂《イチリ》　舎前舎後　夕陽低《ひく》し　鴬児知らず　青春去るを　独り緑陰に在り　深処に啼く

廉塾を黄葉夕陽村舎といい、茶山は長閑な農村を愛した。「黄葉夕陽村舎詩遺稿」巻之六「会津添川寛夫来訪」に

相逢莫怪即相親　試問交遊皆我倫　楚俗曽知饒藻客《文辞の客》　看君詞筆亦堪珍　七絶上平十一真韻

相逢ひて怪しむ莫《なか》れ　即《す》ぐに相親しむを　試みに交遊を問へば　皆我が倫《とも》なり　楚俗曽て知る　藻客饒《おほ》きを

君の詞筆を看れば　亦珍《めづら》しとするに堪《た》へたり

廉斎は山陽の師茶山の謦咳に接し、茶山をしてその交遊は茶山の友・文雅の士・その詩文はたやすく得難いと言わしめた。同年七月七日、茶山日記に田能村竹田らと共に茶山を訪ねている。遺艸41「中元前二日廉塾集与竹田先生及諸子同賦得韻江」中元前二日《七月十三日》廉塾に竹田先生及び諸子と集《つど》ひ同じく賦し韻江を得たりに

節近中元明綺窗《彫刻の窓》　家々燈火照銀缸《燈火》　野鶏偶此同為伍《仲間になる》　海鶴何曽敢共雙

荷葉《蓮の葉》将残尚擎蓋　蟲声初響未成腔　夜深風露霑人袂　時聴鄰鐘断続撞　七律上平三江韻

節は中元に近く　綺窓《キサウ》明るし　家々の燈火　銀缸《ギンカウ》照《かがや》く　野鶏偶《たまた》ま此に　為伍《イゴ》と同じく　海鶴《うみづる》何ぞ曽て　敢へて共に雙《なら》ばん　荷葉《カエフ》将《まさ》に残らんとし　尚ほ蓋《かさ》を擎《あ》げ　蟲声響き初め　未だ腔成《うつろな》らず　夜風露深く　人の袂《たもと》を霑《うるほ》し

時に鄰鐘を聴く　断続して撞《つ》くを

秋の風情を耀く燈火に虫の音に又鐘の音に見聞する。竹田は七月十五日に神辺を去るが、廉斎は文政十一年まで廉塾に留まった。遺艸43「還自西遊茶山菅先生辱許趨陪《走り従う》于門下賦此奉謝《謝意》」西遊より還《かへ》り茶山菅先生に許しを辱《かたじけな》くし、門下に趨陪《スウバイ》し此を賦し謝《レイ》を奉《たてまつ》るに

鄭公儒雅有誰儔　徳誼《義》文章老愈優　千里朋来真堪楽　一瓢《粗末な食事》飲足又何求

叨逢匠《古の名工》石特相顧　深恥樗材《役立たず》難可酬　更喜二三友生在　切磋朝暮向書楼　七律下平十一尤韻

鄭公の儒雅　誰か儔《ともがら》有らん　徳誼の文章　老いて愈《いよい》よ優《すぐ》る　千里の朋《とも》来たれば　真《まこと》に楽しむに堪《た》へ　一瓢《イッペウ》の飲足り　又何をか求めん　叨《みだ》りに匠石に逢ひ　特《ひと》り相顧《かへり》み　深く樗材《チョザイ》を恥づ　酬ゆべきこと難きに　更に喜ぶ二三　友生きて在るを　切磋朝暮　書楼に向ふ

茶山を並び無い儒学による教養の高さ、優れた文章を書くと称え、廉齋は役に立たぬ代物と謙遜し、朋友と再会した喜びも語る。この年茶山の養子であった門田樸齋「呈添川寛夫（会津人）」（「朴齋先生詩鈔」初編巻之上）添川寛夫（会津の人）に呈すに

倦時即去適時留　羨子飄飄似海鷗　家有二親殊健在　身無一累《煩い》擅閑游《気楽に遊ぶ》

黄花《菊花》節過猶三備《備前中後》　紫楝花《あふちの花》開正九州　恨我晨昏《あさばん》少人代　故山《ふるさと》空歴卅年秋　七律下平十一尤韻

倦《う》む時即ち去り　適《かな》ふ時留まる　子《シ》の飄飄たるを羨《うらや》む　海鷗に似たるを　家に二親有り　殊《こと》に健在と　身に一累《ルキ》無く　擅《ほしいま》まに閑游《カンイウ》す　黄花の節過ぎ　猶ほ三備《サンビ》のごとく　紫楝《シレン》の花開く　正《まさ》に九州　恨むらくは我が晨昏《シンコン》人代《かは》ること少きに　故山空しく歴《へ》たり　卅年《みそぢ》の秋

何の煩いもなくのんびりと遊学する二十四歳の廉齋を羨み、樸齋は繁雑な日々空虚に古里に居て三十歳の秋が過ぎてゆくと語る。この首聯に憧れ、尾聯に空しく疲弊してか樸齋は茶山より一方的に養子破談の通告を受ける。樸齋、諱重隣・隣、字堯佐、通称小三郎・正三郎、号百渓・樸齋、生地備後、明治六年歿、享年七十七、師頼山陽・菅茶山、一時菅茶山の養子となる、福山藩儒。鴨井東仲は文政四・五年ごろから廉塾に来ているようである。東仲、諱西銘、字東仲、通称耕太郎、号熊山、生地備前、安政四年歿、享年五十五、師菅茶山・古賀侗庵、備前藩老池田氏儒。遺艸

52「鴨井東仲金蘭簿序（係丙戌《文政九年》）」鴨井東仲金蘭簿の序（丙戌《ヘイジュツ》に係る）に

丙戌秋余還自西遊寓于茶山先生門日与門下士交焉、旦暮切磋、備前人鴨井東仲独与余年相若也志趣《心馳せ》亦相同也、非復他人之比矣、一日出一冊子示余曰此為金蘭之簿《盟友の名簿》吾寓此五年矣、雖時有出入中間共食飲者概数十百人、而或一去絶音《たより》耗者、或長帰泉下者亦復不少、苟非有籍而記之、則其姓名邑里固不可臆記《心に記す》也、且吾帰郷之日置之坐隅朝夕展覧、以卜諸子他日之成立《成就する》与廃墜不亦善乎、此吾志也、子盍題一言、余聞之曰有此乎、子之用心可謂厚矣、今夫京師両都而下《以下》至、僻郡《片田舎貧しい地》寒郷相聚肄業《業を習う》者奚止千百、而一相別不復介意相遺不啻如路人《他人》、独吾東仲惓々《懇ろな様》恐失一人、則於其厚薄《善悪の事》果何如也、予亦喜係名於巻末也、又恐学之不成行之不修無以酬東仲之厚意也、豈可不勉哉

丙戌《ヘイジュツ》の秋余西遊より還り、茶山先生の門に寓《やど》り日《ひび》門下の士と交はる。旦暮切磋す。備前の人鴨井東仲独り余と年相若く志趣《シシュ》も亦相同じ、復《また》他人の比《ならび》に非ざるなり。一日一冊子を出し余に示し曰く、此れ金蘭の簿と為し吾此に寓《やど》ること五年なり。時に出入有りと雖も中間《なかごろ》食飲を共にする者概《すで》に数十百人にして、或いは一たび去り音《オン》耗《マウ》絶ゆる者、或いは長く泉下に帰る者亦復少からず。苟《いや》くも籍有りて之に記《しる》すに非ずんば、則ち其の姓名邑里固《もと》より臆記《オクキ》すべからざるなり。且《まさ》に吾が帰郷の日、之を坐隅に置き朝夕展覧せんとす。以て諸子他日の成立と廃墜《ハイツキ》とを卜《うらな》ふも亦善《よきこと》ならずや。此れ吾が志なり。子盍《なん》ぞ一言を題《しる》さざると。余之を聞き曰く、此れ有りやと。子の心を用ゐること厚しと謂ふべし。今夫れ京師両都而下《ジカ》僻郡寒郷《ヘキグンカンキヤウ》より至り、相聚《あつま》り肄業《イゲフ》する者奚《なん》ぞ千百に止《とど》まらん。而《しか》るに一たび相別れ復意《こころよ》に介らず、相遺《わす》れ啻《ただ》に路人に如《し》かず。独り吾が東仲のみ惓々《ケンケン》と一人を失ふを恐るれば、則ち其の厚薄に於て果して何如《いかん》。予も亦喜び名を巻末に係《か》くるなり。又学《まなび》の成らず行の修《おこなひをさ》めず、以て東仲の厚意に酬ゆること無きを恐るるなり。豈《あ》に勉《つと》めざるべけんや。

右に廉齋の真心と謙遜の姿勢が遺憾なく表現される。一期一会の師友と別れ、他人と匹敵することに恐れたのである。市道を否定する心に通じる。東仲の厚情に恩返しするため勉励を誓い金蘭簿末に署名する。鴨井熊山墓碣銘（森田益

「節齋遺稿」無窮会平沼文庫所蔵）に享和三年生まれ安政四年六月歿で、廉齋と同年生まれ、文政九年二十四歳であった。翌十年六月十七日廉齋は、同六年八月十七日に四十四歳で歿した福山藩儒で廉塾塾頭の北条霞亭を弔っている。霞亭は諱譲、字士譲、通称譲四郎、号霞亭、生地志摩的矢、文政六年歿、享年四十四、師菅茶山、福山藩儒。遺艸104

「祭霞亭先生文（丁亥六月十七日）」霞亭先生を祭る文（丁亥《文政十年》六月十七日）に

嗚呼余生之晩暮恨不蒙夫子《師の尊称》之親炙、初余之在江戸久仰声名之藉々《言い囃す》欲攀龍門而附驥尾、豈料一旦《ひとたび》壒焉《むなしく》就窀穸《埋葬する》、自余之来此土荏苒《長びく様》一年、審夫子之平素知名誉之不虚伝、惟夫子之才之徳、視遺文而可見、其処己也恭而有礼、其道人也恂々《信実の様》不倦、其於文章秋月春葩《春のはな》麗而清質而華、嗟乎天之報善人宜寿考《長寿》而康堅《健やか》、胡其禍斯人之酷、抑有命而然、天道《天の道理》幽昧《奥深い》孰知其縕《奥深い》、昔顔子之庶幾、猶云蘭摧《佳人の死》而芝焚《賢人の禍》、苟命名之不朽豈寿夭之足論、寧為珠玉而砕、不為瓦礫而存、伏惟尚饗

嗚呼《ああ》余生の晩暮、恨むらくは夫子《フウシ》の親炙《シンシャ》を蒙《かうむ》らざるを。初め余の江戸に在り、久しく声名の藉々《セキセキ》たるを仰ぎ、龍門に攀《よ》ぢて驥尾《キビ》に附さんと欲《ほっ》す。豈《あ》に料《はか》らんや一旦壒焉《アイエン》と窀穸《チュンセキ》に就《つ》く。余の此の土《ところ》に来るより荏苒《ジンゼン》と一年なり。夫子の平素を審《つまび》らかにし名誉の虚伝ならざるを知り、惟《た》だ夫子之《こ》れ才之れ徳のみ。遺文を視て見《あらは》るべく、其の己《おのれ》を処《をさ》むるや恭《つつし》みて礼有り。其れ人に道《い》ふや恂々《ジュンジュン》と倦《う》まず。其の文章に於て秋月春葩《シュンパ》、麗《うるは》しくして清く質《まこと》にして華やかなり。嗟乎《ああ》天の善人に報《むく》いるに、宜しく寿考《ジュカウ》にして康堅《カウケン》なるべし。胡《なん》ぞ其れ斯《こ》の人に禍《わざは》ひする之れ酷《はなはだ》し。抑《そもそ》も命《おほせ》有りて然《しか》り。天道幽昧《イウマイ》にして孰《たれ》か其の縕《ウン》を知らん。昔顔子之れ庶幾《ちか》からん、猶ほ蘭は摧《くだ》けて芝《しば》は焚《や》くと云ふがごとし。苟《いやし》くも命名の朽ちずんば、豈に寿夭《ジュエウ》之を論ずるに足らんや。寧《むし》ろ珠玉と為りて砕け、瓦礫《グワレキ》と為りて存《たも》たず。伏《ふ》して惟《おも》ふ尚《こひねがは》くは饗《う》けよ。

名声の高かった霞亭の謦咳に触れず、廉塾に来て惜しんで余りある感慨を吐露し、塾頭としてその死去を哀惜する祭

文である。詳細は森鷗外の著書に譲る。

二　山陽叔父頼杏坪へ陪従　神仙の境地に遊ぶ

山陽のよき理解者であった叔父の頼杏坪は、廉齋を厚く待遇した。杏坪は諱惟柔、字千祺・季立、通称万四郎、号杏坪・春草堂、生地安芸竹原、天保五年歿、享年七十九、師頼春水・片山北海、亨翁三男、広島藩儒。文政九年四月下旬広島の頼杏坪を訪ねた。遺艸14「広嶋謁杏坪頼先生、々々拉予遊其水明楼、々曽有詩以臍字為韻、先生命予属和、乃用其礎奉呈」広嶋杏坪頼先生に謁《まみ》ゆ。先生予を拉《まね》き其の水明楼に遊ぶ。楼に曽《かつ》て詩に臍字を以て韻と為す有り。先生予に属《つづ》いて和するを命ず。乃ち其の礎《いしずゑ》を用ゐ奉呈すに

二橋西畔日将西　楼上水明曽入題　漁者《漁夫》釣徒《釣り仲間》乃為伴　筆牀《筆掛け》茶竈《風炉》好相携
此時不酔争舒意　自後《その後》相思定噬臍《後悔する》　両岸灘声《急流の音》帰棹《帰る舟》急　隔窓方有暮鴉啼　七律上平八斉韻

二橋の西畔《セイハン》　日将《まさ》に西《うつ》らんとす　楼上の水明　曽《かつ》て題に入る　漁者釣徒《テウト》　乃《すなは》ち伴《とも》と為し　筆牀茶竈《ヒツシヤウササウ》　好みて相携《たづさ》ふ　此の時酔ひ争《いか》で意を舒《の》べざる　自後《ジゴ》相思ひ定めて臍《ほぞ》を噬《か》む　両岸の灘声《ダンセイ》　帰棹《キタウ》急ぎ　隔窓方《まさ》に有り　暮《ボ》鴉《ア》の啼く

水明楼に昔あった詩の韻字臍を用いて改めて賦すよう命じられ、臍字絶妙な詩を詠み感服させたと思われる。同年長崎行の帰途六月下旬杏坪を再訪し、遺艸36「還自筑紫重陪杏坪先生遊水明楼共用明字」筑紫より還《かへ》り重ねて杏坪先生に陪《したが》ひ、水明楼に遊び共に明字を用ゐるに

十年為宰仰神明　儒雅風流第一名　鷗鷺《自然のままに遊ぶ》尋常同社友　琴書《琴と書籍》随処旧交盟

庚楼幸得重陪従　杜集尤欣細品評　更辱数行照乗字　帰郷好比錦衣栄　　七律下平八庚韻

十年宰《をさ》と為り　神明を仰ぐ　儒雅風流　第一の名《ほまれ》　鷗鷺《オウロ》の尋常　同社の友　琴書の随処　旧交を盟《ちか》ふ　庾楼《ユロウ》幸ひに得たり　陪従を重《かさ》ぬるを　杜集尤《もっと》も欣《よろこ》ぶ　細《くは》しき品評　更に辱《かたじけ》なし数行　照乗の字　帰郷比《くら》ぶに好し　錦衣の栄《さか》え

杏坪は天明五年広島藩儒に挙用され、度々江戸勤番、文化八年郡方役所詰に転じ、三次《みよし》町奉行として治績があったことを称えている。尾聯の照乗字の左に三字アリヤとあり、辞書に無い字という意。真理の悟り「上乗」を照らすという意味で使ったか。頸・尾聯の十四字は赤筆で書かれた頼惟柔漫評とあり杏坪の批正を指す。遺艸37「陪杏坪先生泛篠川」杏坪先生に陪《したが》ひ篠川《ささかは》に泛《うか》ぶに

夕陽一半《なかば》満平川　呷軋《きしる音》棹声《櫂の音》垂柳辺　陪乗幸容同李郭《友人の相親しむ》　任它《ままよ》人認作神仙　　七絶下平一先韻

夕陽《セキヤウ》一半　平川《ヘイセン》に満つ　呷軋《イアツ》する棹声《タウセイ》　垂柳の辺《ほとり》　陪乗し幸ひに容《い》る　李郭と同じうし　任它《さもあらば》あれ人の認む　神仙と作《な》るを

先生のお供をして太田川、別名三篠《みささ》川に同舟し、友人と相親しみ人間界を離れた境地に浸った。翌文政十年五月十六日杏坪吉野より帰途、廉塾を訪ねた（茶山日記）。遺艸99「杏坪頼先生自吉埜還過廉塾賦此奉呈」杏坪頼先生吉野より還り廉塾を過《す》ぐ。此を賦《とな》へ奉呈す

佳麗江山古帝州《南朝の地》　十旬賜浩擅閑遊　中天《大空》日月懸千歳　南渡衣冠《南朝の樹立官吏》空一邱　懐古撫今多感慨　探幽逢勝且欵留《喜び留まる》　先生当代文章伯　幾許煙雲嚢裡《袋の中》収　　七律下平十一尤韻

佳麗なる江山　古《いにしへ》の帝州《テイシウ》　十旬の賜浩《シカウ》　閑遊を擅《ほしいまま》にす　中天の日月《ジツゲツ》　千歳《センザイ》に懸《かか》り　南渡の衣冠　一邱《イッキウ》空し　懐古し今を撫《み》れば　感慨多く　探幽し勝《すぐ》るに逢へば　且《まさ》に款留《クワンリウ》せんとす　先生当代　文章の伯《をさ》　幾許《いくばく》ぞ煙雲

嚢裡《ナウリ》に収《をさ》む

南朝を懐古し今幽遠の勝景を見れば、文章に優れた杏坪先生の詩情を思うばかりである。杏坪は兄春水の夫人梅颸・春風の孫達堂と尾道の宮原節庵を加え、二月十九日広島を舟で発ち京都へ向かい、二十二日尾道に上陸、二十三日神辺に茶山を訪ね、二十五日京都に向かい吉野に遊び、京都から帰郷の途に五月十六日神辺に立ち寄ったのである。翌十八日には神辺を発って広島に帰った。杏坪の春草堂詩鈔には廉齋に係わる詩はない。

ホ　広瀬淡窓と咸宜園の交遊　凡格を脱する人の意・盟友旭荘との邂逅

文政九年五月十三日廉齋は豊後日田の広瀬淡窓を訪ねた。淡窓は諱簡・玄簡、字子基・廉卿、通称寅之助・求馬、号淡窓・咸宜園、生地日田、安政三年歿、享年七十五、師亀井昭陽、府内侯賓師、日田の儒者。遺艸29「謁淡窓広瀬先生席上得帰字」淡窓広瀬先生に謁《まみ》え席上帰字を得たりに

重畳峰巒《山々》碧四囲　五株楊柳《やなぎ》認烟扉　育材毎下絳紗帳　養徳長披白布衣《清廉な庶人》
断続書声晴昼静　陰深樹色午風微　幸欣一御李元礼《李膺》　難奈杜鵑《不如帰》頻喚帰　七律上平五微韻

重畳《チョウデフ》たる峰巒《ホウラン》　四囲碧《みどり》なり　五株の楊柳　烟扉を認む　育材毎《つね》に下《くだ》す　絳紗《カウサ》の帳《とばり》　養徳長く披《ひら》く　白き布衣《フイ》
断続する書声　晴昼《セイチウ》静に　陰深たる樹色　午風微《かす》かなり　幸《さいは》ひ一たび御《をさ》むを欣《よろこ》び　李元礼　奈《いかん》ともし難し杜鵑《トケン》
頻りに喚《よ》び帰るを

二句に「先生有詩生客不須労問訊五株垂柳是吾家」先生に詩有り、生客《セイカク》須《すべか》らく問訊《モンジン》を労《なや》むべからず、五株の垂柳是れ吾が家なり、と註が付く。庶人の徳を育成する咸宜園を、襄城の人で高く風裁を持し声名高い後漢の李膺に譬えた。

懐旧楼筆記巻二十五（淡窓全集上巻）に「夏ノ頃、奥州会津ノ人添川寛平来リ見ユ。聖堂ノ諸生ニシテ、中島益多カ旧友ナリ。余之ニ贈ルノ詩アリ。今此ニ載セズ。此人後年謙吉《弟旭荘》菅茶山カ塾ニ於テ暫ク同居セリ。今京摂ノ間ニ寓セリ。」とあり、淡窓の贈る詩が遺艸写真版に載る。広瀬簡「五月十八日同諸子賦」五月十八日諸子と同《とも》に賦すに

一病纔痊百事抛　偶聞往誦覚喧呶《騒がしい》　厚顔空費先生饌　便腹難辞弟子嘲
筍遇薫風和解籜《竹の皮》　鳥知陰雨更営巣　春来穀価飛騰甚　稍喜秧影起四郊　七律下平三肴韻
漸入梅天晴雨交　日看簷《雨垂れ》滴結浮泡　残霖《名残長雨》猶駐平荷《穏やかな蓮》面　斜照《夕陽》還懸高柳梢
半歳閉門無剝啄《訪れが無い》　今朝会友有推敲　試濡枯筆求新句　久矣心中塞草茅　七律下平三肴韻

一病纔《わづ》かに痊《い》え　百事抛《なげう》つ　偶《たまた》ま往誦を聞き　喧呶《ケンド》を覚ゆ　厚顔空しく費やす　先生の饌《そなへ》　便腹辞《ことわ》り難く　弟子嘲《あざけ》る　筍薫風に遇ひ　和して籜《タク》を解《はづ》し　鳥陰雨を知り　営巣を更《か》ふ　春来たれば穀価　飛騰甚しく　稍《やや》秧《なへ》影に喜び　四郊に起《た》つ
漸《やうや》く梅天に入り　晴雨交《まじ》ふ　日《ひび》簷滴《エンテキ》を看《み》れば　浮泡を結ぶ　残霖《ザンリン》猶ほ駐《とど》む　平荷の面《おも》　斜照還《めぐ》り懸《か》く　高柳の梢《こずゑ》　半歳門を閉《とざ》し　剝啄《ハクタク》無く　今朝友と会ひ　推敲有り　試みに枯筆を濡《うるほ》し　新句を求め　久し心中　草茅に塞がるを

訪問者の訪れなき時、改めて在野の愚かに心中を塞がれて、友と逢い気が晴れたことに気付くのである。淡窓の遠思楼詩鈔初編巻下に「奥人添川寛夫来訪」奥人添川寛夫来訪すに

松島柳津維奥州　纔聞勝槩便神遊《心が遊ぶ》　銅山塩海三千里　鉄券《割り符》丹書《赤い手形》十八侯
篤学看他承博士　雄藩果是出名流　病来厭見生賓面《初めて逢う客》　却喜征鞍《征途の馬》累日留　七律下平十一尤韻

松島柳津《やないづ》　維《こ》れ奥州　纔《わづ》かに勝槩《ショウガイ》を聞き　便《すなは》ち神遊す　銅山塩海　三千里　鉄券丹書　十八侯　篤学博士に承《う》

くるを看他《み》　雄藩果して是れ名流に出づ　病《や》み来たり見るを厭《いと》ふ　生賓面《セイヒンメン》　却《かへ》りて喜ぶ征鞍《セイアン》に　累日留《とど》まるを

頚聯の中に「寛夫受業於博士依田先生」寛夫業を博士依田先生に受く、とあり昌平校修学を意味する。淡窓は廉齋から来歴を聞き、初対面の人「生客」に初めて面会「生面」するを「生賓面」と敬い待つ来客と称して異例の待遇である。それは廉齋西遊往路の詩9「弔楠公文」より28「題牡丹石」までの淡窓評語「絶言纎巧《精緻》淫靡《みだら》之詞鄙心所好　広瀬簡敬閲」言は纎巧《センカウ》に絶《すぐ》れ淫靡《インビ》の詞《ことば》、鄙心好む所なり、広瀬簡敬しみ閲《けみ》す。と淡窓が己の心を賎しい心と謙称する所以である。ここに後日盟友となる広瀬旭荘と邂逅する。旭荘は諱謙、字吉甫、通称謙吉、号旭荘・梅墩、生地豊後日田、文久三年歿、享年五十七、師亀井昭陽・広瀬淡窓、堺・池田の儒者。遺艸30「呈広瀬吉甫」広瀬吉甫に呈《しめ》すに

　文運日衰弱　正声《正しい音》誰振隤《振落》　笑他軽薄俗　憐子逸群才　桑濮淫哇絶《淫靡な音楽や声》　簫韶《舜帝の楽》広楽催　須期椽様筆《大文章》　力幹万鈞《甚だ重い》回

　文運　日《ひび》に衰弱し　正声　誰か振隤《シンタイ》す　他《ほか》を笑ふ　軽薄の俗《ならひ》　子を憐《あはれ》む　逸群の才　桑濮《サウボク》　淫哇《インアイ》絶へ　簫韶《セウセウ》　広楽を催《もよほ》す　須《すべか》らく期すべし　椽様《テンヤウ》の筆　力《つと》めて幹《つかさど》らん　万鈞《バンキン》の回《めぐ》り　　五律上平十灰韻

学問が盛んになる気運が衰える中、旭荘の逸才健筆を願った。豊後日田における旭荘の詩は、梅墩詩鈔初編巻二に「奥人添川寛夫来訪夜坐賦贈次其所眎韻」奥人添川寛夫来訪す。夜坐し賦して贈り、其の眎《しめ》す所の韻に次ぐに

　夜雪芳原酔妓囲《肉屏風》　秋雲富岳叩仙扉　客中消息無黄耳《音信がない》　洛下風塵《旅の艱苦》独素衣《俗人》
　月落蕉窓人影薄　雨晴秧陌《田の畔》水声微　倦遊知汝多郷夢　但恐程遙難得帰　　七律上平五微韻

　夜雪の芳原　妓囲《ギヰ》に酔《ゑ》ふ　秋雲の富岳　仙扉《センピ》を叩《たた》く　客中の消息　黄耳《クワウジ》無く　洛下の風塵《フウヂン》　独り素衣《ソイ》なり　月蕉窓に落ち　人影薄く　雨秧陌《アウハク》に晴れ　水声微《かす》かなり　倦遊《ケンイウ》汝知らん　郷夢多きを　但《ただ》程遙《みち》かに恐る　帰り得難きを

晋の陸機が飼っていた名犬がよく手紙を口にくわえて使命を果したが、旅中に家郷から音信もなく、遠き異郷で望

郷の念憮苦しかろうと労った。この七律は遺艸29と同韻であるから同時同所で賦した詩と思われる。翌文政十年五月十三日旭荘は廉塾を訪ね廉齋と再会する。遺艸98「次広瀬吉甫見贈韻」広瀬吉甫贈らるる韻に次《つ》ぐに

離家長作汗漫《放浪する》客　東去西游無安宅　双鞋《両足の鞋》踏霜荒店晨　孤蓬聞雨寒江《冬の川》夕　南窮総房西筑肥　天下勝区遍足跡　去年今日在君家　今年今日滞此駅《神辺》　会君飄然《彷徨う様》棹一葦《一隻の舟》　忽聞喜鵲《かささぎ》噪簷額《軒下の額》　未叙寒暄《時候見舞》先問君　曽閲幾人脱凡格《並の人》　君道無箇《一人もない》可人意　独有流峙《山川》慰蕭索《もの寂しい》　坐定奚嚢《詩文の袋》倒所盛　雄篇《優れた文》大什《詩篇》各狼藉《乱雑な様》　筆端自在英霊気《優れた霊気》　恍疑《我を忘れて》身立千仞壁　萍蹤《さまよう》偶爾《偶然に》欣奇逢　談長不覚窓已白　西林落月影欲無　一点沈燈《深い灯火》照筵席　推戸四顧倶嗒然《我を忘れる》　無数好山当窓碧　七古

離家長く作《な》す　汗漫《カンマン》の客　東去西游し　安宅無し　双鞋《サウアイ》霜を踏む　荒店の晨《あした》　孤蓬雨を聞く　寒江の夕《ゆふべ》　南に総房《ソウバウ》を窮《きは》め　西に筑肥《チクヒ》　天下の勝区　足跡に遍《あまね》し　去年の今日　君の家に在り　今年の今日　此の駅に滞《とど》まる　君に飄然《ヘウゼン》と会ふ　一葦《イチヰ》に棹《さを》さし　忽ち喜鵲《キジヤク》を聞く　簷額《エンガク》に噪《さはが》し　未だ寒暄《カンケン》を叙《の》べず　先づ君を問ふ　曽《かつ》て幾人か閲《かぞ》ふ　凡格《ボンカク》を脱するを　君無箇《ムコ》と道《い》ひ　人の意《こころ》たるべし　独り流峙《リウヂ》に有り　蕭索《セウサク》を慰む　奚嚢《ケイナウ》を坐定し　所を倒《か》へて盛り　雄篇大什《ユウヘンタイジフ》　各《おのおの》の狼藉たり　筆端自《おの》づと在り　英霊の気　恍《クワウ》として身の立つを疑ふ　千仞の壁《がけ》　萍蹤偶爾《ヘイショウグウジ》　奇逢《キホウ》を欣《よろこ》び　談長覚《おぼ》えず　窓已《すで》に白《しら》むを　西林に月落ち　影無からんと欲し　一点の沈燈《チントウ》　筵席を照らす　戸を推《お》し四顧す　倶《とも》に嗒然《タフゼン》と　無数の好山　当《まさ》に窓碧《あを》みたるべし

奇しくも正に一年ぶりの再会にも時候の挨拶を廃し友の安否を尋ねた格外の思い遣り、書きためた詩文をみると筆端の霊気に我を忘れ、千仞の崖に立つかと錯覚し、窓が白むのを忘れ志と思いの丈を語り明かした。凡格を脱する人の意・一期一会の気持ちがここにある。この詩は七排入声十一陌韻のところ千仞「壁」のみ入声十二錫韻で破格の七古となる。旭荘の「日間瑣事備忘録」安政四年十二月十三日条「三十一年後の懐旧」によっても五月十三日とわかる。

旭荘は七月二十一日茶山に告別するまで、廉齋と共に茶臼山に登っている。梅墩詩鈔初編巻一に「与添川寛夫登茶臼

山三首」添川寛夫と茶臼山に登る三首、一首目に

雲去遠天青　林巒《林と山》媚夕霽《ゆうばれ》　茶臼雖不高　姿状《すがた》殊明麗　嫩草《わかくさ》掩其巓　峭蒨《鮮やかさ》簇遠翠《遠山の碧》　西村矮竹《短いたけ》上　突然如人髻《束ねた髪》
緩歩携同袍《朋友》　登眺致我思　曲折石蹊《石の小径》深　次第渓脈《谷の小径》細　絶頂頗坦平　寥廓《広いさま》四無蔽　埽苔《苔を払う》踞石頭《石の塔婆》　万象供孤眥《一見する》
神魂《たましい》如餓鷹　遠飛不可繋　纔度北林梢　又入南岡際　去声八霽韻に同四寘韻が交じる五古

雲去り　遠天青く　林巒《リンラン》夕霽《セキセイ》に媚《うつく》し　茶臼　高からずと雖も　姿状《シジヤウ》殊に明麗たり　嫩草《ドンサウ》其の巓《いただき》を掩《おほ》ひ　峭蒨《セウセン》遠翠《エンスイ》に簇《つらな》る　西村　矮竹《ワイチク》の上に　突然と　人髻《ジンケイ》のごとく　緩歩し　同袍《ドウハウ》を携《たづさ》へ　登眺《トテウ》し　我が思ひを致《めぐ》す《ら》　曲折す　石蹊《セキケイ》深く　次第す　渓脈細し　絶頂　頗《すこぶ》る坦平に　寥廓《レウクワク》四《よも》に蔽《おほ》ひ無し　埽苔《サウタイ》し　石頭を踞《す》え　万象に　孤り眥《まぶた》を供ふ　神魂　餓鷹のごとく　遠飛《エンピ》　繋《つな》ぐべからず　纔《わづ》かに度《わた》る　北林の梢《こずゑ》　又入る　南岡の際《きは》

茶臼山頂に石を積み塔婆とし、志を抱き遠方に去る決意、廉齋の居る廉塾を離れる思いを語る。二首目に

郊原《野原》千種景《いろいろ》　一一俯可指　山後与山前　先自何処始　塘光《溜池の光》遠地白　夕陽高処紫　田家《農家》方夕炊　林際烟火起
倦鳥投深皋《沢》　帰犢《子牛》渡浅水　独木橋横蛇　群走人闘蟻　白雲起天南　親舎隔千里　如何思郷心　忽生蒼茫裡
牛山泣景公　峴首慨羊子　古来登高情《気高い心》　誰復不如此　五排上声四紙韻

郊原《カウゲン》　千種《センシユ》の景　一一《いちいち》　俯《うつむ》き指すべし　山後と山前と　先づ何処より始む　塘光《タウクワウ》　遠地白く　夕陽　高処紫なり　田家《デンカ》　方《まさ》に夕《ゆふべ》に炊《かし》き　林際　烟火起《お》く　倦鳥《ケンテウ》　深皋《カウ》に投じ　帰犢《キトク》　浅水を渡る　独木橋《まるきばし》に蛇横たはり　群れ走る人に蟻闘ふ　白雲　天南に起り　親舎《シンシヤ》　千里を隔《へだ》つ　如何《いかん》　郷《くに》を思ふ心　忽《たちま》ち生《うま》る　蒼茫《サウバウ》の裡《うち》　牛山景公泣き　峴首《ケンシユ》　羊子慨《なげ》く　古来　高情を登《すす》め　誰か復《また》　此に如《し》かず

望郷の白雲に親を思い斉の景公の牛山や晋の羊祜の峴首山に譬え、高山に気高い心をみて奨揚する。三首目に

暮烟薄欲無　新月浄如浴　佇立碧岑《翠のみね》頭　顧影痩於竹　峭風《厳しい風》自天来　将使毛髪縮　快哉此時涼　暫忘炎暑酷

昼観壮可誇　夜色清可掬　一游并両奇　得朧《貪り足るを知らない事》且及蜀　帰去過草間　冷露湛霑足　長嘯震空林　虺蛇《蝮とへび》無我毒

郊田何渺漫　風吹稲相撲　聯句忘路遙　穿破万畦《一面の田》緑　　入声二沃韻に同一屋韻を併用した五古

暮烟　薄《せま》り無きを欲し　新月　浄きこと浴《ゆあ》むごとし　佇立《チョリツ》す　碧岑《ヘキシン》の頭《ほとり》　顧影すれば　竹より痩《や》す　峭風《セウフウ》　天より来たり　将《まさ》に毛髪をして縮めしむ　快《こころよ》いかな　此の時涼しく　暫《しば》し忘る　炎暑の酷《はなは》だしきを　昼に観る壮《さかん》なるを誇るべく　夜色　清きを掬《むす》ぶべし　一游　両奇を并《あは》せ　朧《ロウ》を得て　且《まさ》に蜀に及ばんとす　帰去　草間を過ぎ　冷露　湛《たた》へ足を霑《うるほ》す　長嘯《チャウセウ》　空林を震《ふる》はせ　虺蛇《キダ》　我に毒無し　郊田　何ぞ渺漫《ベウマン》と　風吹き　稲相撲《う》つ　聯句し　路遙かなるを忘れ　穿《うが》ち破る　万畦《バンケイ》の緑

六月の炎暑の中にも涼風に時を忘れ、昼夜の壮観清浄を貪って、二人句を連綴し掛け替えのない一遊を楽しんだ。

ヘ　長崎の視点　敵を王《さか》んに愾《いか》りて国辱を雪《すす》がん

文政九年廉齋二十四歳、三月甲府より中山道で四月入京し、備後神辺で菅茶山を、広島で頼杏坪を訪ねた。五月豊前中津で野本雪巌を、豊後竹田で田能村竹田を、豊後日田で広瀬淡窓を訪ね、筑後久留米から肥前長崎に至り西遊往路の折り返しとなった。遺艸34「長崎」長崎に

天限蜻蜓処《秋津島》　崎陽扼海門　衛防列楼櫓《物見矢倉》　互市《売買交易》接戎蛮《えびす》　婦女馴殊類　児童諳異言　太平余沢在　万戸井烟繁

天は限《へだ》つ　蜻蜓《セイテイ》の処　崎陽　海門を扼《おさ》ふ　衛防　楼櫓《ロウロ》を列ね　互市　戎蛮《ジュウバン》と接す　婦女　殊類に馴《なじ》み　児童異言を諳《そら》んず　太平　余沢在り　万戸　井烟繁《しげ》し　　上平十三元韻に同十五刪韻併用の五古

日本の防衛に物見やぐらが連なった貿易の地長崎は、秋津島を限って先人の徳沢で繁栄していた。頸聯の婦女児童が

異国文化と慣れ親しんでいる異風の感化に瞠目した。この長崎行により開かれた世界の動勢に対する視点は終生持ちつづける。廉齋が蘭学にも意を注いだことは、根岸橘三郎「新島襄」（大正十二年警醒社刊）に

当時君側の儒者添川廉齋が、一道学先生であったと思ひきや、実際政治家であり、世界の大勢に通じて居たことは事実であります。而して経世家たる第一資格に於て必要なる蘭学を君公に吹き込みました。勿論氏自身としても亢亢蘭書を繙いたことは、氏の詩によって承知されます。

と述べ次の詩を引用する。

和戦紛紛《乱れる様》孰是非　且看人事《人の仕業》与天時《天災》　群卿讜議《正しい議論》雖尤善　当路《権力者》苦辛容不思

古法今来《今まで》異其俗　冬裘《冬の皮衣》夏葛《夏の葛衣》有攸宜《やわらぐ》　書窓亢亢《高ぶる》繙蛮籍《舶来の書》　狂《進取》使吾曹中夜《夜半》悲　上平四支韻に同五微韻を併用した七古

和戦紛紛《フンブン》と　孰《いづ》れか是か非か　且《まさ》に看《み》んとす　人事と天時とを　群卿の讜議《タウギ》　尤も善しと雖も　当路の苦辛

容《い》れて思はず　古法今来　其の俗《なら》ひを異《こと》にし　冬裘夏葛《トウキウカカツ》　攸宜《イウギ》有り　書窓亢亢《カウカウ》と　蛮籍《バンセキ》を繙《ひもと》き　狂《キヤウ》に吾が曹《ともがら》を

して　中夜《チユウヤ》も悲しましむ

狂者進取の気概に舶来の書物を繙く姿に、朋輩は戸惑った。廉齋編輯「有所不為齋雑録」第十二和蘭別段風説上に収録された「当申《嘉永元年》七月長崎え渡来之和蘭人別段申上候風説書写」に欧文が添付されている。さてアヘン戦争でイギリスが清国の主権を犯し、弘化元年オランダ国王のアヘン戦争情報による日本開国勧告が齎される。廉齋は八月に「読英夷犯清国事状数種作長句以記之」（遺艸写真版）を執筆し、琉球にまで嘴を入れるイギリスに気炎を吐いている。

英夷清国を犯す事状数種を読み長句を作り以て之を記《しる》すに

吾聞英夷之国古不通、遠在欧羅巴洲西北孤島之中、長身隆準《高い鼻》猫眼睛、巻髪《縮れ毛》糾《縒る》如鬚眉《ひげまゆ》紅、其性貪兇《欲深い》如鬼□《旋風》、□《怒り走る》来経

商遍万国、巨船稇載《満載する》鴉片煙、其意不必在貨殖《金儲け》、愚民食之快一時、耗精有漸不自識、蚕食南夷《南蛮》窺粤閩《福建省》、包蔵禍心非

一日、維時清国道光十八年、天子特詔禁食煙、命臣則徐《林氏》専管之、故絶来源解牽連《引き続く》、貪虜《貪欲な敵》何曽循規矩《規則》、敢向上国《中国》争旗皷《敵対する》、巨礮大艦蔽天来、狂猘狺狺《狂犬噛み合う》狗齧虎、掠其資財淫其婦女、烽火旁午《煩雑な事》歳四周、大江《揚子江》以南無乾土《治まる地》、廟堂議論尚雍容《和らぎ》、自古庸臣《平凡な臣》主和戎《夷人と和睦する》、二千万金換煙土、割地欺君衒其功、寧知生霊《生民》膏鋒鏑《人を多く殺す》、孤嫠《孤児寡婦》大小杼柚《織物》空、此時乍浦城陥賊如鬼、深閨《婦人の室》弱女其姓劉、従容矢志赴井死、満廷鬚眉《男子》輸《負け》巾幗《婦人》、誰有一人捐軀《一身》命而率多士、又有粤中義士民《義を守る人々》、捐餉団練《教練》護郷隣、無事帰農有事勦、百万勁旅《強い軍兵》指顧陳《南京》、吾読其檄《召し文》張心目、言言忠憤字字慟哭、満廷文武如犬豕《賤しい者》、誰有一人敵王愾而雪国辱《国のはぢ》、嗚呼英夷幺麽《つまらぬ》小醜《小人の類》矣、跋浪而来十万里、非有趙魏《戦国の国》之甲《兵》孫呉《孫武呉起》略《謀計》、所恃者船堅而砲利耳、何為乎畏之如虓虎《猛将》撫之如驕子《我が侭な子》、吾聞覚羅氏以武功肇基、康熙乾隆兼文徳致治、重熙累洽《賢い天子に太平が続く》年二百、久安長治果忘危、駑末遽成南宋局《高宗の南渡》、委靡不振咎帰誰、近伝和蘭差使節、又向琉球騰口舌、草莽《民間》未得聞其詳、或是英夷之狡譎《悪賢く偽り多い》、故生事端《争いの本》窺我門、闌欽惟我祖宗、深仁厚沢《深くて厚い恵み》浹民心、忠義磨厲《努め励む》伝至今《今に》、男子国中真男子、一毫《少しも》敢受外人侵、或曰彼意不過求市易、豈遽覬覦《下剋上》犯大逆、此知其一未知二、須観漢士已然迹、若許互市必乞地、将向室内築城郭、有少不如意《思うにならぬ》一時裂眦《怒る目つき》起、倉卒《にわか》之変尤可虞、疆場《国境》多事自此始、利害甚分明、苟安《一時逃れ》真可鄙、男子国日本力士、勇卒《勇士》鋭刀利吹毛《名剣》、彼若能来十万人斬、為二十万断血紅、直染西海濤、不然祖宗在天之霊赫震怒《大いに怒る》、永世罰殛《罪する》莫汝祚、吁嗟乎真男子好鬚眉、謹勿效于思而

巾幗之弁髪児

吾《われ》聞く、英夷の国、古《いにしへ》通《かよ》はず、遠く欧羅巴洲西北孤島の中に在り。長身隆準《リユウジユン》に猫眼の睛《ひとみ》なり。巻髪《ケンパツ》糾《あざな》ひ鬚眉《シユビ》紅《べに》のごとしと。其性貪兇《タンキヨウ》、鬼□《キヨク》のごとく、経商に□来《ケツライ》し万国に遍《あまね》し。巨船梱載《キンサイ》す鴉片煙《アヘンエン》、其の意必ず貨殖《クワシヨク》に在らず。愚民之を食べ一時を快《こころよ》く、耗精《カウセイ》漸《やうや》く有るも自《みづか》ら識《し》らず。南夷を蚕食し粤閩《エツビン》を窺《うかが》ひ、禍心を包蔵するは一日に非ず。維《こ》れ時に清国道光十八年、天子特に詔《みことのり》し食煙を禁ず。臣《シン》則徐に命じ専《もつぱ》ら之を管《つかさど》り、故に来源を絶《た》ち牽連《ケンレン》を解《と》く。貪虜《タンリヨ》何ぞ曽て規矩《キク》に循《したが》ひ、敢《あ》へて上国《ジヤウゴク》に向ひ旗皷《キコ》を争はん。巨礮《キヨハウ》大艦天を蔽ひ来たり、狂猘狺狺《セイギンギン》

と狗虎《いぬ》を齧《か》む。其の資財を掠《かす》め其の婦女を淫《みだ》る。烽火旁午歳《バウゴとし》に四周し、大江《タイカウ》以南乾土《ケンド》無し。廟堂の議論雍容《ヨウヨウ》を尚《たふと》び、古《いにしへ》より庸臣和戎《ヨウシンワジユウ》を主《たふと》ぶ。二千万金煙土に換《か》へ、地を割《さ》き君を欺き其の功《てがらてら》を衒ふ。寧《いづ》くんぞ生霊鋒鏑《ホウテキ》に膏《あぶら》するを知らんや。孤嫠《コリ》の大小杼柚《チヨヂク》空《むな》し。此の時乍浦《サホ》城陥《お》ち賊鬼のごとく、深閨《シンケイ》の弱女《をとめ》其の姓は劉《リウ》、従容《シヨウヨウ》と志に矢《ちか》ひ井《ゐど》に赴き死ぬ。満廷の鬚眉巾幗《シユビキンクワク》に輸《ま》く。誰か一人軀命《クメイ》を捐《す》て多士を率《ひき》ゐる有らん。又粤中《エツチユウ》に義士民有り、餉《めし》を捐《す》て団練し郷隣《キヤウリン》を護《まも》る。事無くんば帰農し事有らば勦《つく》し、百万の勁旅陳《ケイリヨチン》を指顧《シコ》す。吾其の檄《ゲキ》を読み心目を張り、言言忠憤し字字慟哭《ドウコク》す。満廷の文武犬豖《ケンチヨ》のごとく、誰か一人敵を王《さか》んに愾《いか》りて国辱を雪《すす》ぐ有らん。嗚《あ》呼《あ》英夷幺麽小醜《エウマセウシウ》なり、浪を跋《こ》えて来たり十万里。趙魏《テウギ》の甲《カフ》・孫呉《ソンゴ》の略有るに非ず、恃《たの》む所は船堅くして砲利《と》きのみ。何為乎《なんす》れぞ之を畏るること虓虎《カウコ》のごとく、之を撫《やす》んずること驕子《ケウシ》のごとし。吾聞く、覚羅氏武功を以て基《もとゐ》を肇《はじ》め、康熙乾隆文徳を兼ね治《まつりごと》を致すと。重熙累洽《チヨウキルヰカウ》に年二百、久安長治に果して危《あやふ》きを忘る。弩《いしゆみ》の末《すゑ》まで遽《にはか》に成る南宋の局、委靡《ヰビ》振はず咎《あやま》ち誰に帰せん。近く和蘭伝へ使節を差《つかは》し、又琉球に向ひ口舌を騰《あ》ぐ。草莽《サウマウ》未だ得ず其の詳《くは》しきを聞くを、或いは是英夷の狡譎《カウケツ》ならん。故に事端を生み我が門を窺《うかが》ひ、闑《あやふ》きを欽《おさ》ふる我が祖宗を惟《おも》ふ。深仁厚沢に民心浹《あまね》く、忠義磨厲《マレイ》に至今伝ふ。男子国中真男子、一毫《イチガウ》も敢《あ》へて外人の侵《をか》すを受けん。或いは曰く、彼の意は市易を求むるに過ぎず、豈《あ》に遽《にはか》に覬覦《キユ》し大逆《タイギヤク》を犯かさんやと。此れ其の一を知り未だ二を知らず、須《すべか》らく漢土の已《すで》に然《しか》る迹《あと》を観るべし。若《も》し互市を許さば必ず地を乞ひ、将《まさ》に室内に向ひ城郭を築かんとす。少し不如意有らば、一時に裂眦《レッシ》起く。倉卒《サウソツ》の変尤も虞《おそ》るべく、疆場《キヤウエキ》の多事此れより始まる。利害甚だ分明なり、苟安《コウアン》真に鄙《いや》しむべし。男子国日本力士、勇卒鋭刀吹毛利《スヰマウと》し。彼若《も》し能く来たり十万人斬らば、二十万断《た》ち血紅と為し、直《ただ》に西海の濤《なみ》を染めんと。然《しか》らずんば祖宗天に在るの霊赫《さか》んに震怒し、永世罰殛《バツキヨク》し汝《なんぢ》に祚《むく》ゆる莫《な》し。吁《あ》嗟《あ》乎真の男子鬚眉好し。謹《つつし》み思ひて巾幗の弁髪児に效《なら》ふ勿《な》かれ。

詩題に長句とあるは唐代の七言古詩をいうが、これは七古に準じた時事を論じた古詩。アヘン戦争で乍浦城の海軍は滅び、婦人劉氏は従容と死につくが、朝廷の男子は為す術がなかった。しかし義士民の檄文に目をみはり南京を護ろうとしたが、官吏には国辱を雪ぐ者は居なかった。婦人に劣る清朝官吏に習うところは無いと気炎をあげる。英夷清国を犯す事状数種とは、雑録第十八に鴉片章程及告示・唐国擾乱事状・粤東義士民公檄・劉烈女略節などが収録される。この長句の出典史料である。根岸橘三郎「新島襄」に、新島が十六歳の前髪を取卸す儀に到来品控があり、その中に「一酒札　一　添川寛平様」とありその備考に漢籍を授けし方とある。最初の素読の教師は江場新太郎助教（文久二年大小姓格御使番、元治二年御小納戸、慶応四年大小姓）で、転職後は飯田逸之助が句読師として漢籍を教授した。新島七五三太《しめた》（襄）は安政三年藩命により田島順輔につき蘭学を始めるが、翌四年田島の長崎留学でやむなく手塚律蔵の門に入り蘭学を続けるが、甘雨公死去のため蘭学修業は中止になったらしい。この時安政五年菅沼錠次郎（総造、嘉永六年中小姓当時之末席、文久二年大小姓格御使番、御軍艦頭取方、元治元年給人格大目付助勤御留守居助、慶応二年給人）宛七五三太書簡に

安政二年正月僕受先公《板倉勝明》之命共君託田島先生学蘭書、此有歳月時君以学蘭書託村田先生、未数月田島先生蒙上命行於長崎、于時去年八月《安政四年八月二十三日》也、僕自是無所于因託手塚氏学又有数月、時添川先生見僕漢学不成而勉蘭書謂僕曰、爾欲学蘭書勿廃漢学、今縦令雖勉強不知漢学何得成乎、僕自是如犬牙《食い違う》学漢書与蘭書又有数月、僕於是也遂知不得両全、廃一欲学一、然更鼠首不決《決断力のないこと》、時朋友窃知僕迷謂僕曰、爾近比不楽何故乎、僕以実告之、朋友曰爾非多欲乎、人猶不能一伺能両全乎、勉強与不得両全、不如勉一得一、僕自聞之遂廃蘭書、且君等還藩勧、僕又何面目学蘭書乎、初先公欲令僕等学蘭書、因問僕等左右曰、予欲令彼等学蘭書如何、左右曰可、遂命僕等学蘭書、然僕今忘先公之徳不能成遂廃、嗚呼嗚呼、勝○《勝殿公》可誅乎、勝可誅乎、僕栄名掲天下而已、再拝再拝

安政二年正月僕先公の命を受け、君と共に田島先生に託せられ蘭書を学ぶ。此に歳月有り、時に君蘭書を学ぶを以て村田先生に託せらる。未だ数月ならず田島先生上命を蒙り長崎に行く。時に去年八月なり。僕是より因る所無く手塚氏に託し学び又数月有り。時に添川先生僕漢学の成らずして蘭書に勉《つと》むるを見て僕に謂ひて曰く、爾《なんぢ》蘭書を学ばんと欲し漢学を廃する勿かれ。今縦令《たと》ひ勉強と雖も漢学を知らずんば何ぞ成ること得んやと。僕是より犬牙のごとく漢書と蘭書とを学び又数月有り。僕是に於いてや遂に両全を得ざるを知る。一を廃して一を学ばんと欲し、然《しか》して更に鼠首《ソシュ》決せず。時に朋友窃《ひそ》かに僕の迷ひを知り謂ひて僕に曰く、爾近比《ちかごろ》楽しまずは何の故《ゆゑ》かと。僕実を以て之に告ぐ。朋友曰く、爾多欲に非ざるか。人猶ほ能く一をせず、伺《うかが》ふに能く両全のごときをや。勉強両全を与《あづか》り得ず、一に勉め一を得るに如《し》かずと。僕自ら之を聞き遂に蘭書を廃す。且《まさ》に君等藩に還るを勧《すす》めんとす。僕又何《いづ》れの面目あつて蘭書を学ぶや。初め先公僕等をして蘭書を学ばしめんと欲し、因りて僕等の左右に問ひ曰く、予彼等をして蘭書を学ばしめんと欲するは如何《いかん》と。左右曰く、可《よ》しと。遂に僕等に蘭書を学ぶを命ず。然るに僕今先公の徳を忘れ能く成らず、遂に廃す。嗚呼《ああ》、嗚呼。勝〇誅すべきか。勝誅すべきか。僕の栄名天下に掲《かか》ぐのみ。再拝再拝。

漢学蘭学二兎を追う新島に廉齋は、漢学を知らなければ蘭学をどうして知ることができようかと諭した。新島は両全を得ないことを知り、蘭書を廃す苦渋の選択をする。この結果一兎を得ようとアメリカ行を決断するに至る結節点に廉齋が居たのである。

ト　西遊と望郷病痾　佇立し窮途に哭《な》く・天真立志の誓ひに生きつづく

西遊で師友により啓発され、切磋により身につけた識見は、現実直視の発想となり尊攘思想の醸成と国事奔走へと廉齋の良心を駆り立てた。西遊の目的は長崎訪問とそれに伴う師友との交わりにあった。その往還は平坦ではなく病痾に沈み随所望郷の念に満ちている。闇齋学派が童幼の感情と斥ける視点でなく、苦渋に満ちた道程に耐えて克服し、大成する力を得るようになったかを見る視点で望郷の念を理解する必要がある。廉齋は自己を修養し完成する一歩として旅を把握しているのである。二十四歳廉齋の望郷の念は、遺艸16「旅夜」の「故郷千里の梦、一夜愁ひを載せて帰る」、20「梅雨宿海棠窩」の「旅梦竟《つひ》に平《たひら》げ難し」、22「自佐伯到竹田途中」の「故郷思ふべからず」、36「還自筑紫重陪杏坪先生遊水明楼共用明字」の「帰郷比するに好し錦衣の栄」などの語句に現れ、また24「宿野口幻古家」の団欒に笑語する中に肉親の姿を見ている。文政九年五月上旬廉齋二十四歳、豊後佐伯の中島子玉宅での作遺艸21「望海」海を望むに

滄海全呑越　雲山遠接呉　地空独鷗泛　天闊一帆孤　島嶼遥看出　波濤平欲無　誰知千里客　佇立哭窮途

滄海　全く越を呑み　雲山　遠く呉に接す　地空しく　独鷗泛《うか》び　天闊《ひろ》く　一帆孤《ひとり》なり　島嶼　遥かに看出《みいだ》し

波濤　平《たひ》らかならんと欲する無し　誰か知らん　千里客　佇立して　窮途に哭《な》く

五律上平七虞韻

晋の阮籍が出遊し車の通じない所に至り、痛哭して帰った故事「窮途之哭」をふまえ、遠来の客の貧困の悲しみを詠んだ。西遊の帰途、長崎街道の宿駅として小倉から長崎へ向かう最初の宿・黒崎から長門豊浦郡赤間関に至る作、遺艸35「舟発黒崎向赤馬関中流波太悪」舟は黒崎を発《た》ち赤馬関に向ひ中流の波太《はなは》だ悪《あ》し。この詩は上平十五刪韻と下平一先韻からなる十八句五古で、その十五・十六句に

家有倚門人　慈育感三遷　家に有り　倚門《イモン》の人　慈育し　三遷に感ず

春秋衛の王孫賈の母の故事・倚門、家の門に寄り子の帰りを待ち望む慈母を孟母の故事に譬える。頭註に「三遷字不

妥」三遷の字妥《おだ》やかならずと評語にあるが、望郷の念に慈母の恩愛が胸に迫っているのである。備後神辺での作、遺艸42「客中秋夕」客中の秋夕に

此去家山《故郷の山》万里遥　秋来無日不魂銷　三尺鱸魚初上市　満天風露月明饒　七絶下平二蕭韻

此《ここ》家山を去り　万里遥かなり　秋来たれば日《ひび》魂《たましひ》の銷《き》えざる無し　三尺の鱸魚《ロギョ》　初めて市に上《あが》り　満天の風露
月明饒《ゆた》かなり

秋来の語に七夕前後とみるが、秋深からずにも故郷を遠く離れた思いに魂が消え去った心境なのである。遺艸44「秋夜呼韻」秋夜呼韻《コキン》に

鳴蟲喞喞不禁秋　月満蕭條《物寂しい》古駅頭　断続書声夜将午《真夜中》　孤燈影暗結閑愁《漫ろにわき起こる憂い》　七絶下平十一尤韻

鳴蟲喞喞《ショクショク》と　秋に禁《た》へず　月満ち蕭條《セウデウ》たり　古駅の頭《ほとり》　断続する書声　夜将《まさ》に午《うま》ならんとし　孤燈影《かげ》暗く　閑
愁を結ぶ

菅茶山門下の詩会で生年の先後により分け、初めの者が某韻一字を呼び、順次一韻を呼び各々作詩した。月下の虫の音に燈火の書を読む声にもの寂しさを感じている。天保十四年八月下旬廉齋が家郷に心を寄せた遺艸185「睡覚」睡りから覚むに

喞喞陰蟲断続声　枕頭自照一燈青　分明昨夜帰家梦　秋雨秋風長短亭《やどり》　下平九青に同八庚韻併用の七古

喞喞たる陰蟲　断続する声　枕頭自ら照す　一燈青し　分明なり昨夜　帰家の梦《ゆめ》　秋雨秋風　長短の亭

同じ発想から漫ろにわき起こる憂い「閑愁」とは、帰家の夢であったことが判る。遺艸45「遺芳湾十二咏」は題詞に「按図而作応茶山先生命節」図を按《しら》べて茶山先生の命節に応《こた》へ作るは、尾道の前に広がる松永湾の風景を称えた五古と五絶からなる。その三首目「藤江」に「儂家《わが家》已不遠」儂家《ドウカ》已《すで》に遠からずと家郷を偲んでいるところから、五首目「柳

津」に「行竿高晒布莫是染人扉」行竿高く布《ぬの》を晒《さら》し是を染人の扉《いへ》とする莫れと、何気ない表現「染人扉」に農染兼業の廉齋家郷への望郷の念を託したとみる。八月十五夜を詠った遺艸46「中秋」二十句の七古「今年中秋薇山曲、思兄思妹対秋風」今年中秋薇山の曲《くま》、兄を思ひ妹を思ひ秋風に対《むか》ふに、備後の山の隅で故郷の兄妹を思っている。倉敷高梁川左岸の連島《つらじま》にある蔵六山を詠った遺艸69「蔵六山記」に「丁亥春余養痾大熊文叔家」丁亥《文政十年》春余痾《やまひ》を大熊文叔の家に養ふとある。神辺より西国街道の七日市を経て笠岡往来で笠岡へ行く途中を詠った十四句の五古、遺艸76「自神辺到笠岡途中」神辺より笠岡に到る途中に

三旬在牀蓐《しとね》　春来未看花　今朝病差《瘥》佳　風日復喧和《穏やかに際だつ》

三旬　牀蓐《シャウジョク》に在り　春来たり　未だ花を看《み》ず　今朝　病《やま》ひ差《い》えて佳《よ》く　風日　復《また》喧和《ケンワ》なり

暮春廉塾に来た鴨井東仲を詠んだ遺艸87「鴨井東仲来」鴨井東仲来たるに

三旬養病故人家　其奈春愁羈恨《旅の物思い》何　三旬病を養ふ　故人の家　其れ春愁羈恨《キコン》何奈《いかん》

文政十年正月上旬より一ヶ月間倉敷の大熊文叔宅で療養し、病癒えて二月上旬連島に行楽した。春に気が塞がる春愁、旅の物思い羈恨が表現され、三度の大病の初めにあたる。二度目は天保七年廉齋三十四歳の冬、伊勢津で生死をさ迷った遺艸124「丙申《天保七年》冬在津城嬰大患《大病》已分必死作詩以自訴《自ら自白する》」丙申冬津城に在り、大患に嬰《かか》り已《すで》に必死と分《わか》つ。詩を作り以て自訴すに

自知霧露《儚い譬え》漸瀕危　身後文章欲托誰　埋骨青山宜此処　游魂華表《墓前の門》定何時

廿年空恨学難就　万事無心夢尚疑　記得二親臨別日　牽衣絮絮《拘り決しない》問帰期《帰る時》　七律上平四支韻

自ら霧露《ムロ》と知る　漸《やうや》く危ふきに瀕《せま》る　身後文章　誰に托《たの》まんと欲す　埋骨青山　宜しく此処にすべし　游魂華表　何《いづ》れの時か定まる　廿年空しく恨む　学就《な》り難きを　万事心に無し　夢かと尚《な》ほ疑ふ　記《しる》し得たり二親へ

別れの日に臨み　衣を牽き絮絮《ジョジョ》と　帰期を問ふ

両親へ死別に臨む日、衣を引き嘆き拘泥して帰る日を問う。鬼気迫る作である。遺艸125「作家書」家書を作《いた》すに

力疾作家書　数行紙上涙　恐傷慈母心　但署平安字　五絶去声四寘韻

疾《やまひ》を力《つと》め　家書を作《いた》し　数行　紙上に涙《なみだ》す　傷《きず》つくを恐る　慈母の心　但署《ただしる》すのみ　平安の字を

哀切極まりない心情を吐露する。木訥天真な廉齋が表現される。天保八年三月には年久しく癒えない病が思いがけず快方に向かい遺艸126「三月十日常山藤堂太夫招席上賦此奉呈時予沈痾適愈故詩中及之」三月十日常山藤堂太夫に招かれ席上此を賦し奉呈す。時に予沈痾適《たまた》ま愈《い》ゆ。故に詩中之に及ぶに

柳緑花紅共一欄《手摺》　病余懐抱《心に思う》得然寛　不堪昨雨連今雨　纔閲《みる》朝寒又晩寒
已分青山《墓場》埋我骨　豈期綺席侍君歓　恥無佳句《よい詩句》酬深春　敢唱巴渝《歌舞の名》表寸丹《寸誠》　七律上平十四寒韻

柳緑花紅　一欄に共す　病余懐抱　然るに寛《くつろ》ぎを得たり　昨雨堪《た》へず　今雨に連《つら》なるを　纔《わず》かに閲《けみ》す朝寒　又晩寒　已《すで》に青山《セイザン》と分《みきは》む　我が骨を埋むを　豈《あ》に綺席《キセキ》を期し　君の歓《よろこ》びに侍《はべ》らんや　佳句《カク》無きを恥ぢ　深春に酬《むく》い　敢《あ》へて巴渝《ハユ》を唱《とな》へ　寸丹《スンタン》を表《あらは》す

藤堂常山は諱高克、字士儀、通称出雲、号常山・雲逸、明治二十年歿、享年七十二、津藩の支族で天保十一年三月家禄七千石を襲い、維新後津藩大参事。津藩主支族の招きによい詩句が期待される中、それでも朝夕余寒に自らの死を見つめ、季春までも生きながらえた真心を表している。昨年伊勢に遊んだ高橋杏村と桑名に行く廉齋は、七月美濃神戸村に杏村を訪ねた。遺艸128「杏花村夜話旧」杏花村夜旧を話す。七律下平十一尤韻の首・頸聯を抜粋するに

伏枕津城歳已周　一篷《小舟》訪友向濃州…百死《命が危い》余生憐我在　幾行残涙対君流

枕に伏す津城　歳已に周《めぐ》る　一篷《イッホウ》友を訪ね　濃州に向ふ…百死余生　我憐《あはれ》むに在り　幾行残涙　君に対《むか》ひ流《なが》る

年をまたいで闘病し命の危機に際し、辛うじて助かった哀れさ感涙にむせぶ。高橋は諱九鴻、字景羽、通称総右衛門、号杏村、生地美濃安八郡神戸村、明治元年歿、享年六十五、京都の中林竹洞に南宋画を、梁川星巌に詩を学び、神田柳渓と親しく篠崎小竹らと交流した。七月下旬美濃不破郡岩手村、現垂井町岩手の神田南宮を訪ねた。遺艸129「岩手訪神田実甫々々亦時一病新愈」岩手に神田実甫を訪ぬ。実甫も亦時に一病新たに愈ゆ。上平十四寒韻に同十一真韻を併用した七古八句の前四句を抜粋するに

相逢無語両相憐　憔悴《憂える様》何堪衣帯寛　病後精神験眠食《起居》　酒間懐抱雑悲歓

相《あひ》逢ふて語無く　両《ふた》つながら相憐《あはれ》む　憔悴《セウスキ》何ぞ堪《た》へん　衣帯の寛《ひろ》きに　病後の精神　眠食を験《ため》し　酒間の懐抱悲歓を雑《まじ》ふ

後四句に詳しく文学史学を論じ、対座して盛況であった。この時実甫の詩が南宮詩鈔（嘉永二年瑞香堂蔵版、翌三年五月発行）巻之下に「添川中潁《ママ》見過」添川中潁過《よぎ》るに

幽居寥落《落魄れる》有誰矜　忽喜柴門《隠者の家》迎遠朋　千古《遠い昔》論心細傾酒　一宵《一晩》裁句数挑燈

衰楊経雨葉先落　俊鶻《強い鷹》乗秋気倍騰　去住由来不同路　明朝分手又擔簦

七絶下平十蒸韻

幽居寥落《レウラク》　誰有りて矜《あはれ》まん　忽ち柴門《サイモン》に喜ぶ　遠朋《エンポウ》を迎ふるを　千古心を論《あげつら》ひ　細《こま》かく酒を傾け　一宵《イッセウ》句を裁《た》ち　数《しばし》ば燈《ともしび》を挑《かか》ぐ　衰楊《スキヤウ》雨を経《へ》て　葉先《ま》づ落ち　俊鶻《コツ》秋に乗じ　気倍《ますます》騰《あが》る　去住の由来　路《みち》を同じうせず

明朝手を分《わか》ち　又簦《トウ》を擔《にな》ふ

遠方よりの友を歓迎し、共に病後の一宵を楽しんだ。南宮は諱充、字実甫、号南宮・柳渓、生地美濃、師頼山陽、蘭法の医者。八月上旬近江犬上郡青渡村の大洞弁天堂にて、遺艸131「同大林東亭及児玉藤井二子遊大洞天女廟飲旗亭」大林東亭及び児玉藤井二子と同じくし大洞《おほぼら》天女廟に遊び旗亭に飲む。七律上平六魚韻・同十灰韻二首の後者に

嶽《高山の色》色湖光擁檻《欄干》開　煙霞《山水の景》独数升楼台《たかどの》　半生為客非王粲《魏の人》　千里違親羨老莱《周の楚の孝子》

夢逐櫓声依約断　愁兼雁影莽蒼《郊外の景》来　一杯莫問眼前事　不耐風塵《世俗》頭重回

嶽色湖光　檻《おばしま》を擁《つ》みて開く　煙霞独《ただ》数《うなが》す　楼台に升《のぼ》るを　半生客と為るも　王粲《ワウサン》に非ず　千里親に違《そむ》き　老莱《ラウライ》を羨《うらや》む　夢に櫓声を逐《お》ふも　約《ちかひ》に依り断《た》ち　愁《うれ》ひ雁影を兼ね　莽蒼《マウサウ》に来たり　一杯問ふ莫《なか》れ　眼前の事　風塵に耐《た》へず　頭《かうべ》を重ねて回《めぐ》るを

博覧多識の王粲ではない自分は、人生の半ば親孝行をせず、帰家の夢も立志の誓いのため断ち切った。しかし世俗の夢は頭を巡るばかりである。廉齋の素直な感慨が窺える。天保十一年十一月二十八日大坂後藤松陰の冬至詩会後、翌十二年元旦は伊丹の客舎で九十日病臥した。文政十年春、天保七年冬より翌八年三月ごろまでと今回が三度目となる。

遺艸143「辛丑《天保十二年》二月伊丹客舎公概《篠崎竹陰》士常《梶川》亀年《中西》三君見訪大路適至共就白玉主人飲分字各賦得盍字」辛丑二月伊丹客舎に公概・士常・亀年の三君訪ねらる。大路適《たまた》ま至り共に白玉主人に就《つ》き飲む。字を分け各賦し盍字を得たり。入声十五合韻に同十六葉韻を併用した二十四句の五古で、冒頭八句を抄録するに

抱痾臥丹丘《伊丹》　九旬鎖小閤《小御殿》　寂寥《静寂》楊子《戦国の楊朱》居　牢落《寂しい様》管寧《魏の人》榻《せき》　今朝烏鵲《かささぎ》占　不期朋簪盍《友の相集まる》　霍然《速い様》払衣《奮い立つ》起　蓬髪《乱れた髪》躬挈榼《酒樽》

抱痾　丹丘に臥《ふ》し　九旬　小閤《セウカフ》に鎖《とざ》す　寂寥《セキレウ》たり　楊子《ヤウシ》の居《キヨ》　牢落《ラウラク》たり　管寧《クワンネイ》の榻《タフ》　今朝　烏鵲《ウジヤク》の占ひ《うかが》　期せず　朋《とも》の簪盍《シンカフ》するを　霍然《クワクゼン》と　衣《ころも》を払《はら》ひ起き　蓬髪《ホウハツ》　躬《みづか》ら榼《たる》を挈《さ》ぐ

九十日に渡る療養中、思いがけず友人の参集に生気が鬱勃と湧いた。思わず酒樽を手にしているのである。廉齋二十五・三十四五・三十九歳の百死余生を経て、師友と共に在ることの大切さを実感しつつ、望郷の念断ちがたくも天真に立志の誓いに生きつづけたのである。駆けつけた友を前に蓬髪の手に酒樽を持ち、友の歓心を買わず一心に努める姿をみる。酒乱の姿とは程遠いものがある。

チ　国内変革に対峙する視点　利あれば合ひ義を忘るる市道を罵倒す

文政八年廉齋西遊の途次、木曽にて遺艸5「岐岨二首」岐岨二首の二首目後半の十二句に

偶聞扛夫語《駕籠舁き》　相顧感更多　去年群国蝗　天時未全和　穀価頻騰湧《物価が上がる》　世態故紛拏《乱れ争う》　偸児所在《盗人至る所》起　往々恣毒邪

逮捕不能獲　良民罹禍邏　儒生非所管　何事復長嗟《長嘆》　下平六麻韻に同五歌韻を併用した五古

偶《たまた》ま聞く　扛夫《カウフ》の語　相顧《かへり》み　感更に多し　去年　国に蝗群《いなごむ》れ　天時　未だ全く和《やはら》がず　穀価　頻《しき》りに騰踴《トウヨウ》し

世態　故に紛拏《フンダ》す　偸児《トウジ》　所在に起り　往々　毒邪を恣《ほしいまま》にす　逮捕《タイホ》しようも　獲《とら》ふ能《あた》はず　良民　禍《わざはひ》の邏《めぐ》り罹《かか》る　儒生　所管に非ず　何事をか　復長嗟《チヤウサ》せん

中山道木曽で昨年蝗害により穀価騰貴し、盗賊が至る所に出没した。良民の災禍には長嘆せざるを得ないが、政事に係わらぬ一介の儒者の管轄でないため長嘆するしか出来ないと憤る。然るに天保四年より八年まで毎年広く飢饉に見舞われた。天保八年冬十二月遺艸141「穀価」穀価に

穀価騰々逼杪冬《冬のすえ》　可憐菜色《飢えた様》到児童　雨毛《細雨》誰道兆兵禍　有隧争禁値大風

世態《世の有様》看兼鬢絲《乱れた白髪》変　客行《旅行》漸趁《進まぬ様》歳華《としつき》窮　故園《故郷》兄弟作何状　北望眼穿南渡鴻　上平一東韻に同二冬韻併用の七古

穀価騰々と　杪冬《セウトウ》に逼《せま》る　憐《あはれ》むべし菜色　児童に到るを　雨毛《ウマウ》誰か道《い》はん　兵禍を兆《きざ》すと　隧《みち》有り争ひを禁《と》むるは　大風に値《あた》る　世態看兼《みか》ね　鬢絲《ビンシ》と変じ　客行《カクコウ》漸《やうや》く趁《なや》み　歳華《サイクワ》窮《きはま》る　故園の兄弟　何《いづ》れの状《さま》を作《な》し　北を望めば眼を穿《うが》つ　南渡の鴻《おほとり》

飢饉にみまわれ飢えて血色の悪い児童を注視し、故郷会津喜多方に思いを馳せている。飢饉は餓死者を生み生活の根

幹が奪われ、生きること自体が否定される国内変革に廉齋は向き合っている。兵禍とはこの年二月に起きた大塩平八郎の乱をも指す。国内変革、特に自然災害について廉齋はその編著「有所不為齋雑録」に信州地震として善光寺の大火・丹波島の水災異変を、東海地震として京畿及び東海地震海嘯の諸相・ロシア使節ディアナ号遭難を収録している。異色なのは天保八年関東代官羽倉簡堂が支配所巡見の上州太田宿で、国定忠治が為政者に代わり孤貧を賑わし飢凍を救ったと書き、民の父母として関東代官が飢饉に対し無力であったと言わしめた「赤城録」（別名「劇盗忠二小伝」）を著した。劇化する飢饉に無策の幕府を慷慨する廉齋の節義任侠を越えた反権力へ琴線に触れ収録する。天保十二年五月中旬生野《いくの》銀山に至る。兵庫県朝来《あさこ》郡生野銀山には大亀・千珠・若村・蟹谷山がある。遺艸152「大亀谷」大亀谷に

将探大亀谷　先陟観音瀑　飛瀑循壁下　流沫濺珠玉　登々《登るさま》攀危桟　一歩一回復　奇巌峙如林　森然《厳かな様》礙人目　或如
龍蛇盤　或如虎豹伏　厲鬼《疫病神》何狰獰《恐ろしげ》　仙仏乃端粛《正しく厳か》　漸々《徐々に》入蔗境《佳境》　一曲又一曲　回々《巡り巡る》非人寰《人の住む所》　洞天《神仏の所》宜遐福《大きな幸》　猿猱《さる》所不
到　蜂窠《はちの巣》見礦屋《鉱夫の家》　鑿徹九泉《地の底》底　生堕泥犂《地獄》獄　渓上逢礦夫　形容《姿有様》如槁木《枯れた木》　云是在礦中　太陽不曽燭　薫鑠《焼き溶かす》銀鉛気
五内《五臓腑》染其毒　中寿纔二十　上寿加五六　借問《敢えて問う》是誰子　生理《死活する道理》然惨酷《酷く厳しい》　何若改其業　終身事耕牧　黄髪《老人の髪》長児孫　永遠
謀嗣続　乃云得銭多　旨甘《親を養う食物》適口腹　処世如朝露　何為長僕々《煩わしい様》　一飽吾事了　不恨年命《寿命》促　聞之長太吁　忽復笑言
喔　人生各有営　天亦従所欲　一視而同仁《差別無く愛すること》　豈独遺此属　翻然《翻るさま》下太渓《大きな谷》　浩唱《大声で歌う》裂山竹

将《まさ》に探らんとす　大亀谷　先《ま》づ陟《すす》む　観音の瀑《たき》　飛瀑　壁下を循《めぐ》り　流沫　珠玉と濺《そそ》ぐ　登々と　危桟《キサン》を攀《よ》ぢ
一歩し　一回復す　奇巌　峙《そばだ》つこと林のごとく　森然と　人目を礙《さまた》ぐ　或いは如《し》く　龍蛇の盤《わだかま》るに　或いは如
く　虎豹の伏《ふ》すに　厲鬼《レイキ》　何ぞ狰獰《サウダウ》と　仙仏　乃《すなは》ち端粛《タンシュク》たり　漸々《ゼンゼン》と　蔗境《シャキャウ》に入り　一曲　又一曲　回々と
人寰《ジンクワン》に非ず　洞天　宜しく遐福《カフク》たるべし　猿猱《エンダウ》　到らざる所　蜂窠《ホウクワ》　礦屋《クワウヲク》に見ゆ　鑿《うが》ち徹《とほ》る　九泉《キウセン》の底　生き
て堕《お》つ　泥犂《ディイリ》の獄《ひとや》　渓上　礦夫に逢ひ　形容　槁木《カウボク》のごとし　是云ふ　礦中に在るに　太陽　曽《かつ》て燭《てら》さず　薫《クン》

鑠《シャク》す　銀鉛の気　其の毒に染《そ》む　中寿　纔《わづ》かに二十　上寿　五六を加ふのみ　借問《シャモン》す　是誰《たれ》が子ぞ　生
理　然《しか》るに惨酷《サンコク》なり　何若《いかん》　其の業を改《あらた》め　終身　耕牧に事《つと》むを　黄髪　児孫に長く　永遠《とは》に　嗣続を謀る
乃《すなは》ち云ふ　銭多くを得て　旨甘《シカン》　口腹に適《かな》ふ　処世　朝露のごとく　何為《なんす》れぞ　僕々《ボクボク》に長ぜん　一に飽《あ》く　吾
れ事を了《さと》り　恨まず　年命の促《せま》るを　之を聞き　長く太《はなは》だ吁《なげ》く　忽《たちま》ち復　笑言喔《わら》ふ　人生　各営み有り　天も
亦　欲する所に従ふ　一視　而して同仁　豈《あ》に独《ひと》り　此の属《やから》を遺《のこ》すのみならんや　翻然《ホンゼン》と　太渓《タイケイ》を下《くだ》り　浩
唱し　山竹裂く

入声一屋韻と同二沃韻併用の五古

生野銀山大亀谷で枯木のような坑夫は、地獄の底で焼け溶けた銀鉛の毒気に汚染され、八十の寿命を二十年で、長生きしても五六年を加える残酷な死活の現実であった。誰彼の差別無く平等に愛する人生であるが、どうしてただ此の坑夫を残すだけであろうか。いや坑夫だけでなく人間至る所青山あり、と大声で歌ったのである。この遺艸152「大亀谷」は与謝吟稿の本文であるが、辛丑以来拙詩稿には「銀礦夫婦詩」と改題している。遺艸153「礦婦怨」礦婦怨に

十五帰礦夫　室家《夫婦と家庭》両相宜　十七良人死　空房背人啼　再醮《再婚》不踰年　旧歓忽如遺　三十々易夫　生死一何奇　妾如
路傍花　攀折《引きおる》不敢辞　即如《匹敵する》葉上露　旦々《毎朝》見日晞《日の出》　露晞何足惜　唯恨歳月移　今雨非昨雨　新知異旧知　把鏡照顔
色　此心属阿誰

上平四支韻・同八斉韻・同五微韻併用の五古

十五にして　礦夫に帰《とつ》ぎ　室家　両《ふた》つ相宜《よろ》し　十七にして　良人《をっと》死に　空房　人に背《そむ》き啼く　再醮《サイセウ》　年を踰え
ず　旧歓　忽《たちま》ち遺《わす》るるごとし　三十にして　十たび夫《をっと》を易《か》へ　生死　一に何ぞ奇なり　妾《わらは》に如《し》く　路傍の花
攀折し　敢へて辞《ことわ》らず　即ち如く　葉上の露　旦々　日晞《ニッキ》を見る　露晞《き》ゆ　何ぞ惜《を》しむに足らん　唯《た》だ恨む
歳月の移るのみ　今雨　昨雨に非《あら》ず　新知　旧知に異《こと》なる　鏡を把り　顔色を照せば　此の心　阿誰《たれ》に属《たの》まん

坑婦は十五歳で坑夫に嫁ぎ、十七で夫が死に以後三十まで度々繰り返し、引き折れる路傍の花、朝露の坑婦を今日誰

に頼もう。歳月ばかり過ぎ誰一人頼む人がいないと詠む。この「妾如路傍花」以下五十字に後藤松陰の藍の批点があり、その評語を抄録する。

借礦婦以罵尽世間、多少市道交之人矣、無此等詩則有所不為齋不足以為有所不為齋也

礦婦を借り以て世間を罵り尽す。市道《シダウ》之を交ふる人多少なり。此れ等の詩無くんば、則ち有所不為齋以て有所不為齋と為すに足らざるなり。

人の利あれば合い無ければ離れ、義を忘れる市道を廉齋は罵倒した。有所不為齋は、正議を直論し回避する所のない廉齋現実直視の人となりに対し、頼山陽が与えた号で神田小川町の東条鉄二郎借地の楣間に掲げていたと伝える。齋号の所以が廉齋の本領を語る。また右同所以下二十字に斎藤拙堂の批点があり朱の評語に

閭巷婦人情々有此風、都下尤甚、不独礦婦也

閭巷婦人の情、情に此の風有り。都下尤も甚しく、独り礦婦のみにあらざるなり。

市道に陥り過酷な死活する風潮は、江戸も同様であった。繁栄する世界の裏には青山が至る所にあり、現今の抱えるテーマがここにある。

諸友との交流

イ　天保八年美濃の交遊　中秋師山陽弟子の虚飾を排する詩会

前年天保七年は伊勢国安濃津で大病に罹り、翌八年も季春に到らねば癒えなかった。八月上旬再度岩手村に行く。

遺艸133「再訪実甫」再び実甫を訪ぬに

此行両度訪君家《貴下の宅》　長鋏《長い剣》何曽歎轗軻　天下憐才能幾在　人生失意不堪多

一邨《一つの村》桑柘《山桑》懸残日　半屋図書鎖緑蘿《蔦葛》　笑指南宮山色好　一杯重和紫芝歌　下平五歌韻に同六麻韻併用の七古

此の行両度　君家《クンカ》を訪ぬ　長鋏《チヤウケフ》何ぞ曽て　轗軻《カンカ》を嘆かん　天下才を憐み　能《はたら》き幾《いくばく》ぞ在る　人生失意　多きに堪《た》へず　一邨《イツソン》の桑柘《サウシヤ》　残日を懸け　半屋の図書　緑蘿《リヨクラ》に鎖《とざ》す　笑ひて南宮を指せば　山色好く　一杯重ねて和《やは》らぐ　紫芝《シシ》の歌

実甫の志を得ないさまを孟嘗君の待遇（長鋏帰来乎《かへらんか》）に譬え、藍田山に隠居した四人の老人が漢の高祖の招聘にも応じなかったのに比べ、人生失意に満ちていると高唱する。八月中旬美濃大垣の岐阜町にある文殊院《大垣領修験道の袈裟頭》にて江馬細香らと会った。遺艸134「八月十一日文殊院集与細香女子及雲室霊淵二師元策元齢二医伯同賦得韻先」八月十一日文殊院に集《つど》ひ細香女子及び雲室・霊淵二師、元策・元齢二医伯と同じく賦し韻先を得たりに

振振《群り飛ぶ》鷺羽会群彦《賢い人々》　璨璨《光明な様》佩環《帯の飾り》来女仙《細香の事》　随処《どこでも》逢迎《迎接する》多旧識　一堂歓笑亦前縁《山陽の縁》

雨余《雨あがり》天意将収暑　荒後《凶作の後》人情値有年《皆熟の年》　屈指中秋纔幾日　卜晴予喜露華《つゆの光》鮮　下平一先韻に去声十七露韻併用の七古

振振《シンシン》たる鷺羽《ロウ》　群彦《グンゲン》会《あつま》る　璨璨《サンサン》たる佩環《ハイクワン》　女仙《ヂヨセン》来たり　随処の逢迎《ホウゲイ》　旧識多く　一堂の歓笑も　亦前縁なり

雨余の天意　将《まさ》に暑《あつさ》を収《をさ》めんとし　荒後《クワウゴ》の人情　有年《イウネン》に値《あた》ひす　屈指すれば中秋　纔《わづか》に幾日《いくニチ》　晴をト《うらな》ひ予《かね》て喜ぶ

露華《ロクワ》の鮮《あざ》やかなるを

燿く細香女史はじめ山陽縁の知人が多く、天保四年から諸国毎年飢饉でこの年も餓死者多数で、大垣は大暴風雨に襲われた。その凶作後の人情が五穀皆熟するに比肩すると詩会の親しみある楽しい集まりを譬えた。華美に流れず人情をよく表している。細香は諱裊、号細香・湘夢、生地美濃、文久元年歿、享年七十五、師頼山陽、大垣藩儒医蘭齋女。

この詩会に参加した江馬元齢に黄雨楼集の元になった黄雨楼詩鈔、外題は江馬元齢先生詩文稿（大垣市藤江町江馬家所蔵）に「中秋文殊院集贈別添川寛夫」中秋文殊院に集ひ添川寛夫と別るるに贈るに

天拖藍色恰新晴《雨あがり》　詩到秋光佳処成　明月臨筵《詩席》不招客　醇醪《美酒》満瓮破愁兵《詩人》
人間《人の世》憂楽幾《幾度》醒酔　海内鷺鷗皆弟兄　離渚向君難説尽　一庭涼露湿蟲声

七律下平八庚韻

天藍色を拖《ひ》けば　恰《あたか》も新晴なり　詩秋光到れば　佳処と成る　明月筵《エン》に臨み　客を招かず　醇醪《ジュンラウ》瓮《かめ》に満ち　愁兵《シウヘイ》を破る　人間《ジンカン》の憂楽　幾《いく》醒酔　海内の鷺鷗　皆弟兄　渚《なぎさ》を離れ君に向ひ　説《と》き尽し難く　一庭の涼露　蟲声を湿《うるほ》す

右に新晴とあり、134七古に雨余と対応する。美酒に詩人の愁いを一時忘れしめるが、浮世の苦楽を共にするは全て兄弟と旅立つ廉齋に惜別の辞を贈る。八月十四・十五日と廉齋は文殊院に集い、遺艸135「十四夜」十四夜に

雨脚今朝悪　晩来《夕方》晴可憐　雲猶半片《なかば》湿　月已九分円　露気凝《結ぶ》鴉背　風声度雁肩　雖知明夜好　須惜此宵遷

雨脚　今朝悪しく　晩来　晴れ憐《あは》れむべし　雲猶《な》ほ　半片湿《うるほ》ふがごとく　月已《すで》に　九分円《まろ》し　露気　鴉背《アハイ》に凝《こ》り　風声　雁肩《ガンケン》に度る　知ると雖《いへど》も　明夜好く　須《すべか》らく惜《を》しむべし　此宵《こよひ》遷《うつ》るを

五律下平一先韻

十四日朝に雨の雫が糸をひき夕方に晴れ、九分方の月に露の気が雲に移るを惜しんだ。十五夜である。遺艸136「十五夜小集同次山陽翁崎港《長崎港》中秋韻時予将還伊勢」十五夜小集同じくす。山陽翁崎港《キカウ》中秋の韻に次ぐ。時に予将《まさ》に伊勢に還《かへ》らんとすに

城皷声沈晩色収《夕景色やむ》　鱗鱗《鮮麗な様》雲影月当楼　龍帰湫《気が凝る》底猶含雨　潮逆津頭《渡し場際》動阻舟
鴻爪《人の世の旅路の跡》雪泥悲浪迹　残樽冷炙作中秋　飄零《落魄れる》莫問家何在　馬首《馬の向う》還将向勢州

七律下平十一尤韻

城皷《ジャウコ》声《こゑ》沈み　晩色収《をさ》む　鱗鱗《リンリン》たる雲影　月楼《たかどの》に当る　龍湫底《シウテイ》に帰り　猶ほ雨を含むがごとく　潮津頭《シントウ》に逆らひ

動《やや》すれば舟を阻《はば》む　鴻爪雪泥《コウサウセツデイ》　浪迹《ラウセキ》を悲しみ　残樽冷炙《ザンソンレイシヤ》　中秋と作《な》る　飄零《ヘウレイ》問ふ莫《なか》れ　家何《いづ》れに在りと　馬首還《かへ》し将《まさ》に　勢州に向《むか》はんとす

山陽の弟子が会し、師の長崎中秋の詩韻を踏襲作詩している。廉齋はじめ参集した兄弟弟子の師山陽に対する思いの程が窺われる。八月十七日も過ぎた時に神田南宮・高橋杏村が大垣の廉齋を訪ねた。遺艸138「大垣寓楼喜柳渓杏村見訪」大垣の寓楼に柳渓杏村訪ねらるるを喜ぶに

桂子香飄《ありうぬこと》小閣《寓居》開　把杯恰値故人来　莫辞満酌尽君酔　此会従今更幾回　七絶上平十灰韻

桂子《ケイシ》の香飄《ただよ》ひ　小閣開く　杯を把《と》り恰も値《あ》ふ　故人来たるに　満酌《マンシヤク》を辞《ことわ》る莫《なか》れ　君酔《ゑ》ひ尽せ　此の会今より更に幾回ならん

昵懇の同志二人が意外にも訪ねてくれ、二度と会えないであろうと一杯の酒を君酔い尽くせと勧めた。桂子香飄は桂の実がよい匂いを漂わす意で、あり得ないことを表し文人の虚飾を非難するに用いる語で、廉齋が何を重んじ酒を酌み交わそうとしたか表す。飲酒を強いたのではなく一期一会を重んじたのである。拙堂詩稿の祇役集三（斎藤正和所蔵）天保八年の箇所に次の三首がある。一首目「仲潁子達見訪」仲潁子達訪ねらるるに

風爐茶熟一瓶香　恰喜故人来上堂　移榻《腰掛》相留何処好　碧梧桐下午陰涼　七絶下平七陽韻

風爐《ふろ》の茶熟《に》え　一瓶香《イツペイかんば》し　恰も喜ぶ故人　来たり堂に上《のぼ》るを　榻《タフ》を移し相留め　何処《いづこ》か好《よ》し　碧梧桐《あおぎり》下　午陰涼《すず》し

日中の小蔭、青桐の下が涼しいと拙堂は腰掛を移し、茶を煮る香が辺りに漂う。同行した子達とは、月瀬記勝の梅渓図を描いた宮崎青谷、二十七歳である。青谷、諱定憲、字士（子）達、通称弥三郎、号青谷、生地伊勢、慶応二年歿、享年五十六、師頼山陽・猪飼敬所、画家。二首目「仲潁来告別賦此以贈」仲潁来たり別れを告げ此を賦し以て贈るに

書剣天涯《遠隔の地》暫結隣《隣好》　間雲《漂うくも》不住自由身　三秋《秋三ケ月》風月《清風明月》行将好　何処江山留故人　七絶上平十一真韻

書剣天涯　暫《しば》し結隣《ケツリン》す　間雲《カンウン》住《とどま》らず　自由の身　三秋の風月　行くに将《まさ》に好《よ》からんとし　何処《いづこ》の江山《カウザン》　故人を留《とど》む

遠隔の地に人との結びつきを求め放浪する奔放の身は、美しい秋景に何処へ行こうとするのか。この二首が八月下旬廉齋が拙堂を訪ねた時の作。この七絶は摂東七家詩鈔巻五（嘉永二年刊）に収められた。三首目「聞仲穎将遊湖中遥有此寄」仲穎将《まさ》に湖中に遊ばんとするを聞き遥かに此を寄する有りに

落木《落葉の木》哀鴻湖上秋　軽舟覓勝向笙洲《竹生島》　煩君憑弔《寄り弔う》平公子　万頃《広大な》琵琶万古《永久》愁　七絶下平十一尤韻

落木哀鴻《アイコウ》　湖上の秋　軽舟勝《まさ》るを覓《もと》め　笙洲《ちくぶじま》に向ふ　君を煩《わづら》はし憑弔《ヒョウテウ》す　平公子　万頃《バンケイ》たる琵琶　万古《バンコ》に愁《うれ》ふ

竹生島と平公子により平家物語木曾義仲追討の途次、平経正・知度・清房らが竹生島に参詣し琵琶を弾じ弁天堂に祈願したことを表す。遺艸132「海棠書屋広瀬太夫見訪太夫時致仕居家」海棠書屋広瀬太夫訪ねらる。太夫時に致仕し家に居り、の割註に広瀬太夫が廉齋と竹生島・裏湖の八月上旬舟遊を果たせなかったため再遊を促している。九月上旬の作とみる。

ロ　天保十一・十四年広瀬旭荘との交遊　酒癖にも敬意を失はず、心温まる鰻椿事

広瀬旭荘「日間瑣事備忘録」天保十一年十一月二十二日条に、旭荘は人と慣れ親しむ結果何とも感じなくなり、仲が悪くなったことを後悔し自ら反省して廉齋の酒癖を挙げている。

夜寛平来、寛平毎酔久坐不去、余昨夜与亀年《中西》謀、過寛平許良久不去、寛平厭之輙戯曰君毎酔常如此、何尤吾一夕

酔態乎、寛平笑曰吾明夕必報仇、余曰吾明日持齋《物忌み》請他日来、改今夕寛平来、余曰君有意相報乎、曰《寛平》某今夕不飲何有報心乎、余曰吾雖不自飲豈可使君無酒乎、促室氏《家人》炙乾肴飲之既酔果不去、余為賦賓之初筵不顧、余退於講堂曰某午睡今夕将勤業以償昼間怠惰、君且与拙荊《拙妻》飲、寛平尾来坐几前論議刺刺《多弁の様》不已、余謾言《嘘を言う》相応既而覚、其有怒気不肯去、余起謝曰某過矣、寛平大慙即去（余平生与人狎狎《なれる様》極而生怨隙《恨み不仲》屢悔之、東游後不復与人相狎、近日屢接酒人、漸復旧習、行将如昔日故録自省也已）

夜寛平来る。寛平酔《ゑ》ふ毎《ごと》に久しく坐して去らず。余昨夜亀年と謀《はか》り、寛平の許《もと》に過《わた》り良《やや》久しく去らず。寛平之《これ》を厭《いと》ふ。輙《すなは》ち戯れ曰く、君酔ふ毎に常に此のごとし。何《なん》ぞ吾が一夕の酔態を尤《とが》むやと。寛平笑ひて曰く、吾れ明夕必ず仇《あた》に報《むく》いんと。余曰く、吾れ明日持齋《ヂサイ》なれば他日の来《ライ》を請《こ》ふと。改めて今夕寛平来る。余曰く、君意有り相報いんかと。曰く、某《それがし》今夕飲まず何ぞ報ゆる心有らんやと。余曰く、吾自ら飲まずと雖も豈に君をして酒無からしむべけんやと。室氏《シッシ》を促し乾肴を炙れば飲み、既に酔へば果して去らず。余賓《まらうど》の初筵に賦《うご》き為《な》して顧みず。余講堂を退きて曰く、某午睡し今夕将《まさ》に業《わざ》を勤め以て昼間の怠惰を償《つぐな》はんとすと。君且《しばら》く拙荊《セッケイ》と飲む。寛平尾《うしろ》に来て几前に坐し、論議刺刺《セキセキ》と已《や》まず。余謾言《マンゲン》相応じ既にして覚《さと》る。其の怒気有りて去るを肯《がへん》ぜず。余起《た》ち謝《わ》びて曰く、某の過《あやま》ちなりと。寛平大いに慙《は》ぢ即ち去る。（余平生人と狎狎《カフカフ》たるを極め怨隙《エンゲキ》を生じ屢《しばし》ば之を悔《く》ゆ。東游後、復人と相狎《な》れず。近日屢ば酒人に接し、漸《やうや》く旧習に復《かへ》る。行《おこな》ひ将に昔日のごとき故、自省を録《しる》さんとするのみ。）

廉齋の居座る酒癖にも相手に対する敬意を失わなかったが、旭荘は時に嘘をつき怒気を買って初めて悟ったのである。人と慣れ親しむ結果の陥穽である。慣れるに従い敬愛の心を忘れた旭荘に対し、江戸にて廉齋の心暖まる鰻交遊がある。旭荘「日間瑣事備忘録」天保十四年七月十日条

暮訪添川完平、余謂主人曰欲飯君、主人悦与出至水道橋鰻鱺《うなぎ》店、店人辞以無魚、寛平曰湯島菅祠《天神》下一店以鰻鱺名、乃向湯島行十丁許、将伝湯島遇牧野只助《黙庵》曰何之、完平曰欲訪湯島鰻鱺店、只助曰不如本郷肴店也、乃従只助西行十二三丁、只助別去出於本郷街投一店登楼、矮檐《低い軒》絶風鰻鱺之臭帯烟逆騰《迎え上る》、奇蒸困人殆発頭痛、乃上涼棚雨下復座苦甚、比食畢街鼓既報初更、出店西南行十二三丁至水道橋、完平曰貴邸門恐閉請宿我家、従之

暮れて添川完平を訪《たづ》ぬ。余主人に謂ひて曰く、君飯《めし》を欲《ほっ》するやと。主人悦び与《とも》に出で水道橋鰻鱺《バンレイ》店に至る。店人辞《ことわ》るに以て魚無しと。寛平曰く、湯島菅祠下の一店、鰻鱺を以て名《なだか》しと。乃《すなは》ち湯島に向ひ十丁許行き、将に湯島に伝《いた》らんとし牧野只助に遇《あ》ひ曰く、何《いづ》れに之《ゆ》くと。完平曰く、湯島鰻鱺店を訪ねんと欲すと。只助曰く、本郷肴店に如《し》かざるなりと。乃ち只助に従ひ西行十二三丁、只助別れ去り本郷街に出で一店に投《とど》まり登楼す。矮檐《ワイエン》風絶《た》へ鰻鱺の臭《くさみ》、烟《けむり》を帯び逆騰す。奇蒸人を困らせ殆《ほとん》ど頭痛を発《おこ》さんとす。乃ち涼棚に上れば雨下《ふ》り復座る苦しみ甚し。比《なら》び食べ畢《をは》れば街鼓既に初更を報《しら》す。店を出で西南に行く十二三丁、水道橋に至る。完平曰く、
貴邸の門恐らく閉づ。請ふ我が家に宿れと。之に従ふ。

廉齋は旭荘を満足させようと、神田今川小路東條鉄二の借家から近くの水道橋・湯島天神はたまた本郷と鰻の名店を探し歩き回るが、辿り着いた先で椿事が出来する。風が絶えた低い軒先の中、鰻を焼く臭気の煙が逆しまに上り奇蒸に困り、涼み棚に逃げ上がれば降雨に座る場所さえ無い有様であった。淡々と書き綴っているため吹き出す笑いとほのぼのとした温かみがある。旭荘はこの年五月十一日大坂を発ち三十日江戸に着いていた。鰻好きな旭荘は大坂で度々食べているが、この日店を出ると午後八時頃となり豊後府内藩邸は門を閉ざす恐れがあるため廉齋宅宿泊を要請した。二人の意気は投合している。

八　天保十四年田端の探梅　十六年後諸友離散泉下の客

江木鰐水日記の安政五年二月十三日条に、十六年前天保十四年田端探梅の話がある。鰐水は諱戩、字晋戈、通称繁太郎、号鰐水、生地安芸、明治十四年歿、享年七十二、師頼山陽・篠崎小竹、本姓福原氏、与曽八三男、藩医江木玄朴養子、福山藩医。

此際朝独遊田畑梅荘、落花繽紛《乱れ散る》朝色猶早、無人来領花之真景《実際の景色》、十六年前与水竹尾藤先生牧黙庵添川寛平門田堯翁来遊、既而東西離散、水竹黙庵既死為泉下客、堯翁西帰廉齋眼病不来、愴然為感《悲しみ傷む心が動く》

此の際《あひ》だ朝独り田畑の梅荘に遊ぶ。落花繽紛《ヒンプン》と朝色猶ほ早きがごとし。人来ること無く花の真景を領《をさ》む。十六年前、水竹尾藤先生・牧黙庵・添川寛平・門田堯翁と来遊したり。既に東西離散したり。水竹・黙庵既に死に泉下の客と為る。堯翁西帰し廉齋眼病にて来たらず。愴然《サウゼン》と感を為す。

廉齋と共に参集した水竹は諱積高、字希大、通称高蔵、号水竹・弦庵、生地伊予、安政元年歿、享年六十、二洲長男。牧野は諱古愚、字直卿、通称唯助、号黙庵・我為我軒、生地讃岐、嘉永二年歿、享年五十四、師菅茶山、本姓臼杵氏、高松藩儒。門田は諱重隣・字堯佐、通称小三郎、号樸齋・卜翁、生地備後、明治六年歿、享年七十七、師頼山陽・菅茶山、本姓山手氏、一時茶山の養子となる、福山藩儒。鰐水日記天保十四年二月四日条に右の探梅一件が見える。

四日朝門田子来曰今日幸間暇従共訪牧野添川探梅于北郭、午後文会座藤公之処探之、花開已五分已有爛熳者一酌花下又飲団子阪頭

四日朝門田子来たりて曰く、今日幸い間暇、共に従《つきそ》ひ牧野・添川を訪ね北郭に探梅す。午後文会藤公の処に座して之を探ると。花已に五分開き已に爛熳たる者有れば花下に一酌し、又団子阪の頭《ほとり》に飲む。

この四日の探梅に合致する廉齋の詩五首が残る。遺艸181「春初出遊遂探梅田端村荘、次門田朴齋韻、同尾藤水竹及牧野黙庵中西拙脩江木健齋諸公二首」春初出遊し遂に田端村荘に探梅す。門田朴齋の韻に次《つ》ぎ、尾藤水竹及び牧野黙庵・中西拙脩・江木健齋の諸公と同じくする二首に

試杖新晴好友《善い友》邀《待ち受る》　東風到処鳥声嬌《声のよいさま》　梅纔半綻斜《傾く》臨水　柳未全舒軽払橋

芳草坡頭《堤》煙漸罩《立ち込む》　遊魚池面《池の水面》凍初消　莫嗔買酔《酒に酔う》邨醪薄　聊及良辰《よい時節》楽一朝　七律下平二蕭韻

試み新晴に杖《つゑ》つき　好友を邀《むか》ふ　東風到る処　鳥声嬌《なまめか》し　梅纔《わづ》かに半《なか》ば綻《ほころ》び　斜《なな》めに水に臨み　柳未だ全く舒《の》びず　軽く橋を払《はら》ふ　芳草《ハウサウ》の坡頭《ハトウ》　煙《けぶ》り漸《やうや》く罩《こ》め　遊魚《イウギョ》の池面《チメン》　凍《こほ》り初めて消ゆ　嗔《いか》り買酔《バイスヰ》する莫れ　邨醪《ソンラウ》薄きに　聊《いささ》か良辰に及び　一朝を楽しむ

澗道《谷川の道》余寒嗅野梅　名園探到古城隈　雖知較早偶相訊　比及全開応重来《再び来る》

万樹猶顰残雪裡　数枝纔占百花魁　更憐新月簾纖彩　淡写槎枒《角だつ様》上石苔　七律上平十灰韻

澗道《カンダウ》の余寒　野梅を嗅《か》ぐ　名園探り到る　古城の隈《くま》　知ると雖も較《やや》早く　偶《たまた》ま相訊《たづ》ね　比《ころ》ほひ全開に及ばば　応《まさ》に重来《チョウライ》すべし　万樹《バンジュ》猶ほ顰《しか》むがごとし　残雪の裡《うち》に　数枝纔かに占む　百花の魁《さきがけ》　更に憐む新月を　簾《すだれ》に纖《ほそ》く彩《いろど》り　淡《あは》く写す槎枒《サガ》　石苔に上《のぼ》る

題詞に春初とあり、二首目にある余寒が立春後の寒さを意味し、鰐水日記から二月、新月の細い彩りから四日の作とみた。遺艸181の前韻に重ねて詩を二首賦した遺艸182「畳韻却寄朴《門田》齋兼呈同遊諸公」畳韻却《かへ》りて朴齋に寄せ兼ねて同遊の諸公に呈《しめ》す。一首目に

村荘曾被友生《友達》邀　春浅梅花未見嬌　冷藟《清い藤葛》半含風尚緊　暗香乍《急に》動酒初消

枕辺繙易臥矮閣《陋屋》　梦裡《夢の中》思詩過断橋《渡れぬ橋》　佳日再遊須践約　馮君枚卜《広く占う》定何朝　七律下平二蕭韻

村荘曽《かつ》て友生《イウセイ》に邀《むか》へらる　春浅き梅花　未だ嬌《なまめ》くを見ず　冷藟《レイルヰ》半《なか》ば含み　風尚ほ緊《かた》く　暗香《アンカウ》乍《たちま》ち動けば　酒初めに消ゆ　枕辺繙《みだ》れ易《やす》く　矮閣《ワイカク》に臥《やす》み　夢裡《ムリ》詩を思ひ　断橋《ダンケウ》を過《す》ぐ　佳日の再遊　須《すべか》らく約を践《ふ》むべく　君が枚卜《バイボク》に馮《たの》み　何《いつ》れの朝と定めん

村荘は田端村荘で、梅花は見頃を迎えなかった。朴齋が占い寒暖の程よい天気の晴れた日の朝を約束した。二首目に

憶曽拄杖《杖をつく》訪村梅　点検寒葩《冬の花》立水隈《淵》　淡淡野風吹面去　娟娟《清月の明》林月上夜来

莫嫌茅酒渾無力　不分新詩独占魁《第一》　今日陽和殊昨日　屐痕《下駄の跡》重破一蹊《一の小径》苔　七律上平十灰韻

憶《おも》ふ曽て拄杖《チユウジヤウ》し　村梅を訪ぬ　寒葩《カンハ》を点検し　水隈《スヰワイ》に立つ　淡淡《タンタン》たる野風　面を吹き去り　娟娟《ケンケン》たる林月　夜来たり上《のぼ》る　嫌《きら》ふ莫《な》かれ茅酒《バウシユ》　渾《す》べて力無《な》きを　新詩を分《わか》たず　独り魁《さきがけ》を占《し》む　今日の陽和《ヤウワ》　昨日に殊《こと》なり　屐痕《ゲキコン》重ねて破る　一蹊《イツケイ》の苔《こけ》

遺艸181182は同日の作。約束した日が来た。遺艸183「同諸公重探梅田端村次朴齋韻」諸公と同じくし重ねて田端村に探梅し朴齋の韻に次《つ》ぐに

試向梅花説旧因《昔の因縁》　分明空谷《静かな谷》伴幽人《隠者》　敢容俗子《卑俗な人》同清梦　故使吾曹領別春

掃径《道の掃除》直須拌一酔　岸巾《頭巾を脱ぐもの姿》恰好及芳辰《春の時節》　初知桃李《兄弟の喩》非倫匹《なかま》　風韻《風雅高尚》孤高不易馴　七律上平十一真韻

試みに梅花に向ひ　旧因《キウイン》を説《と》く　分明なり空谷《クウコク》　幽人《イウジン》を伴ふ　敢《あ》へて俗子を容《い》れ　清夢を同じくし　故《ことさら》に吾が曹《とも》をして　春を領《さと》り別《し》らしむ　掃径《サウケイ》直《ただ》ちに須《すべか》らく　一酔を拌《す》つべく　岸巾《ガンキン》の恰好《カツコウ》　芳辰《ハウシン》に及ぶ　初めて知る桃《タウ》李《リ》　倫匹《リンヒツ》に非《あら》ず　風韻《フウイン》孤高　馴れ易《やす》からず

廉齋と朴齋二人の初会は、文政九年秋に茶山廉塾にあり、以後天保十四年・嘉永元年と会した。門田の師は菅茶山・頼山陽で、二人は山陽の兄弟弟子で「桃李」と表している。

二　弘化二年重陽飛鳥山の劇飲行歌　人酒を送り来たる無し

牧野默庵「我為我軒遺稿」巻之八（濱久雄編「牧野默庵松村遺稿」）に弘化二年重陽に滝野川飛鳥山の劇飲を語る。「重陽同尾《尾藤》水竹門《門田》朴齋諸友及添《添川》廉齋牧《御牧》楓崖游于滝川尋去年之游也分無人送酒来得無字」重陽に尾水竹・門朴齋諸友及び添廉齋・牧楓崖と同《とも》に滝川に去年の游を尋ね游ぶなり。人酒を送り来たる無しを分《わか》ち無字を得たりに

復接重陽節　登高興豈無　聯筇尋旧侶《友》　渉僻《遠く行く》取生途《慣れぬ道》　劇飲《鯨飲》松丘上　行歌《行吟》竹澗《谷川》隅　共憐人各健　継得去年娯

復接《またまた》す　重陽の節　高きに登り　興豈《あ》に無からんや　筇《つゑ》を聯《つら》ね　旧侶と尋ね　渉僻《セフヘキ》　生途《セイト》を取る　劇飲《ゲキイン》す　松丘の上《ほとり》　行歌《カウカ》す　竹澗《チクカン》の隅《くま》　共に憐れむ　人各《おのおの》の健《すこ》やかなるを　継ぎ得たり　去年の娯《たの》しみ　五律上平七虞韻

去年九月九日菊の節句で痛飲し、ゆくゆく吟じた楽しみを今年も継続できた喜びを語る。しかし五人は「人酒を送り来たる無し」の字を分韻している。これは何か。石川和介「藤陰舎遺稿」巻之一（明治四十四年九月関藤国助発行）に「九日廉齋至会朴齋使人来促偕往其家」九日廉齋至り、会《たまた》ま朴齋人をして来るを促《うなが》さしむ。偕《とも》に其家に往くに

重陽誰忍背黄花　迎客風流類孟嘉　半酔抛杯移席去　隔林更有老陶家　七絶下平六麻韻

重陽誰か忍《しの》ばん　黄花に背くを　客を迎へて風流　孟嘉に類《に》る　半酔杯を抛《なげう》ち　席を移し去り　隔林更に有り　老陶家

廉齋は和介を訪ねたところ偶然朴齋の使いに行き会い、朴齋宅に招かれ一緒に出掛けた。牧野の五律から重陽に五人は滝野川で鯨飲している。題詞に「人酒を送り来たる無し」とは、飛鳥山の酒宴に腰を上げなかった下戸の石川を牧野は「添川来云石川招」と当日の家乗にあるように、添川は牧野に石川を招請したが、石川は酒樽だけ贈り出掛けな

かった。石川の七絶から添川が来て共に門田と会い、恐らく牧野も来て重陽の酒宴に招いたので、門田宅で下戸の石川は仕方なく半酔し席を立ち、その後の飛鳥山の酒宴には背を向け酒樽のみ贈ったと読める。従って黄花に背き「酒を送り来たる無き」人とは、下戸の石川和介であった。風流孟嘉に似るとは、蒙求の標題「孟嘉落帽」に晋の孟嘉が宴席で風に帽子を飛ばされたが狼狽せず却って風流を発揮した故事による。席を移し去り隔林に有る老陶家とは、蒙求の標題「陶潜帰去」に彭澤令となり五斗米の為に腰を折るを欲せず官を辞め帰った故事。風流な廉齋朴齋を孟嘉に、酒席を逃げ出した和介を陶潜に譬えている。石川は文政十二年正月十五日添川東帰の山陽別宴、天保三年山陽喀血以後九月二十二日山陽歿をはさみ廉齋と面識があった。天保十四年十一月五日福山藩儒となり翌弘化元年六月五日出府後、老中阿部伊勢守側近として仕えた。和介廉齋二人は弘化元年以後、海鷗社の文会でも相識となり、福山藩主阿部正弘と安中藩主板倉勝明が従兄弟（「先君甘雨公行状」に瓜葛の誼）であったため、嘉永元年九月水戸国事雪冤を打ち合わせ各藩主に入説している（「遠近橋」巻十三）。

ホ　藤田東湖沈酔と廉齋泥酔　国家治乱の境に立ち潦倒《ラウタウ》たり

嘉永六年十二月十四日廉齋宛藤田東湖手簡（安中市小林妙子氏所蔵、「廉齋遺艸」写真版掲載）に

廉齋先醒几右　　彪拝手

拝啓沍寒愈《いよいよ》御安健奉賀候。過日ハ唐突上堂失敬御恕《ゆるし》被下候。不取敢種々御饗応ニ相成、近来ニ無之沈酔奉謝候。

扨ハ今日黄門《徳川斉昭》殿前へ出而咄候序《ついで》ニ、貴宅へ参上候事ニ及候へハ、右之事前黄《さきに》ニ承知被致候ハヽ、伝言可被致ものをと被申候間、夫ハ何事に御座候哉と承候処、外之事にも無之、安中侯《板倉勝明》ハ所謂神交《心と心との交》にて被尽候処、松代侯《真田幸貫》即世《世を去る》以来

甚御疎闊《無沙汰》被申候間此段よろしく御申訳いたし、謂且又御意見ハ勿論御奏聞等も御座候ハヽ、何卒御内々貴兄《廉斎》ゟ僕《東湖》へなりとも被仰遣ニ被致度旨くれ〲被申付候。仍而《よつて》候ハヽ、早速又々参堂、内々可得貴意候処、大砲数十挺献上之義、日限つまり明早朝千人余にて竹橋内引付候騒キにて取書候間、乍大罪先ツ以書中相願申候。いろ〲御取計置可被下候。紛公中乱毫御推覧可被下候以上。

十二月十四日

拝啓過日邂逅の三子へ御序ニよろしく御致意被下候。湖海の激豪不除失敬不啻《ただならず》候以上。

この手簡を嘉永六年としたのは、文中の一文「大砲数十挺献上之義、日限つまり明早朝千人余にて竹橋内引付候」が「維新史料綱要」嘉永六年十二月十五日条「水戸藩、幕府へ献納スル大砲七十四門ヲ納入ス」と合致するからである。東湖は廉斎宅へ突然の訪問に、至れり尽くせりの饗応に沈酔の礼を述べる。本題は斉昭の伝言でペリー・プチャーチン来航で「御意見ハ勿論御奏聞等も御座候ハヽ、何卒御内々貴兄《廉斎》ゟ僕《東湖》へなりとも被仰遣ニ被致度旨くれ〲被申付候」と斉昭の言を東湖は廉斎に伝えている。廉斎を賓師とした安中侯板倉勝明は斉昭をして神交とまで言わしめた。廉斎は嘉永元年斉昭雪冤に助力して、水戸藩の篤い信任を得ていた。安政二年四月晦日東湖宛廉斎手簡（東大史料編纂所所蔵「宮崎文書」二所収）「陳者《のぶれば》先日者参上仕緩々《ゆるゆる》拝顔、泥酔潦倒《ラウタウ》失敬之至奉恐入候」と廉斎も泥酔を失敬恐縮している。廉斎の本音は「潦倒」にあり、碌々として時勢に何も成し得ない心境を語るにあった。東湖廉斎は沈酔泥酔を借り、日本開国に際会し国家治乱の境に立った認識を共有している。ここに有所不為齋雑録編輯の所以がある。

天保三年九月二十三日は師山陽が歿した日である。遺艸写真版に収録する年次不明の二首がある。一首目「送添川君寛夫遊京師」添川君寛夫京師に遊ぶを送るに

梅天日々雨霏々《甚しく降る様》　何事急忙着旅装　自説関門七来往　此行亦復莫忘帰　七絶上平五微韻

梅天日々　雨霏々《ヒヒ》たり　何事か急忙し　旅装を着る　自ら関門を説《と》き　七たび来往し　此の行も亦復《また》　帰るを忘る莫《なか》れ

二首目「寛夫今年有卜居之策而不果為可甚恨也松《松本》寒緑与余同恨因和其韻」寛夫今年卜居の策有りて果さず、甚だ恨むべしと為すなり。松寒緑と余と恨みを同じくし因りて其の韻に和《あは》す

遠遊雖楽歳将闌　須憶世間成事難　不若講幃《講筵》余晦日　風流之帙手翻看　七絶上平十四寒韻

遠遊楽しむと雖も　歳将に闌《く》れんとす　須《すべか》らく世間を憶《おも》ふべし　事成り難きを　若《なん》ぞ講幃《カウヰ》せずんば　晦日を余《あま》し　風流の帙　手を翻《ひるがへ》し看《み》る

辱末藤《尾藤積高》積《(水竹)》齋高拝具　末《すゑ》を辱《けが》す　藤積齋高拝具す

文政十二年正月廉齋東帰、春夏江戸、九月帰家し、天保元年より四年まで消息不明である。この間第一首は大急ぎで旅装を整え梅雨の中、六月に喀血した頼山陽に会いに鉄砲玉となり走り出たとみる。廉齋の京都行はわかっただけでも文政六・九・十二年と三度ある。関門七来往が京都行を指すとすれば、度々の往来を意味する。第二首は今年歳暮となり江戸の居所をえらぶ計画も遠出のため果たさず、水竹は松本寒緑共々残念に思っている。文政十二年増島蘭園の紹介で帰郷した折り、会津藩儒高津淄川を訊ねた機縁で同藩儒寒緑とも知己を得たと思われる。但し寒緑は天保九年五十歳で歿している。天保十二年九月二十九日廉齋は安中藩邸に出入りした。翌十三年正月松の内に尾藤水竹を訪ねている。遺艸175「訪尾藤水竹」尾藤水竹を訪ぬに

陌上《畦道の辺》晴泥《雪解け》車馬紛　春風払面酒微醺　閑人《無用の人》無復朝天《天子に謁見す》梦　一路梅花偶過君　七絶上平十二文韻

陌《ハク》上晴泥《セイデイ》　車馬紛《みだ》る　春風面《おも》を払《はら》ひ　酒微《かす》かに醺《にほ》ふ　閑人《カンジン》復《また》無し　朝天の夢　一路の梅花　偶《たまた》ま君を過《よぎ》る

春風微醺に正月の気分が窺え、無用の自分には権力に対する思いは無く、梅香に聞き入り友人に心を掛けるのみであると語る。「江木鰐水日記」第二の天保十三年条「四月二日添川寛平来飲」「霜月十九日…又過添川氏主人在焉…廿二日与門田及弟欲観球人《琉球人》于上杉邸、過添川氏喫飲、午後到上杉邸…廿八日門田氏詩会尾藤先生黙庵廉齋等也、快談至夕」とある。江木門田とも福山藩儒である。黙庵は牧野で師菅茶山、高松藩儒である。鰐水日記第二の天保十四年正月条「五日添川氏招飲、謁上野源流院及西福寺公家歴世神位、帰途至添川氏、相会者水竹黙庵朴齋以下数人…十日朴齋廉齋来訪、共至水竹先生之居、与牧野黙庵中西忠蔵歴射谷道灌山畑諸村飲団子阪而帰…廿九日訪添川廉齋」同二月条「四日朝門田子来曰、今日幸間暇従共訪牧野添川探梅于北郭、午後文会座藤公之処探之、花開已五分、已有爛熳者、一酌花下又飲団子阪頭《ほとり》、戢共□□一方許」とある。この探梅は別に「八　天保十四年田端の探梅」で見た。「鶴梁林先生日記」（都立中央図書館所蔵）天保十四年四月十五日条「十三十四宿于添川寛平氏」同十九日条「水竹黙庵添川三子来、黙送菓子一器、使三子喫酒飯、薄暮去、傘貸遣し候事」とある。鶴梁は諱長孺、通称伊太郎、号鶴梁、生地武蔵、明治十一年歿、享年七十三、師松崎慊堂・長野豊山、幕臣。旭荘はこの年五月十一日大坂を発って三十日江戸へ着いている。「日間瑣事備忘録」七月三日条「昨日添川寛平中尾半兵衛来訪皆不値、使龍太郎視添川寛平在家乎否、返曰在、乃使龍太郎導、而行誤出於一橋門側北折、至飯田街寛平借簾下東条氏地而居焉、既見供酒、大和人家長某同居、亦見讃岐人牧野唯助偶至同席、戊上牌帰」から廉齋の居所は小川町今川小路の東条鉄二（治）郎方に借地したことが判明する。同月十日旭荘の好物鰻の話しは別に「ロ　天保十一・十四年広瀬旭荘との交遊」参照。ここで旭荘の借家斡旋の話しがある。「日間瑣事備忘録」天保十四年七月十二日より八月十四日条に

暮携龍太郎孫吉訪添川完平議戯居《借家》事、主人《完平》曰今夕本郷街有草花市観之何如、余曰善、乃出過水道橋雨降、行二丁許雨勢甚猛、避入一邸門下…戊牌雨勢少衰、完平曰君欲何如乎、余曰与既尽不欲行也…乃帰至水道橋、余曰敝邸（謂府内）戊上牌関門、今也近亥、請投君家、完平曰善（十二日条）。使龍太郎就完平（以下省姓）謀戯居事、完平曰今日謀臨我家、我導往視之…過水道橋至大昨夜避雨処、雲散日見…出於篠笞池側、北行至池尾、完平指路左一屋曰是也、乃入視之一婦人見焉、完平曰此直金十二両也、婦人曰此室夏熱冬寒居人頗苦…完平曰向婦人戯居彼屋者将買之、故挙其悪而拒外人也、某初就屋主問、直主人曰十二両也、方有一人欲以八両買之、我不肯聴、所謂一人者蓋彼婦人也、行一丁許又入裏巷視一屋、屋頗修整《収め整う》然、地湫隘《低く狭い》也、去入根津…北行二三丁左折賽権現祠…北行数百歩、登小邱地勢窅窪《深く凹む》…完平曰是甲府宰相綱重公別墅《下屋敷》旧跡也…去取故路《もとの道》至篠笞池側東向越小坂行二丁許、完平曰尾藤二洲先生之子多賀蔵家焉、請訪之従之主人不在、東南行投天女祠側池田亭午食、余微酔而睡、覚龍太郎曰完平孫助既去、乃出…申上牌帰府内邸（十四日条）。完平来曰有病違野田氏之期敢謝（二十四日）。使龍太郎之聖堂及添川氏（二十九日条）。完平来曰池端（篠笞池側呼曰池端）有好宅、乃与之往観、孫吉従宅臨池上結構《家屋》頗佳、帰路浴湯肆、孫吉先去余飯完平於肴店、日暮完平別於昌平橋（八月七日）。完平使伻来曰今夕請臨…晩至完平氏主人供鮓、龍太郎来迎、酉下牌帰、月色太佳、余宿新居（八月十二日）。使龍太郎告完平曰午前与希一《野田》舟遊請臨…午前完平至、余強兄同出使米蔵買筋違門外尾張舟入焉…希一忽有緊務不得出…北溯過吾妻橋…繋舟東岸而出遊三匝祠…取堤北行五六丁堤下有店…乃投店買桜糕《桜餅》（糕以桜葉包故名）…南行数百歩有牛女祠…返舟移棹向西岸投川口亭命酒…薄暮返舟北溯二丁許復下、明月一痕、金波百道、水闊舟稀、風微涼多、足以忘大都塵熱之苦矣、至両国橋潮急…酉下牌至筋違門出完平別去（八月十四日）。

暮れて龍太郎孫吉を携《たづさ》へ添川完平を訪ね戯居《シウキョ》の事を議《はか》る。主人曰く、今夕本郷街に草花市有り之を観る何如《いかん》と。

余曰く善《よ》しと。乃ち出で水道橋を過《す》ぎ雨降る。二丁許行き雨勢甚だ猛《はげ》し。避けて一邸の門下に入る。…戌牌雨勢少し衰《おとろ》ふ。完平曰く、君何如《いかが》欲するやと。余曰く、与《とも》に既に尽《つく》す。行くを欲せざるなりと。…乃ち帰り水道橋に至る。余曰く、敝邸（府内を謂ふ）戌上牌門を関《とざ》す。今や亥に近し。請ふ君が家に投ずるをと。完平曰く、善しと（十二日条）。龍太郎をして完平に就《つ》かしめ（以下姓を省《はぶ》く）僦居の事を謀《はか》る。完平曰く、今日謀り我れ家に臨み、我の導きに往きて之を視ると。…水道橋を過ぎ大昨夜雨を避けし処に至り、雲散り日見ゆ。…篠筈池の側《そば》に出で、北に行き池の尾《すゑ》に至る。完平路の左一屋を指し曰く、是なりと。乃ち入り之を視れば一婦人見ゆ。完平曰く、此の直《あた》ひ金十二両なりと。婦人曰く、此の室《いへ》夏熱く冬寒く居人頗る苦しむと。…完平曰く、婦人に向ひ僦居の彼の屋《いへ》は将に之を買はんとし、故《ことさら》に其の悪しきを挙げて外の人を拒むやと。某《それがし》初めて屋主に就き問ふ。直《ただ》ちに主人曰く、十二両なりと。方《まさ》に一人有り、八両を以て之を買はんと欲す。我聴《ゆる》すを肯《がへ》んぜず。謂はゆる一人は蓋《けだ》し彼の婦人なり。一丁許行き、又裏巷に入り一屋を視る。屋頗る修整《シウセイ》然とし、地湫隘《シウアイ》なり。去りて根津に入る。…北に二三丁行き左折し権現祠に賽《むく》ゆ。…北に数百歩行き、小邱を登り地勢穹窪《キュウワ》たり。…完平曰く、是れ甲府宰相綱重公の別墅《ベッショ》旧跡なり。…去りて故路を取り篠筈池側に至り、東に向き小坂を越え二丁許行き、完平曰く、尾藤二洲先生の子多賀蔵の家なりと。之を訪ぬを請ひ之に従《よ》るも主人在らず。東南に行き天女祠側の池田亭に投《いた》り午食す。余微酔して睡《ねむ》る。覚《さ》め龍太郎曰く、完平孫助既に去ると。乃ち出づ。…申の上牌府内邸に帰る（十四日条）。完平柬《てがみ》に曰く、病ひ有り野田氏の期《ちぎ》りに違《たが》ひ敢へて謝《わ》ぶと（二十四日）。龍太郎をして聖堂及び添川氏に之《ゆ》かしむ（二十九日条）。完平来たりて曰く、池端《いけのはた》（篠筈池側を呼び池端と曰ふ）に好宅有りと。乃ち与《とも》に之を観《み》に往く。孫吉宅《いへ》より池上を臨み結構頗る佳し。帰路湯肆に浴《ゆあ》む。孫吉先に去り余完平肴店に飯《めしく》ふ。日暮れ完平昌平橋に別る（八月七日）。完平伜《つかひ》をして来たらしめ曰く、今夕臨《のぞ》むを請ふと…晩に完平氏に至り主人鮓《すし》を供《そな》ふ。龍太郎来たり迎へ、酉の下牌帰る。月色太《はなは》だ佳《よ》し。余新居に宿る（八月十二日）。龍太郎をして完平に告げしめて曰く、午前希一と舟遊す。臨むを請ふと。…午前完平至る。余兄に同出を強《し》ひ、米蔵をして筋違門外の尾張舟を買はしめて入る。…希一忽《たちま》ち緊務有り、出づるを得ず。…北に溯《さかのぼ》り吾妻橋を過ぐ。…舟を東岸に繋《つな》ぎて出で三囲祠に遊ぶ。…堤を北に取り五六丁行き、堤下に店有り。…乃ち店に投《いた》り桜糕を買ふ（糕は桜葉を以て包む。故に名づく）。…南に数百歩行き牛女祠有り。…舟を返し棹《さを》を移し西岸に向ひ川口亭に投り酒を命《おほ》す。…薄暮舟を返し北に二丁許溯り復下る。明月一痕、金波百道、水闊《ひろ》く舟稀《まれ》に、風微かに涼多し。以て大都塵熱の苦を忘るに足る。両国橋に至り潮急《しほはや》し。…酉の下牌筋違門に至り完平出でて別れ去る（八月十四日）。

制約のある府内藩邸を出たい広瀬旭荘の借家探しは、廉齋に一任しその尽力で解決した。七月十二日に始まり一ヶ月後八月十二日に池之端の新居に入った。この間水道橋から不忍池周辺を巡り根津へ、不忍へ戻り昼食微酔して旭荘は寝てしまった。八月七日に至り上野池之端に廉齋は好宅を見つけ、旭荘共々家屋を見て気に入り昌平橋で別れている。廉齋は八月十二日に旭荘を自宅に招き手作りの寿司を供食し祝い、旭荘は初めて新居に宿った。旭荘は野田笛浦との舟遊に廉齋を誘い笛浦は急用で不参加となり、隅田川舟遊は結果として廉齋の借家探しの御礼として慰労の計画となった。「余強兄同出」と兄淡窓同舟であり、盟友との温かい交情が窺える。この舟遊びは筋違《すぢかひ》門より乗船して神田川を下り、両国橋から隅田川を遡り吾妻橋に至る往復であった。廉齋にはどう映ったか当日の詩が残る。遺艸184「八月十四夜同広瀬吉甫泛舟墨水二首」八月十四夜広瀬吉甫と同《とも》にし舟を墨水に泛ぶる二首に

二十年知己　三千里別離　偶同清夜酌　細話昔遊時　江月随人影　秋風入鬢絲《老人の白髪》　繋舟楊柳岸　不恨落潮遅

二十年の知己《チキ》　三千里の別離　偶《たまた》ま同《とも》にす　清夜の酌　細話す　昔遊《セキイウ》の時　江月　人影に随《したが》ひ　秋風　鬢絲《ビンシ》に

入る　舟を繋《つな》ぐ　楊柳の岸　恨まず　落潮の遅《おそ》きを　　五律上平四支韻

樹梢擎大月　江面蹙金波　露気浮空白　風声傍岸多　雖知明夜好　須惜此宵過　舟子且留棹　聴吾唱短歌

樹梢《ジュセウ》　大月を擎《ささ》げ　江面　金波《キンバ》蹙《せま》る　露気　空白に浮び　風声　岸に傍《そ》ひて多し　知ると雖も　明夜好く
須《すべか》らく惜しむべし　此宵《こよひ》の過ぐるを　舟子　且《しばら》く棹《さを》を留《とど》め　吾が短歌を唱《とな》ふを聴く　　五律下平五歌韻

二十年知己とは二人の初会が文政九年夏、豊後日田咸宜園訪問の十八年前、廉齋二十四旭荘二十歳であった。二首目首聯「大月金波」は、旭荘「明月金波」と合致する。桜糕は今もつづく長命寺名物の桜餅である。天保十四年は門田朴齋を介してか、尾藤水竹・牧野黙庵・中西拙脩・江木健齋（鰐水）また林鶴梁らと交遊した。旭荘が五月三十日出府し、七月三日に再会したのは天保十二年六月十九日以来であった。天保十五年は乙骨耐軒「耐軒詩文稿」（山梨県立文学館所蔵）正月条に「会津添川寛夫名栗、余未卜面《面会を定める》、偶記陸務観《陸游のこと》秦少游《秦観のこと》故事、贈以此詩煩楓崖《御牧》道人転呈《取次ぎ呈上す》」会津添川寛夫名栗、余未だ卜面《ボクメン》せず。陸務観《リクムクワン》・秦少游《シンセウイウ》の故事を偶《たまた》ま記《しる》す。此の詩を以て贈り楓崖道人を煩《わずら》はせ転呈《テンテイ》すに

将軍《一軍の総大将》司馬元相慕　淮海山陰《秦観の号 陸游生地》偶尔成　疑似《見分け難い》方堪驚坐客　紛紜《乱れる様》何至競敲名
森厳《厳かな様》格律《体制法度》知卿法　浩蕩虚寛《大空》適我情　同把壁経《書経》耽古味　吟詩甘譲有新声　　下平八庚韻に去声七遇韻併用の七古

将軍司馬　元《もと》相慕《した》ふ　淮海《ワイカイ》山陰　偶《たまた》ま尔《なんぢ》を成《たひ》らぐ　疑似《ギジ》方《まさ》に堪《た》ふ　坐客を驚かす　紛紜《フンウン》何ぞ至らん　競ひて名を敲《たた》く　森厳《シンゲン》たる格律《カクリツ》　卿《なんぢ》の法を知り　浩蕩《カウタウ》たる虚寛《キヨクワン》　我が情に適《かな》ふ　同《あつま》り壁経《ヘキケイ》を把《と》り　古味に耽《ふけ》り　吟詩甘んじ譲らん　新声有り

広大なる虚寛の虚は太虚の秦観、寛は務観の観と上平十四寒韻で通じ寛夫をも指示し、耐軒の新作の詩を贈呈する心情を表す。乙骨は諱寛、字栗甫、通称彦四郎、号耐軒、生地江戸、安政六年歿、享年五十四、昌平校出身、幕府儒官。楓崖道人は御牧楓崖、田辺藩の御牧忠蔵の子の柔次郎か。

アヘン戦争は天保十一年に始まり十三年に終わる。十五年三月にフランス船琉球に来て通商を求め（薩州御届（上）にみる琉球処置「添川廉齋―有所不為齋雑録の研究」所収）同年七月にはオランダ使節が国書を幕府に呈し開国を勧めた（オランダ国王開国勧告と幕府対応史料の概要「有所不為齋雑録の史料にみる日本開国圧力」所収）。この対外危機の中で廉齋は「読英夷犯清国事状数種作長句以記之」を八月に書き悲憤慷慨した。旭荘の「日間瑣事備忘録」九月二十日条「寛平東日某以親病明日帰会津」とあり廉齋は帰省する。喜多方曹洞宗安勝寺の初代添川清右衛門直光墓に歿年が天保十五甲辰年十月十一日とあり、親病は父親であった。享年七十、法諡を霊徳院円翁覚明清居士という。弘化三年旭荘の備忘録一月六日条「賀添川完平于東条氏相見、完平大昨年来絶不相見、互謝契闊《無沙汰》其妻見（新娶者）供糕《粉餅》」添川完平を東条氏に賀《いは》ひ相見《まみ》ゆ。完平大昨年来絶えて相見えず。互《たが》ひに契闊《ケイクワツ》を謝《わ》び其妻見え（新娶者）糕《カウ》を供《すす》むと、廉齋は弘化二年中に四十三歳で、青梅宿の榎戸順と結婚し、同三年長男松太郎鋼が生まれると思われる。同備忘録八月十五日条「諸家告別」同二十日条「余在江戸四年…至是不勝離思」と旭荘は江戸を発ち西上して大坂に行く別れである。「鶴梁林先生日記」嘉永元年二月十五日条に廉齋は黙庵を訪ね同伴して、中西中蔵（拙脩）詩会に赴いている。客は門田堯佐（朴齋）石川和介（関藤藤陰）添川寛平（廉齋）尾藤高蔵（水竹）諸木雄助（蔀山）牧野唯助（黙庵）林伊太郎（鶴梁）である。同五月十三日条に竹酔日会筵の来賓は右六人に藤森恭助（天山）保岡元吉（嶺南）渋谷脩軒・岡本祐之助らで諸藩の儒者である。「乙骨耐軒日記」嘉永四年五月廿九日条に墨堤白鬚祠畔浅野梅堂の別墅・楽是園で詩会が催され、小花和桜墩・久貝蓼庵・木村祐堂・乙骨耐軒・添川廉齋・小野湖山・望月毅軒が七賢と称され参集し、その前三子を三益、後二子を二豪と区別している。坂口筑母氏は官学派詩壇の七賢として嘉永期昌平校を中心とした一つの思惟倫理を持った詩人とみる。

橋本左内は安政三年三月蘭学修業のため出府、時に二十三歳。「橋本景岳全集」に

三月七日添川簡平を訪ふ。雲丹二筐贈。簡平内用ニ付不遇。三月二十四日添川簡平を訪、不在。三月二十六日添川簡平を訪ふ。孟子評点を借ル。閑話数剋。王鴻緒編修明史稿并温氏南疆繹史同李瑶摭遺ヲ見ル。

左内、諱綱紀、字伯鋼、通称左内、号景岳、生地福井、安政六年歿、享年二十六、師吉田東篁・緒方洪庵、福井藩儒、勤皇家、安政の大獄にて刑死。左内は藩主慶永の攘夷の考えから開国論に転じるきっかけを作ったといわれる。江戸で藤田東湖らと交遊、藩政改革に手腕をふるい、将軍継嗣問題で慶永を助け一橋慶喜擁立に尽くし、幕政改革に日露提携を唱えた。左内は諸本を借りたり見るために訪れたのか。閑話数剋とある所に志士と接した廉齋の真価が語られる。安政五年四月二日付桜任蔵宛頼三樹三郎書簡の再白（鈴木常光「幕末の奇士桜任蔵伝」）に

何分にも大楽源太郎、無御遠慮御差図被下、本心発起致し候様申聞可被下候。添川寛平抔へも托遣申候共、万一拝借の金子も御座候得ハ、京都より早々小生より返上仕候間、何分宜敷願上候。可愛有志之壮士也。

三樹三郎、諱醇、字士春、通称三樹三郎、号鴨崖、生地京都、安政六年歿、享年三十五、山陽三男、尊攘派の志士、一橋慶喜擁立に尽くし安政大獄にて刑死。三樹三郎は大楽源太郎を江戸にて桜任蔵か廉齋に託そうとした。源太郎は書簡本文に「長州の陪臣にて去年拙宅に同寓致居申候。此人…頗有志の者にて今般暫時江戸へ罷出申候。…老兄《桜任蔵》の宅に御置被下万事形勢為御聞被下候様頼上候。書物をぐずぐず致し名利相求候族には無御坐候」とある。任蔵、諱真金、字飛卿、通称任蔵、号月波、生地常陸、安政六年歿、水戸藩士、勤皇家。廉齋との係わりは頼山陽を起点として尊王思想により結び付いている。安政の大獄で刑死した関係者から将軍継嗣問題との係わりが背後にあり、斉昭雪冤運動

に係わり幕政改革を目指したと思われる。廉齋は攘夷を主張したが、嘉永安政期には世界の大勢を熟知しており、長崎行による蘭学の理解から開国の判断を下していたと推測する。安政五年七月幕府は斉昭・慶永らを処罰し、九月に大獄が始まるが廉齋は六月に死去している。

廉齋と板倉勝明　廉齋安中侯を罵る

文政十年二月七日備後府中に廉齋は居り、福山の北にある蛇円山に登る。この時の遺艸75「蛇偃峯記」に廉齋は木村楓窓と約束するが果たさず、五弓仲軌らと同遊する。富士川英郎「菅茶山」天明五年二月廿四日条に「備後府中の住、木村仲平正誠、五弓美方正直、菅晉帥、円静入道等来り」の仲平の諱は雅誠、楓窓の諱は雅寿で父子とみる。五弓美方、五弓仲軌いづれも不明だが文政十年府中に居たのが四歳になる五弓久文であった。恐らくこの時、廉齋と接し周囲の知人から後の風聞をも耳にしていたと思われる。五弓久文「添川廉齋罵安中侯」（明治十二年「村居独語」東大史料編纂所所蔵）に

添川廉齋会津人名栗字寛夫一字仲穎別号有所不為齋寛平其通称也、少壮学昌平黌博士依田先生門、既而西游足跡殆遍海内、所至或数月或半歳講読《書籍の講義》為活、其間探討《探り尋る》名山勝水無定居、其在吾備《備後》為菅茶山廉塾長、尤受知於頼山陽篠崎小竹小竹薦廉齋客仕安中板倉侯、侯好学尤留意国史、廉齋平生精史譜之学、以故侯嘗輯甘雨亭叢書自撰作者伝附載各著後、廉齋校訂事蹟潤飾文字与大有力焉、廉齋善詩然甚不留稿、文有大峯記行《ママ》、小竹拙堂之評今皆不存、為人飄逸脱灑性嗜酒酒酣雖権貴要人罵詈之不直半文銭、嘗侍侯宴侯言及経済、廉齋頗不平罵侯曰僅々小侯伯奚足論国事哉、在坐汗掌侯笑黙而止、廉齋翌旦就侍臣謝失言、侯曰寛平賓友也、奚苛責酔言哉、為其所優容如此

添川廉齋、会津人なり。名栗、字寛夫、一字仲穎、別号有所不為齋、寛平は其の通称なり。少壮に昌平黌博士依田先生の門に学ぶ。既にして西游し足跡殆ど海内に遍《あまね》し。至る所或いは数月、或いは半歳、講読《カウドク》を活《くら》しと為す。其の間名山勝水を探討《タンタウ》し定居無し。其の吾が備に在り、菅茶山廉塾の長と為る。尤も知を頼山陽・篠崎小竹に受け、小竹廉齋を薦《すす》め客とし安中板倉侯に仕《つか》ふ。侯学を好み尤も意を国史に留む。廉齋平生史譜の学に精《くは》し。故を以て侯嘗て甘雨亭叢書を輯《あつ》め自ら作者伝を撰《つく》り各著後に附載す。廉齋校訂の事蹟は、文字を潤飾し与《あづか》りて大いに力有り。廉齋詩を善くす。然るに甚だ稿に留《とど》めず。文に大峯記有り。小竹・拙堂の評、今皆存せず。人と為り飄逸脱灑、性酒を嗜《たしな》む。酒酣《たけなは》に権貴要人と雖も之を罵詈す。半文銭にも直《あたひ》せず。嘗て侯宴に侍し、侯の言経済に及び、廉齋頗る平らかならず。侯を罵り曰く、僅々たる小侯伯奚《いづ》くんぞ国事を論ずるに足らんやと。坐に在るは掌に汗すれど、侯笑黙して止《や》む。廉齋翌旦、侍臣に就《つ》き失言を謝す。侯曰く、寛平は賓友なり。奚くんぞ酔言を苛責せんやと。其の優容する所此のごとしと為す。

廉齋安中侯を罵るが、板倉勝明は賓友の酔言を問題にせず優遇する。権貴要人と雖も隔てなく言を尽くす廉齋の姿勢が窺える。傍から見ると一銭の得にもならぬが、ここにこそ国の蠟燭たれと山陽の薫陶が息づいているのである。俗世には半文銭にも価しないが真に耳の痛い言動であった。廉齋遺艸の写真版に掲載する安中侯手書がある。

添川栗字寛夫、以篠崎承弼薦召司文筆十六年、於玆為人易簡《てがる》不事事、又好使酒罵坐人或徴之、然逢事直言不無少多所裨補至不
補蔽論人或毀之、予則悦之窃嘉之因命工製凍石私印附刻一語以与之添川栗予畏友也、毎聞讜々之言、心甚嘉之、因刻此印与之

甘雨主人

添川栗、字寛夫、篠崎承弼の薦《すす》めを以て召す。文筆を司《つかさど》る十六年なり。玆に於て人と為り易簡《イカン》、事を事とせず。又好みて酒をして坐人を罵り或いは之を徴《こら》さしむ。然るに事に逢《あ》へば直言し少しの補《つくろ》ひ無く（裨補《ヒホ》する所多く至りて諭しを蔽《つつ》まず）、人或いは之を毀《そし》らず。予則ち之を悦び（窃《ひそ》かに之を嘉《よみ》す）因《よ》りて工に命じ凍石私印を

製《つく》り、一語を附刻し以て之を与ふ（添川栗は予の畏友なり。諤々《ガクガク》の言を聞く毎《ごと》に、心甚だ之を嘉す。因りて此の印を刻し之を与ふ）。

優しく手数がかからず、座人を罵倒する酒癖に係わらず、侃々諤々の議論をする畏友廉齋に好感する甘雨主人がここにいる。天保十二年安中侯賓師となり十六年後、安政四年四月十四日板倉勝明は歿した。この最期の年の手書とみる。

廉齋は安政四年六月「先君甘雨公行状」（「廉齋遺艸」収録）を執筆する。抄録する。

安政四年丁未四月我　先君甘雨公以疾卒於江戸小川街私第、嗚呼哀哉…先君甘雨公諱勝明字子赫源姓板倉氏甘雨其別号也、又号節山人…公為人英敏《優れ聡い》伉爽《強く健やか》、幼而穎悟《才智優る》好読国字書、長而好学延林樫宇古賀侗庵二先生講究経史…撰子弟俊秀賜俸各就其師学焉、於是人々砥励《修養する》人材輩出、文武之業斬然《目立つて》一新…公状貌《顔かたち》諎偉、望之儼然《威厳ある》可畏、就之也温雅量《寛大な心》寛宏《寛大》、能容物接人謙和《謙り温か》、待下有恩而剛正不阿、遇事不可輒侃々《剛直の様》正論無所回護《心に忌み防ぐ》…公留心於経世雖不在其位、常以天下之安危為己任…公与今閣老福山侯有瓜葛《親類縁故の譬え》之誼、尤交善以故屢有所建言、雖不可知所言何事其有関天下之大計者可推而知矣…尤承知－於水府前黄門景山公及今越前侯中将公、歳時存問《安否を問う》不絶其在病褥《病床》也景山公特遣医某診視《調べ診る》、且賜薬餌魚菓之類、蓋異数《特別な恩寵》也、公臥病幾乎七旬、少間《少しの暇》口授侍臣為文章…天或仮之年儻列執政之位、与開天下之大政乎…公生于文化六年己巳十一月十一日、卒于安政四年丁巳四月十日、享年四十有九、法謚曰智照院殿英俊源雄大居士

安政四年丁未四月、我が先君甘雨公疾《やまひ》を以て江戸小川街の私第に卒《シュツ》す。嗚呼《ああ》哀しいかな。…先君甘雨公諱勝明《かつあきら》、字子赫、源姓板倉氏、甘雨は其の別号なり。又節山人と号す。…公の人と為り英敏伉爽《カウサウ》、幼くして穎悟《エイゴ》、好みて国字書を読み、長じて学を好み林樫宇《テイウ》・古賀侗庵《トウアン》二先生に延《つらな》り経史を講究す。…子弟の俊秀なるを撰び俸を賜ひ各《おのおの》其の師に就き学ばしむ。是に於て人々砥励《シレイ》し人材輩出す。文武の業《わざ》斬然《ザンゼン》と一新す。…公の状貌《ジャウバウ》誰か偉《キ》

とす。之を望めば儼然《ゲンゼン》と畏《おそ》るべく、之に就《つ》くや温かく雅量《ガリヤウ》寛宏、能く物を容《い》れ人と接し謙和、下に待つに恩有りて剛正《ガウセイ》阿《おもね》らず。事の不可なるに遇《あ》へば、輒《すなは》ち侃々《カンカン》と正論し回護《クワイゴ》する所無し。…公心を経世に留め、其位に在らずと雖も、常に天下の安危を以て己が任と為す。…公今閣老福山侯と瓜葛《クワカツ》の誼《よしみ》有り、尤も交り善き故を以て屡《しばし》ば建言する所有り。言ふ所知るべからずと雖も、何事か其れ天下の大計に関《かか》はる者有るは推《お》して知るべし。…尤も水府前《さき》の黄門景山公及び今の越前侯中将公―く《しりぞ》を承知す。歳時存問《ソンモン》絶えず、其の病褥《ビヤウジヨク》に在るや景山公特に医某をして𦖋視《シンシ》せしめ、且つ薬餌魚菓の類を賜ふ。蓋《けだ》し異数《イスウ》なり。公病に臥《やまひふ》すこと七旬に幾《ちか》し。少間《セウカン》に侍臣に口授し文章を為す。…天或いは之に年を仮し、儻《も》し執政の位に列《つら》ならば、天下の大政を開くに与《あづか》らんか。…公は文化六年己巳十一月十一日に生れ、安政四年丁巳四月十日に卒《シユツ》す。享年四十有九、法諡《シ》を智照院殿英俊源雄大居士と曰ふ。

廉齋は甘雨公の器量に言及し「天下の大政を開くに与らん」と書く。少間に文章を為すとは、病間雑著四種で病中筆録・稍似《ややに》物語・節山詠艸である。「病中筆録」に

明道先生《宋儒、程顥の尊称》曰一命之士苟存心於愛物於人必有所済、余常服膺《記憶する》斯語、余無似少小承家為民父母、視吾民豈可不如子乎、於是以甘雨名亭、撫字《愛養する》労心夜以継日、但恨群下乏人、専以擁蔽《覆い隠す》為務、少奉承《つかえる》予志者、是以施設往々背其方、而民不被其沢、余深恥之、近時挙儒臣山田飛《三川》為郡宰、飛以勤倹清廉率下、同僚和田義正雖不学《学問の無い》、性頗忠直、与之協心戮力奉行余意、予窃嘉焉、聞初余病之達于封邑也、邑民相率或祭于神或賽于仏以祷平愈者踵相接、嗚呼余誠心之所感以致然耶、抑彼二人者亦与有力焉耶、篠崎承弼嘗謂予曰今之諸侯往々好責人而如責己、及諫己者則漠然如水投石、不啻容之忌悪之亦随而陥害之、為害不細、予聞之如坐針席、不覚汗浹背也、毎眷々《顧みる様》服膺不敢遺忘《わすれる》、諸臣中如添川栗山田飛等逢事敢言予毎含容之所裨補《助け補う》、亦復不少病床、徒然召細川林齋刻凍石印章与二人者以褒之

明道先生曰く、一命の士、苟《いやし》くも心に愛を物に人存せば、必ず済《すく》ふ所有りと。余常に斯《こ》の語を服膺《フクヨウ》す。余少しも似るところ無く、小《わか》くして家を承《う》け民《たみ》の父母と為る。吾れ民を視るに豈《あ》に子に如《し》からずべけんや。是に於て甘雨を以て亭《あづまや》に名け、撫字《ブジ》労心し夜を以て日に継ぐ。但《ただ》群下に人乏《とぼ》しきを恨み、専《もっぱ》ら擁蔽《ヨウヘイ》を以て務《つと》めと為す。少しく予の志に奉承《ホウショウ》するは、是れ施設を以て往々其の方に背きて、民其れ沢《めぐ》まれず、余深く之を恥づ。近時儒臣山田飛を挙げ郡宰と為す。飛勤倹清廉を以て下《した》を率ゐる。同僚和田義正不学《フガク》と雖も性頗る忠直、之と心を協《あは》せ力を戮《あは》せ余の意に奉行す。予窃《ひそ》かに嘉《よみ》す。初め余の病之れ封邑に達するを聞くや、邑民相率ゐ或いは神に祭り或いは仏に賽《サイ》し、以て平愈を祷《いの》る者踵《きびす》を相接す。嗚呼余の誠心の感ずる所、以て然るを致すや。抑《そもそ》も彼の二人も亦与《とも》に力有るや。篠崎承弼嘗て予に謂ひて曰く、今の諸侯往々人を責むを好みて己を責むに如《し》く。己を諌《いさ》むるに及ぶは則ち漠然と水に石を投ぐるに如く。啻《ただ》に之を容《い》れるのみならず、忌《い》み之を悪《にく》むも亦随ひて陥《おとしい》れ之を害す。害を為すこと細《すくな》からずと。予之を聞き針の席《むしろ》に坐るごとく、覚えず汗背を浹《とほ》るなり。毎《つね》に眷々《ケンケン》服膺し敢《あ》へて遺忘《キバウ》せず。諸臣中、添川栗山田飛等のごとく事に逢ひ敢へて予に言ふ。毎に之を容れ裨補《ヒホ》する所を含む。亦復《またまた》病床少なからず、徒然《つれづれ》に細川林齋を召し凍石を刻《ほ》り、印章を二人に与ふるは以て之を褒むるなり。

安中藩主板倉勝明の号甘雨とは、民衆を救う済世にあった。これを裨補したのが廉齋や郡奉行となった山田三川であった。この述作は勝明死去の一ヶ月前の三月とみる。廉齋に与えた凍石印章は根岸橘三郎「新島襄」によると「清廉伝家」であり、よくその人となりを表している。山田は諱飛、字瞻仲・致遠、通称三郎、号三川・四有、生地伊勢、文久二年歿、享年五十九、師昌平校、同校舎長、松前藩儒・安中藩儒。

「伝記」第七巻四月号に福地徳「添川廉齋と水戸藩」という一文がある。水戸藩加藤木畯叟（賞三）の手記（水戸彰考館所蔵）に嘉永四年春水戸老公手製の楽焼茶碗と茶壺を廉齋に下し置かれ、其の後又大日本史一部外に御書も下された。その理由を

一、右添川寛平へ右様品々被下置候故は、頗る国事《水戸藩》に尽力有之候得ばなり。同人は国事に尽力の顚末は、主人板倉伊予守勝明（上州碓氷郡安中城主其高三万石なり）其性質賢明して、嘗て水戸老公を御慕へ申上げ居り候。当時同様賢明の声有之候信州松代城主真田信濃守幸貫侯と交誼厚く、また阿部勢州正弘とも親友たり。依て真田信州と同儀の上、水戸老公の冤罪洗雪に尽力す。右に添川寛平を周旋方に召仕ふ。寛平淳良の性質なる故、能く其の主君の意を体して、水藩恢復の事に尽力す。同人年歯五十位、安政五年午六月急病（卒中）死去。

一、寛平は水戸の国事へ件の如く厚く尽力せし故、桜任三、日下部伊三次、勝野豊作、菊池為三郎、大野謙介、後藤権五郎、荻信之介、石川徳五郎、鴨志田伝五郎と交誼あり。

右に廉齋は淳良の性質で水戸老公の冤罪洗雪に尽力した話しは注目に価する。斉昭は天保十五年謹慎を命ぜられ、水戸藩士高橋多一郎の編著「遠近橋《をちこちばし》」（続日本史籍協会叢書）の緒言に「福山藩の儒臣石川和介、土浦藩士大久保要に就きて老中阿部正弘を語らへり」とあるが、阿部に語ったのは石川だけではなかった。遠近橋によると石川を導いた廉齋は、安中侯をして福山侯に語らしめたのである。以下その次第を遠近橋にみる。嘉永元年九月二十日付高橋多一郎宛日下部伊三次より来書の控末尾に「微臣則傾頭聴耳、不覚感涙相催し、碩（石川和介）廉（添川廉齋）巨（大久保要）氏の厚義忠実に感服仕候」とあり、石川和介の話しを聞いた日下部伊三次は大久保要に話し、大久保の謝辞を聞きながら覚えず感涙を催し、石川、添川、大久保の人道に篤く誠実なのに感心敬服したのである。以下その所以を

具体的に探る。史料にある廉富とは齋の草書体を富と誤植し或いは匿名にしたもので廉齋を指す。石川添川の動きは
嘉永元年九月十一日に

去る十一日偶《たまたま》廉富を訪候処、廉《添川》曰足下東方《水戸の国事》の事に付而は、年来巨氏《大久保》と彼是配慮尽力被成候半。曰《石川》一功無之候。曰《添川》請勿秘、我誓て不漏泄。曰《石川》真に不知也。曰《添川》さらは我主侯《安中侯》に説て足下《福山侯》の君に諫を納んと存候は如何可有之哉。曰《石川》幸也、偏に所願に候、幾重にも激切に御頼申候迚、彼是打明し無腹臓打合せ罷帰候。

偶然に石川が廉齋を訪ねた時、水戸の国事につき廉齋が斉昭雪冤の件で、長年大久保と尽力したでしょうと尋ねた。石川は知らぬと白を切った。そこで廉齋は安中侯に説き、福山侯に諫説を入れようかと迫った。石川は願うところで言論の直に過ぎる程を繰り返し依頼し、心を打ち明け包み隠さず打ち合わせ帰宅したのである。同月十七日に日下部を訪ねた石川は

扨又十七日明日《十八日》主前《阿部正弘》へ罷出候間、此度は必至に建白可致存候。因而委細心得に相成候義は承可申と云々。依而彼是相談、前日《十六日》の秘記（是は忠義の姓名、大小共に委細相調候て十四日に巨氏《大久保》へ内秘所属なり）窃《ひそか》に相示候処、其まま懐中して辞去。

石川は能く十八日に福山侯へ講釈の後、雪冤が必至となるよう建白するとて、十六日に雪冤を願う忠義の姓名を記した秘記を懐にして帰宅した。石川の首尾は同月十八日に

石和《石川和介》も昨日講後之建言、御受も宜《よろしく》、多分来月は御動き有之間敷、山石《福山侯と石川》波瀾も差たる事も無之。何れ近日和平可相成抔話御座候。

と尼子微行事情書（遠近橋巻十二）にあり、石川の建白に福山侯の受けも宜しかったことを「山石波瀾も無之」と記す。一方廉齋による安中侯への動きはどうか。同月十七日に

十七日廉《廉斎》富来て曰、一儀最初は侍医某のみ相謀可申と存候へ共、別懇の用人布川《深川の誤》増五郎へ打合せ候はゝ尚更可宜と密に及相談候処、夫は以の外の事に候。右筋合は至極尤の事に者相聞候へ共、天下の大政に拘候義、閣老《阿部正弘》へ主侯《安中侯》より御口添等有之候而は、侯《安中侯》の為に不相成候間、必此事取次等無之様との事。再三議論不行候に付後悔不及。乍去是のみに可止に非されは封書にして医人へ頼、密に侯《安中侯》の内覧に入候処、侯《安中侯》曰、是はよくこそ被示ものなり。か程の事とは不存寄儀、尚得と熟覧可致間、暫く留置可申と云々（大略なり）。

と同便日下部より来書の控（同橋巻十三）にある。廉斎は封書にして安中侯の内覧に供えた。同件を別に

一廉斎安中腹心《用人深川か》之士に相計候処、此者申候者、夫者至極御尤成事に候へ共、一体御続合之中候へ共、三連《慶篤後見三連枝》共御続合有之。且御大政云々之事御口出万一御立腹事御座候へは、家之為不可然。被聞込候而者迚《とて》も空敷被打過候気象に無之候間、何分先《まづ》々被見合被呉候様にと申候由。然処廉斎中々不打控、夫は姑息之論と申もの、是者天下之大事故《ゆゑ》、仮初《かりそめ》にも諸侯と御成被成候而、御忠告不被成候而者、却《かへりて》而道に御当り不被成候儀、色々申談候処至極懸念之由故、左候はゝ封書にいたし取次呉候哉と申候処、夫は取次可申候へ共、御贈書之事は不申上候様にと申候事故、唯右迄之事を御聴に入候筈に而相別、又々工夫候へは迚も難止事故、別に工夫いたし余人《ヨジン》より差出。昨十七日午後講釈故、講終候て御逢相願度旨申上候処、右之封書忝御受納、明日は楽御逢可被成との事に候由。

徳川慶篤を後見する三連枝（松平讃岐守頼胤、松平大学頭頼徳、松平播磨守頼縄）とも安中藩は関係があり、大政に口出しして咎められると藩のためにならぬとする用人の言を、廉斎は姑息の論と一蹴し、天下の大事だからこそ苟《いやし》くも諸侯となって忠告しないのは道義に背くと心配しているのは、国を照らす蠟燭となれと頼山陽から教わった廉斎の面目が躍如としている。面会取次を断念し、封書による取次も断られ他の人より差し出した。安中侯は翌十八日の面談を楽しみにしていると、大久保より石河へ返書之控（同橋巻十三）にある。この間やきもきしながら日下部は同月

廿日に廉齋を訪ねたが不在。帰途大久保を訪ねた時の話しが、同便日下部より来書の控（同橋巻十三）に

又十八日廉富《廉齋》講釈より帰懸け（肩衣の上へ羽織にて来る）立寄《日下部へ》、是非面晤可致旨、巨氏《大久保》出勤先へ申通候に付、鳥渡《ちやうど》帰家に而承候処、昨日布川《深川》態々《わざわざ》参り前日の事必々主侯へ申立無之様との事に付、承諾の旨挨拶差帰し、今日侯前へ罷在、講書了て後、前日の事被尋候付、委細及演説候処、是は誠に大事也。内外嫌疑も不少、容易に口吻を可容義にあらず。仍而《よつて》折角の頼とは聞届候へ共、閣《閣老阿部》へ通達等の義は決而不相成次第、幾重にも固く相断候様との命に候間、乍残念此段当人《大久保カ》へ御断可被下候。既にして云、是は全く表向也。内秘は侯其後低声曰、《安中侯》〇《マ、》閣《福山侯》より兼々我等へ頼聞には大政不行届儀、心付も有之時は、無伏臓申聞呉候様、厚く被申候事有之に付而は、かゝる天下の大事は黙して不可止。然し何れの筋より被頼候体に而は不宜候間、全く実説夫々伝聞の旨を以屹《きつ》と文談に可及。され共当人等へ構へて漏泄無用也。尤此書附類は尚委敷《くはしく》熟見写度候へ共、容易に近臣にも難命、自身写可申存候。然しケ様に断候而留置候て何か疑惑も可有之、返し可申哉と云々。対て曰《廉齋》、御尤には奉存候へ共、何分にも御熟覧奉願候旨申述引取申候。尚此上も屹と尽力可致候へ共、門生《添川塾生》其外出入多候間、嫌疑を避、当人《大久保カ》は態《わざ》と不参様御断可被下。追而仰開明の上、目出度得寛晤候はゝ幸甚に候云々。

安中侯に表向きと内秘の言があり、声を低くして予て福山侯より大政不行き届きの儀に心付きもある時は、包み隠さず申し聞かせるようにとの実意に、雪冤の大事は黙止できず、必ず福山侯と文談及ぶべしとある。この様子を別に

多分今比《ごろ》は廉齋相尽居可申と雪花《石川》噂いたし緩々《ゆるゆる》物語。扨門田帰国是より送別、同人落合可申候とて罷帰申候。野生又々出仕候処、七ツ時過廉齋罷越候旨、手札のみ指置罷帰候間、夕陽引取候而挨拶旁《かたがた》一封差出置候処、今日者屋敷へ罷出草臥《くたびれ》候而唯今臥居候間、書面預置候旨受取計《ばかり》指越申候。以是察候へ者頗《すこぶる》精力を尽候事と相察申候。旁一寸書添申上候。

と大久保より石河へ返書之控（同橋巻十二）にある。廉齋は藩主を前に頗る精力を尽くし委細を演説に及び、午後四時過ぎ退出しくたびれて横になり、友人門田朴齋帰国の送別に出席も出来かねる体力消耗ぶりであった。また別に

添川勘平参り候由故、障子を隔控居候処、勘平着座。要《大久保》へ申聞候は御密話一条、供頭某へ呈書頼候処、承引無之。是も一通は尤之様、併俗物論に不及候。侍医何某は門人に候間、是へ托し呈書致し置。昨十七日講筵へ罷出候処、講後次にて酒を給り居候へは一寸参り候様命有之。罷出候へは人払にて封書を以申聞之趣逐一尤には候へ共、天下之大事容易に申立候事は相成兼候間、此度は指控申候。其旨相心得猶又大久保（是は呈候節、大久保より箇様箇様と認候由）并家中共へも其振可申聞云々被申候。扨是は極密其方へ而已《のみ》申聞候。

と尼子微行事情書（同橋巻十二）にある。右は表向き安中藩内へのメッセージである。昨十七日余人より差出した封書とは、大久保要が安中侯へ呈した書（同橋巻十三）を指す。引用すると

中納言《徳川斉昭》殿被用候役向は一円に貶《おとし》付被申付、剰国体を嘆き君冤を雪候為、不顧家眷抛身命、愁訴嘆願等仕候もの共役禄被召放、厳重に幽囚・蟄居・慎隠居・親類預・江戸水戸構・追放・永の暇乃至《ないし》揚屋・入牢・邸預等数十百人・或は獄死・或は長病・或は数口の家半扶持も無之、全家重く慎罷在候故、朝夕飢渇に及候勢に而、慎居候もの〻子弟女妹等、嫁娶は勿論不相成、皆々不剃鬚髪閉居、小給のものは買ものにも罷出かね、至極難渋に有之候。郷村のものは田地・家屋敷・家財・什器・書入売払候而も経営取続兼、父母陳余《姓名を変え斬られる》・兄弟妻子離散仕候事、目もあてられぬ有様、絶言語候義に御座候。中納言殿へ忠節深く、為国家致苦心候ものは凡五ケ年の今に至る迄、右様惨刻に被処置候事、抑《そもそも》如何《いか》なる義に可有之哉。奸人悪僧輩大に志を得、種々の飛語造言を以、正論有志のものを陥入、少も中納言殿徳義を慕ひ候談話致候は〻忽《たちまち》是を天狗党と混名《あだな》し、誣罔羅織、無所不至候故、人々自免、道路以目の勢に成行、推而中納言殿を讒謗蔑如仕候のみならず、当君《徳川慶篤》と御親子の中を離《はなし》仕候事有之。此上如何様の

事に可及も難被測、忠良の士如履薄《ふむ》氷、誠に危急切迫の勢に御座候。水戸家の国難、万一此ままにて君冤不明、善類永く幽死等仕候はゝ忠孝節義の風、払地消滅可仕。当節イギリス・フランス・アメリカ等の醜虜、世界を呑併の志有之。既に琉球朝鮮の地に相迫り、推而神州を覬覦《キユ》仕候勢相見候得は、天下の君牧唯同一に備予の策専《もつぱら》可相構御時節歟と奉存候所、乍恐公辺御羽翼の三藩に於て前件の次第有之。幾多の人民其所を失ひ追々非命に相果候而は、神国の正気眼前に消耗仕候而、外冦防禦の沙汰には無之、誠に以残念至極、唯神天に号泣仕候のみに御座候。当此時乍恐有道の賢君より仁義の思召を以、御救援被為在候はゝ唯一国の幸甚には無之。抑天下の幸甚と奉存候。仍《よつて》而此段乍恐相調奉達尊聞候。

「遠近橋」緒言には福山藩儒石川和介が土浦藩用人大久保要に就いて、老中阿部正弘に説いたことは見えるが、安中藩漢学賓師添川廉齋が、阿部正弘と縁戚の安中藩主板倉勝明をして阿部伊勢守に雪冤を説かしめた事実は膾炙しない。説得した核心は大久保要呈書に明らかである。即ち徳川斉昭へ忠節深き者は役禄召し上げられ厳重に幽閉、ために朝夕飢渇に及び、五年を経過する今に至るまで惨酷に処置された。この間、奸人悪僧は正論有志の者を陥れ、当代徳川慶篤と親子の仲を離した。忠良の士は薄氷を踏むごとく幽死し、忠孝節義消滅して危急切迫の勢いである。この時、欧米は日本を覬覦し琉球朝鮮に迫った。幾多の人民疲弊消耗して外寇防禦の沙汰も無い。大久保要はこの惨状を板倉勝明に説き救援を願い出た。添川廉齋はこの号泣すべき国難を知悉するにつれ、悲憤慷慨の情止み難きに至り、時勢は人民疲弊外寇防禦に国家治乱の境に立つとの認識を持つに至った。ここに廉齋が「有所不為齋雑録」を編輯する動機がある。斉昭は天保十五年謹慎を命ぜられ十一月に解かれ、嘉永二年に藩政参与が許された。それは嘉永元年九月十八日から半年後のことであった。水戸甲辰国難は国内変革の一事象だが、異国軍艦渡来と幕府の危機対応として士風振起と武備引立の中で対外危機が惹起する。

廉齋の人生と遺稿をみるに大きく三期に別けられ、それぞれ時代性が顕著に窺える。第一期が文政五年二十歳までの学問修業、漢学という経史の学問に生きる時代である。第二期は文政六年から天保十一年三十八歳まで十八年間にわたり青春の気概を奔放に発散した西遊自由放浪の時代である。この時期遺稿では前後に分れる。前期は天保七年三十四歳までに西遊稿抄《文政九年》・文稿《文政十年》があり、大峯記《天保七年》の代表作には見聞する全てに感性が触発され新鮮な詩文の世界を形成する。後期は天保十四年四十一歳まで百死余生稿《天保八年》・与謝吟稿《天保十二年》・辛丑以来拙詩稿《与謝吟稿を改稿》に、慷慨の詩人として社会の矛盾貧困を直視する姿勢に転換する。社会不安が遺艸141「穀価《天保八年》」とりわけ遺艸152「大亀谷《天保十二年》」153「礦婦怨《天保十二年》」に集約される。第三期は天保十五年（弘化元年）四十二歳より歿年安政五年五十六歳まで江戸寓居による十四年間、幕末動乱の中で政事の世代と化した。アヘン戦争を悲憤した「読英夷犯清国事状数種作長句以記之《天保十五年》」で、もはや慷慨の詩人として生きられず、流動する幕末日本の現在の姿を史料により闡明し、自立する日本のあるべき姿を模索するに至る。安政四年は四月十日板倉勝明歿し、六月十七日阿部正弘歿し、同月「先君甘雨公行状」を著し、一時代の終焉を語ると共に翌五年六月二十六日歿する廉齋自身の挽歌でもあった。十年に満たぬ最晩年の遺稿は「有所不為齋雑録」を編輯することで、政事の世代としてアヘン戦争による満清の轍を踏まぬよう、文明開国を夢見つつ幕末日本を走り去った慷慨の軌跡であった。

有所不為齋雑録（以下雑録と称呼）は第一から三十と続第一・二共三十二冊であるが、明治七年太政官歴史課に貸出し第八が紛失し、昭和十七年三月藤田清校字により三十一冊を三冊活字本として中野同子が刊行した。原本の所在は不明。写本は内閣文庫に抄録写本九冊、茨城大学附属図書館菅文庫に第九の一冊を存するのみ。雑録編輯は天保十五年七月オランダ国王アヘン戦争を報じ開国勧告に遡るが、直接の端緒は嘉永五年六月新長崎商館長トンクル・キュルシユスによるペリー来航予告情報を報じ日蘭通商条約草案提出、翌年六月ペリー浦賀来航、七月プチャーチン長崎来航にあった。この間ロシヤ国書（国境確定・交易開港を要求）受領は八月十九日であるが、その日付は前年五年七月廿一日であり、ロシヤはペリー来航予告と連動して動いている。さらにロシヤは嘉永六年八月晦日北蝦夷クシユンコタン運上家後方に営舎を構築し、幕府は領土拡大の南進と受けとめた。

人の生きる社会は内外の動向により、生活は左右される。幕末は外患内憂共に日本社会に波紋を生じ、そこに人の生き様が表れた。雑録は対外危機と国内変革を軸に史料をテーマ別に編綴した幕末史料集である。対外危機に関して幕府の外交文書を中心に諸藩の異国船出没の御届等を各テーマごとに歴史が動いた時代事件の起こった場所を中心に

第一天保甲辰《天保十五年》長崎雑録　第二丙午《弘化三年》浦賀下田雑録　第三癸丑《嘉永六年》浦賀雑録　第四甲寅乙卯《安政元・二年》下田雑録并浦賀横浜

第七《八は紛失》・九丙辰《安政三年》長崎下田箱館雑録

南下するロシヤと日本の北方領土を視点として

第五天機《嘉永六年安政元年》十八条・長崎雑録　第六瓊浦《嘉永六年安政元年》筆記・瓊浦雑録　第十・十一北地彙案《弘化三年～安政三年》

オランダからの海外情報、とくにアヘン戦争の情報とペリー来航予告情報

第十二・十三和蘭《天保九年～安政三年》別段風説　第十四乙巳壬子《天保十四年～安政三年》甲寅丙辰和蘭告密

外国からの書翰また条約文を集成

第十五亜墨《嘉永五年～安政二年》利加魯西亜英吉利書翰并条約

外国人が見た日本の状況を集成

第十六和蘭宝函（天保十年～安政三年）日本記・日本小史・紐宛韻府（共和政治）・米利堅所贈日本記事・レイソンヤツパン

日本人の海外漂流譚を集成

第十七漂客叢話（文政十年～嘉永五年）

アヘン戦争を中心とした満清人の漢文史料を中心に邦人撰文も集成

第十八鴉片章程及告示（天保十年～天保十三年）・平夷論及説・唐国擾乱事状・曽望顔奏議・清商上稟・粤東義士民公檄・劉烈女略節附

第十九清人阿片記事・記阿片煙事・阿片始末

賊匪太平天国の乱を中心とした満清人による漢文史料を集成

第二十治安策（嘉永六年安政元年）・満清紀事・咸豊帝上諭・清国擾乱数種

日本をとりまく海外情報とりわけ東アジア情勢と外国の良法を香港出版の雑誌などから集成

第二十一遐邇貫珍・航海金針・電気通標

和蘭・英吉利の繁栄は横斂暴取を手法とみて、広く西洋思想の根元キリスト教の歴史を集成

第二十二侗庵秘集（文化三年～嘉永四年）・蕃史

邦人の海防策と北方領土の視点から集成

第二十三諸儒雑著（天保九年～安政二年）　第二十四辺策私弁（天明八年～文化五年）・魯夷使節所置議・閣老心得之箇条・異国船渡来之度

琉球に対するフランス・イギリス・アメリカ圧力の分析と諸侯伯士庶の海防策を集成

第二十五薩州御届（天保十五年～安政元年）・諸侯伯士庶上書類

右雑録第一から二十五までは、日本の地域にかかる欧米列強の圧力を、東アジア情勢から見極めようとしていることが判明する。雑録成立の端緒は嘉永五年バタビア総督のアメリカ情報であり、日本開国の原点の一つを天保十五年の

フランス・オランダの動向に求めたのも廉齋による雑録の新機軸であった。「薩州御届」は弘化三年薩摩と幕府の間で秘密裡に取り交わされた琉球処置の一件、嘉永六年六月に琉球那覇にアメリカ貯炭所建設を許諾した一件、アメリカの太平洋航路開設のため石炭薪水食料の供給地として無人嶋なる小笠原島に着目している次第が、さらに琉球に逗留した異国人記事に注目してその動静を探り、琉球開市に関して英米共に歩を同じうしている事実が判明した（「添川廉齋—有所不為齋雑録の研究」対外危機に関する史料収集参照）。

雑録国内変革の史料収集は安政二年十月の江戸大地震が、安政元年十一月の東海地震・弘化四年三月の信州地震を収録する契機となった。内憂で括られる国内の天変地異・無実の貶奪も人生を塗炭の苦しみに陥れる。廉齋は家世農業兼染業の出身で、安中藩主賓師に招かれながら処士を通した清廉の士として、国内変革にその慷慨が色濃く表れる。

地震と火災津波の集成

　第二十六信州《弘化四年》地震・京畿《嘉永六年安政元年》及東海地震海嘯

人非人の糾弾・百姓の生活苦・下男不慮の死・国禁を犯し西洋の風教軍備研窮の義挙・蘭学者幕政批判へ弾圧の集成

　第二十七長崎一件《弘化三年～安政元年》落着並護持院原復讐・松代女子殺狼・南部百姓一揆・下男半之助一条・佐久間修理一条・銭五

　一条・勢力一条・高長《高野長英》一条

その他として

　第二十八私策及戯文類《嘉永二年～安政三年》　第二十九・三十雑《嘉永六年～安政三年》

アロー号事件から英人の広東焼払に至る顚末を集成

　続第一・二安政丁巳《安政四年》

ハリスは下田条約締結に向けその強硬な決意に、広東焼払の覆轍に発展することを幕府は恐れた。ハリスは上府登城し将軍家定に拝謁し、老中堀田正睦を訪ね世界の大勢を論じ、通商開始の急務を説いたのである。以上雑録の概略である。次に雑録編輯の端緒となったフランス・イギリス・アメリカ・ロシヤについて廉齋の知見を雑録からみる。

イ　薩州御届にみる琉球処置と琉米約定に至る顚末　フランス・アメリカ琉球開市

天保十五年七月二日オランダ国王開国勧告使節が長崎に来航する。雑録第二十五「薩州御届」には実はそれ以前同年三月十一日フランス船アルクメーヌ号が琉球那覇に寄港し和親交易を要求し、安政三年五月仏軍艦数十艘朝鮮海岸を封鎖し琉球に襲来する風説ありの御届が記述される。「薩州御届」前半のテーマはフランスの対琉球関係に関わる琉球処置である。これは島津斉興が家老調所広郷により老中阿部正弘と琉球に限り貿易を許可し、国難を引き起こす虞を琉球に留める策で、交易は公許できないが臨機の処置は一任し後患がないよう幕府と薩摩の間で秘密裡に取り交わされた琉球処置一件である。天保十五年八月十六日松平大隅守御届でフランスは琉球に対し三月十一日に交易和親を大総兵船来着で迫り、同月廿八日琉球は清国の藩屏という理由で要求を謝絶した。薩州が恐れたのは武力衝突の敗北認識である。弘化元年より三年仏人滞在の難題に「今般難有御内命御趣意厚奉敬承」（弘化三年八月二十日御用番様江御差出）と幕府との琉球処置一件を語る。弘化三年七月廿日松平大隅守御届に四月七日那覇へ碇泊した艦長ゲランとの五月廿四日仏国応接で清国との和好交易免許の文書を示し通商を迫った。日付なし松平大隅守江達は弘化三年六月五日のもので「琉球国之儀、其方領分とハ乍申、国地同様ニ難取扱段ハ無余儀相聞候、既ニ此度之一条、其方存寄一杯に可被取計旨、被仰出義有之候ニ付、寛猛之処置は時宜ニ応、後患無之様思慮之上取計可被申候事」とあるのが将軍家慶・阿部正弘・薩州との秘密裡琉球処置の核心である。浜野章吉「懐旧紀事」で「琉球ニ於テ内交易ヲ試ムルトモ之ヲ不問ニ附スルハ、此時既ニ将軍ノ黙許アルモノヽ如シ」と琉球開市を日本開港の起原と提言する。フランスと戦端を開けば、イギリスの出方により日清交渉の紛議となる問題であった。弘化三年十二月松平大隅守御届で八月廿三日那覇へイギリス船三艘来航し同様の難題を申立、医師七人が上陸している。フランス人は弘化元年より五年間交代しながら逗留し、嘉永元年七月廿九日撤収に至り、安政二年十月十五日琉仏和親条約締結を見た。

「薩州御届」後半のテーマはペリー浦賀来航以前の琉球貯炭所許諾より琉米約定である。嘉永六年四月十九日ペリー日本渡航の途次、那覇に来航し和親を求めた御届に始まり、安政元年六月十七日琉米約定調印の御届で終わる。ペリーは浦賀を去り那覇に再航し六月廿一日那覇天久寺の貸与・貯炭所の建造・物産の売渡・商品の陳列・上陸時の尾行廃止五条を要求し、同月廿四日寺院貸与以外を許諾、七月一日アメリカ船一艘那覇へ来泊し海岸に石炭を陸揚げする。「薩州御届」は本土より遠隔の地・琉球という視点から日本開国を追究している所に特徴があり、開国以前六月廿四日貯炭所建設許諾の一件が注目される。この件は同年六月十一日松平薩摩守内早川五郎兵衛御届で報告されるが、六月三日ペリーは既に来航し、情報は事後に届いた。嘉永六年六月十五日伊勢守殿ゟ御下ケ写丑六月朔松平薩摩守御届に四月十九日アメリカ船三艘を率いたペリーが那覇に来航し、食料の御礼にと首里王城へ入城を計り和親を願っている。同月十一日松平薩摩守内早川五郎兵御届に「日本江和好交易之ため…可致渡海勿論日本人も相乗…日本ニ罷渡自然相談聞済無之候はは戦争ニも可及哉と相尋候処、致相談候ハハ何レ聞取可有之、合戦ハ不宜儀ニ而左様ニハ不致旨申候由」とペリー那覇滞留が日本へ和好交易のため江戸へ渡航と判明するが、この御届の八日も前にペリーは浦賀に来航した。同年七月四日松平薩摩守内池田仲之助御届に、四月十九日より五月廿六日までのペリーの行動が判明する。五月三日二艘那覇出帆、無人嶋(小笠原島)へ石炭積むため同十七日着。アメリカは中国市場をにらみ太平洋航路開設のため、石炭薪水食料の供給地として小笠原・琉球・日本の開国を望んだ。自国綿織物を対中国貿易の主力産品としてイギリスに対抗しようと計った。同月九日松平薩摩守御届に五月廿六日那覇出帆「六月二日江戸江着船、国書致持参和交相願候得共即答無之候ニ付」十三日江戸出帆、二十日那覇に着船している。同月廿八日松平薩摩守御届に和親と寺院・石炭貯之小屋の借地申入れがあった。琉球側は乱暴にも及ぶ勢いであったため貯炭所の借地を認めた。安政元年三月三日の日米和親条約締結以前に、琉球は嘉永六年六月廿四日貯炭所建設を許諾せざるを得ず、翌月一日には初めて石炭を那覇に積み越す事態に至った。同年九月廿八日松平薩摩守内仙波市十郎御届には七月朔日に石炭凡壱万千石斗が、同月八日には三拾壱万弐千二百斤余に及び、アメリカの太平洋航路開設にとり琉球貯炭所の確保は急務であった。安政元年松平薩摩守内仙波市十郎御届に前年十月六日より当年正月十七日までの記事に、石炭も都合九拾弐万三千五百斤となり、ペリー江戸行きの三艘に拾万壱千三百斤積み入れ、八拾弐万二千百斤、一斤六百グラムとして四百九十三トン余り那覇貯炭所に残っていることになる。正月十一日の記事に魯西亜国之船四艘が長崎を出帆して二艘が那覇へ碇泊し、安政元年七月八日松平薩摩守御届にロシヤの動勢を諜報活動と推測している。同七月八日御届には三月三日の日米和親条約締結を「馬頭を開候と申、歓喜之形容ニ而異人共日ゝ上陸、逗留英人止宿之亜墨人互ニ往来」と語る。同年八月廿日松平薩摩守御届に、日米和親条約締結の上は琉米約定を迫り、六月十七日の琉米約定調印を語る。またアメリカ人水兵の琉球民間人乱暴事件では、酔った水兵が人家に押し入り不法に対し小石を投げ溺死に至らしめた。水兵は死んでいるため罪を問えず、相手の琉球人は国法通り刑法を適応することで決着をみた裏面史も窺える。「薩州御届」には琉球逗留の異国人記事があり、フランス人宣教師フォルカード清人オーギュスタン・コウ、交代したテュルデュ、マッシュー・アドネは足掛け五年、イギリス人医師ベッテルハイムとその妻子は足掛け九年に渡る琉球滞在で、琉球開市に関係しフランスとは別に米英は共に歩を同じくしていることが判明する。詳細は「添川廉齋ー有所不為齋雑録の研究」第二章第八節以下参照。

ロ　ペリー来航予告情報とオランダ国王開国勧告　国法に媚びる姑息な対応が招いた皮肉な開国

廉齋がアメリカについて考えた史料は、雑録第十四に顕著でありタイトルを「乙巳壬子甲寅丙辰和蘭告密」という。第十四は①アヘン戦争を報じた天保十四年の和蘭国王書翰類、受取は弘化元年の史料から始まる。②報じた甲比丹へ弘化二年の幕府諭書類。③アメリカが日本と通商を遂げたい由を報じた嘉永五年の咬𠺕吧都督筆記及び日蘭通商条約草案類。④日本政府の蒸気船など大船入用について答え、長崎表に学校取立てを論じた安政元年船将グフヒユス申出書類。⑤諸外国と緩優交易を勧め天主教の自由を主張し、英将ホウリングの渡来を報じた安政三年の日本和蘭領事官トンクルキユルシユス申上書類の五ブロックからなる。この史料群は弘化元年より安政三年まで史料入手の都度書き継いだものでなく、内題「紅毛告密」（和蘭告密）のテーマのもと時局が緊迫した嘉永五年頃から纏めて編年体に記述したと推定される。問題は①②オランダ国王開国勧告と幕府対応史料が、③ペリー来航予告情報史料（嘉永五年壬子和蘭告密書御請取始末）と連動して収録し、①②で過去の国法に触れる通信の経緯を詳細に語る。③都督筆記受理の可否が、通信の嫌疑が係る返翰を望まなければ受理する幕府決定で、返翰を望まない誓約を商館長から文書で取り付け受理される。オランダ新商館長はペリー来航予告情報を自国の活路に生かしたく、アメリカとの確執を避ける名目でいち早く日蘭通商条約締結を意図したのである。②で幕府はオランダへ返翰を送り、祖法遵守を以て開国勧告を拒絶し以後再び通信しないよう求め、③で長崎奉行《牧志摩守義制》は出府後老中の諮問にオランダ商館長が貪欲でアメリカとの貿易を仲介して儲けるつもりと見当違いの答申をし、海防掛評議は都督筆記もさして採用する程の事もないと外圧を窺う思索が欠如し、祖法遵守に始終した。幕府はオランダの上申を放置することに決定したのである。

この「御請取始末」には朱書と朱書頭註がつく。来航予告情報に朱書頭註4「来春如此なるへし可畏々々」と恐懼し、混乱をきたすであろう江戸の現実を直視する。この極秘情報に対し朱書頭註8「事柄大急之義ニ候得者尤之事と被存候」と早急な処置を設けねばならぬ対応に、尤もの事と是認する情報判断である。開国は双方の利益にならぬと思う根底に朱書頭註13「己之通商ニ妨ケあればとて日本の御為を不奉存して被置可申哉。此等之義ハ皆已欺人之心を以外国人を疑ふにて実に嘆敷心にあらずや」と外国人は欺罔の心を持っていると不信の念の存在を指摘し、この不毛な誤解から相互理解や発展が生まれないと嘆息する。当時にあって先進的思想が窺われる。此の世には彼我の差はなく朱書8「阿蘭陀人なればとて一己之利計謀候者ニハ無御座能々分りたる事に候」と人の善意を認知している。都督筆記不採用の評議答申に朱書10「阿蘭陀王之深切を無にするなるへし」と濃やかな善意を偏見により拒絶する無意味さの指摘である。オランダに提出を課した風説書同様に受理できる都督筆記を不採用とし受取を拒絶するのは、朱書頭註14「其国旧来之当職ニ候ハヽ何故忠告之書翰御断ニ相成候事ニ候哉。此ニ至リ候而ハ御国法迄も愚存ニ分リ兼」と鎖国の国法さえも国家存立の岐路に形骸化して見えたのである。必要な海外情報を入手できるのに重大な不都合が生じるとするに、朱書頭註15「二百年来通商之蘭人と国家之大事御請答被成候而何故御取扱にくき事柄出来可申哉」と形式に泥む机上の空論を批判する。大切な事柄を風説書に認めなかった形式を咎めるに、朱書頭註16「彼国ゟ実意を以御一大事を御忠告仕候義を何故此御咎相成候哉。更ニ合点不参候」と一大事を忠告した実意を褒めない不合理を指弾する。要は国法に媚びるだけで、ペリー来航に対する実質的な評議答申が全くなされていない指摘である。日本防禦の計にとり海外情報は無用であると通信の嫌疑を回避するだけの幕閣の姑息な言動に、朱書頭註24「今後尚々忠告致呉候様とこそいふへけれ。何故無用と断可被成哉。左様ニ御断ニも相成候上ハ海外之事ハ全暗夜之如くニ成、何を以防禦之計可被成哉」と豪語し幕閣と対峙する。勝安房はその著の末に掲げる論評（「開国起原」の「咬𠺕吧都督の筆記并評議」）で、幕閣有司の不見識、オランダ提案の日蘭通商条約草案の不採用、ペリー来航予告情報に対し結果として放置したのを痛惜している。この明治二十年代の論評と同様の主張が四十年以前嘉永五六年「御請取始末」に補筆された朱書・朱書頭註寸評群に卓見が存在するのである。

「御請取始末」第五段落の留書「子十一月十三日於新部ヤ伊セ守殿海防懸一同御渡壱冊壱通、翌十四日清《竹内》太郎ゟ請取十五日筒井肥前守へ相廻ス」によると阿部伊勢守は嘉永五年十一月十三日に「新商館長上申書」一通と「甲比丹差出候封書和解」一冊を海防掛一同に下付し、翌十四日勘定吟味役竹内清太郎保徳、十五日筒井肥前守へ回覧し評議答申させている。従来十月二十四日の評議答申により、牧志摩守のオランダ讒訴で終わるがその後があったのである。加朱された朱書頭註27「此心入ニ而ハ来春御断之節容易ニ納得仕間敷。扨々心配之事ニ御座候」朱書頭註28「去年之内ニ此程迄ニ申上候ヲ当年迄一向其御用意なきハ如何之訳ニ候哉。矢張蘭人申上候義を信ト不被思召方ゟ之事と被存候」に去年の中とは嘉永五年十二月中と考えられ、当年とは翌六年を指しペリー来航後と推定できる。加朱者は「此程迄ニ申上候」とこの史料を閲覧答申できる者で幕閣関係者である。十六号文書「樋田多太郎より聞書」（幕末外国関係文書之一）第一項

此度入津の異船一《昨年の誤》昨年と覚候①蘭人を以申込有之候儀にて石炭置場土地借用并交易を通することを願ふといふ事兼て御承知の儀にて候処こと／＼く秘密に而已被成置②一向御手当の儀被仰出も無之候付③筒井《初稿再稿紀伊》肥前守殿より厳重の御手当無之ては不相成旨頻に御申上に相成候処更に御取上無之④よふ／＼昨暮に至り四家へ御達に相成浦賀奉行へも同時御達有之候処又候奉行秘し置⑤与力へは一切達無之扨当二三月に至り追々時節にも相成候ニ付紀《筒井》伊守殿より御手当向御申出之処一切御取用無之由⑥乍恐当時の御役人は異船何程来るとも日本之鉄炮にて打放さは直に逃帰るへし位の御腹合なるか慨嘆に堪す候

嘉永六年六月三日ペリー来航に関する予告情報につき、筒井肥前守は前年十一月一五日回達を受け③の厳重な手当が必要との意見を持ち上申し、当年二三月にも海防厳重の処置を再度上申したが採用されなかった。天保十四年より十三年九ヶ月間老中を務めた阿部伊勢守は、アヘン戦争後の欧米列強の日本進出を憂い、ペリー来航予告情報を受け日本が対外危機に直面したと実感した。この老中なくして筒井の存在と答申はない。ただ筒井が右朱書頭註等の加朱者で開明的な思想の持ち主であったかは不明である。雑録に収録した「御請取始末」の開明的な朱書頭註等を廉齋がどう評価したかは不明である。廉齋は盟友石川和介・門田朴齋と共に攘夷思想を持ったと思われ、門田は嘉永六年十月五日主君阿部正弘に攘夷を極諫し、藩主侍読を免職帰郷となる。ただ廉齋には西遊長崎行の経験があり、遺艸34「長崎」で婦人の外人に親しみ、児童のオランダ語を口にするを瞠目し、蘭学にも意を注いでいると伝えられる。攘夷とは清国を犯したイギリスに対してであり、オランダに対してではなかったと考える。むしろ開明的な思想をも持っていたのではないかと推測する。従って右の朱書頭註に厚意こそ持つも拒絶感はなかったと思われる。

ハ　ペリー来航日本側記録の原拠「与力聞書」と米人闖入一件　武家一分への威嚇と国体の揺らぎ

雑録の第三癸丑浦賀雑録に嘉永六年ペリー来航当時、現地浦賀で応接に直接当った五人の浦賀与力による日本側記録の原拠「与力聞書」が収録される。「浦賀与力合原総蔵ヨリ聞書」「飯塚久米ヨリ聞書」「樋田多二郎ヨリ聞書」「応接掛香山栄左衛門ヨリ聞書」「応接掛近藤良次ヨリ聞書」である。この史料は雑録の他に続通信全覧類輯にも収録されるが、誤脱が多く他に膨大な写本が存在する。十七写本を概観すると本文は三系統の稿本に別れ、雑録本の「初稿本」、続通信全覧類輯（類輯本）の「改稿本」、高麗環雑記（雑記本）の「再稿本」に分類できる。諸写本の奥書によりペリー退去の六月十二日より程遠からぬ成立の初稿本から一ヶ月後の七月十七日には表記の異なる再稿本まで成立したことが判明する。与力聞書筆者が再三推敲を加えたのは、未曾有の開国圧力が国家治乱の境に立ち、事実をどう伝達するか腐心した足跡に、廉齋同様政事の世代として生きる見識が仄聞される。現在「与力聞書」というと十六号文書（幕末外国関係文書之一収録・古文書本）を指し、その原本が外務省編纂の「幕末外交文書集」に収録されている中村勝麻呂が担当した文書集本である。「与力聞書」は改稿本を底本にして、初稿本を参照し文書集本が成立して十六号文書が修訂本として生み出された。古文書本原本を作成した中村が再稿本を校正に使わなかったのは、改稿本のように政府編纂書に掲載されていなかったことによる。雑録本は当時「初稿本」として認知されていたことによると判断する。雑録が収録した所以である。

「与力聞書」は稿を改めるにつれ、次第にペリー来航の実態に迫り事実が表現されているとみる。その中に表記を執拗に改変された特異な箇所があるのに気付く。それは「与力聞書」の一つのテーマ、初稿本合原第十六項・樋田第六項「米人闖入一件」である。剣付き銃を持った上官六十人が、使節護衛のため国書授受の応接場に押し入った椿事である。開国に至る鎖国日本の財政難の中、急遽応接場を仮設し徳義を以て臨んだアメリカ国書授受の場所で、武家の一分が威嚇され、幕府が担う国体が揺らいだ衝撃を表現する。筒井の度重なる建議に耳をかさず応接場に踏み込まれた恥辱を余すところなく描写する。押し入った人数を諸稿合原で六十人、修訂本樋田第六項のみ六七十人とある。修訂本の原本・文書集本には六十人とあるところ、六七人と十を七に表記変更し国辱と認識した事実を意図的に改変している。「与力聞書」には本文とは別に「久里浜仮小屋之図」が十七写本中八写本に視覚化され、さらに「米人闖入一件」を意図した「対顔小屋ノ図」が四写本に付く。その中の三写本には「押込異人」とあり、一写本の「異人」も米人闖入一件を伝承する。写本としてペリー来航の事実が拡散し本文の視覚化として、「米人闖入一件」は図絵としても受容されていく。幕藩体制下で勤王佐幕思想を維持しつつ、準備のないまま攘夷を断行することは不可能であった。開国を決行した幕府に対し「米人闖入一件」が流布することは、佐幕思想の擁護にならず討幕思想の助長に結び付いたと考える。ここに「与力聞書」写本が多く存在する理由があり、廉齋が注目した点とみる。

二　雑録北方関係史料にみる二百余年にわたる日本開鎖問題の実態　ロシヤと幕府蝦夷地の保全開拓

雑録のロシヤ関係史料は日本の北方関係史料であり、テーマは一貫して「ロシヤと幕府蝦夷地の保全開拓」である。蝦夷地のパイオニア松浦武四郎「再航蝦夷日誌」巻之七（吉田武三校註「三航蝦夷日誌」下巻、吉川弘文館刊行）に「添川寛平宅に蝦夷常用集を見る」という一文がある。松浦は嘉永三年頃、江戸添川宅で「稗」の話になり添川から蝦夷常用集の記述を指摘され、改めて蝦夷地に対する見識不足を悔いている。廉齋の蝦夷に対する識見に瞠目した証左である。廉齋と同僚の安中藩儒山田三川は嘉永元年六月松前藩より永の暇となり同五年藩主板倉勝明の招聘に応じた。松浦「初航蝦夷日誌」巻之五に磯屋の湯小屋を尋ねた「山田三川の話」（「三航蝦夷日誌」上巻）も掲げられる。松浦山田は津藩封内出身で同郷である。山田の「想古録」（東洋文庫632 634）に松浦を話者とする逸話が五条、廉齋の逸話が十三条載る。

雑録に収録した北方関係史料の総目名を挙げる。括弧内の数字は年月順史料の通し番号である。

第四甲寅雑録（77 78 81 85 87 88 92 93）第五天機十八条（71）長崎雑録（71～74 77 79 84 86 88 90）第六瓊浦筆記（74～77）第七丙辰雑録上（88～90 102 104）第十十一北地彙案（54～62 64 65 68 73 76 80～84 89 90 95 97 99 100 101 104 105）第十二十三和蘭別段風説（49 52 71 83 94 103）第十四和蘭告密（50 70 103 104）第十五魯西亜書翰并条約（70 72 74 82 83 86～88 91 94）

英吉利書翰并条約（84）第十六日本小史（98）米利堅所贈日本記事（105）レイソンヤツパン（68 106）第廿二倜庵秘集（40～47 51）蕃史（69）第廿三諸儒雑著（48 53 66 67）第廿四辺策私弁（33）魯西亜使節処置議（36）異国船渡来之度（1～32 35 37 39）本邦之人ヲロシヤ地え参候度（34 38）第廿六東海地震海嘯（87）第廿八私策（65）第廿九三十雑（63 74 83 86 95 96 98 103）続第一安政丁巳（107 108）続第二安政丁巳（109）

右に二十四総目を数える。慶安二年1649より安政四年1857まで109史料を数える。複数の史料が他総目にまたがるのは、例えば77史料に十五種類の史料があるためである。以上を個別テーマにより27項目に分類できる。

①ロシヤ東アジア進出・カムチャツカの発見　1慶安二年史料　2明暦寛文年紀未詳史料

②ロシヤピョートル一世カムチャツカ征服と日本へ航路発見の端緒　3元禄十一年史料　4正徳《一説四年》五年史料

③ピョートル一世千島列島探検とロシヤ領編入の端緒　5享保十年史料　6享保十五年史料

④シパーンベルク日本航海・北方より日本への航路発見（元文の黒船）　7元文二年史料　8延享元年史料　9明和年中史料

⑤ベニュヴスキの来航とロシヤ南下の警告（田沼時代）　10明和八年史料　11安永元年史料　12安永二年史料　13安永三四年史料　14安永五六年史料

⑥最初の日露私的交渉失敗（露米会社創立とその後）　15安永七年六月史料　16安永八年五月史料　17安永九年史料

⑦ロシヤ国政府対日交渉の端緒　18天明二年史料　19天明三年史料

⑧開国論の先駆「赤蝦夷風説考」による田沼意次の蝦夷地調査（北門国防の濫觴）　20天明四年史料　21天明五六年史料　22天明七八年史料

⑲ロシヤニコライ一世の国書とペリー来航予告情報（日本開国の端緒） 70嘉永五年七月史料
71嘉永六年七月史料 72嘉永六年八月史料
⑳嘉永六年の危機（ロシヤ北蝦夷地クシュンコタン占拠と日露境界通商交渉） 73嘉永六年九月史料
74嘉永六年十月史料 75嘉永六年十一月史料 76嘉永六年十二月史料 77安政元年正月史料
78安政元年二月史料 79安政元年三月史料 80安政元年四月史料 81安政元年五月史料
㉑ロシヤ日本開国と日米和親条約締結 82安政元年六月史料 83安政元年七月史料 84安政元年閏七月史料
85安政元年八月史料
㉒露船安治川遡上とディアナ号遭難（京都守護の危機と東海地震海嘯） 86安政元年九月史料
87安政元年十一月史料
㉓日露和親条約締結と遭難露人の送還 88安政元年十二月史料
㉔蝦夷地上知と幕府諸政改革（安政の改革・欧米の植民地対策） 89安政二年二月史料 90安政二年三月史料
91安政二年四月史料 92安政二年五月史料 93安政二年六月史料 94安政二年七月史料 95安政二年八月史料
㉕蝦夷地移住許可と越前大野藩移住開拓の計画 96安政二年十月史料 97安政二年十一月史料
98安政二年十二月史料 99安政三年正月史料 100安政三年二月史料 101安政三年三月史料
102安政三年六月史料 103安政三年七月史料
㉖箱館八戸の強震と蝦夷駒嶽の鳴動噴火（国内変革による災禍） 104安政三年八月史料 105安政三年九月史料
106安政三年十月史料
㉗アロー号事件と広東焼払（締結条約遵守と日本への鑑戒） 107安政四年二月史料 108安政四年八月史料

右1より109史料の概略を述べる。1（慶安四1649年）から39（文化四1807年）までは近藤重蔵が寛政十1798年蝦夷地在勤先で取調べ、文化五1808年二月増補した史料である。この内天明六1786年以前の史料は、最上徳内が尋問した露人イジユヨの口述によること、大槻玄沢が「北辺探事補録」で実証した。一方史料2（明暦寛文年紀未詳）から4（正徳五年）・6（享保十五年）は、ベーリング第二次探検のアジアアメリカ間航路再確認により西欧でも評価が高く、オランダ対日貿易独占を脅かすものとして地理書に正確に伝えられた。寛政元1789年二月前野良沢「柬砂葛記」に史料2から4・6が、その弟子桂川甫周「魯西亜志」に史料3・4・6が翻訳により齎らされた。文化までの史料出典にイジユヨの口述と和蘭地理書との二系統があることになる。開鎖問題は天保・嘉永度に始まったわけでなく、鎖国史的展開のなかにこそ日本開国に至る必然性がある。「元文の黒船」シパーンベルグ日本航海（元文四1739年）が、ロシヤ対日交渉の始めである。明和八1771年ウルツプ島がラツコ生息地としてロシヤに伝わると、天明年中渡海越年する。ロシヤ最大の毛皮資本シェーリホフは寛政七1795年ウルツプ島植民を実施し、文化二1805年退去まで十年間存続した。安永七八1778 1779年私的な松前交渉から、国家権力を背景とする露米会社が寛政四五1792 1793年ラークスマン松前交渉、文化元二1804 1805年レザーノフ長崎交渉、文化三四1806 1807年北辺襲撃事件、文化八〜十1811 1813年ゴロヴニーン抑留事件へ展開する。幕府はエトロフ島以南の東蝦夷地を日本領に編入開国する前例のないロシヤ対策を実施した。この間享和三1803年幕府はエトロフ島蝦夷人のウルツプ島渡海禁止という経済封鎖を実施する。安永八1779年対日交渉失敗後ロシヤは、ラシヨア島のマキセンケレコウリツにエトロフ島の日本人探索を命じるが逮捕され、明和二1765年より文化二1805年迄四十一年間にわたるロシヤ人南下の状況が判明する。天明五1785年田沼意次の蝦夷地調査で翌年松本伊豆守の非人による蝦夷地入植計画は、七万人移住し新田開発で五八三万二千石の収穫を得て抜け荷を取締り、ロシヤまで服属する北方領土防衛史上また開拓史上重視すべき政策である。寛政十1798年蝦夷地新道開鑿、翌十一年エトロフ航路開拓開発は漁場十七箇所を開き郷村制を始め日本領（東蝦夷地上知）となった。

蝦夷地の宗谷・カラフトのシラヌシまで領土権を説いたのは、林子平が嚆矢であるが、享保三1718年三月幕府はエトロフ以南が日本領、ウルツプ島以北がロシヤ領であると箱館奉行宛黒印下知状で公式に認めた。文化六1809年六月幕府はカラフトを改めて北蝦夷地と称し日本領土として足場を固めた。カラフト国境は西岸ホロコタン、東岸フヌフまで人別取調べ、運上家の支配が安政まで至った。ロシヤは文政十一1828年には文化二1805年以来中絶していたウルツプ島定住地を再建、天保元1830年十一月にはウルツプ以北の千島を正式に露米会社領に編入した。天保十一1840年代にはイギリスが清国の半植民地化へ動き、ロシヤはツァリーズム自ら動き始め対日交渉が変化する転換期となった。嘉永二1849年外国船渡来が頻繁になり、諸家の守備防禦に国計は寤寐反側にも及ぶ治乱の境に至ったと幕府は認識した。ロシヤでは文政四1821年アレクサンドル一世の勅令第一条で、クリール列島はウルツプ島の南岬北緯四十五度五十分までと国際的に宣言した。ウルツプ島をロシヤの南限とみなす欧米で周知のことを幕府は知らなかった。安政元1854年十二月下田条約締結に至るまで、幕府は困難な日露国境確定に直面したのである。

添川廉齋は雑録の史料を残し多くを語らない。主権の在り方により国家の形態が変化する維新に再会し、幕末動乱の渦中にあり史料を収集して、日本の在るべき姿を模索した足跡とみる。ここには慷慨する姿はなく、冷徹に人の足跡を国の歩みを史実として史料に凝視する政事の世代と化した歴史家があるのみである。「読英夷犯清国事状数種作長句以記之」は雑録第十八十九二十の史料を基に成り、乍浦城陥落に際し入水した劉女は第十八の「劉烈女略節附」により、飯を捨て教練し郷士を護った士民の檄は第十八の「全粤義士民公檄・按嘗田捐餉団練法附述」により、琉球に向かい口舌を上げるは第十八の「琉球仏朗西問答」により、全体イギリスの残酷さは第十八の「唐国擾乱事状」による。廉齋の対外危機体験の原点は、清国敗北による植民地化に求められ、それは同時にオランダ国王開国勧告であり、僅か八年後のペリー来航予告情報に接したことであった。その結果ロシヤニコライ一世国書は交易開港をペリー共々迫りカラフトを含む領土境界の画定を求めるに至った。与力聞書の「合原総蔵より聞書」第十一項には、浦賀のペリー一行は耳こすりし指さし嘲弄した。ロシヤが北蝦夷地クシユンコタンを占拠し国境談判の前に領土拡大の南進を謀ったと見た。廉齋は先君甘雨公行状で板倉勝明を「公心を経世に留め、其の位に在らずと雖も、常に天下の安危を以て己が任と為す。深く洋虜の強梁を憤り、慨然として敵を思へば王《さか》んに愾《いか》り、語之に及ぶ毎に未だ嘗て切歯扼腕し、大息流涕せずんばあらざるなり」と活写し、自身と重ねている数少ない表現とみる。時勢は国家治乱の境に立つとの認識が、有所不為齋雑録を編輯する動機であり、頼山陽から励まされ学んだ識見「国の蠟燭」になろうとしたのである。

附録　添川鉉遺稿

鉉之助の遺稿は廉齋遺艸に附録として収録される。鉉之助は父廉齋歿直後の江木鰐水日記安政五年六月二十六日条に「遺孤十歳余、有三女子」とある。小林本次郎宛飯田逸之助同年六月二十八日手簡（小林光氏所蔵）に

且後事之処も御存入御通り先生ハ無擔石之儲、且一日如也之御気質故余計之物ハ無之、鉉之助ハ幼年也、当惑候事御座候、乍併此度届悉等も鉉之助身分ハ御家来之取扱相成候間、相応御知置可有之義と奉存候

廉齋には僅かな貯えもなく、幼年の鉉之助を残し安中藩に届出て家来の取扱いとなった。事実安中藩江戸御在所諸士明細帳に鉉之助は寛平悴として同年八月廿一日に亡父跡式として頃立候迄銀三枚二人扶持を受け家来扱いとなっている。因みに藩士でない廉齋は七人扶持であった。小林本次郎宛飯田逸之助同年八月晦日手簡（小林光氏所蔵）に

一添川鉉之助義銀三枚三《ママ》人扶持の御宛行ニ相成無異背次第未亡人も従候ハヽ、以得者生計必六ヶ敷可有之　愊然之次第ニ御座候

生計が成り立たない様子が窺える。升堂記（東大史料編纂所所蔵）元治元年条に鉉之助の名前があるので弘化四年生まれ十八歳で昌平校へ入学し、廉齋歿時十一歳であったことが判る。但し幕末のこととて学校閉鎖等あり苦労したと思われる。昌平坂学問所は明治政府に接収後、昌平学校と改称され明治二年再開され、十二月に大学と改称、翌三年七月学制改革のため当分休校となり、それが廃絶となった。廉齋墓建立の件は歿後に石川和介や水戸藩有志から話があったが、立ち消えとなった。木牌一枚建置いたまま下谷正覚寺に石碑が建つのは、明治九年七月廿三日を待たねば

ならなかった。時に添川鉉三十歳であった。では遺稿の記載順にみる。

1 「与千葉県大属藤田九万書」 千葉県大属藤田九万に与ふる書

某再拝某資性迂魯《鈍く鈍い》拙于奔競《走り競う》、窮困日迫芻米《馬草と米》是急、衣食于奔走猶恐不免饑餓、是以索居《友と離れる》数年未暇一書相訪、然而功名之志未灰、中宵《夜半》夢寐《睡眠中》未曽為之不痛哭慨嘆也、去歳応募充師範学校生員《学生》、在学期年《満一箇年》成業之期既在近、頃者文部下令廃派出規則解其羈束《拘束する》、令生員任自所撰、私惟千葉県所轄跨三州、歳入百万人口百余万、関以東未有県之如此大者、而令公名《千葉県名》播于天下、某又辱知《知り合い》吾兄、若幸頼公之賢与吾兄之知、従事于訓導蚤夜《早夜》竭力、使県之子弟浸潤《染み潤う》馴《なれる》致、無無学之邑不学之戸、即吾兄所恩賜県之子弟者、而某亦得効微涓《小流》于其間、報所以聖朝成吾儕之意也、某自幼読書雖窮困日迫未曽廃咿唔《読書の声》、自以為於我校生員不多譲也、近者又辱職舎長又頗知事務之難不手《相場の損続き》之不易《多難》而年已壮、亦不可以某昔日之不顧利害、不計得失軽挙躁進《軽はずみ無鉄砲に進む》者観也、某既卒業則無天下不可仕之県、而特所以千里致書《手紙を届ける》懇々陳情者、蓋以為士之仕不特自為者《自然にする事》耳、飛鳥且撰木、況進之初豈可不慎其所撰耶、今千葉県治土地之広人民之衆如斯、而又有令公《中書令の尊称》之賢与吾兄之知、庶幾事之易挙志之易行用力少而功必倍也、謝朓《南斉の人》有謂士人声名未立、応共奨成毋惜歯牙、吾兄固知某者矣、若猶不棄則試進一言於令公、無吝歯牙余論幸甚

某《それが》し再拝す。某の資性迂魯《ウロ》、奔競に拙《つたな》し。窮困日《ひび》に迫り、芻米《スウベイ》是れ急なり。奔走に衣食し、猶ほ饑餓を免《まぬが》れざるを恐るるごとし。是を以て索居《サクキヨ》数年、未だ一書相訪ぬる暇《いとま》あらず。然れども功名の志未だ灰ならず。中宵の夢《ム》寐《ビ》、未だ曽て之れ痛哭慨嘆せずんば為《な》さざるなり。去歳師範学校生員《セイヰン》を充《あ》つるに応募す。在学は期年《キネン》、成業の期既に近きに在り。頃者《ちかごろ》文部令を下し派出規則を廃し其の覊束《キソク》を解き、生員をして自ら撰ぶ所に任《まか》さしむ。私《ひそ》かに惟《おも》ふに千葉県所轄三州に跨《またが》り、歳入百万、人口百余万、関以東未だ之れ此のごとき大なる県有らずして、公名《コウメイ》をして天下に播《ま》かしむ。某又吾が兄を辱知《ジヨクチ》す。若《も》し幸ひに公の賢と吾が兄の知とを頼み、訓導に従事せば、

蚕《サウヤ》夜力を竭《つく》し、県の子弟をして浸潤馴致《シンジュンジュンチ》せしむ。無学の邑・不学の戸無ければ、即ち吾が兄県の子弟に恩賜する所は、某も亦微涓《ビケン》を其間に効《なら》ひ得て、報《むく》いるに聖朝吾が儕《ともがら》の意を成す所以《ゆゑん》なり。某幼《をさな》きより読書し窮困日に迫ると雖も、未だ曽て咿唔《イゴ》を廃《す》てず、自ら以て我が校生員に多く譲らざるを為すなり。近きは又辱《かたじけな》くも舎長を職《つと》め、又頗る事務の難・不手《フテ》の不易《フイ》を知り年已《すで》に壮なり。亦以て某昔日の利害を顧《かへり》みず、得失を計らず、軽挙躁進《サウシン》する者を観るべからざるなり。某既に卒業すれば、則ち天下仕ふべからざるの県無し。而して特に千里致書《チシヨ》して懇々と陳情する所以《ゆゑん》は、蓋《けだ》し以為《おも》へらく士の仕ふるは特に自為する者にあらざるのみと。飛鳥且《まさ》に木を撰《えら》ばんとす。況《いは》んや進むの初め、豈《あ》に其の撰ぶ所を慎しまざるべけんや。今千葉県土地の広さ人民の衆《おほ》さ斯《かく》のごときを治む。而《しか》して又令公《レイコウ》の賢と吾が兄の知と有り。庶幾《こひねが》はくは事の挙げ易く志の行ひ易く、力を少く用ゐて功必ず倍するなれ。謝朓《シヤテウ》謂ふ有り、士人の声名未だ立たず、応《まさ》に共に奨《すす》め歯牙を惜しむ毋《な》かるを成すべしと。吾が兄固《まこと》に某を知る者なり。若《なんぢ》猶《な》ほ棄てずんば則ち試みに一《ひとへ》に令公に言を進むるがごとし。歯牙余論を吝《をし》む無くんば幸ひ甚だし。

鉉之助は昌平校に入るも廃校となり困窮生活の中、明治に師範学校に入り舎長となり一カ年の在学で修学に至り、千葉県訓導を願い知人の同県大属藤田九万に県知事へ推薦を求めた。年既に壮となりから言葉通りとすれば三十を言うが、就職依頼にも父廉齋同様人に媚びるところは無い。廉齋墓建立の明治九年の作か。荒井円次「添川完平先生略伝」に福島県師範学校の教官であったとある。

2「送高田子文序」　高田子文を送る序

千頃《広い田》之波必成於一勺《ひと掬い》水、万重之山必起於一巻石、人之有智愚賢不肖、未始有霄壌《雲泥》之懸隔不可企及者也、在能自奮与自棄而已、余既多閲天下之人又観古豪賢之士、其初皆艱饑羸寒而無所帰者也、当其無所帰時使常人処之必志沮気喪、如所謂士乃不然、饑寒愈迫而士気益激、是豈安知非天之将降大任必先苦其心志窮乏其身、而使其自奮砥礪《修養する》其志気邪、不然古今傑士之遭遇出処一何酷相似邪、余在磐城離群索居、其所共贈答往来者独有高田子文耳、子文世業医維新之際世業漸衰家道頓困、遂捨其業出仕為吏而不得志、於是翻然改造更負笈游佐藤先生之門、受泰西医術頗究其蘊奥《奥義を極める》及業成受聘于故磐前県為其病院長、余観其患者表以平之偏、且小一歳之中乞治者不下二千余人、其数歳之間所頼以全活者果幾何哉、今将奉県命転任須賀川病院、而子文胸中実若有不釈然者嗟夫余聞之、焚舟《退路を断つ》而克手剣而盟、是雖敗北之余亦兵家秘訣《おくのて》、子文寔曽用之于前矣、今豈可以少衂《敗れる》沮其志気邪、子文蓋与余同感者故及其行、挙酒重告之曰子文士之所貴在砥礪、自奮自成一家、無為斗升《僅少の意》之禄永受他人之駆役《追いたて使う》也

千頃《非常に広い池》の波、必ず一勺《イッシャク》の水に成り、万重の山、必ず一巻の石に起る。人の智愚賢不肖有り。未だ霄壌《セウジャウ》の懸隔有りて始まり、企て及ぶべからざるにあらざる者なり。能《よ》く自ら奮《ふる》ふと自ら棄《す》つるとに在るのみ。余既《すで》に多く天下の人を閲《けみ》し又古《いにしへ》に豪賢の士を観るに、其の初めは皆饑《うゑ》に艱《なや》み寒さに羸《つか》れて帰る所無き者なり。其の帰る所無き時に当り、常人をして之に処《を》らしむれば、必ず志沮《はば》み気喪《うしな》ひ謂はゆる士乃《すなは》ち然らざるごとし。饑寒愈《いよいよ》迫りて士気益《ますます》激《はげ》し。是豈《あ》に安《いづ》くんぞ天の将《まさ》に大任を降《くだ》さんとし、必ず先に其の心志を苦しめ其の身を窮乏するに非ざるを知らんや。而して其の自ら奮《ふる》ひ其の志気を砥礪《シレイ》せしむや。然らずんば古今傑士の出処に遭遇するは、一に何んぞ酷に相似たりや。余磐城に在り群を離れ索居す。其の所に共に贈答往来する者、独り高田子文有るのみ。子文世《よよ》医を業《わざ》とし維新の際、世業漸《やうや》く衰へ家道頓《とみ》に困《くるし》む。遂に其業を捨て出仕し吏と為りて志を得ず。是に於て翻然と改造し更に笈を負ひ佐藤先生の門に游ぶ。泰西の医術を受け頗る其の蘊奥《ウンオウ》を究《きは》め、業成るに及び聘《めし》を故磐前県に受け其の病院長と為る。余其の患者の表《おもて》を観るに、平《つね》の偏《かたよ》り且《か》つ小《ちひさ》く以ても一歳の中《うち》に治を乞ふ者二千余人を下《くだ》らず。其数歳の間頼る所、全て活かす者を以て果して幾何《いくばく》ぞや。今将《まさ》に県命を奉じ須賀川病

院に転任せんとす。而して子文の胸中実に若《も》し釈然たらざる者有らば、嗟夫《ああそ》れ余之を聞き焚舟《フンシウ》して克《よく》し手剣して盟《ちか》ふ。是敗北の余と雖も亦兵家の秘訣《ヒケツ》なり。子文寔《まこと》に曽て之を前に用ゐる。今豈に以て少しく其の志気を衄沮《ヂクショ》すべけんや。子文蓋《けだ》し余と同感ならば故に其の行いに及ばん。挙酒し重ねて之に告げて曰く、子文士の貴《たつと》ぶ所は砥礪に在り。自ら奮ひ自ら一家を成し斗升《トショウ》の禄を為し、永く他人の駆役《クエキ》を受くる無きなりと。

先の「藤田九万に与ふる書」に索居数年とあり、ここに磐城（現福島は明治元年磐城・岩代に別れた）に居たことが判る。廉齋が陸奥国会津耶麻郡小荒井村出身で現在の福島県喜多方市である。索居時代の友が高田子文であった。泰西の医術を修学し磐前県の病院長となり、県命で須賀川病院（須賀川とは郡山の南にある）に転任しようとする子文の心を忖度する。修養のこころを大事にし、他人の駆役を受けるなと。ここに鉉之助の人生訓をみる。

3 「随意吟社序」　随意吟社序

人之在世猶白駒過隙《頗る速い喩え》而事不如意、十常居八九回也屢空、蹠以寿終、天道是非其将何尤焉、花無心而媚鳥無心而呼、吾人無心而唫哦《うたう》乎花鳥之間、任其自然楽其天賦、是随意吟社之所由《よる所》起也、夫以其社出於自然、醒酔唯意所適椒桂《賢人の喩》流霞《仙人の酒》、投車轄《車のくさび》而貪中山千日之酔、不妨也瑞草甘露謝蕉葉占坑増一掬之春、不妨也刻燭《時を記す》約四韻《律詩》揮翰裂錦繍、紙価為貴雞林《朝鮮》価售、不妨也挑敵備塞而衝堅城于河外、守角依傍《たよる》而決勝敗于方円《事に適応する》、不啻忘憂又至忘帰、不妨也赤鳳歌者猿猴《さる》舞者滑稽嫚戯《たわむれ》類、俳優《奇怪な辞が多い》者流者与彼慷慨激昂議論風生者、苟不損品行不犯名教皆不妨也、若夫洩不平於酒中誹当世而訴有司之不明、此即吟社之所不取也

人の在世は猶ほ白駒過隙《クワゲキ》のごとくして、事意のごとくならず。十常《つね》に八九に居り、回るや屢《しば》ば空し。蹠《ゆ》き以て寿を終ふ。天道の是非、其れ将《まさ》に何ぞ尤《とが》めんとす。花無心に媚《こ》び、鳥無心に呼《さけ》ぶ。吾人無心に唫哦《ギンガ》するや花鳥の間。其の自然に任せ其の天賦を楽しむ。是随意吟社の起こる所由《ショイウ》なり。夫れ以て其社自然に出づ。醒酔唯《ただ》意

の適《かな》ふ所椒桂流霞《セウケイリウカ》、車轄《シヤカツ》に投じて中山千日の酔を貪《むさぼ》る。妨《さまた》げざるや瑞草甘露、蕉葉に謝《ことわ》り坑《あな》に一掬の春を増し占むるを。妨げざるや刻燭四韻《コクシヨクシヰン》、翰裂錦繍に揮《ふる》ひ約すを。紙価貴きと為し雞林《ケイリン》の価售《おこなは》るるを。妨げざるや敵に挑《いど》み塞《とりで》を備へて堅城を河外に衝き、角《すみ》を守り依傍《イバウ》して勝敗を方円《ハウエン》に決す。啻《ただ》ならず憂ひを忘れ又帰るを忘るるに至るを。妨げざるや赤鳳歌ふ者猿猴《エンコウ》舞ふ者滑稽嫚戯《マンギ》の類《たぐ》ひ、俳優者流は彼と慷慨激昂し議論風生するを。苟《いやし》くも品行を損《そこな》はず、名教を犯《をか》さざらば皆妨げざるなり。若し夫れ不平を酒中に洩《も》らし、当世を誹《そし》りて有司の不明を訴《うつた》ふ。此れ即ち吟社の取らざる所なり。

思いのままにならぬ世の中だから、自然に任せ天賦を楽しむ。不平を漏らさず、世間を譏らず。命運があらば何処までも修養するのが鉉之助の思いであった。

4「游夏井川記」　夏井川に游ぶ記

歳之九月予客磐城約社友舟游夏井河口、河発源於田村郡中南流二十里而入海、水潦《ながあめ》時至則河水所激突、海水所澎湃《激する水の声》内外相撃河海相激、而二水之間積為一帯沙丘、雲収風死而水落則丘益高内外異観、其丘外則波涛万里怒号洶湧《波が逆巻く》、跳者如山蹈者如淵、放乎虚空掉乎無垠《無限》、殆使人神飛魂消而毛髪悚然《恐れる様》、而丘内則河水瀰漫《はびこる》紆余委蛇《曲がりくねる》行而油然《進まぬ様》流而杳《遙か》然《な様》、而沿岸一帯白沙青松、一望無涯《限りない》使人心曠体胖、洋々《広大な様》焉其忘憂、客有善挙網者銀鱗溌剌、須臾得数十頭乃艤舟上岸席沙以坐、蓋茂松以避残炎撃鮮温酒陶然而酔、悠然而歌、而不知日之在桑楡《日暮》也、于嗟予在磐城殆二歳、未有快楽如此游者也、然人孰無憂凡為斗米《大食する》宦《仕官する》游者皆非得其処也、予於同游者雖未知其意果如何、豈亦有轗軻《志を得ない様》如予者哉、又未知其飲酒而楽其心果能楽邪否也、天道幽遠居于高聴于卑、苟我行之不迷又何傷焉、不知有同游者与余同其感者邪否、帰為之記

歳の九月予磐城に客《よ》り、社友と約し夏井河口に舟游す。河源を田村郡中に発し、南流二十里にして海に入る。

水潦《スヰラウ》の時に至れば、則ち河水激突する所、海水澎湃《ハウハイ》する所、内外相撃ち河海相激して、二水の間積り一帯沙丘と為る。雲収《をさ》め風死して水落つれば、則ち丘益《ます》す高く内外の異観たり。其の丘外は則ち波涛万里怒号洶湧《キヨウヨウ》たり。跳《はね》れば山のごとく蹈《ふ》めば淵のごとし。放つや虚空、掉《ふる》ふや無垠《ムギン》たり。殆《ほとん》ど人をして神飛魂消せしめて毛髪悚然《シヨウゼン》たり。而して丘内は則ち河水瀰漫《ビマン》し紆余委蛇《ウヨヰダ》し、行きて油然《イウゼン》、流れて杳然《エウゼン》たり。而して沿岸一帯白沙青松、一望無涯に人をして心曠《ひろ》く体胖《ゆた》かたらしめ、洋々焉《ヤウヤウエン》として其れ憂ひを忘る。客善く網を挙ぐれば銀鱗溌剌たる有り。須臾にして数十頭を得れば、乃ち艤舟上岸し沙に席《し》き以て坐す。蓋し茂松以て残炎を避け、撃鮮温酒陶然として酔《ゑ》ふ。悠然として歌ひて、日の桑楡《サウユ》に在るを知らざるなり。于嗟《ああ》予磐城に在ること殆んど二歳、未だ此の游のごとき快楽有らざる者なり。然るに人孰《いづ》れか憂ひ無く凡《すべ》て斗米宦游《トベイクワンイウ》を為す者、皆其の処を得るに非ざるなり。予同游者に於て未だ其の意を知らずと雖も果して如何《いかん》。豈に亦轗軻《カンカ》予のごとき者有らんや。又未だ其れ飲酒して楽しむを知らず、其の心果して能く楽しむや否《いな》や。天道幽遠に高きに居りて卑きに聴く。苟《いやし》くも我が行いの迷はずんば又何んぞ傷《いた》まん。同游する者と余と其の感を同じうする者有るや否やを知らず。帰り之が為に記す。

随意吟社の友と夏井河口、今の「いわき市」に遊んだ。時は明治十一年九月（半峯章評の日付が同年小春五日とある）であった。志を得ない鉉之助が磐城にいたのは、二年ほどであった。この磐城は「いわき市」とは限らない。

5「送飯田権大参事序」　飯田権大参事を送る序

今天子即位之四年《明治》、遣諸藩議員各帰其藩、将大有所改革其政、我飯田権大参事亦与焉、衆謂参事此行必能排斥輿論《公論》変更制度以振興我藩政矣、夫参事我藩之望也、早游芸苑及業成甘雨公授以儒官参事志在立実効也、及推為監察能声漸著実効始立、鉉常憤我藩政体陵夷《衰頽する》士風頽廃文武不振、以為二三執政不得不任其責、而闔藩之人恬然《動かぬ様》如不加肥瘠于其心者、与参事言微諷之而参事見諭以機会時勢、鉉当時雖口不敢言心窃非之以為機会之来、豈有定期乎、人臣事君遇多事之日、安可悠々以待無定之期哉、況使無機会之可披時勢之可乗者、是終無為而止也、未幾有此命、嗟夫参事嚮以機会時勢教者若預有待于此者然也、顧以参事之望奉行天子之命誰亦容異議于其間、雖然鉉聞之難得者機也、易失者勢也、試観天下之人動輒曰投機乗勢是信然矣、然聞其言察其行乃不過徒粉飾口舌、逡巡《尻込み》苟且《一時の安易を貪る》以偸安于一日而已、今参事抱有為之志投難得之機以乗易失之勢、必当排斥衆議改革弊政振興紀綱以大験昔日所学于今日矣、参事此行鉉又跂足想望《望見する》其論事之風彩也、必其侃々《遠慮しない》而不屈行々《剛強な様》而不撓奮然《奮い立つ》毅然《強いさま》声色《態度》共励也、必其不畏首畏尾逡巡《ためらう》噤黙《口をつぐむ》以為自安之計也、鉉送参事以規退而賀我藩有人也

今天子即位の四年、諸藩議員をして其の藩に各《おのおの》の帰らしむ。将に大いに其の政を改革する所有らんとす。我が飯田権大参事も亦与《あづか》る。衆参事の此の行ひを謂ひ、必ず能く輿論《ヨロン》を排斥し制度を変更し、以て我が藩政を振興すと。夫れ参事は我が藩の望みなり。早く芸苑に游び業成るに及び、廿雨公授くるに儒官を以てするも、参事志は実効を立つるに在るなり。推して監察と為るに及び能《よ》き声漸く著《いちじる》しく、実効始めて立つ。鉉常に我が藩の政体陵夷《リョウイ》し、士風頽廃・文武不振を憤《いきどほ》る。以為《おも》へらく二三の執政に其の責を任《まか》せざるを得ずと。而して闔藩の人恬然《テンゼン》と肥瘠《ヒセキ》を其の心に加へざるごときは、参事と言微《ことかす》かに之を諷して、参事機会を以て時勢を諭《さと》る。鉉当時口に敢へて言はずと雖も心窃《ひそ》かに之に非ず、以て機会の来ると為す。豈に定期有らんや。人臣君に事《つか》へ多事の日に遇ふ。安《いづ》くんぞ悠々と以て定め無きの期を待つべけんや。況んや機会の披《ひら》くべく時勢、之に乗ずべき者無からしむるをや。是終《つひ》に為す無くして止《や》むなり。未《いま》だ幾《いくばく》ならず此の命有り。嗟夫《ああ》れ参事嚮《さき》に機会時勢の教ふるを以ては、若《も》し預《あらかじ》め此に待つ者有らば然るなり。以て参事の望みを顧み、天子の命に奉行するに、誰か亦異議を其の間に容《い》る。然りと雖も鉉之を聞き、得難きは機なり。失ひ易《やす》きは勢《いきほ》ひなり。試みに天下の人を観るに動《やや》もすれば輒《すなは》ち曰く、機に投じ勢ひに乗る、是信《まこと》に然《しか》りと。然るに其の言を聞き其の行ひを察すれば、乃《すなは》ち徒《いたづ》ら

に口舌を粉飾するに過ぎず。逡巡苟且《シュンジュンコウショ》以て一日を偸安《トウアン》するのみ。今参事有為の志を抱き得難きの機に投じ、以て失ひ易きの勢ひに乗ず。必ず当《まさ》に衆議を排斥し弊政を改革し紀綱を振興し、以て大いに昔日学ぶ所を今日に験《ため》すべし。参事此の行ひ鉉も又跂《キソク》足し其の論事の風彩を想望するなり。必ず其れ侃々《カンカン》として屈せず、行々《カウカウ》として撓《みだ》れず、奮然《フンゼン》毅然《キゼン》と声色共に励《はげ》ますなり。必ず其の首《はじめ》を畏れ尾《をはり》を畏れ逡巡噤黙《キンモク》せず、以て自ら之を安んずる計を為すなり。鉉参事を送り以て規《ただ》し、退《しりぞ》きて我が藩に人有るを賀《よろこ》ぶなり。

明治四年諸藩議員の帰藩による政事の大改革とは、廃藩置県である。飯田権大参事とは添川廉齋の弟子飯田逸之助である。廉齋人物像の伝承（評伝添川廉齋）ホ「徳川烈公書幅記」等でみた。飯田は嘉永六年八月八日安中藩大御目付宛飯田逸之助御届に

嘉永六丑年旧例　私儀三戊《嘉永三年》八月ゟ三ケ年之間、添川完平方え入塾学問修業被仰付、御暇年下置難有仕合奉存候、然候処当世八月迄ニ而三ケ年相成候之間、此段御届申上候以上

八月八日　　飯田逸之助

大御目付中

とあり小林本次郎廉齋入塾に先立つ三ケ月の兄弟子となる。飯田はペリー来航に際し藩儒者から監察へ転身したのである。この時代の要請が廃藩にあたり権大参事に一縷の望みを鉉之助は懸けたのである。しかし廃藩により少ない扶持米が廃止され士籍も失い塗炭の苦しみに遭遇する。飯田や鉉之助の分外の事態であった。

6「戯題写真小像」　戯れて写真小像に題す

取嘗所写之写真小像将燔而揚灰罵曰咄窮措《貧書生》大学問雖勉矣、不能超等輩議論雖多不足資世用、志尚高人以為迂遠《回り遠い》而闊事情操行雖潔矣、人以為狷介《和合しない》而鮮包容《包み入れる》、生為無用之人死為不霊《敏捷でない》之鬼、寧自不愧於心人豈食其余哉、既而釈然《疑いが解ける》悟

唖《笑うさま》然笑挙酒而酹之曰菀《盛に茂る》然之大樗《おうち》可以藉庇、栲《大きい様》然之大瓢《ひさご》可以為舟、遭遇無常顕晦《明暗》有時、樗之与瓢為用既大矣、無用之人亦安知不為有用之材哉、且題其上而蔵之也

嘗《かつ》て写す所の写真小像を取り、将《まさ》に燔《や》きて灰を揚げんとし罵りて曰く、窮《きはま》りたる措大《ソダイ》学問雖《た》だ勉《つと》むるを咄《しか》ると。等輩を超《こ》ゆる能《あた》はず、議論多しと雖も世用を資《たす》くに足らず。志尚ほ高く人以為《おも》へらく迂遠《ウヱン》にして、事情に闊《うと》く操行雖《た》だ潔《いさぎよ》しと。人以為へらく狷介《ケンカイ》にして包容に鮮《すくな》しと。生きて無用の人と為り、死して不霊《フレイ》の鬼と為る。寧《むし》ろ自ら心に愧《は》ぢず、人豈《あ》に其の余りを食《くら》はんや。既《すで》にして釈然《セキゼン》と悟り唖然《アゼン》と笑ひ、酒を挙げて之を酹《地にそそ》ぎて曰く、菀然《エンゼン》たる大樗《チヨ》藉《しきもの》を以て庇《おほ》ふべし。栲然《ケウゼン》たる大瓢《ヘウ》以て舟と為すべし。無常に遭遇し顕晦《ケンクワイ》時に有り。樗之れと瓢と用を為すこと既に大なり。無用の人も亦安《いづ》くんぞ有用の材と為らざるを知らんやと。且《しばら》く其の上に題して之を蔵むるなり。

性狷介にして無用の人にも自己を見つめ、有用な人材となる道があると再出発する。

7「詩画巻序」　詩画巻の序

予友小黒君製詩画巻乞揮灑《書画をかく》於諸友索題於予、予曰画丹青之似于山水者開窓而観山水画不足資也、詩性情之発于言語者倚几而読子史詩不足言也、然書画之於人喜怒哀楽怨恨思慕与稟《天賦の性》性之剛柔勇怯《勇気卑怯》正邪賢不肖隠《盛んな様》然発揮于楮墨《詩文》而有不可掩者、況性情胸臆直発而為詩歌者乎、抑今之時朝官暮野今日聚首于一堂明日分手於千里者皆然、離合無常聚散不可期、欲与之常上下議論問胸中之奇不可復得、当此時展巻而観之其人猶存焉、意所与者採以為師可也、所不与者舎而去之可也、然則君之於此巻不在尋常丹青歌詠之間、蓋有所取舎而然邪、是為序

予の友小黒君詩画巻を製《つく》り、揮灑《キサイ》を諸友に乞ひ題を予に索《もと》む。予曰く、丹青の山水に似たるを画《ゑが》くは、窓を開《ひら》きて山水を観れば画くに資《たす》け足らざるなり。詩性の情之れ言語に発《おこ》るは、几《つくゑ》に倚《よ》りて子史詩を読み言足らざる

や。然るに書画之れ人に喜怒哀楽・怨恨思慕と稟性《ヒンセイ》の剛柔勇怯《ユウケフ》・正邪賢不肖と隠然楮墨《インゼンチヨボク》に発揮して掩《おほ》ふべからざる者有り。況《いは》んや性情胸臆直《ただ》ちに発して詩歌と為る者をや。抑《そもそ》も今の時朝官暮野、今日首《はじ》め一堂に聚《あつま》り、明日千里に分手するは皆然《しか》り。離合無常・聚散期すべからず。之れと常に上下議論し、胸中の奇を問はんと欲し復得べからず。当《まさ》に此の時、巻を展《の》べて之を観れば其の人猶ほ存するがごとし。意の与《くみ》する所は採《と》りて以て師と為すも可なり。与せざる所は舎《す》てて之を去るも可なり。然れば則ち君此の巻に之《いた》り、尋常丹青歌詠の間に在らず。蓋《けだ》し取舎する所有りて然るや。是を序と為す。

維新の変転する世に身は翻弄されるが、画は山水を見、詩は子史詩を読めば足りるか。書画は人に生きる様を表し、詩は心の思いが発露する不易の人の生き様を表現するという。

8「荅友人書（龍年仲春《明治十三年二月》）」　友人に答ふる書（龍年仲春）

辱恵書薫誦数番戒以僕好事、僕豈不服膺《心に忘れない》哉、然末段一章如笑僕近者為花所役者是不獲承命《命令を承る》也、夫天地之大人衆之多無賢無愚、苟呼息于両間《天地の間》者無不役々《力を労する様》而労者矣、周公之賢吐哺握髪《賢人を得るに努める》不暇食与沐、孔子之聖遑々《忙しい様》游説席不遑暖、是皆為道所役也、歴山《アレキサンダー王》之雄百戦無前《敵がいない》而斃于非命《天命を全うしない》、拿烈《ナポレヲン》之傑拮据《忙しく働く》経営而囚于孤島、是皆為名利所役也、貴紳之蹇々《忠貞の様》役于政務也、俗吏之汲々《忙しい様》役于官長也、貧人役于家累《妻子奴婢》高陽《酒のみ》役于麹蘗《酒》鄙吝《卑しい心》役于貨殖、雖事不同至為其所役則一也、僕無孔周之賢歴拿之雄不足以為天下所役也、職在閑地《閑職》匪躬之節既非吾事、又無為官長払鬚《上官に媚び諂う》之労歳俸三百六十金節用《倹約する》為出亦足以自養、家有一妻容色《みめ形》不揚豈有寄豭《人の妻を姦する事》之事、麹蘗不上口淡素《繕わない》自甘貨殖《財貨》無所用、凡此数者皆不足以役僕也、然自為吏所役者言之、棲々遑々《落ち着かないさま》維日不足亦各従其所好耳、好竽之斉王不可干以瑟、世之作抑戒訾昌陽《菖蒲を服用し齢を延ぶ》延年者皆不造堂不嚌胾者也、僕之於花苟足以悦目慰神者無皆不愛、而所養者僅々数種十余盆耳、其愛汎如彼取狭者如此者、蓋恐為灌漑《花に水をやる》廃事亦愛而不淫之意也、抑僕所養之花曰春蘭小蘭建蘭曰白蘭寒蘭、雖風致《おもむき》有少差要皆清香馥郁《よい香りが漂う》幽姿瀟灑《清く爽やか》、

是取諸有山中高士之風曰梅水仙、雖品種不同韻度《ようす》高遠先他卉木《草花樹木》而発、是取諸有先覚之士起而醒汙俗《悪しき俗》之意曰松蘇鉄、雖共無花香可賞、鬱々蒼々《草木の青く茂る様》為嵐《山気》寒不凋傷《萎み破る》、是取諸有奇節《勝れた節操》之士風岸孤峭《人と馴れず孤独》不与世軒輊《優劣》之操曰薔薇、淡妝《薄化粧》清艶風流可愛、一花纔散一花輙発無枝不著花、是取諸天道悠久循環不息之徳、僕愛花如此而已、若夫工芸月進而風俗日汙、鄙猥《卑しくみだり》之言不得不達於耳汙穢《きたない》之行不得不触於目、僕頑鈍不通世務耳飽聞目厭視、満胸《むね一杯》湮鬱《愁い滞る》殆有不勝于世途《世の中》之役々者、自公退食《退職》灌漑方偏《作物に万全を期した》、乃右巻帙而左花卉喫茗独嘯《一人口ずさむ》、当此時僕実有蝉蛻《抜け出す》于濁穢《世の汚れ》而浮游干塵外之想意甚楽之、謂是不特供愛玩之用又可以為吾坐右之箴矣、於是乎有花説焉、要亦各言其志也已矣、不知足下以為如何

辱《かたじけな》くも書を恵み薫誦数番、以て僕の好事を戒《いまし》む。僕豈に服膺《フクヨウ》せずや。然るに末段の一章、僕を笑ひ近者《ちかごろ》花の為に役《な》す所のごときは是承命《ショウメイ》を獲ざるなり。夫れ天地の大、人衆の多き、無賢無愚なり。苟《いやし》くも息《いき》を両間《リヤウカン》に呼《は》くは、役々《エキエキ》して労せざる者無きなり。周公の賢、吐哺握髪《トホアクハツ》、食と沐とに暇《いとま》あらず。孔子の聖、遑々《クワウクワウ》と游説し、席暖《あたたま》る遑《いとま》なし。是皆道の為に役《な》す所なり。歴山の雄、百戦無前《ムゼン》にして非命に斃《たふ》る。拿烈の傑、拮据《キッキョ》経営して、孤島に因《とらは》る。是皆名利の為に役す所なり。貴紳の蹇々《ケンケン》と政務に役《つと》むるなり。俗吏の汲々《キフキフ》と官長に役《はたら》くなり。貧人家累《カルキ》に役《つと》め、高陽麹蘖《カウヤウキクゲツ》に役め、鄙吝《ヒリン》貨殖に役む。事同じからずと雖も、至りて其の役《つと》むる所を為すは則ち一なり。僕に孔周の賢、歴拿の雄無く、以て天下の為に役むる所に足らざるなり。職は閑地《カンチ》に在り、躬の節は既に吾が事に非ざるに匪《あら》ず。又無為の官長、払髯《フッゼン》の労、歳俸三百六十金、為《そ》の出づるを節用《セツヨウ》すれば亦以て自ら養ふに足る。家に一妻有り容色揚《あが》らず、豈に寄猳《キカ》の事有らんや。麹蘖口に上《あが》らず、淡素《タンソ》自ら甘く貨殖用ゐる所無し。凡そ此の数《かず》は皆以て僕を役《ヤク》するに足らざるなり。然るに自ら吏と為り役する所の者之を言ふ。棲《セイ》々遑《クワウ》々と維《こ》れ日も足らず、亦各《おのお》の其の好む所に従ふのみ。竽《ふえ》を好む斉王、以て瑟《こと》を干《をか》すべからず。世の作《おこ》り抑《そもそ》も昌陽延年を訾《そし》るを戒《いまし》むは、皆堂を造らず蕤《ししむら》を嚌《な》めざる者なり。僕の花に於て苟《いやし》くも以て目を悦ばせ神を慰むるに足らば、皆

愛《いっく》しまざる無からん。而して養ふ所は僅々数種十余盆のみ。其の愛しみ汎《あまね》く彼に如《し》く、狭きを取れば此のごとき者なり。蓋し灌漑《クワンガイ》を為し事を廃するを恐れ、亦愛しみて淫《みだ》れざるの意なり。抑も僕養ふ所の花を春蘭小蘭建蘭と曰ひ、白蘭寒蘭と曰ふ。風致《フウチ》少差有りと雖も要は皆清香馥郁《フクイク》、幽姿瀟灑《セウサイ》たり。是諸《もろもろ》を山中高士の風有るを取り梅水仙と曰ふ。品種同じからずと雖も韻度《キンド》高遠、他の卉木《キボク》に先んじて発《ひら》く。是諸を先覚の士有るを取り、起《お》きて汙俗《ヲソク》の意に醒《さ》むるを松蘇鉄と曰ふ。共に花香無しと雖も賞すべし。鬱《ウツ》々蒼《サウ》々と嵐《ラン》寒きを為し凋傷《テウシヤウ》せず。是諸を奇節《キセツ》の士有るを取り、風岸孤峭《フウガンコセウ》世軒輊《ケンチ》の操《みさをくみ》に与せずを薔薇と曰ふ。淡妝《タンサウ》清艶風流を愛《め》づべし。一花纔《わづ》かに散り一花輙《すなは》ち発《ひら》き、枝無く花著《つ》かず。是諸を天道悠久循環息《や》まざるの徳に取る。僕花を愛づること此のごときのみ。若し夫れ工芸月進し、而して風俗日《ひ》に汙《けが》る。鄙猥《ヒワイ》の言耳に達せざるを得ず、汙穢《ヲワイ》の行目に触れざるを得ず。僕頑鈍にして世務に通ぜず、耳聞くに飽き目視るに厭《いと》ふ。満胸湮鬱《マンキヨウインウツ》殆ど世途の役々に勝《た》へざる者有り。公より退食し灌漑《クワンガイ》方《まさ》に偏《あまね》し。乃ち巻帙を右に花卉を左に茗《ちや》を喫《の》み独嘯《ドクセウ》す。此の時に当り僕実に濁穢《ダクワイ》を蝉蛻《センゼイ》し塵外の想ひに浮游する有りて、意は甚だ之を楽しむ。是を謂ひて特に愛玩の用に供さず、又以て吾が坐右の箴《いまし》めと為すべし。是に於てや花説有り、要は亦其の志を各《おのお》の言ふのみ。足下以て如何《いかん》と為すを知らず。

好事を戒められた鉉之助は、花に対する思いを述べる。花の目を悦ばせ神を慰めるに足りるは、人々を愛しむに匹敵する。花を愛づるも溺れず自然の法則に、永遠に繰り返し留まらない姿をみる。超然と世外に脱する意を楽しんだ。花をおもちゃに慰みとしている訳ではないと。和歌を説いた古今集仮名序を想起する。

9「題高雄楓葉」　高雄の楓葉に題す

一撮之土一片之葉珍襲《大切にしまう》而蔵之、誇人曰是高雄之山也高雄之楓也、則無人不笑其愚者、丹青一軸光恠《怪しい光》陸離《光燦めく》、珍襲而蔵之、誇人曰是高雄之山也高雄之楓也、則無人不賞其妙者、甚矣世之好仮而悪真也、頃者半峰先生得高雄楓葉数片愛玩不惜、偏徴題於諸友、先生固非逆俗立異者、是蓋有大所得於中而然也歟、何以知之、余於先生之詩而知之矣、夫先生之於詩能言人所不能言者猶良工研調采色、為飛走《鳥獣》花卉繊麗奇巧愈出愈妙、雖不解詩如余者一見不覚撃《拍子》節《をとる》称快、及其一旦掛冠《或る朝辞職》高臥於青山、風神韻度《人品風流な心構え》漸異曲、前之繊麗《細やかで麗しい》者変為簡潔老蒼《としより》、而奇巧者化為清淡孤高、猶南山秋光風月正清無彫琢之巧、而有自然之真、是豈居移気養移体者非邪、抑所得於道者深而所守於中者真也、先生亦嘗好図画、今不取於此而取於彼者可以知先生之非故先生矣、故余以先生之詩而知先生之所以愛楓葉者、以先生之愛楓葉而益信先生之所守者真也、申屠蟠《後漢、陳留の人》有言味道《道を体得》守真如先生者蓋庶幾矣、先生名章、堀江氏、半峰其号也

一撮《つま》みの土、一片の葉、珍襲して之を蔵《をさ》む。人に誇りて曰く、是高雄の山なり、高雄の楓なりと。則ち人其の愚《おろ》かを笑はざる者無し。丹青の一軸、光怪陸離《リクリ》たり。珍襲して之を蔵む。人に誇りて曰く、是高雄の山なり、高雄の楓なりと。則ち人其の妙《たへ》なるを賞《ほ》めざる者無し。甚《はなは》だし世の仮《いつは》りを好みて真《まこと》を悪《にく》むなり。頃者《ちかごろ》半峰先生高雄の楓葉数片を得て愛玩惜《をし》まず。徧《あまね》く題を諸友に徴《め》す。先生固《もと》より逆俗立異なる者に非ず。是蓋《けだ》し大いに中《うち》に得る所有りて然るなりや。何を以て之を知らん。余先生の詩に於て之を知る。夫れ先生の詩に於て能く人に言ふ所言ふ能《あた》はざるは、猶ほ良工研《みが》き采色を調《ととの》ふるごとし。飛走花卉、繊麗奇巧と為り、愈《いよい》よ出で愈よ妙《たへ》なり。詩を解せざる余のごとき者と雖も、一見し覚えず撃節《ゲキセツ》し快なりと称す。其れ一旦掛冠《ケイクワン》に及び青山に高臥す。風神韻度漸《やうや》く異曲たり。前《さき》の繊麗は変じて簡潔老蒼と為りて、奇巧は化して清淡孤高と為る。猶ほ南山秋光、風月正清、彫琢の巧無きがごとし。而して自然の真有り。是豈に気を移して居り体を移して養ふは非ならんや。抑《そもそ》も道に得る所は深くして、中に守る所は真なり。先生も亦嘗《かつ》て図画を好む。今此に取らずして彼に取るは、以て先生の先生たる故に非ざるを知るべし。故に余先生の詩を以て先生の楓葉を愛《め》づる所以《ゆゑん》を知るは、先生の楓葉を愛づるを以て、益《ますま》す先生の守る所は真なりと信ずるなり。申屠蟠《シントハン》に言有り、味道《ミダウ》真を守ると。先生のご

ときは蓋し庶幾《ちか》からん。先生名は章、堀江氏、半峰は其の号なり。

骨を埋める所に身を委ねてみると、楓葉にこそ彫琢の巧・奇巧を止揚した自然の真《まこと》がある。道を玩味し体得した世界を語る。

10「題百鬼夜行図」　百鬼夜行図に題す

右百鬼夜行図一軸、不知何人所画也、筆勢飛動百怪欲活看者神怖、豈天下真有此物乎、抑作者有所寓意而然也、其不以白日青天而出、待暗夜冥々而行者、豈幽終不勝明乎、抑妖亦有所愧於内而然也、余聞之四時失序而風雨無時刑政《刑罰善政》失宜、而妖競起漦《龍の涎》化為黿《すっぽん》、豕人《欲深き人》立而泣石言於晋蛇闘於鄭神降於萃《叢生》皆妖也、然幽中之妖常不触人目、其出也人必知其為祥為妖、独明中之妖其禍尤大、其術尤難識而其類尤多、是天暮夜哀請其情可憐、好言甘語以窺顔色逢《迎》迎《合》揣摩《推し測る》以中其意、故人見其可愛可悦而不知其可畏可悪、是以口蜜腹剣天下知其為妖而玄宗不察、藍面《青い顔色》鬼色汾陽知其為祟而徳宗用之、当其一旦陰中進妖白日行術大則凶国小則破家、豈可不畏而戒哉

右百鬼夜行図一軸、何《なん》人の画く所か知らざるなり。筆勢飛動し百怪活《よみがへ》らんと欲し、看《み》る者神怖《こころおそ》る。豈に天下真に此の物有らんや。抑も作者寓意《グウイ》する所有りて然るや。其れ白日青天を以て出でず、暗夜冥々たるを待ちて行《めぐ》る者なり。豈に幽終《つひ》に明に勝たざらんや。抑も妖《ばけもの》も亦内に愧《は》づる所有りて然るなり。余之を聞き四時序《つい》でを失ひて風雨に時無く、刑政《ケイセイ》に宜しきを失ふ。而して妖競《きそ》ひ起こり漦《リ》化して黿《ゲン》と為る。豕人《シジン》立ちて泣き、石は晋に言ひ、蛇は鄭に闘ひ、神は萃《スヰ》に降《くだ》り皆妖なり。然るに幽中の妖、常に人目に触れず。其れ出づるや人必ず其の祥《さいはひ》を為し妖《わざはひ》を為すを知る。独り明中の妖、其の禍《わざは》ひ尤も大なり。其の術尤も識《し》り難くして、其の類《たぐ》ひ尤も多し。是天暮れ夜哀《かなしう》み請け、其の情憐むべし。好言甘語以て顔色を窺ひ、逢迎揣摩《ホウゲイシマ》以て其の意に中《あ》つ。故に人其の愛《いつく》しむべく悦ぶべきを見て、其の畏るべく悪《にく》むべきを知らず。是を以て口蜜腹剣、天下其の妖を為すを知りて玄宗察《し》

らず。藍面《ランメン》鬼色、汾陽《フンヤウ》其の祟《たた》りを為すを知りて徳宗之を用ゐる。其の一旦に当り陰中妖進み白日術行はれ、大なれば則ち国に凶《わざは》ひし小なれば則ち家を破る。豈に畏れて戒めざるべけんや。

世の中が刑罰善政の秩序を失い、巧言令色・揣摩憶測の世界が生まれるのを戒めた。何があってもおかしくない現代に対して警鐘を鳴らしている。

11「蝸牛精舎記」　蝸牛精舎の記

蝸牛小蟲也、形如虎蝓《かたつむり》殻如小螺《にな》、雨余湿潤則奮角負殻而行、触而警則縮入殻中不幸生添某、見而異之窃有所感焉、取以名其居或問取名何義、古今注曰野人《庶人》為円舎《円い小屋》如蝸殻、名曰蝸舎亦曰蝸牛廬、是乎曰否、予家貧無以自存《自家生存》、苟有召而禄者不撰抱関与撃柝《夜番》即行、行則僦屋《借家》而居亦不問其広狭与汙潔也、如此者数歳於東京於千葉於福島磐前、或数月而移或一歳両歳而転、有蝸牛負殻而行者矣、是其所以名于居也、顧予天受甚嗇、八歳哭兄十歳喪父十五歳慈母又被乖、煢然《憂える》孤立形影相弔《独り身の頼りなさ》、哀哉不幸之人無父何怙無母何恃、予有何所得罪於天、独至此極一念至此、草木為患五内《心の内》欲裂、然而世劫未消、三十而妻死涙痕未乾幼児又亡、嗚呼予夙遭凶閔《父母の喪》連哭妻児、一身漂泊百事沮喪《気落ちする》、寄身於異郷託命於悲風、凡為予輩者豈可為情邪、譬之蝸牛予角既折矣、予身既縮矣、予将入殻中不能復出乎、抑聞天将啓是人必先苦其心志、空乏《貧窮》其身行払乱《背き乱れる》其所為、欲以動心忍性《忍耐の心》曽益其所不能、然則澍雨《雨が降る》一過天其将俟予嶄然《際立つ様》出角揚々掉頭《否定の様》而有所行乎、是未可知也、予之行命也予之縮亦命也、予将及予未老内自奮予角行治触氏之兵《つまらぬ争いの喩》、上以終予孝下以行予志、如其成敗《勝と負》利鈍《運の善し悪し》固非予所知也、姑記以識云爾《ウンジ》

蝸牛は小蟲なり。形虎蝓《コユ》のごとく殻小螺《セウラ》のごとし。雨余湿潤なれば則ち角《つの》を奮ひ殻《から》を負ひて行く。触れて警《まも》れば則ち縮《ちぢ》み殻中に入り、不幸に生れて某《それがし》に添ふ。見て之を異《あや》しみ窃《ひそ》かに所感有り。取りて以て其れ居に名づけ、或いは名を取り何《いづ》れの義か問ふ。古今の注に曰く、野人円舎《ヤジンエンシャ》を為し蝸殻のごとし。名を蝸舎と曰ひ亦蝸牛廬と

曰ふと。是か、曰く否《いな》と。予が家貧しく以て自存する無し。苟《いやし》くも召されて禄有らば抱へを撰《えら》ばず、撃柝《ゲキタク》に関与し即ち行かん。行けば則ち僦屋《シウヲク》して居り、亦其の広狭と汙潔とを問はざるなり。此のごときは数歳、東京に千葉に福島磐前に、或いは数月にして移り、或いは一歳両歳にして転じ、蝸牛殻を負ひて行く者有り。是其の居に名づくる所以なり。予の天受を顧みれば甚だ嗇《とどこほ》る。八歳に兄を哭《なげ》き十歳に父を喪《うしな》ひ、十五歳に慈母又乖《はな》れられ、煢然《ケイゼン》孤立し形影相弔《とむら》ふ。哀しいかな不幸の人、父に何ぞ怙《たの》む無く母に何ぞ恃《たの》む無し。予何《いづ》くんぞ罪を天に得る所有らん。独り此の極に至り一念此に至る。草木患《うれ》ひと為り五内裂けんと欲す。然して世の劫《おびやか》し未だ消えず。三十にして妻死に、涙痕未だ乾かず幼児又亡《し》ぬ。嗚呼《ああ》予夙《つと》に凶閔《キヨウビン》に遭《あ》ひ、連《つら》ねて妻児を哭《なげ》く。一身漂泊し、百事沮喪《ソサウ》す。身を異郷に寄せ、命を悲風に託す。凡《およ》そ予輩の為には、豈《あ》に情を為すべけんや。之を蝸牛に譬へば、予の角《つの》既に折れたり。予の身既に縮みたり。予将に殻中に入りて、復出づる能《あた》はざらんとするや。抑《そもそ》も天将に是の人を啓《ひら》かんと聞き必ず先《まづ》其の心志を苦しめ、其の身を空乏《クウバフ》にし行きて其の為す所を払乱《フツラン》し、以て心を動かさんと欲し忍性《ニンセイ》曾《かつ》て其の所を益《ま》す能はず。然れば則ち澍雨《ジユウ》一過し天其れ将に予の嶄然《ザンゼン》と角を出さんとするを俟《ま》ち、揚々と掉頭《テウトウ》して行く所有りや。是未だ知るべからざるなり。予の命を行ふや、予の縮《ちぢ》むも亦命なり。予将に予《かね》て未だ老いざるに及ばんとし、内自ら奮ひ予の角行きて触氏《シヨクシ》の兵を治む。上は以て予の孝を終え、下は以て予の志を行ふ。其に如《し》く成敗利鈍《セイハイリドン》、固《もと》より予の知る所に非ざるなり。姑《しばら》く記《しる》し以て識《みと》め云爾《しかいふ》。

鉉之助の寓居を蝸牛精舎という。東京千葉また福島磐前と居を数ヶ月から一、二年を限り移した。八歳で兄、十歳で父、十五歳で母、三十歳で妻と幼児が死に天涯孤独となった。蝸牛の角折れ、身縮み、殻に閉じこもった。悲運の苛烈に泣くが、人の心志を苦しめるのは孝を終え志を行うための天の試練と悟るに至る。兄長男松太郎鋼は弘化三年に生まれと推測され安政三年に九歳で歿、父廉齋は安政五年歿、母榎戸順は文久三年歿、妻と幼児は明治十一年に歿した。ただ鉉之助には明治十七年十月二十六日生まれの同子《あつ》が居て、叔母ミネが中野静衛に嫁して養女となり昭和二十年八月歿している。ここで「予の孝を終え」とは明治九年七月廿三日下谷正覚寺に父母の石碑を建てた鉉之助三十歳のことをいう。従ってこの蝸牛精舎記は明治十一年以降の作とわかる。鉉之助は明治二十五年四月四十四歳で歿している。次の湧雲文社記の半峰章僭評が明治十四年三月八日とあるのでそれ以前か。

12「湧雲文社記」　湧雲文社の記

人之初生也蠢々《動き騒ぐ》然耳、視官不如飛鳥、聴官不如走獣、手能操物之外、足走鼻嗅口食皮膚感之力、亦皆不如鳥獣、苟無言語相告以開往継来、雖挙世為尭舜周孔、不保能致今日之盛也、然言語之用有限、可告之於眼前、不可伝之於万里之外、可告之於当世、不可伝之於万世之後、於是乎文章之法起焉、其唯有文章而後、古昔千万世之沿革事蹟可取以指之掌、古今億万人之思想言論、可取以折其衷、故有言語而吾人之智始明、得文章而言論之用始全、然則道徳所以明、利用所以興文物所以盛、謂之文章之功非誣言《無実の言》也、我国上世之文邈《遙かな様》乎不可考、及僧空海析漢字創四十八母字、仮字真字相須以記言語事物、文章之基礎始建矣、近世漢学盛行於海内、士之事鉛槧《文筆の事》者争相誦習、而文章亦随変、段落章句全取法於漢文、故欲能属文《文を綴る》者、非略極漢文之蘊奥《奥義を極める》、不能尽我国文字之精妙、是漢土文章所以為我国一大枢要之学科也、余在福島也公暇私修文章、独慨浅見寡聞有独学固陋之弊、乃募同志立一社、以年歯《齢》文章共高推佐治召南為幹事約束曰、此会専主社友切磋、凡為社員者毎会例作《きまりの作》一編以上、曰例文之外出旧稿両三篇、乞社員批評亦不妨、曰毎月以尽日為会日、一人限四日交互評騭《計り定める》、曰評語務主切実、不得虚賛《空世辞》漫辞《漫語》以取悦、約成数閲月《月を経る》諸子皆精励刻苦競出新意、司馬之綺麗、史公之雄健、韓子之詭譎《いつわり》属々《専一な様》入評文、甲規乙賛文思《文章意思》日進、得益不少《多い》因誓期永不墜、顧未有以名社、乃取于李翱《唐の人》祭退之《韓愈》之文名曰湧雲文社、蓋似文者莫切於雲、而文似雲者莫若我社、試取文稿読之覚雲烟万状、如絢爛於我眼前、其油雲《春の雲》万里漠々《列なる様》蒸々《盛んな様》軽、送春雨者佐藤子廉也、潰々《水が湧く》然洶々《水の勢い》然駆風、雨走雷電者川俣甲卿也、妍媚《愛らしい》蔚紆《気が塞ぐ》郁々《香気ある》紛々《乱れる様》、光華《光彩》不可偏観者久米子由也、紛々然擾々《乱れる様》然、膚寸雲出一天忽合《切れぎれの雲が集まり合うこと》者佐治召南也、只文浅々無雲可以譬者無止則有一焉、縷々《長く続く》焉而出翻々《ひるがえる》然而浮、或西或東随風所行若有若無、漸以微滅者稍可以方之乎、或曰儒者文多実少、一同異転是非天下之事豈無急於文章者耶、子輙言致今日之盛者文章之功也、説諸子文章得無非此類乎、曰何為其然也、謂世運之開明専非文章之功、人各有説予不敢強也、至如諸子文章上減唐宋下登明清、恨予学浅才拙、未足以尽諸子之光彩耳、若為予言不信請視湧雲社中文稿

人の初生や蠢々然《シュンシュンゼン》たるのみ。官に視れば飛鳥に如《し》かず、官に聴けば走獣に如かず。手能く物を操《と》るの外、足は走り鼻は嗅《か》ぎ口は食べ皮膚は感じ之を力《つと》む。亦皆鳥獣に如かず。苟《いや》くも言語相告《つ》げ以て往来を開き継《つ》ぐ無くんば、世を挙げ堯舜周孔に為さんと雖も、能く今日の盛りを致すに保《たも》たざるなり。然るに言語の用限り有り、之を眼前に告ぐべし。之を万里の外に伝ふべからず、之を当世に告ぐべし。之を万世の後に伝ふべからず。是に於てや文章の法起こる。其れ唯だ文章有りて後《のち》、古昔千万世の沿革事蹟、取り以て之を掌《てのひら》に指《さ》すべし。古今億万人の思想言論、以て其の衷《まんなか》を折《わ》け取るべし。故に言語有りて吾人の智始めて明らかなり。文章を得て言論の用始めて全《まった》し。然れば則ち道徳の所以《ゆゑん》明らかなり。利用する所以興《おこ》り、文物の所以盛んなり。之を文章の功誣言《フゲン》に非ずと謂ふなり。我国上世の文邈乎《バクコ》として考ふべからず。僧空海に及び漢字を析《わか》ち四十八母字を創り、仮字真字相須《すべか》らく以て言語事物を記《しる》すべし。文章の基礎始めて建《た》つ。近世漢学盛んに海内に行はれ、士の鉛槧《エンザン》を事とすれば争ひて相誦習す。而して文章も亦随ひて変り、段落章句全《すべ》て法を漢文に取る。故に属文《ゾクブン》を能くせんと欲すれば、略《ほぼ》漢文の蘊奥《ウンオウ》を極むに非ずんば、我が国文字の精妙を尽くす能《あた》はず。是漢土文章、我が国一大枢要の学科と為す所以なり。余福島に在るや公暇私《ひそか》に文章を修め、独り浅見寡聞を慨《なげ》き、独学固陋の弊有り。乃ち同志を募《つの》り一社を立つ。以て年歯《よはひ》文章共に高き佐治召南を推し幹事と為し約束に曰く、此会専ら社友切磋を主

とし、凡《およ》そ社員たるは毎会例作一編以上と。曰く例文の外旧稿両三篇を出し、社員の批評を乞ふも亦妨げずと。曰く毎月尽日を以て会日と為し、一人四日を限り交互評騭《ヒヤウシツ》すと。曰く評語務めて切実を主とし、虚賛《キヨサン》漫辞《マンジ》を以て悦《エツ》を取るを得ずと。約《おほよ》そ数《しばし》ば閲月《エツゲツ》を成し、諸子皆精励刻苦し競ひて新意を出す。司馬の綺麗、史公の雄健、韓子の詭譎《キケツ》属々《ゾクゾク》と入り文を評す。甲は規《ただ》し乙は賛《たす》け、文思《ブンシ》日《ひび》進む。益《ますま》す不少を得て因りて誓ひ永く墜《お》ちざるを期す。顧《かえり》みるに未だ以て名社に有らず。乃ち李翺《リカウ》の祭、退之《タイシ》の文を取り名づけて湧雲文社と曰ふ。蓋《けだ》し文に似るは雲に切《せま》る莫《な》く、文雲に似るは我が社に若《し》くは莫し。試みに文稿を取り之を読めば、雲烟万状を覚《おぼ》え、絢爛我が眼前に如《し》く。其の油雲《イウウン》万里漠々《バクバク》蒸々《ジョウジョウ》と軽く、春雨を送るは佐藤子廉なり。潰々《クワイクワイ》然洶々《キヨウキヨウ》然と風を駆《か》り、雨走る雷電は川俣甲卿なり。妍媚《ケンビ》蔚紆《ウツウ》郁々《イクイク》紛々《フンプン》と、光華偏《あまね》く観るべからざるは久米子由なり。紛々然擾々《ゼウゼウ》然と、膚寸《フスン》雲出し一天忽《たちま》ち合《ガツ》するは佐治召南なり。只だ文浅々と雲無く以て譬ふべきは、止む無ければ則ち一有り。縷々《ルル》焉として出で翩々《ヘンペン》然として浮び、或いは西或いは東に風に随ひて行く所有るがごとく無きがごとく、漸《ようや》く以て微《ほの》かに滅ぶは稍《やや》以て方《まさ》に之《ゆ》くべきか。或いは曰く、儒者文多く実少なしと。一に同異是非に転じ天下の事、豈に急ぎ文章に無からんや。子輒《すなは》ち言ふ今日の盛りを致すは文章の功《いさを》なりと。諸子文章を説き此の類《たぐ》ひに非ずんば無きを得んや。曰く何ぞ其れ然るを為さんやと。世運の開明を謂ふは、専ら文章の功に非ず。人各《おのお》の説有り、予敢《あ》へて強《し》ひざるなり。諸子文章のごときに至りては、上は唐宋に減《へ》り、下は明清に登《すす》む。恨むらくは予学浅く才拙《つたな》し。未だ以て諸子の光彩を尽くすに足らざるのみ。若《も》し予の言を信ぜざると為さば、湧雲社中の文稿を視るを請ふ。

人と鳥獣との別は言語にあり、文章の法を空海の四十八字母に求め、仮名真名にて文章の基礎が成った。近世漢文が盛んとなり、文章段落章句の法は漢文に依った。ここに漢文の奥義を極めなければ表現の精妙を尽くすことが出来ず、漢文が枢要な学科となった所以である。鉉之助は福島にありて漢文独学に固陋の弊を避けるため、同志と湧雲文社を設立し切磋した。添川鉉遺稿の末尾には九首の漢詩が収録される。その内四首を収めた13「阿伽井嶽避暑（牛年《明治十年》仲夏）」

阿伽井嶽に暑を避く（牛年仲夏）に

山寺昼閑無由庚《郷飲酒》　老杉環閣半空《空の中央》横　寒蝉也会得功徳　尽日堂前喞々《虫の鳴声》鳴　七絶下平八庚韻

山寺昼閑《しづ》かに　由庚《イウカウ》無し　老杉閣を環《めぐ》り　半空に横たはる　寒蝉《ひぐらし》や功徳を会得し　尽日堂前　喞々《ショクショク》と鳴く

暁霧晴来万緑濃　寒蝉喞々老杉松　歩徐謝屐《山遊する》不行尽　纔転一峰也一峰　七絶上平二冬韻

暁霧晴れ来たり　万緑濃《こ》し　寒蝉喞々たり　老杉松　歩み謝屐《シャゲキ》徐《おもむろ》に　行き尽さず　纔かに一峰に転じ　也《また》一峰

烟霞深鎖旧仙寰《俗界を離れた所》　来賽翁媼《じじばば》日幾班　一自慈心授功徳　多年俗了《俗化する》水晶山　七絶上平十五刪韻

烟霞深く鎖《とざ》す　旧仙寰《センクワン》　賽《むく》いに来たり翁媼《ヲウウ》　日に幾《いく》ばく班《わか》つ　一に慈心より　功徳を授け　多年俗了す　水晶山

欲尋涼処訪禅居　山樹昼閑塵事《俗事》疎　礼拝儂也如老衲《老僧》　案頭《机上》三日食無魚　七絶上平六魚韻

涼処を尋《たづ》ねんと欲し　禅居を訪《たづ》ぬ　山樹昼閑かに　塵事疎《とほ》し　礼拝する儂《おきな》や　老衲《ラウナフ》に如《し》く　案頭三日　食に魚無し

由庚は原文に甲庚とあるが誤植で詩経、小雅、南有嘉魚之什の篇名、郷飲酒・燕礼に用いた。阿伽井嶽は不明、福島県二本松市赤井沢があるが。「夏井川に游ぶ記」に「予磐城に在ること殆ど二歳」とあり、磐城を「蝸牛精舎の記」に福島磐前と表記する。阿伽井嶽は福島にあるらしい。次は14「平潟港」平潟港一首に

平潟湾横翠壁《緑の巌》隈　洞門尽処桟橋開　絃歌声湧幾層閣　都和漁舟邪許来　七絶上平十灰韻

平潟湾横たはる　翠壁《スキヘキ》の隈《くま》　洞門尽くる処　桟橋開く　絃歌の声湧く　幾層の閣　都《すべ》て漁舟に和すや許《みぎは》に来る

平潟港は現在茨城県北茨城平潟町で、福島県いわき市が隣接する。明治十一年九月「夏井川に游ぶ記」の河口「磐城」

にての作とみる。次は15「初挙一男」初めて一男を挙ぐ一首に

憂歓曽雑受娠《みごもる》時　屈指数来日月遅　忽聴呱《乳児の泣き声》々先一笑　分明昨夜夢熊羆　七絶上平四支韻

憂歓曽《かつ》て雑《まじ》る　受娠《ジュシン》の時　指を屈し数《かぞ》へ来たり　日月の遅きを　忽《たちま》ち聴く呱々《ココ》に　先づ一笑　分明なり昨夜

熊羆《ユウヒ》を夢みる

熊羆とは熊羆之祥で男子を生む夢の告げをいう。しかし蝸牛精舎記に「三十にして妻死に、涙痕未だ乾かず幼児亡ぬ」と悲しい結末を迎える。残ったのは同子ただ一人であった。次は16「夏日即事《其の景色》」夏日の即事二首に

驟雨生涼意　軽風聞遠雷　須臾《僅かの間》天若墨　万壑《多くの谷》一声摧　五絶上平十灰韻

驟雨　涼意を生み　軽風　遠雷を聞く　須臾《シュユ》　天墨のごとく　万壑《バンガク》　一声に摧《くじ》く

宿雨晴来一枕安　満堂涼意暮蝉寒　帰雲不載落暉《夕日の光》去　留《とどめる》取半辺懸遠巒《遠くの峯》　七絶上平十四寒韻

宿雨晴れ来たり　一枕安んず　満堂の涼意　暮蝉《ボセン》寒し　帰雲載せず　落暉《ラクキ》去り　留取《リウシュ》半辺　遠巒《エンラン》に懸《か》く

最後は17「偶成」偶《たまた》ま成る一首に

我是東都窮措大《貧士の称》　十年苦学豈詞章　満胸磊磈《高大な様》不禁得　一任世人呼作狂　七古

我れ是東都　措大《ソダイ》窮まる　十年苦学　豈《あ》に詞章せんや　満胸磊磈《ライクワイ》　禁じ得ず　一任す世人　狂を作《な》すと呼ぶを

世人が狂者と呼ぶを気にしない鉉之助の姿には、廉斎の狂者進取ぶりが窺える。東都十年の苦学とは、十八歳で昌平校へ入学するも閉校となり、廃藩置県により士族の糧を失ったことも指す。

附録　小林東山遺稿

小林東山の遺稿は群馬県立文書館に二部所蔵される。ここに遺稿を掲げる所以は東山が廉齋の弟子であるだけでなく、廉齋人物像の伝承に小林家が深く係わっているからである。廉齋の遺稿「廉齋遺艸」「有所不為齋雑録」出版への関与、「廉齋添川先生碑銘」建立に至るまでの藤田穎（小林勇五郎）その嗣子藤田清による八十年間の敬慕が認められるのである。安中の小林家は

- 喜三郎 — 友七克正
  - 門治（早世）
  - 仲治（早世）
  - 常（早世）
  - 達三郎
    - 禎
      - やす
      - みや
      - 喜三郎
        - 鶴
        - 仲
        - 釧
        - 万寿夫
        - 壮吉 — 光
        - 友
        - 不空
        - 正平
      - 茂
      - 才蔵
      - 四郎弥（早世）
      - 五郎吉
    - 本次郎
    - 繁三郎（早世）
    - 俊太
    - 哲次（早世）
    - 勇五郎（藤田専造の家督を相続） — 清
  - ゐひ
  - ちか
  - もん（早世）
  - 賜平
  - すめ
  - 潤四郎
  - 直
  - 玄之助

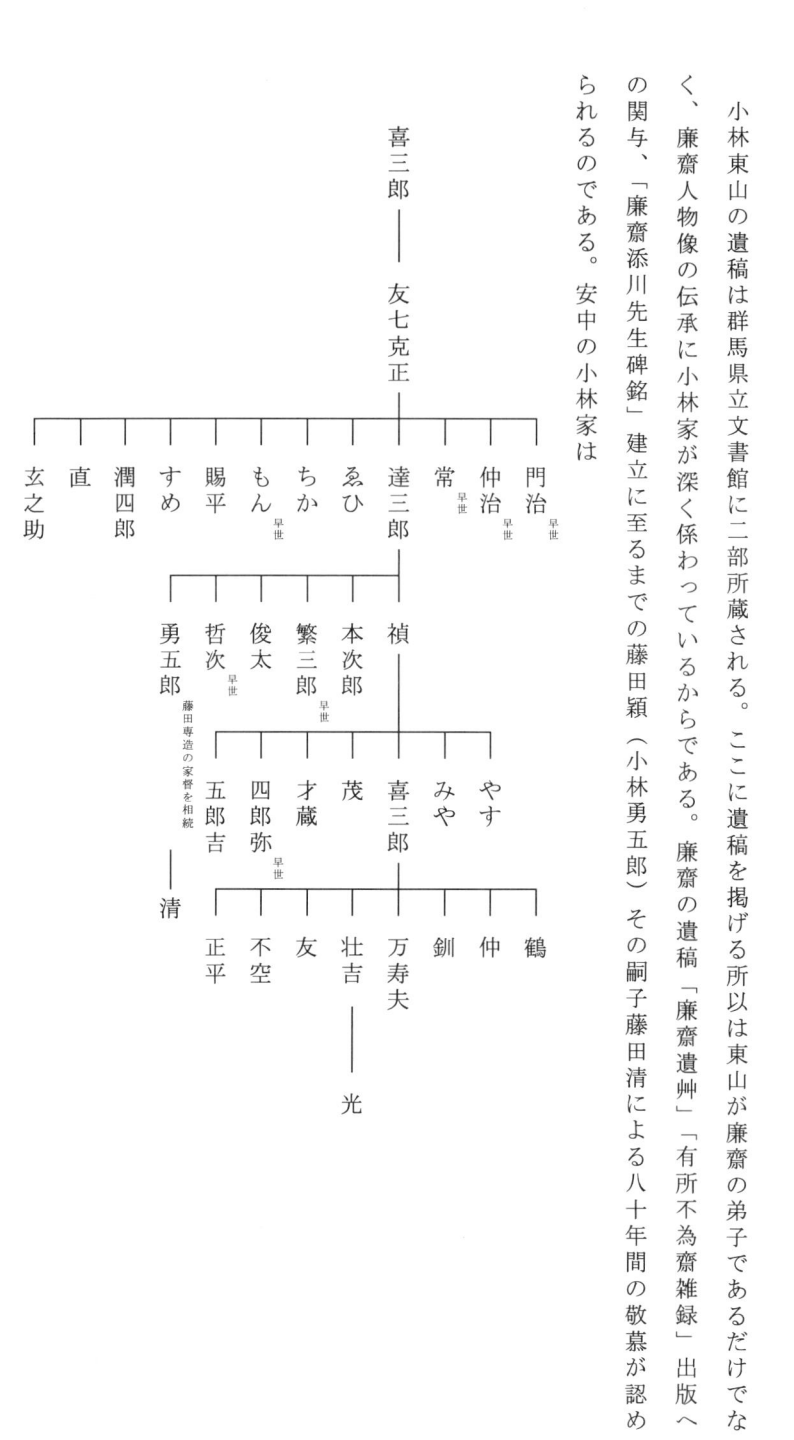

東山の諱正愨《まさなほ》、通称本次郎、号東山という。嘉永三年九月十五日藩命で三カ年の学問修業を添川寛平方へ入塾し、嘉永六年十一月猶又三カ年修業を願い、安政三年六月七日学問出精に付き中小姓筆頭・儒者見習となり、造士館講釈并郷学校出役となった。安中藩儒者となり、筆跡を認められ甘雨亭叢書別集の版下書きに従事し、安政三年十一月三日褒美恩賜を受けた。文久三年四月廿日病死、諡を直至院観道東山居士といい天保四年生まれ、享年三十一であった。

遺稿の一を「拙稿 丁巳以来 」別名を「仲兄東山先生遺稿 易伝　春堂穎秘蔵 」という。春堂とは東山の末弟勇五郎、諱正穎《まさひで》、通称勇五郎、号春堂、藤田家を継ぎ穎《さとし》と改名、明治四十三年九月九日歿、諡を瑞雲院春堂枯木居士、享年六十六である。「拙稿 丁巳以来 」は学問修業満期帰国した安政三年六月二日を機に、翌四年前後からの詩文を収めた遺稿である。春堂は明治四十一年十二月十五日にこの稿本を書写開始している。

1「観象戯《将棋》」象戯《シヤウギ》を観るに

正々詭々《不正》各争雄　勝算誰能存目中　堪笑由来敗軍将　為君血戦奏新功　七絶上平一東韻

正々詭々《キキ》　各《おのお》の雄を争ふ　勝算誰か能く　目中に存す　笑ふ由来に堪へん　軍将の敗るるを　君血戦を為《な》し

新功を奏せん

2「有感」感有りに

二十余年恥素飡《徒に禄を食む》　骯髒《志を得ない様》敢問舌猶存　平生磨得寸心《こころ》在　好把鶏鳴《文章》報国恩　七絶上平十三元韻

二十余年　素飡《ソサン》を恥づ　骯髒《カウサウ》敢へて問ふ　舌《ことば》猶ほ存すごとし　平生磨き得たり　寸心《スンシン》在り　好みて鶏鳴《ケイメイ》を把《と》り

国恩に報《むく》ゆ

3「黄鴬」黄鴬《うぐひす》に

羽翼翩々《軽く飛ぶ》語漸温　柳陰花外《花咲く外》幾黄昏《たそがれ》　一声唱出太平曲　飽浴春風雨露恩　七絶上平十三元韻

羽翼翩々《ヘンペン》と　語《かたら》ひ漸《やうや》く温《あたたか》し　柳陰花外　幾《いく》黄昏《クワウコン》　一声唱へ出づ　太平曲　飽くまで春風に浴す　雨露の恩

4
「聞小野君赴任太田賦此為贐」小野君太田に赴任すと聞き此を賦し贐《はなむけ》と為すに

一貧如洗旧書生　好付微言《深い言葉》贐此行　只表丹心労国事　不須小利狗人情
孤燈細雨多年別　剰水残山《敗残の山水》数日程　況是秋炎猶赫々《熱盛の様》　前途須及晩涼清　七律下平八庚韻

一貧洗ふごとし　旧書生　好みて微言《ビゲン》を付し　此の行に贐《はなむけ》す　只《ただ》丹心《タンシン》を表はし　国事を労《ねぎら》ふ　須《すべか》らく小利せざるべし　人情に狗《あまね》し　孤燈細雨　多年の別れ　剰水残山《ジョウスイザンサン》　数日程　況んや是秋炎　猶ほ赫々《カクカク》と　前途須らく及ぶべし　晩の涼清に

5
「題画」画に題すに

瞑色《晩の景色》横深樹　疎鐘度水来　秋風湖上路　落日一帆回　五絶上平十灰韻

瞑色《メイショク》　深樹に横たはり　疎鐘　水を度りて来たり　秋風　湖上の路　落日　一帆に回《めぐ》る

6
「探梅」梅を探《さぐ》るに

老樹槎牙《角だつ様》横野橋　春風万玉闘高標《高木の枝》　看来疑是換凡骨《並な人物》　満袖清香打不消　七絶下平二蕭韻

老樹槎牙《サガ》たり　野橋を横ぎる　春風万玉　高標《カウヘウ》に闘《たたか》はす　来たり看れば是かと疑ひ　凡骨《ボンコツ》に換へ　満袖の清香打ちて消えず

7
「春寒為近山」春寒近くの山に為すに

城郭春猶浅　怯寒不出門　好山来四面　流水遶孤村　淡々《淡いさま》新梅気　茫々《広大な様》旧焼痕　朝巾《朝の頭巾》江上路　何日慰吟魂《詩歌を作る心》

城郭　春猶ほ浅く　寒さを怯《おそ》れ　門を出でず　山を好み　四面に来たり　流水　孤村を遶《めぐ》る　淡々《タンタン》と　梅気新らし　茫々《バウバウ》と　焼痕旧《ふる》し　朝巾《テウキン》　江上の路　何れの日か　吟魂《ギンコン》を慰めん　五律上平十三元韻

8「春川釣魚図」春川釣魚の図に

小風吹水面　到処碧鱗々《鮮かな様》　舟子且留棹　沙鷗《砂浜にいる鷗》欲近人　五絶上平十一真韻

小風　水面を吹き　到る処　碧鱗《あをリンリン》々たり　舟子　且《まさ》に棹《さを》を留《とど》めんとし　沙鷗《サオウ》　人に近づかんと欲す

9「春池柳」春池の柳に

朝来膏雨《恵みの雨》足　洗出一枝々　水面新磨鏡　春風巧掃眉《眉を画く》　細腰《美人》曽自愛　青眼《愛する目》令人移　況是承恩旧《古いよしみ》　華清《驪山温泉》賜浴時

朝来たり　膏雨《カウウ》足り　洗い出づ　一《すべて》の枝々　水面　磨鏡新たに　春風　掃眉《サウビ》巧《たくみ》なり　細腰《サイエウ》　曽《かつ》て自ら愛《め》で　青眼　人をして移らしむ　況んや是れ　恩旧《オンキウ》を承《う》け　華清《クワセイ》　浴時を賜ふ　五律上平四支韻

池の柳に楊貴妃をみている。10「二月十三日出游郊外」二月十三日郊外に出游すに

城外風光昨雨開　朝晴到処絶塵埃　煖回幽谷早鶯語　雪尽遠峯春水来

膏沢方知随物浹　深耕須是及時催　従然《落ち着いた様》自有金湯固《堅固な城池》　莫恃山河唱美哉　七律上平十灰韻

城外の風光　昨雨に開《ひら》く　朝晴到る処　塵埃絶ゆ　煖《あたた》かな幽谷を回《めぐ》れば　早鶯語《かたら》ひ　雪遠峯に尽くれば　春水来たる　膏沢方《まさ》に知る　物に随ひて浹《めぐ》り　深耕須《すべか》らく是れ　時に及びて催《うなが》すべし　従然《ショウゼン》として自ら有り　金《キン》湯《タウ》の固《かた》め　山河を恃《たの》む莫《な》かれ　美しきかなと唱《とな》ふるを

11「次韻福山北条修悳見寄」福山北条修悳寄せらるるに次韻すに

江鷗沙鷺別経年　春雨春風易惨然《傷むさま》　学非元凱《晋の杜預》性多癖　窮頼叔牙《魯の僑叔》交益堅

好鳥枝頭呼短夢《短いゆめ》　落花水面入佳篇《善い詩文》　相思不堪回首望　雲烟各地幾山川　七律下平一先韻

江鷗沙鷺　別れて年を経たり　春雨春風　易《かは》りて惨然《サンゼン》たり　学は元凱《ゲンガイ》に非ず　性は多癖なり　叔牙《シュクガ》に窮《きは》め頼み交はり益《ますま》す堅し　鳥は枝頭を好み　短夢《タンム》を呼び　花は水面に落ち　佳篇《カヘン》に入る　相思に堪《た》へず　首《かうべ》を回《めぐ》らせ望

み　雲烟各地　幾山川《いくサンセン》

元凱は蒙求の標題「元凱伝癖」で晋の杜預、字は元凱が左伝の注解に力を尽くし、自ら左伝癖があると称した故事。北条修悳とは菅茶山三回忌に文恭先生大祥祭が忍池宝珠院で行われ、同門十一氏が集う中の北条悔堂（進之）と関係があると推測する（「添川廉齋ー有所不為齋雑録の研究」三七一頁参照）。12「和西肥戸田君見寄」西肥戸田君寄せらるるに和す二首に

曽聞交浅莫言深　且恕平生不継音　世味《世態人情》君今如唶蠟《鳴鳥》　生涯我豈狂弾琴
清風颯々《さっと吹く》供幽夢　修竹《長い竹》蕭々《寂しい音》和苦吟　幸是良朋多琢切《研くこと》　断金《固い契り》贏得《かち得る》古人心　七律下平十二侵韻

曽て交はり浅しと聞き　言深きこと莫《な》し　且《か》つ平生を恕《ゆる》せ　音《たより》を継《つ》がざるを　世味《セイミ》君今　唶蠟《サクラフ》のごとく　生涯我豈に　狂弾琴ならんや　清風颯々《サツサツ》と　幽夢を供し　修竹蕭々《シウチクセウセウ》と　苦吟に和す　幸い是れ良朋　琢切《タクセツ》多く　断金贏得《エイトク》　古人の心

多謝高才眷遇深《厚くもてなす》　文章寧論少知音《親友》　到頭《畢竟》未脱人間《俗界》事　何日共携月下琴
功業《事業》須応期少壮《わか盛り》　窮途《困窮する》休恥付沈吟《思いに沈む》　小歌一曲為君唱　流水落花各有心　同韻

高才に多謝し　眷遇《ケングウ》深し　文章寧《いづ》くんぞ論ぜん　知音《チイン》少なきに　到頭《タウトウ》未だ脱せず　人間《ジンカン》の事　何れの日にか共に携《たづさ》へん　月下の琴　功業須《すべか》らく応ずべし　少壮《セウサウ》を期して　窮途《キユウト》恥づるを休《や》め　沈吟《チンギン》に付す　小歌一曲　君が為に唱へ　流水落花　各《おのお》の心有り

13「呈田辺君子鞏」田辺君子鞏に呈すに

休言一剣《一口の剣》誤風塵《兵乱》　細話交情笑語親　野藪山青須尽酔　林花谷鳥不堪春
妖狐《人をばかす狐》自古能欺虎　大詐従来却似真　世事紛々君看取　宰官常少読書人　七律上平十一真韻

言ふを休《や》めよ一剣《イッケン》　風塵《フウヂン》に誤る　細話交情　笑語親しむ　野藪山青く　須らく酔を尽くすべく　林花谷鳥　春に堪へず　妖狐《エウコ》古《いにしへ》より　能《よ》く虎を欺《あざむ》き　大いに従来詐《いつは》らば　却《かへ》りて真に似たり　世事紛々と　君看取し　宰官常に少なし　読書人

安中藩士に田辺姓は三人いる。一人は保右で通称周輔で嘉永四年八月歿し、廉斎が田辺君墓碣銘を撰文した。その嗣子と思われる保固が甘雨亭蔵版書の病中記事の正文陰刻版木一枚を謹書し、また同蔵版書の元陵御記巻之下四十六丁裏に保固謹書（中塚忠良謹鐫）している。この保固が東山と同世代と考えられ、この子羣か。あと一人田辺潤之助がいることを付け添える。14「寄題崇徳禅寺仮山《築山》」崇徳禅寺の仮山《カザン》と題するに寄す二首に

ト得名園緑水東　四時清景各争雄　簾櫳《簾掛の櫺子窓》香湿落花雨　枕簟《枕と竹席》涼生疎竹風
詩思多随秋色淡　夢魂長趁月明通　誰知多少林泉興　領略《意義を悟る》禅窓咫尺中　七律上平一東韻

トして名園を得たり　緑水の東　四時の清景　各の雄を争ふ　簾櫳《レンロウ》香湿り　落花の雨　枕簟《チンテン》涼を生む　疎竹の風　詩思多く随ふ　秋色淡く　夢魂長く趁《たちもと》ほる　月明の通《とほ》り　誰か知る多少　林泉の興　領略《リヤウリヤク》す禅窓　咫尺の中

夢回簷鐸《軒の風鈴》響丁東《風鈴の声》　起憑欄干気更雄　人立奇巌如有語　虎蹲怪石欲生風　同韻
水穿䕺竹隠時見　路入圯《土橋》橋断又通　多謝化工《造物主》清絶手《すぐれて清い》　為君分付《分与する》品題中

夢は回《めぐ》る簷鐸《エンタク》　丁東《タウトウ》響き　起きて欄干に憑《よ》り　気更に雄なり　人立の奇巌　語り有るごとく　虎蹲の怪石風生まんと欲す　水叢竹を穿ち　隠れ時に見え　路圯橋《イケウ》に入り　断《き》れて又通ず　化工《クワコウ》に多謝す　清絶《セイゼツ》手　君が為《ため》分付す　品題中

15「又歩前韻《他の韻に和す》似老禅《さびて静か》」又前に歩韻《ホキン》し老禅に似たりに

夙入空門《仏教》金洞東　奇才今日果称雄　黄花《菊花》嘗慕陶家《陶潜》節　白石重伝米子《米芾》風
生計由来甘淡薄　世途《世の中》寧問有窮通《困窮栄達》　偸閑高臥禅林下　夢遶雲烟是定中《蜀に統一する》　七律上平一東韻
夙《つと》に空門に入る　金洞東　奇才今日　果して雄と称す　黄花嘗《かつ》て慕ふ　陶家《タウカ》の節　白石重ねて伝ふ　米子の風
生計の由来　淡薄に甘んじ　世途《セイト》寧ろ問ふ　窮通《キュウツウ》有り　閑《ひま》を偸《ぬす》み高臥す　禅林の下《もと》　夢は雲烟を遶《めぐ》る　是れ定中
右に註「某嘗愛菊今又翫右故三四及之」某嘗て菊を愛し今又右を翫び、故に三四之に及ぶ。三四とは右頷聯をいう。

16「三月十七日赴榛名途中作」三月十七日榛名に赴く途中の作二首に
一路春風入小渓　圯橋《土橋》斜度数松西　行々且記人家在　麦緑菜黄聴午雞　七絶上平八斉韻
一路の春風　小渓に入る　圯橋《イケウ》斜めに度《わた》る　数松の西　行き行きて且《か》つ記《おぼ》ゆ　人家在るを　麦緑菜黄　午雞を聴く
軽煙縷々《長く続く》両三家　更《老人》喚行人苦勧茶　昨夜山中新雨過　早桜初着数枝花　七絶下平六麻韻
軽煙縷々《ルル》　両三家　更《カウ》行人を喚《よ》び　苦《ねんご》ろに茶を勧む　昨夜山中　新らたに雨過ぎ　早桜初めて着《あらは》る　数枝の花

17「春雨」春雨二首に
密々《細かい様》疎々《まばら》滴小欄　落花芳草不堪看　東風無頼関何事　散入簾櫳生暮寒　七絶上平十四寒韻
密々《ミツミツ》疎々《ソソ》と　小欄に滴《したた》る　落花芳草　看るに堪へず　東風無頼　何事に関はる　散りて簾櫳に入り　暮寒生ず
春雲漠々《薄暗い様》暗窓紗《カーテン》　□峭軽寒特地加　一設風光不描尽　雨中楊柳雨中花　七絶下平六麻韻
春雲漠々《バクバク》と　窓紗《サウサ》暗し　□峭軽寒　特に地に加《くは》ふ　一設の風光　描き尽さず　雨中の楊柳　雨中の花
□は山偏に旁斗、音トウ、山名。18「新燕」新燕に

節過春社《春の社日》日方長　燕々于飛学頡頏《上下飛翔》　半捲風簾新霽後　芹泥含得落花香　七絶下平七陽韻

節《とき》春社《シュンシャ》を過ぎ　日方《まさ》に長し　燕々于《ここ》に飛び　頡頏《ケツカウ》を学ぶ　半ば風簾を捲《ま》く　新霽の後　芹泥を含み得たり　落花の香《かを》り

19「移花遇雨」花を移し雨に遇ふに

僻地未妨春色遅　好花移得欲開時　東風領略《納得する》丹青手《画工》　洗出李花雨一枝　七絶上平四支韻

僻地未だ妨げず　春色の遅きを　好花移し得て　開時を欲す　東風領略《リヤウリヤク》す　丹青手《タンセイシュ》　洗い出す李花　雨一枝

20「端午」端午に

蒲黄《蒲の花粉》艾《よもぎ》緑上門《雨戸を閉める》来　満目風光佳節開　偶罷朝班《藩の席次》天欲午　竹陰涼処去徘徊　七絶上平十灰韻

蒲黄艾《ホクワウガイ》緑　上門《ジヤウモン》し来る　満目の風光　佳節開く　偶《たまた》ま朝班《テウハン》を罷《かうむ》り　天午を欲し　竹陰の涼処　去りて徘徊す

21「和飯田君見寄」飯田君寄せらるるに和すに

人生能幾許　不飲奈憂何　瑟々《風の声》西風度　悠々《行くさま》南雁過　妖星当夜勤　厲気《悪気》向秋多　酌我青樽酒　和君白雪歌《高尚な曲》

人生　能《あた》ふ幾許《いくばく》ぞ　飲まず　憂ひを奈何《いかん》　瑟々《シツシツ》と　西風度《わた》り　悠々《イウイウ》と　南雁過ぐ　妖星　夜勤に当り　厲気《レイキ》秋に向かひ多《おほ》し　我と酌《く》む　青樽酒　君と和す　白雪歌

飯田君とは同藩士の飯田逸之助である。22「秋興」秋の興《たのし》み四首に

野草着花深浅新　秋容《秋景色》満目淡堪親　莫言粛殺《秋気が草を枯らす》坐於此　疎雨涼風亦可人　七絶上平十一真韻

野草花を着け　深浅新し　秋容満目　淡《あは》く親しむに堪《た》ふ　言ふ莫《なか》れ粛殺《シュクサツ》　此に坐して　疎雨涼風　亦人たるべし

秋気一般風露新　稍知枕簟《枕と竹席》夜相親　呉王《漢家》宮裏今宵月　応是有悲団扇《うちは》人

秋気一般　風露新し　稍知る枕簟《チンテン》　夜相親しむ　呉王の宮裏　今宵の月　応《まさ》に是れ悲しみ有るべし　団扇の人

梧桐井上雨声新　燈火従今真可親　心事《心のうち》平生誰解得　囂然《憂える様》求勝眼前人

梧桐井上　雨声新し　燈火今より　真に親しむべし　心事平生　誰か解き得て　囂然《ガウゼン》と勝ちを求む　眼前の人

雁字署空秋月新　凄然風露《風がふく》与心親　丈夫慷慨平生志　想起越山《越王句践英雄の胸中、閑日月あるにいう》横槊人

雁字空に署《しる》し　秋月新し　凄然《セイゼン》たる風露　心と親しむ　丈夫の慷慨　平生の志　想起す越山　横槊《ワウサク》の人

23

「夜坐」夜坐すに

四隣人定夜三更　風露凄涼《物寂しい》秋気清　独立空階《寂い階段》桐影転　月明満地照蟲声　七絶下平八庚韻

四隣人定まる　夜三更　風露凄涼《セイリヨウ》と　秋気清し　独り立つ空階《クウカイ》　桐影転じ　月明地に満ち　蟲声を照らす

24

「郊外書所見」郊外所見を書すに

不断長風捲怒濤　青松林立路如縄　楼台他是観音寺　落日烟中一塔高　七古

断へざる長風　怒濤を捲《ま》く　青松林立し　路縄のごとし　楼台他是《あれこれ》　観音寺　落日烟中　一塔高し

25

「中秋口占《ロずさみ》」中秋口占《コウセン》に

風露満庭湛月華《月の光》　一層秋色一層加　虫声喞々《虫の鳴声》各為態　佳気芬々《香気の様》半吐花

物外《世事の外》抱懐新適意　壷中天地淡生涯　偶然相対同今夕　莫令清光容易斜　七律下平六麻韻

風露庭に満ち　月華《ゲックワ》を湛《たた》ふ　一層の秋色　一層加ふ　虫声喞々《ショクショク》と　各《おのお》の態《おもむき》を為《な》し　佳気芬々《フンプン》と　半ば花と吐く

物外に懐《おも》ひを抱き　新たに意に適《かな》ひ　壷中の天地　生涯淡《あは》し　偶然相対し　今夕を同じうし　清光をして容易に斜けしむ莫かれ

26

「十三夜」十三夜に

中庭明月照三更《夜中》　密竹疎簾管送迎　坐覚残樽催雅興　細論往事叙幽情《風雅な情懐》
秋清《秋の清々しさ》聖主《聖君》南楼宴　霜冷将軍北海営　俯仰悠々古今改　西風依旧雁哀鳴　七律下平八庚韻
中庭の明月　三更に照る　密竹の疎簾　送迎に管《あづ》かる　坐して覚《おぼ》ゆ残樽　雅興を催《もよほ》す　往事を細論し　幽情《イウジヤウ》を叙《の》ぶ　秋清《シウセイ》の聖主　南楼の宴　霜冷の将軍　北海の営　俯仰悠々と　古今改め　西風旧に依り　雁哀鳴す

27
「賦得紅蘿《つた》交青松」紅蘿《ラ》青松を交ふるを得て賦すに
亭々《高く聳え立つ》澗底松　下有女蘿《さるをがせ》従　一目霜風掃　青紅各相容　五絶上平二冬韻
亭々たる　澗底の松　下に有り　女蘿《ヂヨラ》従ふ　一目　霜風を掃《はら》ひ　青紅　各《おのお》の相容《い》る

28
「山村冬暮」山村冬暮に
斜陽隔水舂《水碓》　遠近暮烟濃　似促行人意　疎鐘断続撞　五古
斜陽　水舂《スヰシヨウ》を隔《へだ》て　遠近　暮烟濃《こ》し　似《ひと》しく促《せま》る　行人の意　疎鐘　断続して撞《つ》く

29
「余蔵南湖処士水墨一軸々係於廉齋添川先生所賜距今五年矣巻軸宛《さながら》然而先生則亡慨然《嘆くさま》賦此以紀事」余南湖処士の水墨一軸を蔵す。軸は廉齋添川先生今を距つる五年に賜ふ所に係るなり。巻軸宛然《エンゼン》として先生は則ち亡《し》ぬ。慨然《ガイゼン》と此を賦し以て事を紀《しる》す六首に
廉齋先生廉且直　夙将風雅老道徳《老子の説いた道と徳》　我嘗東行遊其門　高誼《御厚情》豈徒辱卵翼《撫育する》　七絶入声十三職韻
廉齋先生　廉《きよ》く且《か》つ直《なほ》し　夙に風雅を将《もつ》て　老道徳　我嘗て東行し　其の門に遊び　高誼《カウギ》豈《あ》に徒《いたづら》に　卵翼《ランヨク》を辱《はづかし》めんや
当時割愛水墨図　製之者誰曰南湖　旁署山亭待雅友　此道由来属誰徒　七絶上平七虞韻
当時割愛す　水墨図　之を製《つく》るは誰ぞ　曰く南湖と　旁《かたは》らに山亭と署《しる》し　雅友を待ち　此れ由来を道《い》ふ　誰か

徒《ともがら》に属《つらな》ると

雲烟茫々生絶谷　中有百丈飛来瀑　卉木《草花樹木》欣々度春風　雨余万壑《多くの谷》清可掬　七絶入声一屋韻

雲烟茫々と　絶谷に生まる　中に有り百丈　飛来の瀑　卉木《キボク》欣々と　春風度り　雨余の万壑《バンガク》　清きを掬《すく》ふべし

仙鶴《つる》一去向何処　空余《あまり》小亭倚山腹　人間炎熱不到処　恍然《うっとりする》対此張我目　七古

仙鶴《センカク》一たび去り　何処に向ふ　空余《クウヨ》の小亭　山腹に倚《よ》る　人間の炎熱　到らざる処　恍然《クワウゼン》と此に対《むか》ひ　我が目を張《みは》る

目力《視力》窮来恨不窮　先生棄我何匆々《急ぐさま》　遺愛僅存手沢在　毎使頑夫仰高風　七絶上平一東韻

目力《モクリヨク》窮《きは》め来たり　恨み窮まらず　先生我を棄つ　何ぞ匆々《ソウソウ》たり　遺愛僅《わづ》かに存し　手沢在り　毎《つね》に頑夫をして高風を仰《あふ》がしむ

回首天地多名勝　玩物表志古所称　今予奉持席上珍　汝非不美々人贈　七絶去声二十五径韻

首《かうべ》を天地に回《めぐ》らせば　名勝多し　玩物志を表す　古称《いにしへ》する所なり　今予奉持す　席上の珎　汝美ならずに非ず美は人の贈るなり

廉齋先生から譲渡された南湖水墨画をかりて、東山は我を棄て泉下に旅立った先生へ熱烈な思いを語る。題詞の「今を距つる五年」とは東山の学問修業満期帰国した安政三年六月二日以前で、今は文久元年頃と思われる。東山は文久三年四月二十日歿している。30「風雨来」風雨来たりに

風雨来風雨来満城草木悉号、怒声相雄吼万雷、八月平野禾未熟、桑田茫々化為谷《窮困する》、山摧水溢道不通、路況偃我禾発我屋、屋漏床々夜如何、沾湿何由得定居、中夜《夜半》起坐泣中路《途中》、蒼天何為不憫予、予聞胡元《元の卑称》嘗冦西海上、長風捲来掀天浪、快哉三十万虎狼一溺不還魚腹葬、□来狂虜狂縦横、敢向上国覬形情、安知祖宗在天霊、駆使風雨鳴不平

風雨来たり、風雨来たり、満城の草木悉《ことごと》く号《な》く。怒声相《あひ》雄吼し万雷たり。八月平野禾《いね》未だ熟《みの》らず、桑田茫々と化して谷《きはま》りたり。山摧《くだ》け水溢れ道通ぜず、路況んや我を偃《せきと》め禾我が屋に発《は》ゆ。屋床々に漏れ夜如何《いかん》。沾湿何に由り定居を得ん。中夜起坐し中路に泣く。蒼天何為《なんす》れぞ予を憫《あはれ》まざるや。予聞く胡元《コゲン》嘗て西海上を冦《しへた》ぐ。長風捲来し天浪を掀《あ》ぐと。快なるかな三十万の虎狼、一たび溺れ還らず魚腹に葬《はうむ》る。□《もと》り来たる狂虜縦横に狂ふ。敢へて上国に向かひ形情を覬《うかが》ふ。安《いづ》くんぞ知らんや祖宗天霊に在るを。風雨をして不平鳴らしむるを駆《か》る。

□は偏玄、旁曷、悖《もと》る意。31「有星行《流星》」星行《セイカウ》有りに

有星有星光芒々《広遠な様》、爛如玉斗《北斗星》大且長、按図不知誰分野《ありさま》、遠自軒轅《星の名》掃文昌《星の名》、嗟予対此長大息《深く嘆息する》、白馬之禍《盟誓・祭祀の犠牲》何明覈《調べる》、維時
天祐第三年《西暦九〇六年》四月有彗《災い星》出西北、梁王嘗嬖張小吏、輒欲用之大常職、讜議侃々斐宰相力以清流罵梁客、百方希旨《機嫌を取る》柳匹
夫、帰譖大臣投其隙、連及唐家七忠臣、同日賜死白馬駅、朝庭一空《何も残らない》更無人、君臣自負万全策、道路睊々《目を側だてる》不敢言、
遂見群小誤家国、家国興亡古有之、俯仰古今事堪悲、天之垂戒甚昭々《明かな様》、達人大観亦奚疑、君不見春秋二百二十二
災異、大筆不敢劗一字、君徳苟有虧天咎或斯至、智者預防《予防》之未形《まだ表れない》、要之在明其政刑、不然茫々大天地、君且問
之彼小星

星有り、星有り、光芒《バウバウ》々たり。爛《かがや》き玉斗《ギヨクト》のごとく大きく且《か》つ長し。図を按《アン》じ誰か分野を知らざらん。遠く軒轅《ケンエン》より文昌《ブンシヤウ》を掃《あ》ぐ。嗟《ああ》予此に対し長大息《チヤウタイソク》す。白馬の禍何ぞ明覈《メイカク》ならん。維《これ》時に天祐第三年四月、彗《ははき星》西北に出づる有り。梁王嘗て張小吏を嬖《いつくし》む。輒《すなは》ち之を大常職に用ゐんと欲す。讜議侃々と斐宰相力《つと》めて清流を以て梁客を罵る。百方柳匹夫に希旨《キシ》す。帰り大臣を譖《しか》り其の隙《すき》に投ず。唐家七忠臣に連及す。同日死を白馬駅に賜ふ。朝庭一空《イツクウ》更に人無し。君臣自ら負ふ、万全の策。道路睊々《ケンケン》と敢《あ》へて言はず。遂に群小家国を誤《あやま》る。家国の興亡古《いにしへ》に之れ有り。古今を俯仰すれば事悲しみに堪《た》ふ。天之れ戒《いまし》めを垂るるは甚《はなは》だ昭々《セウセウ》たり。達人の大観も亦奚《いづ》くんぞ

疑はん。君見ずや、春秋二百二十二災異を。大筆し劃《き》る一字を敢へてせず。君徳苟《いやし》くも虧《か》くる有らば、天咎《とが》め或いは斯《これ》に至る。智は預防の未形《ミケイ》なり。要之《要するに》其の政刑を明らかにするに在り。然らずんば茫々たる大天地なり。君且《ま》づ之を問へ、彼《か》の小星に。

32
「桜門路《桜田門》」桜門の路に

桜門路　春風吹雪綴千樹　千樹綴来雪耶花　但見腥風《生臭い風》捲土度《土をまく》　天地惨淡《薄暗い様》殺気横　紫電閃々《ひらめく》刀槍鳴　一椎《張良椎の故事》不徒推張良　匕首《あいくち》寧論誤荊生　君不聞　歇後鄭五《時事を諷する》専威福《威力でおどす》　四海生霊不堪毒　佐命僅存《天命を受けた君主を助ける》臣存最　欲敵王愾雪国辱　喑唖叱咤《怒気怒声を発する》彼何人　自分余孽《亡家子孫》弊其身　一敗塗土矯龍死　碧血《精誠の所》和地飛敗鱗　忽然雲破日光吐　路上行人集如堵　嗚乎狐死正首《本を忘れない喩》丘　此道今人枉悠々《憂える様》　是狂是賊君且恕　人心亦自有春秋

桜門の路　春風吹雪　千樹綴《つら》ぬ　千樹綴ね来たり　雪や花　但《た》だ見る腥風《セイフウ》　捲土《ケンド》度《わた》る　天地惨淡《サンタン》　殺気横たはる　紫電閃々《センセン》と　刀槍鳴る　一たび椎《う》てば徒《むな》しからず　張良を推《お》す　匕首《ヒシュ》寧ろ論ず　荊《いばら》誤り生ず　君聞かずや　歇後鄭五《ケツゴテイゴ》　専《もっぱ》ら威福《イフク》す　四海の生霊　毒に堪へず　佐命《サメイ》僅《わず》かに存し　臣存して最《あつま》る　敵を王《さか》んに愾《いか》らんと欲し　国辱を雪《すす》ぎ　喑唖叱咤《インアシッタ》　彼何人《なんびと》ぞ　自ら余孽《ヨゲツ》を分《わか》ち　其の身を弊《やぶ》る　一敗土に塗《まみ》れ　龍を矯《た》め死す　碧血《ヘキケツ》地に和《むつ》び　飛びて鱗《うろこ》を敗《やぶ》る　忽然と雲破れ　日光を吐く　路上の行人　集まり堵《かき》のごとし　嗚乎《ああ》狐死《コシ》　正《まさ》に丘に首《かしら》す　此れ道《い》ふ今人　枉《ま》げて悠々《イウイウ》たりと　是に狂ひ是に賊《そこな》ふ　君且《しばら》く恕《ゆる》せ　人心亦自ら　春秋有り

現代人の本を忘れた生き方に憂えている。「敵を王《さか》んに愾《いか》らんと欲し国辱を雪《すす》ぎ」の語句に廉齋の「敵を王んに愾りて国辱を雪がん」（読英夷犯清国事状数種作長句以記之）「敵を思へば王んに愾り」（先君甘雨公行状）表記が窺え、風骨は頼山陽に似る。この文は万延元年三月に起きた桜田門外の変を語り、東山歿の三年前である。

33
「紀事二則《見聞の記録二つには》」紀事二則に

今川義元令妹夫鵜殿長持守大高城、蓋以備織田氏也、織田氏亦置水野帯刀于丹家《別本丹下》、梶川平左于中島、飯尾近江佐久間大学于鷲津丸根、其他寺部梅坪広瀬諸砦以当之、且令曰敵若運糧於彼鷲津丸根速発号角《喇叭》、角声一動寺部以下発兵為之応援、丹家中島急馳於鷲与丸、已而大高之糧、義元使々請之芸祖、芸祖曰諾《うべなう》、即夜将発、老臣酒井正親等諫曰大高斗入敵地、而信長警備甚厳恐不能達焉、公奮然田近於是分兵四千、以松平親俊酒井正親石川数正為先鋒、進向寺部梅坪自率逞兵八百糧米千駄、距大高可一里而舎、先鋒深入出其不意乗暗放火、烟焰迸天軍声如涌、丸根鷲津望之云敵在彼、挙砦馳之、而留守者只羸兵《余りの兵》弱卒而已、公預使人《使者》候之、悉発駄馬転輸《運び移す》城中、鷲丸二営坐視而不能支、公遂帰岡崎、諸将問曰今日之事舎近而就遠、其故何也、公笑曰夫鷲与丸為絶糧道而仰寺梅之援耳、兵志曰兵貴神速不出於彼出於此、蓋襲其不備也、諸将退云公年少而智慮不測如此、他日振威於天下者必此人也、無不感嘆

小林子曰大高輸糧《年貢を納める》之役　在永禄二年夏四月　公年僅十八　是為勃興之始　而其功烈《大きな功》之偉則炫然《光輝く》在人耳目矣　夫淮陰挙趙之一策嘗出于此　所謂攻地不攻人者乎　抑公以命世《一世に秀でた才能》之才出奇制変　百戦百勝推亡《推し滅す》固存　所以翼戴王室而垂鴻業於万斯年者豈可同日而語哉

今川義元、妹夫鵜殿長持をして大高城を守らしむ。蓋《なん》ぞ以て織田氏に備へざるや。織田氏も亦水野帯刀を丹家に置く。梶川平《たひら》げ中島に左《たす》く。飯尾近江佐久間大いに鷲津丸根に学ぶ。其の他寺部梅坪広瀬諸砦以て之に当る。且《か》つ曰はしめて、敵若《も》し糧《かて》を彼の鷲津丸根に運ばば、速やかに号角《ガウカク》を発《はな》てと。角声一たび動《おこ》れば寺部以下兵を発《おこ》し之に応援を為す。丹家中島急ぎ鷲《津》と丸《根》とに馳《は》す。已《すで》に大高の糧、義元の使《つか》ひ之を芸祖に請《こ》はしむ。芸祖曰く、諾《ダク》と。即ち夜将《まさ》に発せんとす。老臣酒井正親等諫《いさ》めて曰く、大高計《ばか》り敵地に入る。而して信長警備甚だ厳しく恐らく達する能《あた》はずと。公奮然と田《織》近《江》を是に兵四千を分ち、松平親俊酒井正親石川数正を以て先鋒と為す。進

みて寺部梅坪に向ひ自ら逞兵八百糧米千駄を率ゐ、大高と距つこと一里にして舎《やど》るべし。先鋒深く入り其の不意に出で暗に乗じて放火す。烟焔《エンエン》天に迸《はし》り軍声涌《わ》くごとし。丸根鷲津之を望みて云ふ、敵は彼に在りと。砦を挙げ之に馳す。而して留守は只《ただ》羸兵《エイヘイ》弱卒のみ。公は使人を預《あづか》り之を候《まも》る。悉《ことごと》く駄馬を発《おこ》し城中に転輸《テンユ》す。鷲《津》丸《根》二営坐視して支《ささ》ふ能はず。公遂《つひ》に岡崎に帰る。諸将問ひて曰く、今日の事近きに舎《やど》りて遠きに就く。其の故は何ぞやと。公笑ひて曰く、夫れ鷲《津》と丸《根》と糧道を絶つを為して、寺《部》梅《坪》の援《たす》けを仰ぐのみと。兵志に曰く、兵は神速を貴《たふと》び彼に出でず此に出づと。蓋《なん》ぞ其の不備を襲はざるや。諸将退きて云ふ、公年少《わか》くして智慮測らざることと此のごとしと。他日威を天下に振ふは必ず此の人なり。感嘆せざる無し。

小林子曰く、大高輸糧《シュリヤウ》の役、永禄二年夏四月に在り。公年僅《わづ》か十八なり。是勃興の始めと為す。而して其の功《コウ》烈《レツ》の偉は、則ち炫然《ゲンゼン》と人の耳目に在り。夫れ淮陰《ワイイン》趙の一策を挙げ嘗て此に出づ。謂はゆる地を攻め人を攻めざる者をや。抑《そもそ》も公命世《メイセイ》の才《サイ》を以て、奇に出で変を制す。百戦百勝推亡《スキバウ》固《まこと》に存す。王室を翼戴する所以にして、鴻業を万《よろ》づ斯《こ》の年に垂るるは、豈《あ》に同日にて語るべけんや。

加藤清正撫下有恩威、而独忌其飲酒者、是以冀其意者多不敢飲、有坂川忠兵衛者、性甚嗜酒而矯若不解飲清正委不疑也、一日享士大夫於城中、坂川亦与焉、坐次《坐所》有侍医玉庵者、満引《酒を満たす》一杓不敢醻而居于其左隅、清正出而撫之、見有杯在玉庵之側也、強焉坂川遽然《驚喜する》一挙尽之、已而知玉庵之杯也面有慚色《はぢ入る様子》

小林子曰上有好者下必有甚焉、甚哉士之矯情《真情に背く》千誉也、何則不従其令《君命》而従其意、是故看人不於其所勉、而於其忽易不虞《思いがけない》之地、則不自覚其真情之発露矣、坂川氏在焉

加藤清正下を撫で恩威有り。而して独り其の酒を飲む者を忌む。是を以て其の意を冀《ねが》ふ者多く敢へて飲まず。坂川忠兵衛なる者有り。性甚だ酒を嗜《たしな》みて、飲むを解せぬごとしと矯《いつは》りて、清正委《まか》せて疑はざるなり。一日士

大夫を城中に享《もてな》す。坂川も亦与《あづか》る。坐次《ザジ》に侍医玉庵なる者有り。一杓に満引《マンイン》するも敢へて釂《の》まず、其の左隅に居る。清正出でて之を撫づ。杯玉庵の側《そば》に在るを見《あらは》れ有るなり。焉《ここ》に強《すす》むれば坂川遽然《キョゼン》と一挙に之を尽す。已《すで》に玉庵の杯なるを知るや、面に慚色《ザンショク》有り。

小林子曰く、上に好み有れば下必ず甚しき有り。甚しきかな士の矯情《ケウジャウ》千《ちぢ》の誉《ほまれ》や。何ぞ則ち其の令《のり》に従はずして其の意に従ふ。是の故に人其の勉むる所ならずを看て、其れ忽《たちま》ちに不虞《フグ》の地に易《か》ふ。則ち其の真情の発露を自覚せず。坂川氏在り。

34 「立志説」立志の説に

夫志百行之本而一身之所立也、然而立志之法在養其気也、古之人将有為必養其気而達其志、是以無求而不得無為而不成焉、蓋人心之感而動各有所主、気以行之夫然、苟気不充実則志不虚行、故曰志気之帥也気体之充也、今夫草木之於花禽鳥之和鳴《鳴き交わす》其気使之然也、於人之身也亦然、雖有気稟《気質》之不同、豈無是々非々之心乎、然則心之所郷果何如、凡物腐而蟲生、何則気之所沮無物不消者悲夫、今之人徒知道之可貴而不知求於己、委靡《衰える》因仍《より沿う》以無以所為、徒曰才之罪也力不足也、游堕《遊び怠る》之安而気亦不振、幾許《どれほど》其不為自暴自棄之人乎哉、嗚乎古之君子卓然《優れた様》立于道而終始不変、其志其所養可知而已、是以一身脩于内而百行顕于外、何求而不得何為而不成、予故曰立志之法在養其気也

夫れ志《こころざ》しは百行の本にして、一身の立つ所なり。然して立志の法は、其の気を養ふに在るなり。古《いにしへ》の人将《まさ》に為《な》すこと有らんとし、必ず其の気を養ひて其の志しを達す。是を以て求むること無くして得ず、為すこと無くして成らざるなり。蓋《けだ》し人心の感じて動き、各《おのおの》の主《つかさど》る所有り。気を以て之を行はば夫れ然《しか》り。苟《いやし》くも気充実せずんば、則ち志し虚《むな》しく行はれず。故に曰く志気の帥《ひき》ゐるなり、気体に之れ充《み》つるなりと。今夫れ草木の花に於て禽鳥の和鳴に、其の気之をして然らしむるなり。人の身に於てや亦然り。気稟《キリン》の不同有りと雖《いへ》も、豈《あ》に是々

非々の心無からんや。然れば則ち心の郷《むか》ふ所果して何如《いかん》。凡《およ》そ物腐りて蟲生まる。何ぞ則ち気の沮《はば》む所、物無く消えずんば夫れ悲し。今の人徒《いたづら》に道の貴《たふと》ぶべきを知りて、己に求むるを知らず。委靡《キビ》すれば因仍《インジョウ》以て為す所以《ゆゑん》無し。徒《ただ》曰く才の罪なり、力足らざるなりと。游堕《イウダ》の安《やす》くして気も亦振はず。其れ為さずして自暴自棄の人幾許《いくばく》ぞや。嗚乎《ああ》古の君子卓然《タクゼン》と道に立ちて、終始変らず、其の志し其の養ふ所を知るべきのみ。是を以て一身内に脩《をさ》めて、百行外に顕《あらは》る。何ぞ求めて得ざらん、何為《なんす》れぞ成らざらん。予故に曰く立志の法は其の気を養ふに在るなりと。

35

「九日小集序《はしがき》」九日小集の序に

楽哉今日之遊、非有緑竹管弦之盛、非有四肉八醭《塩辛》之美、特在於吟咏醒酔之間、蓋桓温《晋の人》之於龍山、陶潜之於東籬、趣舎殊塗《道を異にする》、窮達《困窮栄達》雖不同而吟咏以発之、杯酒以行之至以極視聴之娯、取楽於一世則可知而已、我聞古之人不以物移、只其所遇而適於心也、是在天下則与天下同之、在一家則与一家同之、夫然後真可以楽其楽、抑天地之為物々不可得而私焉、若夫春風一度則呴々然《楽しそうな様》靄々然《和気の満る様》、荒草《くさむら》含雨枯木吐花、雖禽鳥之微物亦融々《和楽の様》洩々《のびのびする》於其間、然而秋気粛殺《枯らす事》花卉黄落之際、嫣然《ほほえむ》吐芳於荒蕟、不独黄花乎、然則彼高明特立之士《世俗の外にぬきんでた立派な者》、不媚于世者蓋取於此乎、噫彼一時此一時、今欲従前《いままで》人之遊而不可得、豈如従吾心之処遇而楽哉

楽しきかな今日の遊び。緑竹管弦の盛り有るに非ず、四肉八醭《デイ》の美有るに非ず。特に吟咏醒酔の間に在り。蓋《けだ》し桓温《クワンヲン》龍山に之《ゆ》き、陶潜東籬に之く。趣《おもむ》き殊塗《シュト》に舎《やど》る。窮達同じからずと雖も、吟咏以て之を発す。杯酒以て之を行ひ、至りて以て視聴の娯《たのし》みを極《きは》む。楽しみを一世に取れば、則ち知るべきのみ。我聞く古の人物を以て移さず、只《ただ》其れ所遇して心に適《かな》ふなり。是れ天下に在れば則ち天下と之を同じくし、一家に在れば則ち一家と之を同じくす。夫れ然る後、真に楽しみを以て其の楽しみとすべし。抑《そもそ》も天地の物と為し、物得べからずして

私《わたくし》す。若《も》し夫れ春風一たび度《わた》れば、則ち煦々《クク》然《ゼン》と靄々《アイアイ》然たり。荒草雨を含み枯木花を吐く。禽鳥の微《かく》ると雖も物も亦其の間に融々《ユウユウ》泄々《エイエイ》たり。然して秋気花卉を粛殺《シュクサツ》し黄落の際、嫣然《エンゼン》と芳《かんば》せを荒叢に吐く。独り黄花ならずや。然れば則ち彼の高明《カウメイ》特立《トクリツ》の士《シ》、世に媚びざるは蓋《けだ》し此に取るか。噫《ああ》彼の一時は此の一時なり。今従前人の遊びを欲して得べからず。豈《あ》に吾が心の処遇に従ひ如《ゆ》きて楽しからんや。

36

「紀登碓嶺《碓氷峠》」碓嶺に登るを紀《しる》すに

西洋砲法行于本藩也、自先君甘雨公《七代藩主板倉勝明》公特命予叔氏星野舎正、就幕府士下曽祢氏受業、且鋳大小銃数十門、毎使子弟講脩《研究する》其術、二十年於此、蓋洋虜猖獗《猛り狂う》之際、固圉《国境の護り》之急務不可一日忘、所以鼓舞人心磨励気節也、今茲冬諸生会議、試伎《腕試し》射的《まと》百枚貫之於三十歩外、欲掲碓氷熊野神祠《中山道「熊の社」》、益祈武技成立也、嘱予録之、已成卜二十五日挙之期五更発予亦与焉、凍月《冬の月》在天星《日月星辰》、星光爛然《あざやか》出郭西行、漸近杉林回風《つむじ風》起微霰《あられ》落、寒威沁骨使人凛然《心ひきしまる》、到八本木《原市と郷原間》茶店叩戸呼火各炙背面、小焉雲破月出過松井田《安中ゟ二里十六丁》、未到関門数里鶏鳴嘐々《鶏の鳴く声》、東方既白俄然《急に》雲合風雪大来、踰関《横川》則阪本《松ゟ二里十五丁》也、衆固不齎雨衣僦而得之、各披行厨《弁当》点于空心《空腹》、満酌一杯鼓勇而進、碓嶺《碓氷峠》之険始于此矣、断崖擎天絶谷吐雲矗々《高く聳える様》焉盤々《曲り巡るさま》焉、紆余旋転而上到少平処曰覗、回顧則八州之野忽然《にわかに》在目、又恨雲霧茫々《広大な様》不能指画《指し画く》山川之勝概与城郭之荒廃、俯聴《拝聴する》澗水《谷川の水》號々《水の声》奔且下耳、自盤根石赴山中雪益甚、四望皚然《白いさま》不著繊塵《細かい塵》、只見黄茅《黄の茅萱》数家出没雲間、変作瓊楼《玉の高殿》銀闕《銀の宮門》之偉観《見ごと》、恰如歩銀漢閣門《天の河出入口》到広寒宮《月の宮殿の名》、宮則神祠、於是整頓威儀羅拝《囲み拝む》神前、祝々祭了而歇祝氏《神主》、山肴野蔌《蕨や筍》及席献酬《杯の交換》交錯杯盤狼藉《酒席の混乱の状》、黄昏辞而下、已及山中則不弁咫尺、積雪没脛勁風《つよい風》剝面、山谷相荅如万雷吼、交以狼声危々栗々《恐れ謹む》、殆顔色如土購得炬火《松明の火》為風滅者数、暗行数里寸前尺却《一進一退》、有蹶而仆者跌而踞者杖而立者不可悉状、已而駅吏点火来迎、衆為之躍然《躍り上がる》走而就阪本之旅舎、已過三更、嗟夫今日之行、不独跋渉《越え渡る》山巒《山岳》之嶮具喫風雪之艱、所以堅肌膚《身体の大切な所》之会筋骸《筋肉と骨》之束者在於此乎、可謂神霊之賜而先君《甘雨公》鼓舞人心磨励気節《勉励する意気節操》之余恵矣、不可不併而記、

安政六年己未冬十一月二十五日　　小林愨再拝乞玉斧

西洋砲法本藩に行はるるなり。先君甘雨公より公特に予の叔氏星野舎正に命じ、幕府の士下曽祢《しもそね》氏に就き業を受く。且《まさ》に大小銃数十門を鋳《い》、毎《つね》に子弟をして其の術を講脩《カウシウ》せしめ、此に二十年なり。蓋《けだ》し洋虜猖獗《シヤウケツ》の際、固圉《コギヨ》の急務一日も忘るべからず。人心を鼓舞し気節を磨励する所以なり。今玆《こ》の冬諸生会議し、試伎《シギ》の射的《シヤテキ》百枚之《これ》を三十歩《五十四米余》外に貫《つら》ね、碓氷の熊野神祠に掲《かか》げんと欲し、益《ますま》す武技成立を祈るなり。予に嘱《たの》み之を録《しる》す。已《すで》に卜ひ《うらな》成り二十五日之を挙《あ》げ、五更を期して予も亦与《とも》に発す。凍月天星《テンセイ》に在り。星光爛然《ランゼン》と郭《くるわ》に出で西行す。漸《やうや》く杉林に近づけば回風起り微霰落つ。寒威骨に沁み、人をして凛然《リンゼン》たらしむ。八本木茶店に到り戸を叩き、火を呼《いひ》つけ各《おのおの》の背面を炙る。小《いささ》か雲破れ月出で松井田を過ぎ、未だ関門数里に到らず鶏鳴嘐々《カウカウ》たり。東方既に白み、俄然雲合《ガゼンウンガフ》し風雪大いに来たり。関を踰《こ》ゆれば則ち阪本なり。衆固《もと》より雨衣を齎《もたら》さず、僦《か》りて之を得たり。各《おのおの》の行厨《カウチユウ》を抜き空心に点じ、満酌の一杯勇を鼓して進む。碓嶺の険此に始まる。断崖天を擎《あ》げ絶谷雲を吐き、矗々《チクチク》焉《エン》と盤々《バンバン》焉たり。紆余旋転して上り少《わづか》な平処に到り覗《うかが》ひて曰く、回顧すれば則ち八州の野、忽然《コツゼン》と目に在り。又雲霧茫々《バウバウ》と山川の勝概と城郭の荒廃とを指画《シクワク》する能《あた》はずを恨む。俯聴《フチヤウ》すれば澗水虢々《カンスイクワククワク》と奔《はし》り且《かつ》つ下《くだ》るのみ。盤根石より山中に赴《おもむ》けば雪益《ますま》す甚《はなはだ》し。四望皚然《ガイゼン》と纖塵《センヂン》も著《つ》かず、只《ただ》黄茅《クワウバウ》の数家、雲間に出没するを見るのみ。変りて瓊楼銀闕《ケイロウギンケツ》の偉観を作《な》す。恰《あたか》も銀漢《ギンカン》の閣門《カクモン》を歩き広寒宮に到るがごとしと。宮は則ち神祠なり。是に於て整頓威儀し神前に羅拝《ラハイ》し、祝々祭了して祝氏歇《や》む。山肴野蔌《ヤソク》席に及び、献酬《ケンシウ》交錯し杯盤狼藉《ハイバンラウゼキ》たり。黄昏辞して下《さが》る。已《すで》に山中に及べば則ち咫尺を弁ぜず。積雪脛《すね》を没し勁風《ケイフウ》面を剝《う》つ。山谷相荅へ万雷吼《ほ》ゆるごとく、交《こもご》も以て狼声危々栗々《リツリツ》たり。殆《ほとん》ど顔色土のごとく、購《あがな》ひて炬火《キヨカ》を得るも風の為に滅《き》ゆるは数《しばしば》なり。暗行数里、寸前尺却す。蹶《つまづ》きて仆《たふ》るる者、跌《つまづ》きて踞《うずくま》る者、杖《つゑ》つきて立つ者有り、状《ありさま》を悉《つく》すべからず。已《すで》にして駅吏点火し来迎す。

衆之が為に躍然《ヤクゼン》と走りて、阪本の旅舎に就く。已に三更を過ぐ。嗟《ああ》夫《そ》れ今日の行、独り山巒《サンラン》の嶮を跋渉《バッセフ》し、具《つぶさ》に風雪の艱を喫し、肌膚《キフ》の会、筋骸《キンガイ》の束を堅くする所以《ゆゑん》は此に在らざるか。神霊の賜《たまもの》にして、先君人心を鼓舞し磨励《マレイ》気節の余恵と謂ふべし。併せて記《しる》さざるべからず。

號の字は原文に偏に氵が入り、水の声を意味する。「先君鼓舞人心磨励気節」に碓氷峠遠足《とほあし》がある。星野舎正は東山の父三代達三郎の弟潤四郎で叔父にあたる。諱舎正、字潤四郎、号鳳度、二代友七克正の五男、文政二年閏四月生。文中に「此に二十年なり」とあり天保十年二十歳頃から砲術修業を始め、弘化四年正月十一日には徒小姓金壱両増砲術修業出精ニ付格別之訳を以下候と技量努力が認められた。天保十三年八月四日星野又兵衛継嗣となった。時に二十四歳。東山と共に嘉永三年十月廿九日に安中を出立し、高島秋帆門の下曽祢桂園に師事した。時に三十二歳。文久三年給人大目付助勤、慶応三年大目付見習。明治八年五月十八日歿、享年五十七、法諡常在院教山日曄居士という。嘉永六年以後幕命で桂園に従い浦賀を護り、越中島大森の砲台で講習し、維新には戊辰戦争に参加し、明治四年には中尉となり弟子五百人という。「紀登碓嶺」は名文である。

遺稿の二を「拙稿」別名「仲兄東山先生遺艸 雲行雨施天下　春堂穎秘蔵」という。春堂は先の稿本を明治四十一年十二月十五日に書写開始し、この稿本を翌四十二年十二月十二日書写終了している。

1「新年作」新年作三首に

暁鼓鼕々《太鼓の音》夢乍回　朝天《天子に謁見す》車馬更喧豗《喧しい声》　錦城日上万家合　蓮岳《富士山》雲収八朶《八の花弁》開

残雪半随溝水去　春風故向柳梢来　閑人別《人ごとに》有閑公事《公務》　独掃明窓酌緑醅《よい酒》

七律上平十灰韻

暁鼓鼕々《トウトウ》と　夢乍《たちま》ち回《めぐ》る　朝天の車馬　更に喧豗《ケンクワイ》たり　錦城日上《のぼ》り　万家合《あ》ひ　蓮岳《レンガク》雲収《をさ》め　八朶《ハチダ》開く　残雪

半ば随《つ》き　溝水去《さ》り　春風故《ことさら》に向ひ　柳梢に来たり　人別《ジンベツ》に閑有り　公事《コウジ》閑《しづか》に　独《ひと》り明窓を掃き　緑醅《リョクハイ》を酌《く》む

烟霞連海淑光《美しい光》分　九陌《都の大道》三街車馬紛　敝褐《破れ衣》何心嗟久客《長逗留の人》　芳樽買酔有余醺

池頭風暖水紋動　窓外日高梅気薫　景物関情《心に係る》方自此　恨将書剣換耕耘《農作の事》　七律上平十二文韻

烟霞海に連なり　淑光《シユククワウ》分かる　九陌《キウハク》三街《サンガイ》車馬紛《みだ》る　敝褐《ヘイカツ》何《なに》の心ぞ　嗟《ああ》久客《キウキヤク》　芳樽買酔　余醺有り　池頭風暖かく　水紋動き　窓外日高く　梅気薫《かを》る　景物関情《クワンジヤウ》　方《まさ》に此より　恨むらくは将《まさ》に書剣　耕耘《カウウン》に換へんとするを

暁鼓動城郭　千門《多くの家》淑気《春の気配》新　松筠《松と竹と》連大路　車馬超《走る》軽塵　一剣久為客　残銭支幾旬　自今梅柳好　奈此苦吟身

暁鼓　城郭に動《おこ》り　千門《センモン》　淑気《シユクキ》新らし　松筠《シヨウキン》　大路に連なり　車馬　軽塵に超《はし》る　一剣　久しく客と為り　残銭　幾旬を支《ささ》ふ　自今　梅柳の好み　此を奈《いか》ん　苦吟の身　五律上平十一真韻

2

「早春偶作二首」早春偶作二首に

何処東風度　雲霞此地新　軽烟漸籠柳　細草《ひめはぎ》未知春　挑菜《二月二日》逢人日《正月七日》　探梅到水浜　嬉遊自今始　短策《短い鞭》莫辞貧

何処《いづこ》　東風度り　雲霞　此の地新らし　軽烟　漸《やうや》く柳を籠《こ》め　細草《サイサウ》　未だ春を知らず　挑菜《テウサイ》　人日《ジンジツ》と逢ふ　探梅　水浜に到る　嬉遊　自今始まり　短策《タンサク》　貧を辞する莫かれ　五律上平十一真韻

何処春来早　焼痕緑欲蕪　微風吹柳眼《柳の新芽》　細雨洗梅鬚　因憶伯倫酒《劉伶解醒の故事》　誰憐叔度襦《廉范五袴の故事》　忽聴天際雁　帰思《帰郷の心》落江湖

何処　春来早く　焼痕　緑蕪《しげ》らんと欲す　微風　柳眼を吹き　細雨　梅鬚《シユ》を洗ふ　因《よ》りて憶《おも》ふ　伯倫《ハクリン》の酒　誰か憐れむ　叔度《シユクド》の襦《じゆばん》　忽《たちま》ち聴く　天際の雁　帰思《キシ》　江湖に落つるを　五律上平七虞韻

3

「梅花」梅花二首に

半臨浅水半疎籬《疎らな垣》　春意光回雪後枝　遮莫清寒《清貧》欺俗眼《卑しい見識》　初知冷淡《同情せず》本天姿《天然の姿》

飛従玉笛《美しい笛》何相措　落点青苔又一奇　尤是高標《品の高い》不描得　小窓深夜月明時　七律上平四支韻

半ば浅水に臨み　半ば疎籬《ソリ》　春意光回《めぐ》る　雪後の枝　遮莫《さもあら》ばあれ清寒《セイカン》　俗眼《ゾクガン》を欺き　初めて知る冷淡　本の天姿に　飛びて玉笛《ギヨクテキ》に従ひ　何ぞ相措《を》しまんや　落ちて青苔に点ずるも　又一奇なり　尤も是れ高標《カウヘウ》　描くを得

ず　小窓深夜　月明の時

玉樹《仙木》玲瓏《玉の鳴音》不受塵　風標《おもむき》応是伴松筠《変らぬ節操》　千林猶鎖雪霜裏　一点先開天地春

疎影照渓尤妙絶　清寒徹骨更精神　看来偏識《偏る知識》超然趣　衝口高吟句々新　七律上平十一真韻

玉樹玲瓏《レイロウ》と　塵《ちり》を受けず　風標《フウヘウ》是に応じ　松筠を伴《とも》なふ　千林猶ほ鎖《とざ》す　雪霜の裏《うち》　一点先づ開く　天地の春

疎影渓《たに》を照らし　尤《もっと》も妙絶にして　清寒骨に徹《とほ》り　精神を更《か》ふ　看《み》来たる偏識《ヘンシキ》　超然たる趣　口を衝いて高吟す　句々新《あたら》し

4「春日雑詠」春日雑詠に

梅欺残雪纔偸眼　柳怯春寒未展眉《開花する》　不奈書窓春寂寞《淋しい様》　小欄干外立多時《久しい間》　七古

梅残雪と欺き　纔《わづ》かに眼を偸《ぬす》む　柳春寒に怯《おび》え　未だ展眉《テンビ》せず　奈《いかん》ともするなし書窓　春寂寞《セキバク》たるを　小欄干外　立つこと多時《タジ》

5「二月十五日小集」二月十五日小集二首に

一雨朝来浥軽塵　満城風物趁時新　梅花籬《かきね》落香猶動　楊柳池塘緑漸匀

冷眼《老人の眼》常憐多少客　青樽偶対両三人　勧君行楽自今好　看遍江南処々春　七律上平十一真韻

一雨朝来たり　軽塵浥《うるほ》ふ　満城の風物　時を趁《お》ひて新し　梅花の籬落《リラク》　香猶《な》ほ動《い》づるがごとく　楊柳の池塘緑漸《やうや》く匀《ととな》ふ　冷眼《レイガン》常に憐れむ　多少の客　青樽偶《たま》ま対す　両三人　君に勧《すす》む行楽　自今好み　遍く看《み》る江南処々の春

偶邀同社韭新醃《漬物》　濁酒三杯豪気添　淡々軽烟籠小閣　朧々《おぼろげな様》春月上疎簾

情多却怯詩魔《詩を好む病》累　性僻従他俗人嫌　須識良辰《よい時節》兼美景《よい景色》　興来多取未傷廉《節操》　七律下平十四鹽韻

偶《たまた》ま同社に邀《むか》ひ　韮《にら》新たに醃《エン》す　濁酒三杯　豪気添ふ　淡々たる軽烟　小閣に籠り　朧々《ロウロウ》たる春月　疎簾を上ぐ　情多く却《かへ》りて怯《おそ》る　詩魔《シマ》の累《しば》り　性他に従ふを僻《さ》け　俗人を嫌ふ　須《すべか》らく良辰美景を兼ぬるを識《し》るべし
興来たれば多く取り　未だ廉《かど》を傷《やぶ》らず

6
「春日遊墨水《隅田川》」春日墨水に遊ぶ三首に
両岸東風晴日輝　落花如雪点人衣　風流客子今何在　春水悠々都鳥飛　七絶上平五微韻
両岸東風　晴れて日輝く　落花雪のごとく　人衣に点ず　風流客子　今何れに在り　春水悠々と　都鳥飛ぶ
南岸桜花北岸楼　春波万頃《広々の様》碧如油　多少遊人聯袂去　不知何処繋帰舟　七絶下平十一尤韻
南岸桜花　北岸の楼　春波万頃《バンケイ》　碧油のごとし　多少の遊人　袂《たもと》を聯《つら》ね去り　何処へか知らず　帰舟繋《つらな》る
問柳尋花路欲迷　斜陽猶在小橋西　微吟不覚驚閑鳥　飛入竹陰深処啼　七絶上平八斉韻
柳に問ひ花に尋《たづ》ぬ　路迷はんと欲す　斜陽猶ほ在るがごとし　小橋の西　微吟覚えず　閑鳥驚き　飛びて竹陰
に入り　深処に啼く

7
「帰途口占《ロずさむ》」帰途口占《コウセン》に
蘋《浮草》葉風生魚浪翻　長堤十里近黄昏　疎鐘忽起烟中寺　落日纔含竹外村
都鳥避人飛水際　暮潮和月上沙痕《沙上の跡》　春光満眼遍看了　至竟従来是主恩　七律上平十三元韻
蘋《ヒン》葉風生じ　魚浪翻《ひるがへ》る　長堤十里　黄昏近し　疎鐘忽《たちま》ち起《お》く　烟中の寺　落日纔《わづ》かに含む　竹外の村
都鳥人を避け　水際を飛び　暮潮月と和し　沙痕《サコン》に上《のぼ》る　春光眼に満ち　遍《ひとへ》に看了《みをは》り　至竟《つまり》従来　是主恩なり

8
「春閨《妻妾》怨」春閨怨に
銀燈焔冷夜沈々《更けゆく》　花影当窓月色深　未覚碧紗《緑の絹》帳裏夢　衣衾更着暁寒侵　七絶下平十二侵韻

銀燈焔《ほの》ほ冷く　夜沈々《チンチン》たり　花影窓に当り　月色深し　未だ覚えず碧紗《ヘキサ》帳裏の夢　衣衾更に着る　暁寒侵《をか》す

9
「贈見花人」花を見る人に贈るに

北落南村《北や南の村落》曽不迷　春光一々入新題　憶君今夜書窓下　夢遶杏花雲一渓　　七絶上平八斉韻

北落南村　曽て迷はず　春光一々　新題に入る　君を憶《おも》ふ今夜　書窓の下《もと》　夢に杏花を遶《めぐ》る　雲一渓

10
「春夢」春夢に

燈影沈々夜幾更　無端《ゆくりなく》引夢向帰程　分明行尽来時路　数点落花春鳥鳴　　七絶下平八庚韻

燈影沈々たり　夜幾更《いくコウ》　端《はし》無くも夢を引き　帰程に向かふ　分明に行き尽くす　来時の路　数点の落花　春鳥鳴く

11
「雨中桜花」雨中の桜花に

綽約《淑やかさ》仙姿難自持　含愁含態一枝々　不容朱粉《赤色の粉》汗香頬　自在紅潮《あからむ》上玉肌
清賞《山水の遊》須期微雨裡　多情《多感》尤是欲開時　朝吟暮酔君休笑　只恐狂風容易吹　　七律上平四支韻

綽約《シャクヤク》たる仙姿　自ら持し難し　愁ひを含み態《おもむき》を含む　一枝々　朱粉《シュフン》を容《い》れず　汗頬《カンケフ》に香《かを》り　自在に紅潮《コウテウ》し　玉肌に上《のぼ》る　清賞《セイシヤウ》須《すべか》らく期すべし　微雨の裡《うち》　多情《タジヤウ》尤も是れ　開時を欲す　朝吟暮酔　君笑ふ休《な》かれ　只だ恐る　狂風　容易に吹くを

12
「春晩即興」春晩即興に

篆烟《曲り立つ香烟》細々繞窓櫳《房室の窓》　深院《奥深い所》無人春亦空　満眼清愁《清い愁い》無所遣　夕陽簾外落花風　　七絶上平一東韻

篆烟《テンエン》細々と　窓櫳《サウロウ》を繞《めぐ》る　深院《シンヰン》人無く　春も亦空《むな》し　満眼の清愁《セイシウ》　遣《や》り所無く　夕陽簾外　落花の風

13
「春日雑詠」春日雑詠二首に

書窓眠足未斜陽　偏覚閑来《関散以来》日漸長　笑他白蝶与黄蝶　舞向春風抵死《あくまでも》忙　七絶下平七陽韻

書窓眠り足り　未だ斜陽ならず　偏《ひとへ》に覚ゆ閑来《カンライ》　日漸《やうや》く長し　他《たれ》を笑ふ白蝶と黄蝶と　舞ひ春風に向ひ　抵死《テイシ》
忙《いそが》し

軽陰漠々《寂しい様》暗窓紗《薄絹》　漸覚軽寒剗地《突然に》加　春光一段不描得　雨中楊柳雨中花　七絶下平六麻韻

軽陰漠々《バクバク》たり　暗窓の紗《サ》　漸く覚ゆ軽寒　剗地《サンチ》に加ふ　春光一段　描くを得ず　雨中の楊柳　雨中の花

14

「柳塘送春韻限潮橋朝字」柳塘の送春　韻を潮橋朝の字に限るに

池塘雨過漸通潮　新漲無端拍小橋　生怕《恐れる事》柳条《柳の枝》千万縷《糸筋》　留春色不永今朝　七絶下平二蕭韻

池塘雨過ぎ　漸く潮通《いた》る　新たに漲《みなぎ》り端《はし》無くも　小橋を拍《う》つ　生怕《セイハク》す柳条《リウデウ》　千万の縷《ル》　春色を留むる今朝永か
らず

15

「初夏即事《見た景色》」初夏即事に

雨乾団蝶翻軽雪　風度衙蜂起小雷　閑来占得詩思好　笑対南山酌緑醅《よい酒》　七古

雨乾き蝶団《あつま》り　軽雪翻《ひるがへ》る　風度《わた》り蜂衙《あつま》り　小雷起《おこ》る　閑来るを占ひ得て　詩思を好み　笑ひて南山に対ひ　緑
醅《ハイ》を酌《く》む

16

「雨後」雨後に

聞説天公起臥龍　迅雷震地疾風衝　須臾《少しの間》雨霽雲初散　月上東山第一峯　七絶上平二冬韻

聞説《きくなら》く天公　臥龍起く　迅雷地に震《ふる》ひ　疾風衝《う》つ　須臾《シュユ》に雨霽《は》れ　雲初めて散《はな》れ　月東山に上《のぼ》る　第一峯

17

「送人帰安中」人安中に帰るを送るに

匹馬《一匹の馬》駸々《疾行する》独自還　孤城《安中城》遙指渺茫《広く遙か》間　雨余藻水《美しい水》引羅帯《川をいう》　雲破榛峯《榛名山》擁翠鬟《青々とした様》

此境由来労夢寐　世途《世の中》其奈有機関　憑君説尽平生事　為我留心莫等閑《なおざり》　　七律上平十五刪韻

匹馬駸々《ヒツバシンシン》と　独り自《みづか》ら還《かへ》る　孤城遙かに指す　渺茫《ベウバウ》の間　雨余の藻水《サウスヰ》　羅帯を引き　雲破れ榛峯　翠鬟《スヰクワン》を擁《いだ》く

此の境由来　夢寐に労《つか》る　世途其れ奈《いか》ん　機関有るを　君に憑《つ》いて説き尽くす　平生の事　我が為に心を留め

等閑する莫《な》かれ

18

「竹窓午睡」竹窓午睡に

菉竹叢中小草堂《茅葺きの家》　幽懐《胸のうち》転愛午陰《昼の木蔭》長　生来不恨無仙骨《非凡な風采》　飽占風窓一味涼　　七絶下平七陽韻

緑竹叢中　小草堂《サウダウ》　幽懐《イウクワイ》転じて愛《をし》む　午陰《ゴイン》の長きを　生来恨まず　仙骨《センコツ》無く　占《と》ふに飽く風窓　一味の涼

19

「苦熱《酷暑》」苦熱に

炎々火傘《暑夏の空》焚長空《大空》　大地生霊沸鼎中　未学華山高士《高尚な人》術　倩誰何処起雷公《雷様》　　七絶上平一東韻

炎々たる火傘《クワサン》　長空を焚《や》く　大地の生霊　鼎《テイ》中に沸く　未だ華山に学ばず　高士《カウシ》の術　倩《つらつ》ら誰か何処《いづこ》に雷公を起《お》こす

20

「仲夏風日《風と日》清淡《閑散》怡然《楽しむ様》有作」仲夏風日《フウジツ》清淡《セイタン》怡然《イゼン》と作有りに

満簾槐影《えんじゅ》日如年　枕簟《枕と竹席》風清《清い風》雨後天　午睡醒来無一事　竹陰涼処去聴泉　　七絶下平一先韻

満簾の槐《クワイ》影　日年に如《し》く　枕簟《チンテン》の風清《フウセイ》　雨後の天　午睡醒め来たり　一事無く　竹陰の涼処　去《はな》れて泉を聴く

21

「田家《ゐなかや》」田家に

北落南村《あちこちの村落》争挿秧《田植え》　薫風吹面汗如漿《こんづ》　帰来仰臥瓜梱《莨等の敷物》下　領略《理会する》黄昏一味涼　　七絶下平七陽韻

北落南村　挿秧《サフアウ》を争ふ　薫風面を吹き　汗漿《シヤウ》のごとし　帰来仰臥す　瓜梱《クワコン》の下《もと》　領略《リヤウリヤク》す黄昏　一味の涼

22

「嘉永癸丑《六年》夏六月北米利堅合同国使節軍艦四隻来於浦賀港府下騒擾《騒ぎ乱る》慨然《憤激する》有作」嘉永癸丑夏六月、北米利堅合同《ママ》国使

節軍艦四隻、浦賀港に来たりて府下騒擾《サウゼウ》たり。慨然《ガイゼン》と作有りに

大艦小艦何処来、迅疾《はやい》之勢如奔雷《激しい雷》、直截逆浪横港口、厳城忽向海上開、巨礮《大砲》連発水面吼、蛟鼉《亀の一種》潜穴鯨鯢《悪人の頭》走、生舋《血塗る》激変在呼吸、一夜羽檄《急の檄文》三告急、廟堂何嘗有奇謀、倉皇岸蕚《あわてる高山の様》嗟何及、上軍下軍争艤《出船の用意》舟、不異蜂屯《蜂の集り》与蟻聚《蟻の集り》、蟻聚蜂屯何栄々《盛んな様》、徒使狗輩《軽蔑の喩》覘形情、賊来真旁若無人《勝手にふるまう》、板船《小舟》測海故縦横、不奈食肉枉蔵事、封疆《国境》多事徒此始、君不見平大夫、嘗叱元使断頭顱《あたま》、又不見豊相国、偏師《一部の軍隊》絶海征絶域、爾来《その後》升平《太平の世》三百春、朝野熙々《和らぐ様》尚因循《旧習に因る》、嗟吁乎彼実蠢爾《おろか》小醜矣、敢来上国送其死、壮士敵愾《敵対する》不酬志、寧蹈東海爾死耳

大艦小艦　何処《いづこ》に来たり　迅疾《ジンシツ》の勢ひ　奔雷《ホンライ》に如《し》く　逆浪を直《じき》に截《き》り　港口に横たはる　厳城忽《たちま》ち海上に向かひ開《ひら》く　巨礮《キョハウ》連発　水面吼《ほ》え　蛟鼉《カウダ》穴に潜《ひそ》み　鯨鯢《ゲイゲイ》走る　舋《キン》を生む激変　呼吸在り　一夜の羽檄《ウゲキ》　三たび急を告ぐ　廟堂何ぞ嘗《かつ》て　奇謀有らん　倉皇岸蕚《サウクワウサクガク》　嗟《ああ》何ぞ及ばん　上軍下軍　艤《ギ》舟《シウ》を争ひ　蜂屯《ホウトン》と蟻聚《ギシュウ》とに異《こと》ならず　蟻聚蜂屯　何ぞ栄々《エイエイ》たらん　徒《いたづら》に狗輩《クハイ》をして　形情を覘《うかが》はしむ　賊来たり真に旁若無人たり　板船海を測《はか》り　故《ことさら》に縦横たり　食肉事を蔵《かく》し枉《ま》ぐるを奈《いかん》ともせず　封疆《ホウキヤウ》の多事　徒《いたづら》に此に始まる　君見ずや平大夫　嘗《かつ》て元使を叱《しか》り頭顱《トウロ》を断《た》つを　又見ずや豊相国　偏師《ヘンシ》絶海　絶域を征《う》つを　爾来《ジライ》升平　三百春　朝野熙々《キキ》と　因循を尚《たふと》ぶ　嗟《あ》吁《あ》乎彼実に蠢爾《シュンジ》たる小醜なり　敢《あ》へて上国に来たり　其の死を送《いた》す　壮士の敵愾《テキガイ》　志に酬《むく》いず　寧《むし》ろ東海を蹈《ふ》み　爾《なん》ぢ死するのみ

元寇に朝鮮出兵に神風が吹き、ペリー来航に二十一歳東山の敵愾心が窺える。23「従軍行」従軍行に

戍卒《守備の兵》三千海上開　忽看蕃船蔽天来　連営《連なる砦》号砲一斉発　散入黄雲起百雷　　七絶上平十灰韻

戍卒《ジュソツ》三千　海上に開《すす》む　忽《たちま》ち看る蕃船　天を蔽ひて来る　連営《レンエイ》の号砲　一斉に発し　黄雲に散入し　百雷起《おこ》る

ペリーの大艦巨礮の江戸湾侵入を「天を蔽ひて来る」と表現する。24「秋日游墨水」秋日墨水に游ぶに

秋風雨後送微涼　蘆荻《あしおぎ》花開未着霜　新漲寸添水三尺　布帆無恙下斜陽　七絶下平七陽韻

秋風雨後　微涼を送る　蘆荻《ロテキ》花開き　未だ霜着かず　新たに漲《みなぎ》り寸《わづか》に添ふ　水三尺　布帆恙《つつ》が無し　斜陽下《お》つ

25

「送原粛卿帰日向延岡」原粛卿日向延岡に帰るを送るに

八月涼風南雁飛　嗟君結束《旅支度》独西帰　杖藜《あかざの杖》此去誰為伴　緑水青山夢不違　七絶上平五微韻

八月涼風　南へ雁飛ぶ　嗟《ああ》君結束《ケツソク》し　独り西帰す　杖藜《チヤウレイ》此を去り　誰か伴《とも》と為す　緑水青山　夢違《たが》はず

26

「十五夜小集」十五夜小集に

雲影鱗々《鮮やかさ》晴色開　満天風露雁声哀　挙杯借問《問うこと》窓前月　酔裏相看得幾回　七絶上平十灰韻

雲影鱗々《リンリン》と　晴色開く　満天の風露　雁声哀《かな》し　杯を挙げ借問《シヤモン》す　窓前の月　酔裏相看る　幾回か得るを

27

「秋夜」秋夜三首に

破窓燈暗雨凄涼　客思不堪悲異郷　半夜《夜中》嗷々《雁の鳴声》新雁度　江湖《世の中》依旧有微霜　七絶下平七陽韻

破窓燈《ひ》暗く　雨凄涼たり　客を思ひ堪へず　異郷を悲しむ　半夜嗷々《ガウガウ》と　新雁度《わた》り　江湖旧に依り　微霜有り

一穂《一筋の》燈花《灯心の花》翳又明　荒庭無処不蟲声　秋風吹送蕉窓雨　打起愁人《詩人》万斛《多くの量》情　七絶下平八庚韻

一穂《イッスヰ》の燈花《トウクワ》　翳《かげ》り又明るし　荒庭処《とこ》ろ無く　蟲声せず　秋風吹き送る　蕉窓の雨　打ち起《おこ》る愁人《シウジン》　万斛《バンコク》の情

壮士《青年》傷時眠不成　中夜歩屧《下駄》到三更　月在楼頭雲四散　仰看鴻雁向南征　七絶下平八庚韻

壮士《サウシ》傷つく時　眠り成らず　中夜の歩屧《ホセフ》　三更に到る　月楼頭に在り　雲四散し　仰ぎて鴻雁を看《み》れば　南に向ひ征《ゆ》く

28

「寄家兄《小林　禎》」家兄に寄すに

多年為客走風塵　学業空慚呉下人《本の無学者》　千里凄風秋又去　半窓夜雨雁来頻

客中《旅行中》消息憑誰語　夢裏関山《ふるさと》総不真　正是思帰々未得　強将封鮓《賢母》慰慈親　七律上平十一真韻

多年客と為り　風塵に走る　学業空しく慚《は》づ　呉下《ゴカ》の人　千里の凄風　秋又去り　半窓の夜雨　雁来頻《しき》りなり

客中《カクチユウ》の消息　誰に憑《つ》け語り　夢裏の関山　総《す》べて真ならず　正に是れ帰るを思ひ　帰り未だ得ず　強《し》ひて将《まさ》に

封鮓慈親《フウサジシン》を慰めんとす

29

「九月十三夜小集」九月十三夜小集に

寛平天子《宇多天皇》頌声《頌徳の声》伝　嘗賞此宵開御筵《天子の御座》　明月不随時世去　長留清影《清月の光》落吟辺　七絶下平一先韻

寛平《クワンピヤウ》の天子　頌声《ショウセイ》を伝ふ　嘗て此の宵を賞し　御筵《ギヨエン》を開く　明月随《したが》はず　時世去り　長く留《とど》む清影《セイエイ》　落吟の辺《あたり》

30

「秋江漁夫図」秋江漁夫の図に

荻花紅蓼《赤いたで》秋風起　月在天心《天の中央》天在水　扁舟《小舟》一棹向何辺　家住江南叢竹裡　七絶上声四紙韻

荻花《テキクワ》紅蓼《コウレウ》　秋風起《お》こる　月天心《テンシン》に在り　天に水在り　扁舟一棹《ヘンシウイツタウ》　何辺《いづこ》に向け　家江南に住む　叢竹の裡《うち》

扁舟一棹向何辺は蘇軾の蓮崇春江晩景詩「扁舟一櫂帰何処」小舟の春江を行くを詠じたものによる。

31

「山寺看楓」山寺に楓を看る二首に

小逕《こみち》沈々《木の茂る》欲落暉《夕陽の光》　疎鐘送我出雲扉《雲の出る扉》　秋風吹起楓林晩　尽化前村《前方の村》紅雨《紅葉の散る》飛　七絶上平五微韻

小逕《セウケイ》沈々と　落暉《ラクキ》を欲す　疎鐘我を送り　雲扉《ウンヒ》を出づ　秋風吹き起こる　楓林の晩　尽《ことごと》く化す前村　紅雨《コウウ》飛ぶ

楓林風起葉紛々《乱れる様》　隔樹炊烟日欲曛　路入小渓寺何在　鐘声撞破《つき破る》半山《山腹》雲　七絶上平十二文韻

楓林風起り　葉紛々《フンプン》たり　樹を隔て炊烟　日曛《く》れんと欲す　路小渓に入り　寺何《いづこ》に在り　鐘声撞破《タウハ》　半山《ハンザン》の雲

32

「残菊」残菊に

節過重陽《九月九日》日就荒　孤芳《ひとり芳しい》其奈妬風霜　莫言埋没同秋草　引蝶引蜂抵死香　七絶下平七陽韻

節重陽《チョウヤウ》を過ぎ　日荒《あ》るに就く　孤芳《コハウ》其れ奈《いか》ん　風霜を妬《ねた》む　埋没と言ふ莫《な》かれ　秋草に同《ひと》し　蝶を引き蜂を引く　死に抵《いた》る香たり

33「題楠公別子図」楠公子と別るる図に題す三首に

南風不競時不利　抜剣瞋目目裂眥《怒りの様》　僵屍《斃れた屍》横路如乱麻　殺気惨淡《薄暗い様》霾天地　七絶去声四寘韻

南風競《きそ》はず　時に利あらず　抜剣し目を瞋《いか》らし　目裂眥《レッセイ》す　僵屍《キャウシ》横路　乱麻のごとく　殺気惨淡《サンタン》と　天地に霾《つちふ》る

皇上《天皇》有霊恨応呑　慷慨《悲嘆の様》攜乎出中原《王畿》　熱血満腔《胸一杯》無所洩　強吐一言教児孫　七絶上平十三元韻

皇上霊有り　恨み応《まさ》に呑むべし　慷慨《カウガイ》携《たづさ》ふや　中原に出づ　熱血満腔《マンカウ》　洩らす所無く　強く一言を吐き　児孫に教ふ

嗚乎臣死君子《君主》死父　一門精忠《純粋の忠》赫亘古《永遠》　今日和涙賦余哀《尽きぬ悲しみ》　悲風為我自南来　七古

嗚乎《ああ》臣死し君子の父も死す　一門の精忠　赫《かがや》き亘古《コウコ》たり　今日和《やはら》ぎ涙《なみだ》し　余哀《ヨアイ》を賦す　悲風我が為に　南より来たり

一首目の「南風不競」の句は廉齋遺艸9「弔楠公文并序」に「南風競《きそ》はず魑魅猖狂す」とあり、頼山陽が日本外史巻之五新田氏前記楠氏で、南朝の衰頽をこう表現したのによる。34「落葉」落葉に

蕭々《落葉の音》瑟々《風の音》舞回風《つむじ風》　尽点青苔満地紅　記得《おぼえる》山房独宿夜　数声和月到簾櫳《簾の掛かる櫺子窓》　七絶上平一東韻

蕭々《セウセウ》瑟々《シッシッ》と　回風舞ふ　点《そそ》ぎ尽す青苔　満地紅なり　記得《キトク》す山房　独り宿る夜　数声月に和し　簾櫳《レンロウ》に到る

35「霜晴」霜晴に

風霜昨夜擁高城　城裏清涼万瓦明　旭日三竿《高く昇る》起来《起きる》慵　臥聴鳥雀上欄鳴　七絶下平八庚韻

風霜昨夜　高城《カウジヤウ》を擁《いだ》く　城裏清涼　万瓦明《かがや》く　旭日三竿《サンカン》　起来慵《ものう》し　臥し鳥雀を聴く　欄《おばしま》に上りて鳴くを

36「秋晩《秋の暮れ》」秋晩に

紛々《乱れる様》落葉叩柴門《隠者の家》　独坐書窓倒瓦樽《素焼の樽》　鴻雁飛鳴秋漸老　満庭風雨易黄昏　七絶上平十三元韻

紛々《フンプン》たる落葉　柴門《サイモン》を叩《たた》く　独り書窓に坐し　瓦樽《グワソン》を倒《たふ》す　鴻雁飛鳴　秋漸《ようや》く老《た》け　満庭の風雨　黄昏に易《か》ふ

37「十月望小集後赤壁賦中集字」十月望小集、後赤壁中の字を集め賦すに

過従《訪問する》一堂上　歌嘯《声長に詠う》亦相知　月白清風動　山高流水悲　蹁躚《巡りゆく》楽良夜　俯仰《見まわす》嘆人時《収穫の時候》　何処呼舟去　適然《たまたま》聴所之

過従《クワジユウ》す　一堂上　歌嘯《カセウ》し　亦相知る　月白く　清風動き　山高く　流水悲し　蹁躚《ヘンセン》し　良夜を楽しみ　俯仰《フギヤウ》し

人時《ジンジ》を嘆く　何処《いづこ》に　舟を呼び去り　適然《テキゼン》と　聴《まか》す所に之《ゆ》かん　五律上平四支韻

38「題後赤壁図限賦内字」後赤壁図に題す。賦内の字に限るに

草木悲風起　凛乎《厳寒の様》四望幽　孤舟横断岸　明月涌中流　山水長如此　歳時不可留　我無魚与酒　何処問曽遊《昔の遊覧》

草木　悲風起り　凛乎《リンコ》と　四望幽《くら》し　孤舟　岸を横断し　明月　中流に涌《わ》く　山水　長きこと此のごとく　歳

時　留《とど》むべからず　我に無し　魚と酒と　何処に　曽遊《ソウイウ》を問ふ　五律下平十一尤韻

39「寒燈《寂しい灯》」寒燈に

破窓風死夜蕭然《物寂しい》　一点寒光対客眠　万里夢回天欲曙　猶留短影《短い光》照残編《残った本》　七絶下平一先韻

破窓風死《た》へ　夜蕭然《セウゼン》たり　一点の寒光　客に対《むか》ひ眠《くら》し　万里夢回《めぐ》り　天曙《あ》けんと欲し　猶《な》ほ短影を留むるごと

し　残編《ザンペン》に照らすを

40「十二月七日伺竹内九成飯田孔固侍飲《陪飲する》、廉齋先生偶東湖藤田先生至、酔中分韻賦呈」十二月七日竹内九成飯田孔固

を伺《たづ》ね侍飲《ジイン》す。廉齋先生東湖藤田先生偶《たまた》ま至り酔中分韻し賦して呈すに

偶然一夜此相同　緑酒紅燈興不空　借問風流何所似　月移梅影上簾櫳　七絶上平一東韻

偶然一夜　此《ここ》に相同じうす　緑酒紅燈　興空しからず　借問す風流　何所《いづこ》に似《に》　月移り梅影　簾櫳《レンロウ》に上《のぼ》る

飯田孔固（東山「公務日暦」安政五年九月三日条にみえる）は逸之助、明治に定と名乗り碓川と号した。竹内九成は不明であるが竹内宗甫の子園次郎と関係があろう。本評伝諸友との交遊「藤田東湖沈酔と廉齋泥酔」条参照。東湖は安政二年十月二日の江戸地震で圧死した。東山小林家に嘉永六年十二月十四日廉齋宛藤田東湖手簡がある所以である。

この40七絶は東山が廉齋塾にいた嘉永六年かその翌年の作とみる。

41「掃塵行」掃塵行二首に

塵兮塵兮汝何者　上我几案上我坐　朝々暮々掃又至　恰如秋風木葉下　今年残臘《年の余日》纔十日　東隣西隣争掃灑《掃除》

掃灑《掃除》只要一室新　云是可以迎新春　叱咤《しかる》揮鞭《鞭を揮う》互駆逐《追い払う》　不省紛然《乱れる様》紆其身　嗚乎茫々《疲れ倦む》風塵裏　奔波《苦労する》東西幾千人

塵《ちり》や塵や　汝は何者ぞ　我が几案に上《のぼ》り　我坐に上る　朝々暮々　掃き又至り　恰《あたか》も秋風のごとく　木葉を下《くだ》す　今年の残臘《ザンラフ》　纔《わづ》か十日　東隣西隣　掃灑《サウサイ》を争ふ　七古

掃灑《サウサイ》只だ要す　一室新らしを　是を云ひ以て新春を迎ふべし　叱咤揮鞭《シッタキベン》し　互ひに駆逐し　紛然《フンゼン》と省みず　其の身を紆《かが》む　嗚乎《ああ》茫々《バウバウ》たる　風塵の裏《うち》　奔波《ホンバ》東西　幾千人　七古

42「題後赤壁図」後赤壁図に題すに

画図之為物、挙其意而遇之心目《心の目》也、然而不入其真、則不足以盪滌《洗い濯ぐ》其意也、余嘗蔵後赤壁図、毎出而見之、水光如涌山色欲浮、千態万状《様々の形》、宛然《明瞭な様》于尺幅《画の小幅》之間、愈見愈奇、恍《うっとり》如親経其境者不亦奇乎、若夫赤壁之勝景与坡翁《宋の蘇軾》之高標《品の高い》、則不竢余辨也、嗟乎於今如坐而撫其景、見其人者不知意之為画乎、抑目之為真乎

画図之を物と為し、其の意《こころ》を挙げて之を遇《もてな》す心目《シンモク》なり。然《しか》して其の真に入らずんば、則ち以て其の意を盪滌《タウテキ》す

るに足らざるなり。余嘗《かつ》て後赤壁図を蔵し、毎《つね》に出して之を見る。水光涌《わ》くがごとく、山色浮ばんと欲す。千態万状、尺幅《セキフク》の間に宛然《エンゼン》たり。愈《いよい》よ見れば愈よ奇なり。恍《クワウ》として親しみ其の境を経《ふ》るがごときは、亦奇ならずや。若《も》し夫れ赤壁の勝景と坡翁《ハヲウ》の高標《カウヘウ》と、則ち余《おほ》くの辨《わか》ちを竢《ま》たざるなり。嗟乎《ああ》今に坐して其の景を撫づるがごとく、其の人を見るは意の画と為るを知らざるか。抑《そもそ》も之を目《さ》し真と為すや。

43

「愛菊説」菊を愛《め》づる説《よろこ》びに

予観菊春夏之交、鬱々《盛なさま》若与桃李不争其栄也、若夫深秋百寺霜落之日、則嫣然《にこにこ》吐於芳荒叢《くさむら》之中、謂出於其類抜乎其萃者乎、古人云菊花之隠逸《世を避ける》者也、蓋古之愛菊者取其高標有君子之徳也、今也不然或除其枝或屈其身、強為之行伍《兵士》為之屏障《屏風》風霜以慰其心目、是皆戕賊《殺害》杞柳《川柳》以為桮棬《曲物の杯》之徒也、嗚乎菊之所以為菊予不知也、若使菊花有知将言何、予於是乎有説

予菊を観るに春夏の交《まじは》り、鬱々《ウツウツ》と若《なん》ぢ桃李と其の栄《はえ》を争はざらんや。若ぢ夫れ深秋百寺霜落つる日、則ち嫣然《エンゼン》と芳《かを》りを荒叢の中に吐く。其の類《たぐひ》を抜くか其の萃《あつま》る者かに出づるを謂ふ。古人云ふ、菊花は之《これ》隠逸《インイツ》なる者なりと。蓋《けだ》し古《いにしへ》の菊を愛する者は、其の高標を取り君子の徳有るなり。今や然《しか》らず、或いは其の枝を除《のぞ》き、或いは其の身を屈す。強《しひ》て之を行伍《カウゴ》と為し、之を屏障《ヘイシャウ》と為し、風霜以て其の心目を慰む。是れ皆杞柳《キリウ》を戕賊《シャウゾク》し以て桮《ハイ》棬《ケン》の徒と為るなり。嗚乎《ああ》菊の菊たる所以《ゆゑん》を予知らざるなり。若《も》し菊花をして知る有らしめば、将《まさ》に何をか言はん。予是に於てや説《よろこ》び有らん。

44

「紀事二則」紀事二則に

東照宮曽与豊太閤語、太閤屈指数其所秘蔵、粟田口吉光刀及其他宝器、謂東照宮曰卿《君》亦有之乎、東照宮曰無、又強之、荅曰我所為宝者異乎公之撰、我有忠勇之士五百余人、我之使之入水火之中不避也、我従此多士横行《勝手気儘》六十余

州不見強敵也、我以此為宝如器物則不問也、太閤有慚色《恥じ入る様子》
東照宮曽《かつ》て豊太閤と語り、太閤数《しばし》ば其の秘蔵する所を屈指し、粟田口吉光の刀其の他宝器に及ぶ。東照宮に謂ひて曰く、卿《ケイ》も亦之れ有りやと。東照宮曰く、無しと。又之を強《し》ふ。答へて曰く、我が宝と為す所の者は公の撰と異なるか。我に忠勇の士五百余人有り。我之《ゆ》き之をして水火の中に入れ避けざらしむるなり。我此の多士により六十余州に横行《ワウカウ》し強敵を見ざるなり。我此を以て宝と為し、器物のごときは則ち問はざるなりと。太閤に慚色《ザンショク》有り。

慶長五年神君将北伐会津、令伊達政宗帰国攻其背、政宗急帰而白川白石皆敵地路梗矣、於是転出于岩城相馬、相馬義胤者上杉氏之黨而政宗之世仇也、政宗従士僅五十騎至其境、先使々言之曰方今予受徳川氏命帰国、士卒疲倦甚、請於城下休息、明日即発、義胤聞之曰政宗我世仇也而今如此抑命《命令》矣、不如佯詐《いつわる》之、襲其不意悉縛奴輩散積年之忿時不可失、先修民家而迎之、於是会諸士議有水谷三郎兵衛者進曰臣雖愚幸列席末、敢陳聲言《言明する》抑窮鳥入懐、猟者不殺之、彼今忘宿怨、而来投我、殺之不祥《不吉》、勇士之所不取也、且彼封境《国境》在近而日未下晡《十七時頃》、駆而行則至耳、而今次此得非有深謀陰慮乎、不如縦之帰其国、他日会戦決勝敗於一挙而已、義胤従之乃贈糧蒭《兵糧と秣》設篝火備兵衛以護之、夜将半政宗舎中闃如無人、衛士嫉之放馬二匹而呼噪《叫び騒ぐ》従之、政宗命一小童執燭自披《着る》素《白》衣《衣》佩小刀而出謂諸衛士曰外間《世の中》躁擾《苛立ち騒ぐ》甚、無非我下卒為狼藉乎、公等幸請鎮之言終入内天明猶未発、至巳時使々謝義胤、而後《この後》徐整隊伍而去、義胤使人視之、至彼政宗封境駒峯、大軍陳列出而迎之、関原之役畢義胤当除其封、政宗屢嘆訴因全其封至於今云
慶長五年、神君将《まさ》に会津に北伐せんとし、伊達政宗をして帰国し其の背を攻めしむ。政宗急に帰りて、白川白石皆敵地にして路梗《ふさ》ぐ。是に於て岩城相馬に転出す。相馬義胤は上杉氏の黨にして、政宗の世仇なり。政宗士僅《わづ》か五十騎を従へ其の境に至る。先づ使ひをして之に言はしめて曰く、方今予徳川氏の命を受け帰国す。士卒疲

倦甚し。城下に於て休息を請ふ。明日即ち発《た》つと。義胤之を聞きて曰く、政宗は我が世仇なりて、今此のごとく命《メイ》を抑《お》す。之を佯詐《ヤウサ》するに如《し》かず。其の不意を襲ひ悉く奴輩を縛り、積年の忿《いか》りを散《ほしいまま》にするは時失ふべからずと。先づ民家を修《をさ》めて之を迎《むか》ふ。是に於て諸士を会し議《はか》り、水谷三郎兵衛なる者有りて進み曰く、臣愚《おろ》かと雖も幸ひ席末に列《つらな》る。敢へて聲言《セイゲン》を陳《の》ぶるに、抑《そもそ》も窮鳥懐《ふところ》に入れば猟者之を殺さず。彼今宿怨を忘れ、来たり我に投ず。之を殺さば不祥《フシヤウ》なり。勇士の取らざる所なりと。且《まさ》に彼の封境近きに在りて、日未だ下晡《カホ》ならんとして、駆《か》りて行かば則ち至るのみ。而して今此に次ぎ深謀陰慮有るに非ざるを得んや。之を縦《ゆる》し其の国に帰すに如《し》からずんば、他日会戦し勝敗を一挙に決するのみ。義胤之に従ひ乃《すなは》ち糧蒭《リヤウスウ》を贈り篝火を設け、兵衛を備へ以て之を護る。夜将に半ばならんとし、政宗の舎中闃《しづ》かなること無人のごとし。衛士之を嫉《ねた》み馬二匹を放ちて、呼噪《コサウ》之に従ふ。政宗一小童に命じ燭を執り、自ら素衣《ソイ》を披《き》小刀を佩して、出で諸衛士に謂ひて曰く、外間躁擾《サウゼウ》甚だし。我が下卒狼藉を為すに非ざる無きか。公等幸ひに請ひて之を鎮め言ひ終《を》へ内に入り、天明猶《な》ほ未だ発《あ》けず。巳の時に至り使ひをして義胤に謝《あやま》らしむ。而後《ジゴ》徐《おもむろ》に隊伍を整へて去る。義胤人をして之を視せしむ。彼政宗封境駒峯に至れば、大軍陳列出でて之を迎ふ。関原の役畢《をは》り、義胤当《まさ》に其の封を除くべし。政宗屢《しばし》ば嘆訴し、因《よ》りて其の封今に至り全《まった》しと云ふ。

附録　添川廉齋年譜

享和三癸亥　　一歳
○十二月十五日添川直光ノ第二子トシテ陸奥国会津耶麻郡小荒井村（現福島県喜多方市）ニ生ル。家世業農兼染工（新井円次「添川完平先生略伝」、荘田三平撰文「廉齋添川先生碑銘」）。
○廉齋、名栗、通称完平、字仲穎・寛夫、号廉齋・有所不為齋。
文化元甲子　　二歳
○山田三川生ル。
文化二乙丑　　三歳
○是歳林鶴梁、藤田東湖生ル。
文化四丁卯　　五歳
○二月二十四日石川和介生ル。
文化六己巳　　七歳
○十一月十一日安中城主板倉勝明生ル。是歳塩谷宕陰生ル。
文化七庚午　　八歳
○小荒井村小洗寺ノ修験某ニ句読ヲ受ク（新井円次「添川完平先生略伝」）。
文化十一甲戌　　十二歳
○上三宮村（現喜多方市）ノ大野権右衛門マタ蓮沼某家ニ染業ノ徒弟トシテ奉公スルモ読書ヲ好ミ努メズ、タメニ僅カ一年余ニシテ還サル（新井円次「添川完平先生略伝」、川口芳昭「添川完平と新島七五三太」）。是歳小野湖山生ル。
文化十三丙子　　十四歳
○会津若松ノ世臣黒河内重太夫ノ下僕トナリ、同藩軍事奉行広川庄助ノ従僕トナル（新井円次、荘田三平、川口芳昭ニヨル）。
文化十四丁丑　　十五歳
○五月古賀精里歿。古賀穀堂、世子傅トナリテ江戸邸詰トナル。
文政二己卯　　十七歳
○十月十六日阿部正弘生ル。○是歳斎藤拙堂二十四歳、津阪東陽六十三歳、津藩有造館創建。
文政三庚辰　　十八歳
○広川庄助江戸常詰トナリ完平ヲ伴ヒ聖堂ノ師範依田源太ニ托サル。古賀穀堂ノ門ニ入リ三年間修業ス（新井円次、荘田三平、川口芳昭ニヨル）

○寛夫受業於博士依田先生「奥人添川寛夫来訪」（天保八年刊「遠思楼詩鈔」初編巻下）。
○昌平黌ニ学ブ徴証トシテ廉齋遺艸（以下遺艸トイフ）19「子玉曽在昌平乞諸子其海棠書屋詩予亦賦贈適思之因呈」、60「寄伊東子来山本君錫在浪華」ニ「茗水風霜夕」、101「宿林又深家」ニ「記取茗渓当日事」、165「鯖江城訪須子大均酒間賦呈」ニ「憶曽茗水逐群賢」トアル。マタ頼山陽「上元送添川仲穎東帰」ニ「還遇昌平友」（「山陽遺稿」巻之四）ヲ参照。

文政六癸未　二十一歳

○此頃京都ニ到リ頼山陽ニ従フ、二三年ノ間カ。「日本外史」（文政十年自序）ノ撰ニ与ツテチカラアリト（新井円次「添川完平先生略伝」）。
○頼山陽ニ従学シタ徴証トシテ遺艸119「同信侯士常重遊糺林得明字」ニ「十二年前旧訂盟、説著昔遊空有涙、先師玉骨已苔生」、マタ文政九年作ノ遺艸9「弔楠公文并序」ニ「南風不競」ノ語句ガアリ日本外史巻之五新田氏前記楠氏ノ末尾カラ引用。マタ遺艸63「擬楠公正成上後醍醐帝書並序」ニ「所謂武士者、狃其豢養」「万乗之尊」「窮海」「累世」「蟻附」ナド同ジ語句ガ存在スル。更ニ遺艸87「鴨井東仲来」ニ「山陽詩社諸兄在、洛下文章先輩多」トアリ、山陽遺稿ニ「上元送添川仲穎東帰」「再与仲穎話別」、文ニ「蠟燭説」ガ載ルノモ其ノ証。

文政八乙酉　二十三歳

○八月十五日富士ノ見エル江戸マタハ甲府ニ居リ（遺艸46「中秋」ニ「去年中秋客峡中、挙酒邀月望芙蓉」トアル）。
○是歳山田三川二十二歳、昌平黌入学。津阪東陽六十九歳歿。

文政九丙戌　二十四歳

○二月下旬カ三月上旬吉田駅ナドニテ富岳十二景ヲ賦ス「吉田駅・游境・坂上」（遺艸写真版）。
○三月暮ニハ甲府（遺艸1「発甲州」）ヨリ韮崎（遺艸2「新府懐古」）、信州（遺艸3「初入信州」）ニ入リ、木曽（遺艸4「大脇子賢洗心亭　岐岨」5「岐岨二首」）ヲ経テ、関原（遺艸6「関原有感而作十韻」）ヲ通リ、磨針嶺琵琶湖（遺艸7「磨針嶺琵琶湖而作」）ニ居リ。
○四月ニハ京都（遺艸8「入京」ニ「牡丹時節入京城」）、湊川（遺艸9「弔楠公文并序」ニ「路歴湊川謁楠公墓」）、播州（遺艸11「播州道中」）。四月十五日備後神辺ノ菅茶山ヲ訪ネ「来謁奥州会津処士添川寛平名栗字寛夫」（「菅家往問録」）、十六日ヨリ廿日マデ廉塾ニ留マル「会津添川寛夫来訪」（茶山日記・黄葉夕陽村舎遺稿巻之六）遺艸12「謁茶山先生」、13「黄葉村舎初夏即事」、下旬広島ノ頼杏坪ヲ訪ヌ（遺艸14「廣嶋謁杏坪頼先生云々」16「旅夜」）。
○五月上旬ニハ豊前中津ノ野本雪巌ヲ訪ネ（遺艸17「訪中津野本先生云々」）、豊後佐伯ノ中嶋子玉ヲ訪ネ（遺艸18「訪中嶋子玉留宿数日」、19「子玉曽在昌平云々」、20「梅雨宿海棠窩」、21「望海」22「自佐伯到竹田途中」）、豊後竹田ノ田能村竹田ヲ訪ネ（遺艸23「訪竹田先生云々」）、竹田ノ城原八幡社ニ宿ル（遺艸27「宿城原大宮司日野某家云々」）。十三日豊後日田ノ広瀬淡窓旭荘ヲ訪ヌ（旭荘ノ「日間瑣事備忘録」安政四年十二月十三日条「三十一年後ノ懐旧」、遺艸29「謁淡窓広瀬先生云々」30「呈広瀬吉甫」、淡窓ノ「懐旧楼筆記」巻二十五、「遠思楼詩鈔」初編巻下ニ「奥人添川寛夫来訪」、「梅墩詩鈔」初編巻二ニ同題デアリ）。十八日淡窓、廉齋ニ詩ヲ贈ル（遺艸写真版「五月十八日同諸子賦」）。筑後久留米ノ寿本寺に宿リ（遺艸31「宿草野村寿本寺呈僧溟上人」）、筑後柳川（遺艸33「濠梁図賛云々」）ヲ経タカ疑問モ残ルガ、肥前長崎ニ至ル（遺艸34「長崎」）。筑前遠賀郡黒崎ヨリ長門豊浦郡赤間関（遺艸35「舟発黒崎向赤馬関中流波太悪」）ニ至ル。

○六月下旬ニ安芸広島ノ頼杏坪ヲ再訪（遺艸36「還自筑紫重陪杏坪先生云々」、37「陪杏坪先生泛篠川」）、舟ニテ備後尾路ヘ其ノ地ニ居ル田能村竹田ヲ訪ヌ（遺艸38「舟達尾路奉和竹田先生韻」39「尾道客舎訪竹田先生席上賦呈」40「尾道二首」）。

○七月七日竹田ト共ニ菅茶山ヲ訪ヌ（茶山日記）。十三日廉塾ニテ竹田ト共ニス（遺艸41「中元前二日廉塾集与竹田先生及諸子同賦得韻江」42「客中秋夕」）。竹田ハ十五日ニ神辺ヲ去ルガ、廉齋ハ文政十一年マデ廉塾ニ留マリ処々ニ足ヲ伸バス（遺艸43「還自西遊茶山菅先生辱許趨陪于門下賦此奉謝」44「秋夜呼韻」45「遺芳湾十二咏按図而作応茶山先生命節」）。

○八月十五日備後廉塾ニ恐ラク居ル（遺艸46「中秋」ニ「今年中秋薇山曲」トアル）。

○九月廉塾ニテ鴨井熊山ト交ハル（遺艸52「鴨井東仲金蘭簿序」）。

文政十丁亥　二十五歳

○正月元日廉塾ニ居リ（遺艸55「丁亥元日」）。五日モ同ジ（遺艸56「五日和陶韻」）。上旬カ浪華ニ居リ（遺艸60「寄伊東子来山本君錫在浪華」61「澱水舟中二首」）、生田（遺艸62「生田」）、湊川・一谷・須磨（遺艸63「擬楠公正成上後醍醐帝書並序」65「一谷二首」66「須磨」）ニ至ル。上旬ニ倉敷ノ西山拙齋ノ外孫大熊秦川宅ニ養病三旬（遺艸67「次韻大熊文叔見贈云々」68「樊禽」76「自神辺到笠岡途中」87「鴨井東仲来」）留マル。

○二月初旬病癒エテ大熊秦川ト倉敷ノ連島ニ行楽（遺艸69「蔵六山記」）、山陽道川辺ト矢掛間ノ吉備寺ヲ訪ヌ（遺艸70「吉備公論」）。二日菅茶山八秩ノ祝賀。七日備後府中ニ居リ福山ノ北ニアル蛇円山ニ登ル（遺艸75「蛇偃峯記」）。時ニ府中ニ居タノガ四歳ニナル五弓久文デアッタ（東大史料編纂所蔵「村居独語」）。中旬神辺ヨリ笠岡ヘ（遺艸76「自神辺到笠岡途中」）。

○三月備中鴨方ニ西山復軒・士簡ヲ訪ネ（遺艸77「無口瓠蕣記」）、倉敷ニ大熊秦川ヲ再訪シ宿ス（遺艸79「宿大熊文叔家」）。マタ倉敷ニ居タラシイ鵜鶘春齋ヲ訪ネ（遺艸82「訪鵜鶘先生」）倉敷観龍寺ニ風牀上人ヲ訪ネ宿リ（遺艸83「宿寛立禅寺呈龍泉上人時風牀上人不在」）、後藤漆谷ニモ会フ（遺艸84「寄漆谷翁云々」）。暮春廉塾ニ居リ（遺艸85「廉塾邂逅曽根清風鷲野伯熙云々」）、清明節ニ大熊秦川ガ廉塾ヲ訪ネ会フ（遺艸86「清明夜戯呈文叔」）。

○四月五日廉塾ニテ菅茶山ニ和韻ス（遺艸90「五日奉和茶山先生瑤韻」）。七日菅茶山八秩ノ寿筵（遺艸91「茶山先生八十寿言十八韻」）。

○五月三日神辺東ノ梅林丁谷ニテ観蛍（遺艸92「遊丁谷途中分韻」93「丁谷観蛍分韻」）。十三日 広瀬旭荘廉塾ヲ訪ヌ（遺艸98「次広瀬吉甫見贈韻」、梅墩詩鈔初編巻一「与添川寛夫登茶臼山三首」）。十六日頼杏坪吉野ヨリ帰途廉塾ヲ訪ヌ（茶山日記、遺艸99「杏坪頼先生自吉野還過廉塾賦此奉呈」）。

○六月三日昌平黌修学ノ林又深ノ家ニ宿ス（遺艸101「宿林又深家」）。十五日備後御調郡篠根村ニ居リ（遺艸103「環山亭記」）。十七日廉塾ニテ北条霞亭五回忌ノ法要ヲ執行ス（遺艸104「祭霞亭先生文」）。

○七月四日菅茶山ハ養子門田樸齋ヲ離縁ス。

○八月十三日菅茶山歿。

○十一月備後鞆浦ニ居リ（遺艸109「探勝亭記」）。
文政十一戊子　二十六歳
○廉塾ニ留ツタト思ハレル「送添川仲穎序」（宮原節庵「節庵遺稿」巻之一ノ「又明年見于此也」ニヨル）。是歳初秋石川和介京都ニ赴キ頼山陽ノ門人トナル。
○正月十三日原采蘋廉塾ヲ訪ネ中村嵒洲・鵜鶘春齋・廉齋・北条進之ト分韻応酬ス「過拝茶山先生遺影於廉塾」（采蘋詩集）。
文政十二己丑　二十七歳
○正月十五日廉齋東帰ノタメ京都三本木ノ水西荘ニテ別宴ヲ張リ頼山陽・梁川星巌・宮原節庵ラガ会ス（山陽遺稿巻之四「上元送添川仲穎東帰」「再与仲穎話別」、同巻之十「蠟燭説」、星巌丙集巻二「上元夜子成三樹水荘送添川仲穎遊江戸」、節庵遺稿巻之一「送添川仲穎序」）。
○春夏ノ頃江戸ニテ増島蘭園ニ会フ「送添川生序」（日采藁）。
○八月十一日牧野默庵ト不忍池ニテ賞月（我為我堂集・我為我軒遺稿巻之二）。十三日不忍池宝珠院ニテ茶山三回忌（同上）。
○秋九月帰省シ十月ニ高津淄川ヲ訪ヌ「冬夜添川生至賦贈」（新井円次「添川完平先生略伝」）。
天保二辛卯　二十九歳
○此頃山田三川幕命ニヨリ四書ニ点ス。
天保三壬辰　三十歳
○五月頃江戸ニテ廉齋ノ京師ニ遊ブヲ尾藤水竹ガ送ル「送添川君寛夫遊京師」（遺艸写真版）。
○六月十二日頼山陽喀血シ「日本政記」ヲ石川和介ニ委託ス。
○九月二十三日頼山陽歿。
○十二月末松本寒緑・尾藤水竹ト江戸ニテ会フ、水竹「寛夫今年有卜居之策而不果云々」（遺艸写真版）。歳暮廉齋伊豆下田ニ遊ビ天保六年迄滞在、大窪詩仏ノ詩ニ「三年留滞伴沙鷗」（遺艸写真版）。
天保四癸巳　三十一歳
○九月石川和介江戸へ行キ依田匠里ノ塾ニ入ル。
○十二月二十一日昌平黌舎長ノ山田三川ハ松崎慊堂ニ入門ス。
○是歳安中藩士小林正愨、通称本次郎、号東山生ル。
天保五甲午　三十二歳
○九月八日ヨリ十日迄安積艮齋ハ山田三川ト共ニ下田ニ滞在シ廉齋ト会フ（遊豆紀勝、遺艸写真版安積信拝受「遊下田港過廉齋先生逕宿三日臨発□致心謝」）。
天保六乙未　三十三歳
○八月三日京都伏見ニテ篠崎小竹・後藤松陰ラ板倉勝明ト別ル「松陰余事」（摂西六家詩鈔巻四）。
○是歳某月、廉齋下田僑居三年留滞「次韻答添川廉齋兄贈」（遺艸写真版「六十九翁詩仏大窪行書於下田客舎」）。

○是歳甘雨亭ヨリ天保五年七八月ノ大坂加番往路ヲ「西征紀行」刊行（篠崎小竹ヨリ五年十二月序、後藤松陰ヨリ六年正月ノ跋アリ）。

天保七丙申　　三十四歳

○二月二十五日以前ニ神田南宮ト共ニ斎藤拙堂ヲ訪津「美濃神田実父会津添川仲穎過訪遂共游千歳山」（拙堂詩稿祇役集三）。

○五月「大峯記」ヲ吉野竹林院ニテ四月一日ヨリ二十四日迄ノ金峰ノ遊ヲ執筆（遺艸113「大峯記」）。五月頃京坂ヨリ帰津シタ斎藤拙堂ヲ再訪シ得タ大塔王断甲ト斎藤実盛断甲ヲ贈ル（摂東七家詩鈔巻五・鉄研齋詩存巻四祇役集三「大塔王断甲歌」、拙堂文集巻之一「大塔宮断甲記」「斎藤実盛断甲記」）。

○六月中旬頃伊勢ニ遊ンダ高橋杏村ヲ美濃へ帰ル途次桑名マデ送リ分手シ（遺艸128「杏花村夜話旧」ノ割註「杏村主人客歳游伊勢予送至桑名分手」）、京都東山ノ高台寺ヲ訪ネ（遺艸114「高台寺謁豊公夫妻像」115「豊太閤歌」遺艸写真版「夢占早已非々態」）、京都三条高倉西ノ矢上快雨ヲ訪ネ（遺艸116「龍嶼石歌為矢上快雨賦」）、大坂ノ篠崎小竹ヲ訪ネタカ（遺艸117「古琵琶引為小竹翁囑云」）。下旬京都下鴨ノ糺涼デ矢上快雨ヤ牧百峯ト会フ（遺艸118「同快雨暁碧遊糺林得韻微」119「同信侯士常重遊糺林得明字」）。マタ京都ノ寺ニ参禅シタカ（遺艸121「咏懐古人二首」）。二十八日江木鰐水ハ江戸ノ斎藤拙堂ヲ訪ネ大塔王断甲ヲ見ル（江木鰐水日記一）。

○冬伊勢津デ大患ニ罹リ必死ト覚悟ス（遺艸124「丙申冬在津城嬰大患已分必死作詩以自訴」125「作家書」）。

○是歳甘雨亭ヨリ天保六年八月ノ大坂加番復路ヲ「東還紀行」刊行（篠崎小竹ヨリ六年八月ノ識語アリ）。是歳古賀穀堂歿。

天保八丁酉　　三十五歳

○二月大塩平八郎ノ乱。

○三月十日伊勢津ニテ沈痾癒エテ藤堂常山ニ招カル（遺艸126「三月十日常山藤堂太夫見招席上賦此奉呈」127「席上分韻咏物体二首」）。

○四月十一日大窪詩仏歿。

○六月鵜飼春齋歿。

○七月美濃安八郡神戸村ニ高橋杏村ヲ訪ヌ（遺艸128「杏花村夜話旧」）。下旬美濃不破郡岩手村ニ神田南宮ヲ訪ヌ（遺艸129「岩手訪神田実甫云々」、南宮詩鈔巻之下「添川中穎見過」）。

○八月上旬近江彦根ノ渋谷叔明ヲ訪ネ（遺艸130「到彦根投渋谷叔明家」）、大洞弁天堂ニ遊ビ（遺艸131「同大林東亭及児玉藤井二子遊大洞天女廟飲旗亭」）、折返シ岩手村ニ神田南宮ヲ再訪ス（遺艸133「再訪実甫」）。十一日美濃大垣ニ江馬細香・金粟ラヲ訪ヌ（遺艸134「八月十一日文珠院集与細香女史云々」）。十四・十五日大垣文珠院ニ集フ（遺艸135「十四夜」136「十五夜小集同次山陽翁崎港中秋韻云々」、江馬元齡「黄雨楼詩鈔」ニ「中秋文珠院集贈別添川寛夫」）。十七日大垣ニ居リ（遺艸137「十七夜」）、中旬ニ神田南宮・高橋杏村ガ大垣ノ廉齋ヲ訪ヌ（遺艸138「大垣寓楼喜柳渓杏村見訪」）。下旬伊勢津ニ宮崎青谷ト共ニ斎藤拙堂ヲ訪ヌ（遺艸139「題靄崖山人山水小景六首」、鉄研齋詩存巻四祇役集三「仲穎子達見訪」）。

○九月上旬果セナカッタ竹生島裏湖ノ遊（遺艸132「海棠書屋広瀬太夫見訪云々」ノ割註「太夫時将遊竹生島拉予同行又命裏湖舟游皆碍事両不果」）ヲナスト斎藤拙堂ガ聞ク「聞仲穎将遊湖中遥有此寄」（鉄研齋詩存巻四祇役集三）。政情不安ヲ憂へ（遺艸140「関河」）、十二月ニハ饑饉ノタメ菜色ノ児童ヲ憐レム（遺艸141「穀価」）。

○是歳甘雨亭ヨリ「綽山吟草」刊行（篠崎小竹ヨリ七年十二月跋アリ）。

天保九戊戌　　　　三十六歳
○三月二十七日羽倉簡堂伊豆諸島廻島ノ途ニツク。
天保十己亥　　三十七歳
○九月七日伊勢ヨリ大坂ニ寓居スル広瀬旭荘ヲ訪ネ廉齋ハ大坂ノ船街第一坊ニ僑居ス（旭荘「日間瑣事備忘録」）。八日旭荘ハ廉齋ヲ招キ供酒、廉齋ハ移居シテ篠崎小竹ニ寓居ス（日間瑣事備忘録）。コノ後十・十二・十九・二十一日ト廉齋ハ西横濠呉服橋東南苫屋巷ノ旭荘寓居ヲ訪ヌ（日間瑣事備忘録）。
天保十一庚子　　三十八歳
○正月元日篠崎小竹ト廉齋ハ広瀬旭荘ヲ訪ネ賀ス（日間瑣事備忘録）。二十一日伊丹ニ居リ（日間瑣事備忘録）。
○三月上旬頃板倉勝明ハ廉齋ニ詩文ノ批評ヲ受ケタカ（遺艸写真版「五月七日付甘雨公尺牘」）。十九日伊丹ヨリ帰リ山崎ノ客舎ニ寓シ、二十・二十三・二十四・二十六〜二十八ト旭荘ト往来シ、二十九日伊勢ニ行クタメ旭荘ニ来別ス「文政中別添川寛夫於備後後十四年遇浪華無幾寛夫之伊勢賦別」（日間瑣事備忘録、梅墩詩鈔三編巻二）。
○八月大坂加番ヲ終ヘ帰府スル板倉勝明ヲ篠崎小竹ガ送ル「送節山板倉公序」（今世名家文鈔巻二）。
○十一月五・七・十日以降二十五日迄二十日ヲ除ク毎日廉齋ハ旭荘ヲ訪ネ、二十二日条ニハ廉齋ノ酒癖ガ窺エル（日間瑣事備忘録）。二十八日後藤松陰ノ例作詩会ニ招カレ廉齋旭荘出席ス（遺艸142「冬至後藤世張招飲得仙字」、日間瑣事備忘録）。晦日以降十二月四日迄マタ十〜十二、十七日ト廉齋ハ旭荘ト往来ス（日間瑣事備忘録）。
○是歳板倉勝明二度目大坂加番（昨年七月ヨリ今年八月迄在坂）時、篠崎小竹ハ廉齋ヲ推挙ス「甘雨主人手書」（遺艸写真版）。
天保十二辛丑　　三十九歳
○閏正月十一日後藤松陰ハ板倉勝明ニ「助字雅」（甘雨亭叢書第四集所収、嘉永五年刊）ヲ叢書中ニ入レルヲ勧メル「助字雅甚妙然、刻入諸叢書中何如」（後藤松陰手簡）。甘雨亭出版事業ハ大坂ノ篠崎小竹ニヨリ刊行ヲ慫慂サレ始マッタ。
○二月伊丹デ九旬ノ抱痾ノ廉齋ヲ篠崎竹陰・梶川士常・中西亀年ガ見舞フ（遺艸143「辛丑二月伊丹客舎公概士常亀年三君見訪云々」）。
○三月三日伊勢桑名カ曽我耐軒ト会フ「春晩簡添川寛夫」（耐軒詩草巻之上）。八日二十二日廉齋ガ旭荘ヲ訪ヌ（日間瑣事備忘録）。是月梶川士常ノ西遊ヲ京城ニ送ル（遺艸144「送士常西遊」）。
○四月十二日大坂ノ安藤秋里宅ニテカ阪谷朗廬ト話ス「頃者釈褐安中侯」（朗廬全集「北遊放情稿」）。十三日旭荘ガ小竹ト廉齋ヲ訪ネ小竹カラ供酒サレ、十五日ニ旭荘ヲ訪ネ廉齋ガ来タノデ供酒シタ（日間瑣事備忘録）。下旬摂津湊川ニ至ル（遺艸145「摂津道中」）。姫路阿保山ノ仁寿校ニ至リ津田于園ヲ訪ネ五月三日迄ノ一旬留マリ秋元孚卿トモ会フ（遺艸146「仁寿館次津田于園韻」ヨリ151「竹詩為四竹堂」）。
○五月中旬生野銀山ニ至リ（遺艸152「大亀谷」153「礦婦怨」）、桜井石泉ト会ヒ（遺艸156「出石城訪桜井東門翁云々」）、養父ニテ（遺艸154「養父駅」）、出石ニテ桜井東門ヲ訪ネ石門石泉トモ会フ（遺艸157「桜老泉歌」）。下旬石門石泉ト出石ヨリ舟ニテ城崎ヘ下リ三日留リ別ル（遺艸158「自出石到湯島舟中二首」ヨリ161「別伯蘭叔蘭畳前韻」）。丹後宮津ノ天橋立（遺艸162「天橋歌」）カラ大江山（遺艸163「丹後道中二首」）ヘ至リ宿ル（遺艸164「宿大江山下二首」）。

○六月十三日大坂ノ肥後橋ニテ旭荘ラト納涼ス（日間瑣事備忘録）。十八日廉齋江戸転居ノ餞別（日間瑣事備忘録、遺艸写真版「逖矣西土人晟」ノ呈詩）。十九日廉齋ガ旭荘ヘ暇乞ニ来ル（日間瑣事備忘録）。下旬越前鯖江ニ須子大均ヲ訪ヌ（遺艸165「鯖江城訪須子大均酒間賦呈」）。

○七月上旬加賀金沢ニ大嶋藍涯・木下晴崖・曽田菊潭ヲ訪ヌ（遺艸166「金沢訪大嶋柴垣木下晴崖適至走筆賦呈」ヨリ172「留別晴崖」）。下旬頃信濃川中島ニ至ル（遺艸173「観河中島古戦迹地図引」）。

○九月二十九日出府シ安中藩邸ニ出入ス（安中藩江戸御在所諸士明細帳）。

○十二月二十一日小竹ヨリ廉齋ノ礼状ガ旭荘ニ至ル（日間瑣事備忘録）。

天保十三壬寅　四十歳

○正月松ノ内ニ偶然尾藤水竹ヲ訪ヌ（遺艸174「訪尾藤水竹」）。

○二月二十八日木村廉齋ニ招カレ尾藤水竹・門田樸齋・大窪巨川・牧野黙庵ト招飲（遺艸176「二月念八日木村廉齋招飲云々」177「同前分韻」、我為我軒遺稿巻之七「香雲舎招同尾希大門堯佐川寛夫窪巨川賞園中桜花」）。下旬頃会津ニ省親ス（遺艸178「将省親会津留別日社諸子」、我為我軒遺稿巻之七「送添川寛夫帰省」）。下旬頃伊豆下田港ノ小沢浅岡二子ニ思ヒヲ馳ス（遺艸179「寄小沢浅岡二子於下田港」）。

○四月二日江木鰐水ヲ訪ヌ（江木鰐水日記二）。

○六・七月ノ三日佐河田壷齋二百年忌（遺艸180「佐川田壷齋二百年忌祭賦此代奠」、我為我軒遺稿巻之七「佐河田壷齋翁二百年忌」）。

○七月十六日墨河ノ舟遊「既望同尾藤希大門田堯佐添川寛夫瀬川時徳艫半平中西忠三泛舟墨河云々」（我為我軒遺稿巻之七）。十七日海鷗社友篠輪池畔ノ仙子楼ニ集ヒ帰途、安積艮齋ラハ湯島御台所町ノ廉齋ノ天妃宮寓軒へ立寄ル「添川某筵予堅、月色晴朗風如洗、瀹茶聯句景況幽絶因賦此贈」（艮齋詩稿、摂東七家詩抄巻二、天保十三年版江戸現在公益諸家人名録二編）。

○十一月十九日江木鰐水、廉齋ヲ訪ヌ（江木鰐水日記二）。二十二日門田樸齋・江木鰐水、廉齋ヲ訪ヌ（江木鰐水日記二）。二十八日門田樸齋ノ詩会ニ尾藤水竹・牧野黙庵ト共ニ集フ（江木鰐水日記二）。

天保十四癸卯　四十一歳

○正月五日江木鰐水廉齋ヲ招キ、廉齋ヲ訪ネ水竹黙庵樸齋ト会フ（江木鰐水日記二）。十日樸齋ト鰐水ヲ訪ネ水竹黙庵中西忠蔵ト団子坂デ飲ム（江木鰐水日記二）。二十九日鰐水廉齋ヲ訪ヌ（江木鰐水日記二）。

○二月十日田端村ニ樸齋・水竹・黙庵・拙脩（忠蔵）・健齋（鰐水）ラト会シ探梅（江木鰐水日記二、遺艸181「春初出遊遂探梅田端村荘云々」182「畳韻却寄朴齋兼呈同遊諸公」、我為我軒遺稿巻之七「十日同尾藤希大門田堯佐添川寛夫江木晋戈中西忠三探梅北郊云々」）。十三日前回十日ノ探梅ハ梅花未ダ綻ビズ、諸公ト重ネテ田端村ニ探梅（江木鰐水日記三ノ安政五年二月十三日条、遺艸183「同諸公重探梅田端村次朴齋韻」）。

○四月十三・十四日林鶴梁ガ廉齋宅ニ宿ル（鶴梁林先生日記四月十五日条）。十九日水竹黙庵ト三子ガ鶴梁ヲ訪ヌ（鶴梁林先生日記）。

○七月三日出府セル広瀬旭荘ハ飯田街今川小路ノ東条鉄二郎ノ借地ニ住ム廉齋ヲ訪ヌ（日間瑣事備忘録）。十日旭荘ガ廉齋ヲ訪ネ本郷ノ鰻屋デ食事シ廉齋宅ヘ宿ル（日間瑣事備忘録）。十二日旭荘ガ廉齋ヲ訪ネ本郷草花市ヘ出カケルガ雨ニ会ヒ廉齋宅ニ宿ル（日間瑣事備忘録）。十四日昌平橋ノ豊後府内藩邸ニ住ム旭荘ハ廉齋ノ導キデ借家ヲ見ニ水道橋本郷不忍池根津ヲ廻ル。十七・二十一日モ会フ（日間瑣事備忘録）。二十三日野田笛浦ノ舟遊ニ旭荘ハ参加シタガ廉齋ハ病ノタメ違期シ、二十四日二十九日モ往来アリ（日間瑣事備忘録）。
○八月七日不忍池端ニ好宅ヲ廉齋ガ見ツケ旭荘ニ見セ気ニ入リ日暮レ昌平橋デ別ル。十二日ニハ旭荘新居ニ宿ル（日間瑣事備忘録）。十三日茶山十七回忌ニ牧野黙庵ニ招カル「八月十三日文恭先生忌辰（招添寛夫）」（我為我軒遺稿巻之七）。十四日旭荘舟遊スルニ廉齋招カレ府内藩邸前ノ筋違門ヨリ両国橋吾妻橋ノ往復デ途中出遊シ長命寺ノ桜餅モ賞味ス（日間瑣事備忘録、遺艸184「八月十四夜同広瀬吉甫泛舟墨水二首」）。二十一・二十四日旭荘ノ池端ノ新居ニ廉齋訪ヌ（日間瑣事備忘録）。下旬廉齋家郷ニ心ヲ懸ク（遺艸185「睡覚」、浅野梅堂「親朋字号」別紙ノ「寒蛩」）。
○九月二・三・八日廉齋旭荘ノ新居ヲ訪ヌ（日間瑣事備忘録）。九日鈴木師揚ヲ福山藩邸官舎ニ訪ヌ（遺艸186「九日鈴木子官舎集得韻灰」）。
○閏九月十・十四・十五・二十九日、十月九日、十一月十九・二十・二十一日ト旭荘トノ往来続ク（日間瑣事備忘録）。
○十一月五日石川和介、備後福山藩儒官ニ登庸セラル「釈褐于福山藩為儒官賜十一人口」（関藤国助「関藤藤陰年譜」由緒書）。
○是歳高久靄崖歿。
弘化元甲辰　　四十二歳
○正月乙骨耐軒ハ御牧楓崖ヲ介シテ廉齋ニ詩ヲ呈ス「会津添川寛夫名栗余未卜面、偶記陸務観秦少游故事、贈以此詩煩楓崖道人転呈」（耐軒詩文稿）。
○三月六日旭荘ヲ訪ヌ（日間瑣事備忘録）。
○四月五日付廉齋宛小竹書簡、五月六日旭荘ニ至ル（日間瑣事備忘録）。徳川斉昭謹慎ヲ命ゼラル、東湖・蓬軒ハ蟄居。
○五月二十六日旭荘ハ廉齋ノ家ノ東北、元飯田街堀留ノ渡辺能州邸ヲ訪ネ南西ノ廉齋宅ニ寄ル（日間瑣事備忘録）。
○七月十六日野田笛浦旭荘トノ舟遊ニ廉齋ヲ誘ヒ柳橋ヨリ東橋ヲ往復ス（日間瑣事備忘録）。十七・二十一日ニハ廉齋旭荘ノ書籍ノ返借アリ、八月七日ニハ廉齋カラ借リタ大日本史ヲ返ス（日間瑣事備忘録）。
○八月「読英夷犯清国事状数種作長句以記之」執筆（遺艸写真版、国会図書館「英夷犯清国歌」、同上青莪雑誌廿壱ノ弘化二年乙巳風説二巻之内下、根岸橘三郎「新島襄」、喜多方図書館自筆屏風、小林妙子所蔵自筆軸）。二十九日旭荘ハ廉齋ヨリ大日本史ヲ借ル（日間瑣事備忘録）。
○九月二十日旭荘ハ廉齋ニ大日本史ヲ返ス。マタ廉齋ノ手簡ニ親ノ病ヲ以テ明日会津ニ帰ルトアル（日間瑣事備忘録）。
○十月十一日初代添川清右衛門直光歿、法諡霊徳院円翁覚明清居士、享年七十（喜多方安勝寺）。
○十二月三日小荒井村旧廠廬（字寺町南七十八番・字坂井道上五十八番）ニテ「読英夷犯清国事状数種作長句以記之」ヲ揮毫（喜多方郷土民俗館図書館所蔵「廉齋屏風」）。
弘化二乙巳　　四十三歳
○正月八日尾藤水竹・石川和介・牧野黙庵ト古梅荘ヲ訪ヌ「穀日与尾希大添川寛夫石川君達尋古梅荘」（我為我軒遺稿巻之八、黙庵

家乗）。十五日林鶴梁ト黙庵ヲ訪ヌ（黙庵家乗）。十七日望月毅軒ト黙庵ヲ訪ヌ（黙庵家乗）。二十日水竹・門田樸斎・和介・黙庵ガ廉斎ノ招ニ赴ク（黙庵家乗）。
○二月十二日黙庵帰讃ノ別宴ニ御牧楓崖・樸斎・和介ト会シ醼ス（黙庵家乗）。
○六月十八日水竹宅ニ諸客満堂、和介・黙庵ト辞シ弁天祠畔ノ亭デ小酌ス（黙庵家乗）。二十九日晩ニ黙庵ト依田匠里・岡本花亭ヲ訪ヌ（黙庵家乗）。
○七月二十六日和介ト黙庵ヲ訪ネ七月三日英夷サマラン号長崎入津ヲ報ズ「本月三日英夷船入津」（黙庵家乗）。
○九月九日水竹・樸斎・楓崖・黙庵ト飛鳥山ニ遊ブ「重陽同尾水竹門朴斎諸友及添廉斎牧楓崖游于滝川云々」（我為我軒遺稿巻之八、黙庵家乗）。二十四日廉斎ノ招キニ水竹・黙庵赴ク（黙庵家乗）。
○十月二十二日晩添川招飲、翌日和介ノ福山へ帰ルヲ餞別ス（黙庵家乗）。

弘化三丙午　　四十四歳

○正月三日門田樸斎宅ニ尾藤水竹・御牧楓崖・牧野黙庵・頼鴨崖ラト集ヒ笑語喧々（黙庵家乗）。五日黙庵ト楓崖ノ招ニ赴ク（黙庵家乗）。六日旭荘ハ飯田街今川小路ノ東条氏ニ借地スル廉斎ヲ賀シ、十五ケ月ノ無沙汰ヲ叙シ、新娶ノ廉斎妻ヲ見出ス（日間瑣事備忘録）。コノ新娶者ガ青梅宿ノ榎戸順（台東区入谷曹洞宗正覚寺「添川鉉建立墓碑」）。十四日黙庵ハ廉斎ノ招ニ赴ク（黙庵家乗）。十五日黙庵ノ招ニ樸斎・楓崖ト赴ク。江戸大火（黙庵家乗）。十七日廉斎ガ旭荘ヲ訪ヌ（日間瑣事備忘録）。
○三月一日林鶴梁甲府徽典館学頭ニ進ミ黙庵ニ送行ノ詩ヲ促ス（黙庵家乗）。
○七月七日廉斎ニ女人ノ会有リトイフ（黙庵家乗）。
○八月六日夜廉斎ハ黙庵ニ護持院原ノ本庄茂平治ノ死ヲ報ズ（黙庵家乗、有所不為斎雑録第二十七「長崎一件落着並護持院原復讐」）。十五日旭荘ハ廉斎諸家ニ告別シ二十日ニ四年滞在シタ江戸ヲ発チ大坂へ向フ（日間瑣事備忘録）。
○九月九日樸斎・黙庵・石川和介ト飛鳥山ニ遊ブ「重陽同黙庵朴斎諸人過金輪寺」（藤陰舎遺稿巻之二、黙庵家乗）。十三日水竹居ニ樸斎・和介・黙庵ラト会ス（藤陰舎遺稿巻之二「九月十三夜水竹荘集得水字」、我為我軒遺稿巻之八「十三夜水竹居招同朴斎廉斎藤陰蠖軒分韻得平」、黙庵家乗）。二十八日黙庵ハ暁ニ起キ水竹ニ与フル書ヲ草シ禁酒ノ諫書ヲ投ジル（黙庵家乗）。
○十月三日ニ至リ水竹ニ酒気無キヲ見ル。予ノ言ノ行ハレシヲ知ル（黙庵家乗）。十三日黙庵宅ニテ後赤壁ノ筵ヲ樸斎・諸木蓓山ラニ廉斎ヲ迎エテ催ス（黙庵家乗）。十六日廉斎ノ長男松太郎鋼生ルルヲ黙庵ガ賀ス（黙庵家乗）。
○十二月八日林檉宇靖恪公ノ柩ヲ山伏ノ井戸ニ葬送ス（黙庵家乗）。十七日廉斎ガ黙庵宅ニ至リ甘雨亭叢書第一集二集刊行成ルコトヲ告グ。序文ハ古賀侗庵・篠崎小竹・野田笛浦ノ順ニ並ブ（黙庵家乗）。二十四日黙庵ト水竹ノ招ニ赴ク（黙庵家乗）。
○是歳甘雨亭ヨリ「忍尊帖」刊行（篠崎小竹ヨリ七月跋アリ）。甘雨亭叢書第一・二集刊行、甘雨亭自ラ各著者ノ先生伝ヲ作リ廉斎ガ校正シタト伝ヘル。

弘化四丁未　　四十五歳

○五月二十六日浅野梅堂、御先手ヨリ浦賀奉行へ御役替（鈴木大雑集一ノ九十六）。
○是歳廉斎ノ次男鉉之助生ル（東大史料編纂所蔵「升堂記」元治元年条）。是歳古賀侗庵歿。

嘉永元戊申　　四十六歳
○二月十五日中西拙脩ノ詩会ニ門田樸齋・石川和介・廉齋・尾藤水竹・諸木蔀山・牧野黙庵・林鶴梁ガ集フ（鶴梁林先生日記）。
○五月十三日竹酔日会筵ニ右ノ八名ニ加ヘ藤森天山・渋谷脩軒・保岡嶺南ガ集フ（鶴梁林先生日記）。
○九月十一日廉齋、石川和介ト水戸国事雪冤ヲ打合セル（遠近橋巻十三）。十八日廉齋和介ソレゾレ藩主ニ入説スル（遠近橋巻十三）。
二十五日諸木蔀山宛廉齋手簡ニ「棕軒公（福山侯阿部正精）桃李園帖」差上候件アリ（東大史料編纂所蔵「宮崎文書」第二）。
○是歳甘雨亭叢書第三集刊行。甘雨亭ヨリ「元陵御記」（篠崎小竹ヨリ識語アリ）刊行。
嘉永二己酉　　四十七歳
○四月十二日旭荘ニ片岡民部ヨリノ手簡ニ、文政十年旭荘・廉齋・西山廉蔵ト辱臨トアル（日間瑣事備忘録）。
嘉永三庚戌　　四十八歳
○二月十二日篠崎小竹宛廉齋ノ紙包ガ広瀬旭荘ニ届キ翌日小竹ニ遣ス（日間瑣事備忘録）。
○三月二十二日浦賀奉行浅野梅堂江戸ヲ発シテ任地ニ赴ク。コノ別宴ニ石川和介ト共ニ臨ム（藤陰舎遺稿巻之二「送浅野君之任浦賀」、坂口筑母所蔵廉齋自筆「奉送梅堂浅野公赴任浦賀」）。
○八月安中藩士飯田逸之助、添川完平方ヘ入塾学問修業ス（小林光家資料二集書状50）。
○十一月四日安中藩士小林本次郎、廉齋ニ入門ス「尚志齊日暦」（小林光所蔵）。七日本次郎、斎藤吉弥・飯田逸之助ラノ世話ニヨリ廉齋塾ニ入ル（小林光所蔵「十一月十二日付東山宛父達三郎手簡」）。
○是歳甘雨亭ヨリ斎藤拙堂「士道要論」刊行。
嘉永四辛亥　　四十九歳
○春水戸老公手製ノ楽焼茶碗ト茶壺ヲ廉齋ニ被下置、其後マタ大日本史一部外ニ御書モ被下候「水戸藩加藤木畯叟手記」（「伝記七巻四号」）。
○五月八日篠崎小竹歿。二十九日浅野梅堂別墅ノ詩会ニ小花和桜墩・久貝蓼庵・木村裕堂・乙骨耐軒・廉齋・小野湖山・望月毅軒ラガ集フ「五月廿九日蒋潭銭君招同小塙正久貝岱木村蔚及完并川廉㞐堅木山湖山巻集于墨水楽是園」（乙骨耐軒日記、耐軒詩文稿）。
○是歳八月二十一日歿シタ田辺周輔ノ「田辺君墓碣銘」ヲ撰ス（小林光所蔵）。
嘉永五壬子　　五十歳
○正月二十四日廉齋塾詩会始「詩会始買物覚帳」（小林光所蔵）。
○九月十七日廉齋ノ一家帰省、翌十月二十五日帰宅（「尚志齊日暦」）。下旬会津小荒井村ニテ「詩酒今宵会日社」ノ詩六首ヲ揮毫「廉齋自筆屏風」（喜多方郷土民俗館図書館所蔵）。
○斎藤拙堂出府ノ六月ヨリ翌年二月迄ノ間ニ江戸ノ友人知己カラ贈ラレタ中ニ廉齋ノ料理切手アリ「寓中恵贈品目」（斎藤正和所蔵）。
○是歳甘雨亭叢書第四集刊行。廉齋是歳ヨリ「有所不為齋雑録」ヲ対外危機・国内変革ノ主題ノモト編輯開始。
嘉永六癸丑　　五十一歳
○六月三日ペリー浦賀ニ来航、廉齋八・九日久里浜ニテ呈書ニ際会ス「嘉永七年六月十三日付山田三川宛廉齋手簡」（三川雲霧集第十九巻、有所不為齋雑録第一集第三「癸丑浦賀雑録」)。五日ヨリ十日迄石川和介藩主阿部正弘ノ内命ニヨリ浦賀ニ赴キ浦賀奉行戸田伊豆守ヲシテ交渉ニ当タラセル（濱野章吉編「懐旧紀事」、岡田逸一「関藤藤陰十大功績」、関藤国助「関藤藤陰年譜」)。
○十月五日阿部侯侍読ノ門田樸齋攘夷ヲ極諫シ免職（侍講解職)。
○十一月二十八日安中藩士小林東山学問修業三ケ年相成猶又三ケ年修行ヲ願出ル（「尚志齊日暦」)。
○十二月五日藤田東湖ハ川越藩ノ鈴木主税ヲ訪ネ帰途廉齋ヲ訪ヌ（東湖嘉永六年日記)。十四日付廉齋宛藤田東湖手簡「過日ハ唐突上堂失敬御恕被下候…近来ニ無之沈酔奉謝候」（遺艸写真版、小林妙子所蔵)。
○是歳甘雨亭ヨリ「水雲問答」刊行。

安政元甲寅　　五十二歳
○正月十六日ペリー浦賀ニ再来航。
○三月三日日米和親条約締結。四日付山田三川宛桜真金手簡「添川氏迄右申訳（大守様病気伺）ハ仕置候…四経御蔵版拝眉猶可奉伺候」（安中市重要文化財「三川雲霧集」第十七巻)。十五日ヨリ四月十五日迄石川和介下田ニ赴キ正弘日米和親条約締結ノタメ開港ヲ策ス「由緒書」（関藤国助「関藤藤陰年譜」)。二十五日門田樸齋福山ヘ帰還ヲ命ゼラレ翌二十六日丸山邸ヲ発シ友人ハ品川迄見送ル。
○六月十三日付山田三川宛廉齋手簡「小生モ先年金川台ニ而落馬仕」（「三川雲霧集」第十九巻)。
○十一月十一日付山田三川宛廉齋手簡ニ儒臣採用カ「君択王県臣亦択君択地択禄、所謂帯県短襷、村長天下不如意事常八九奈々何々」（「三川雲霧集」第十九巻)。

安政二乙卯　　五十三歳
○正月二十五日藤田東湖ノ詩会ニ石川和介・鈴木師揚・廉齋・中西拙脩・桜真金ラガ集フ（東湖安政乙卯日暦)。
○二月九日東湖ガ廉齋ヲ訪ネ羽倉簡堂・石川和介ニ会フ（東湖安政乙卯日暦)。
○三月朔日甘雨公武州玉川ノ遊ニ廉齋・小林東山ラガ陪侍ス「贈同宗松山侯書（乙卯三月）板倉勝明」（小林光所蔵)。
○四月晦付藤田東湖宛廉齋手簡「泥酔潦倒失敬之至奉恐入候」（東大史料編纂所蔵「宮崎文書」二)。
○八月二十日付石川和介宛廉齋手簡「膿汁少シ出而全快迄ニハ余程手間乞可申候」（東大史料編纂所蔵「関藤文書」)。
○十月二日江戸地震ニテ藤田東湖（文化三年三月十六日生・享年五十)・戸田蓬軒歿。

安政三丙辰　　五十四歳
○三月七・二十四・二十六日橋本左内、廉齋ヲ訪ヌ（橋本景岳全集)。
○五月七日ヨリ十一月十日迄石川和介、松前・東蝦夷・エトロフ蝦夷探検（福山藩蝦夷見聞「観国録」ト有所不為齋雑録ノ北方関係史料)。
○六月二日安中藩士小林東山学問修行満期帰国（尚志齊日暦)。
○七月下旬以降八月付小林東山宛廉齋手簡「英夷詩認物大延行恐入候」（小林光所蔵)。
○十一月二十一日初代添川清右衛門直光妻富歿、享年七十七、法諡知照院郎通証心清大姉（喜多方安勝寺)。

○十二月小林東山帰郷ノタメ廉齋「読英夷犯清国事状数種作長句以記之」ヲ揮毫（小林妙子所蔵）。
○是歳甘雨亭叢書第五集・別集第一集刊行。別集版下書ニ東山ガ関係シ恩賜「十月晦日・十一月七日文書」（小林光所蔵）。山田飛（三川）訓点弓削田発（雪渓）校正四書刊行、明治三庚午再刻。

安政四丁巳　　五十五歳

○三月一日ヨリ十月石川和介、西・北蝦夷タライカ・ホロコタン蝦夷探検、石川「観国録」編輯。是月板倉勝明著病間雑著四種「病中筆録」ニ添川栗・山田飛ノ裨補ヲ褒メ（拙堂文集巻之三「甘雨亭雑著序」）廉齋ニハ「清廉伝家」ノ凍石印章ヲ与ヘタ（根岸橘三郎「新島襄」、「甘雨亭主人手書」遺蹟写真版）。
○四月十日板倉勝明歿、諱勝明、字子赫、通称百助、号節山・甘雨亭、生地江戸佐久間町藩中屋敷、享年四十九、師林檉宇・古賀侗庵、法諡智照院殿英俊源雄大居士。
○六月十七日阿部正弘歿、法諡良徳院殿高誉信義節道大居士。是月廉齋「先君甘雨公行状」（遺蹟187）執筆。
○七月八日付廉齋宛石川成章手簡「密物提供、オクタント・オース并アメリ地誌・豪斯多辣利訳説・漂流記・紐宛韻府」（小林光所蔵、東洋文化復刊第百号「添川廉齋宛石川成章書簡にみる有所不為齋雑録の史料収集」）。
○八月十三日付子愿宛廉齋手簡「小生方ヘモ七五三太（新島襄）云々学也」（小林光所蔵）。
○十月五日小林達三郎潤四郎宛廉齋手簡「米使ハリス登城謁見ノ件、廉齋佐久間町中屋敷ヘ移転」（小林光所蔵）。二十日付子愿宛廉齋手簡「智照院様御行状三部程御謄写被下度此段奉願候、ハリス蕃書取調所滞留十九日堀田備中侯ヘ出今日登営」（小林光所蔵）。
○十一月十五日新島七五三太元服ニ廉齋酒札ヲ贈ル「一酒札一　添川寛平様」（根岸橘三郎「新島襄」到来品控）。
○十二月十三日広瀬旭荘ノ「三十一年前文政十年五月十三日菅茶山トノ懐旧」（日間瑣事備忘録）。推定十二月付小林東山宛廉齋手簡「岩槻ヨリ長芋三本敬上」（小林光所蔵）。

安政五戊午　　五十六歳歿

○二月十三日「十六年前天保十四年同日探梅ノ懐旧」（江木鰐水日記三）。
○三月十日付小林東山宛廉齋手簡「小生儀早春ヨリ眼病ニテ未臥罷在已ニ一眼ハ潰シ候歟ト心配仕候」（小林光所蔵）。
○四月二日付桜任蔵宛頼三樹三郎手簡「大楽源太郎、添川寛平抔ヘモ托遣申候」（鈴木常光「桜任蔵伝」）。
○六月二十五日江木鰐水ガ中西拙脩・石川和介ト廉齋ヲ見舞フ「訪添川寛平之病于和泉橋板倉公中邸、寛平患癰発背恐難治也、頗苦悩之体忽々帰」（江木鰐水日記四）。二十六日夜九時過添川廉齋歿「果死可憐、可憐哉遺孤十歳余、有三女子」（江木鰐水日記四）。二十八日付東山宛飯田逸之助手簡「二十六日ハ夜九時過唯眠ル如ク御終焉被成候。其砌ゟ近比之門人吉田賢輔不已御属纊イタシ呉由、廿八日朝六半時出棺、入谷正覚寺松太郎之傍ニ致御葬瘞候。法諡ヲ懿倫院徳岩義馨居士」（小林光所蔵）。
○七月朔日鰐水ガ石川和介・鈴木師揚ト添川氏ヲ弔問「弔添川氏暮帰」（江木鰐水日記四）。三日東山宛田辺友之助手簡「鉉之助君モ御家来ト同様御取扱相成哉之由、是以案心之儀奉存候」（小林光所蔵）。
○八月晦日付東山宛飯田逸之助手簡「一添川鉉之助義銀三枚三人扶持ノ御宛行ニ相成、生計必六ケ敷可有之、一廉齋先生石牌…石和申君抔ゟ申談候…乍併建牌之事ハ暫ク見合置可申候」（小林光所蔵）。

○九月二日梁川星巌歿。
○是歳甘雨亭叢書第六集・別集第二編未刊。
安政六己未
○四月十八日広瀬旭荘、廉齋客年歿スルト聞ク「主人（春草）曰寛平東行後無一信既十八九年然聞無恙…又曰添川寛平客年没、余曰…今忽聞其卒豈非因縁乎」（日間瑣事備忘録）。
○是歳廉齋忌追討カ小林東山「先生棄我何匆匆」（「題南湖処士画山水図、距今五年矣先生厭世而慨然有作」小林光所蔵）。
万延元庚申
○八月十五日徳川斉昭歿。
文久二壬戌
○八月十五日山田三川歿（文化元年生、享年五十九）。二十一日羽倉簡堂歿。
文久三癸亥
○四月二十日小林東山歿、享年三十一、法謚直至院観道東山居士。
慶応元乙丑
○七月十五日斎藤拙堂歿（寛政九年生、享年六十九）。
明治九丙子
○十二月二十九日石川和介歿（諱成章、字君達、通称淵蔵・和介・文兵衛、号藤陰、生地備中、享年七十、師頼山陽。翌日谷中天王寺ニ葬ル）。
明治四十丁未
○六月二十六日藤田穎、「廉齋五十回忌祭文」（遺艸写真版）。
昭和十乙亥
○「廉齋添川先生碑銘」建立（林権助篆額、荘田三平撰文、西忠義書、昭和六年三月）喜多方市諏訪神社。
昭和十一丙子
○六月十七日「廉齋遺艸」藤田清編輯、中野同子発行。
昭和十七壬午
○三月「有所不為齋雑録」藤田清校字、藤田清「廉齋先生神主裏面誌」、中野同子発行。
平成五癸酉
○十二月「旧安中藩の版木調査と甘雨亭叢書蔵版書の基礎的研究」藤村女子中学高等学校研究紀要第九号発行。
平成七乙亥
○十二月「小林本次郎正愨校訂耻齋漫録巻之四とその研究」藤村女子中学高等学校研究紀要第十一号発行。
平成九丁丑

○十二月「添川廉齋（上）」藤村女子中学高等学校研究紀要第十三号発行。
平成十戊寅
○六月二十六日添川廉齋歿後百四十一年忌辰・小林東山歿後百三十六年忌辰ノタメ「添川廉齋」（藤村女子中学高等学校研究紀要第十三・十四号合併出版）発行。
○七月五日添川廉齋歿後百五十回遠忌法要トシテ入谷正覚寺ニテ施主添川光一、有志小林壮吉・斎藤正和・村田栄三郎・坂口筑母・小板橋良平・竜野正彦・木部良子ノ諸氏ト世話人著者参会ス。蜂谷政代・川口芳昭・吉田順子ノ諸氏カラモ卒塔婆供養アリ。廉齋墓ノ恒久保存ヲ祈念シタ。「添川廉齋ー擔石の儲無く且に一日を如かんとするなり」発行。
○十二月「添川廉齋（下）」藤村女子中学高等学校研究紀要第十四号発行。
平成十七乙酉丑
○八月「添川廉齋ー有所不為齋雑録の研究」財團法人無窮会発行。
平成二十五癸巳
○三月「有所不為齋雑録の史料にみる日本開国圧力ー与力聞書とオランダ国王開国勧告史料ー」汲古書院発行。
平成二十九丁酉
○六月二十六日「福山藩蝦夷見分「観国録」と有所不為齋雑録の北方関係史料」添川廉齋遺徳顕彰会発行。
平成三十戊戌
○六月二十六日「評伝添川廉齋　治乱を燭《てら》し昏暗《コンアン》を救ふ国の蠟燭たらん」添川廉齋遺徳顕彰会発行。

著者略歴

木部誠二（きべ　せいじ）

昭和 23 年　東京都生
昭和 46 年　國學院大學経済学部経済学科卒業
昭和 49 年　國學院大學文学部文学科卒業
　　　　　　同年井之頭学園藤村女子中学高等学校国語科教諭
平成 26 年 3 月同校満期退職

論文・著書
「旧安中藩の版木調査と甘雨亭叢書蔵版書の基礎的研究」
「小林本次郎正慤校訂恥齋漫録巻之四とその研究」
「添川廉齋」以上藤村女子中学高等学校研究紀要第九・十一・十三・十四号所収。
「添川廉齋ー有所不為齋雑録の研究ー」無窮会発行
「添川廉齋宛石川成章書簡にみる有所不為齋雑録の史料収集」東洋文化復刊第百号
「菅茶山三回忌と忍池宝珠院」東洋文化復刊第百三号
「与力聞書 16 号文書成立の研究序説」東洋文化復刊第百五・八号
「有所不為齋雑録の史料にみる日本開国圧力ー与力聞書と和蘭国王開国勧告史料」
「福山藩蝦夷見分「観国録」と有所不為齋雑録の北方関係史料」

評伝　添川廉齋　治乱を燭《てら》し昏暗《コンアン》を救ふ国の蠟燭たらん

平成三十年六月二十六日　発行

定価　本体 二〇〇〇円 ＋税

著者　木部誠二
発行者

〒178-0063　東京都練馬区東大泉七―二四―二
電話ＦＡＸ　〇三（六七六一）三〇一六

発行所　添川廉齋遺徳顕彰会
　代表　会津喜多方　添川光一

印刷　望洋印刷

ISBN978-4-9902608-0-4　C3023

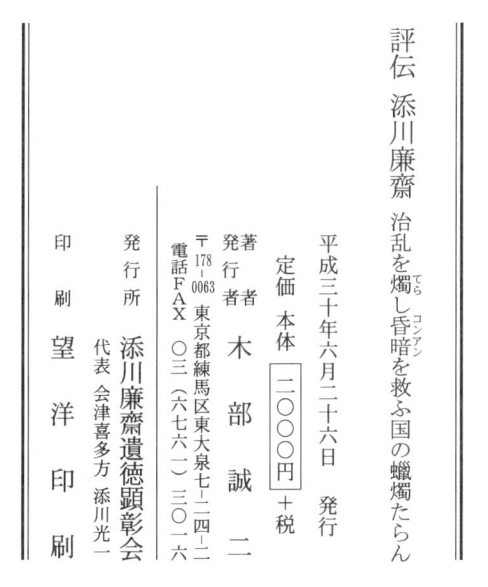